Victoria Krebs

Mordshunte
Oldenburg Krimi

VICTORIA KREBS

MORDSHUNTE

OLDENBURG KRIMI

ISENSEE VERLAG OLDENBURG

Bibliografische Information der Deutschen Bibliothek

Die Deutsche Nationalbibliothek verzeichnet diese Publikation in der Deutschen Nationalbibliografie; detaillierte bibliografische Daten sind im Internet über http://dnb.d-nb.de abrufbar.

ISBN 978-3-7308-1964-7

© 2022 Isensee Verlag, Haarenstraße 20, 26122 Oldenburg –
Alle Rechte vorbehalten
Gedruckt bei Isensee in Oldenburg
2. überarbeitete Auflage, 2023
Lektorat: Jan Bakker
Umschlag und Satz: Miriam Duwe, Isensee Verlag
Umschlagbild: Timo Brodtmann, www.pexels.com

1. Kapitel

Zügig bog Henrike Winter rechts um die Ecke des Papier- und Schreibwarengeschäfts Onken. Wie fast an jedem Donnerstagnachmittag suchte die Lehrerin die Buchhandlung Bültmann & Gerriets in der Lange Straße auf, um dort in den Regalen mit den Reisebildbänden zu stöbern. Früher hatte sie sich eher für Belletristik interessiert, hauptsächlich für Titel, die auf der Bestsellerliste standen. Das hatte sich geändert, nachdem sie einen dieser großformatigen Bildbände durch Zufall in die Hände bekommen und der ihr Interesse für Reiseliteratur geweckt hatte. Fortan stöberte sie in unzähligen Büchern und konnte sich einfach nicht sattsehen an den wunderschönen, farbigen Abbildungen, die sie für einige Stunden in ferne, unbekannte Länder mitnahmen. Oft verlor sie sich in Träumereien und vergaß so manches Mal die Zeit. Die Bücher hatten sie schließlich dazu inspiriert, Fernreisen zu unternehmen, um all die fantastischen Sehenswürdigkeiten zu bestaunen, die überwältigenden Naturschauspiele mit eigenen Augen bewundern zu können und in fremde Kulturen einzutauchen, um sie hautnah zu erleben. Gelegentlich erwarb Henrike auch eines dieser kostspieligen Exemplare, doch nicht zu häufig, denn sie legte einen Teil ihres Gehaltes zurück, um ihre Reisen finanzieren zu können und ein bequemes finanzielles Polster im Alter zu haben.

Sie warf einen Blick auf die Außenbestuhlung des *captiva coffeestores*, in dem früher einmal Eduscho sein Geschäft betrieben hatte, und dachte für einen Moment daran, sich dort hinzusetzen, um einen Cappuccino zu trinken. Das Wetter war herrlich und lud dazu ein, die sommerlich gekleideten Menschen beim Vorbeischlendern zu beobachten, während sie genüsslich Kaffee trank und den Milchschaum aus der Tasse löffelte.

Doch der Drang, in die Buchhandlung zu gehen, war stärker. Sie ging die wenigen Schritte weiter bis zu der gläsernen, automatischen

Tür, über der ein leuchtend roter Schriftzug verkündete, dass dieses Traditionsunternehmen seit 1871 existierte.

Schnurstracks stieg sie die Treppe in den ersten Stock hoch und wandte sich sofort der gut bestückten Abteilung mit den Bildbänden zu. Kurz überflog sie die Titel auf den Buchrücken, von denen ihr die meisten jedoch schon geläufig waren. Schließlich blieb sie an einem Band über Südostasien hängen, den sie noch nicht kannte, und zog ihn heraus. Noch bevor sie ihn öffnen konnte, bemerkte Henrike die Verkäuferin, Frau Grotelüschen, die sich ihr freundlich lächelnd näherte.

„Moin, Frau Winter", grüßte sie. „Na, mal wieder ein bisschen stöbern?" Ohne Henrikes Antwort abzuwarten, griff sie ins Regal und zog ein großes dickes Buch heraus. „Haben Sie das hier schon gesehen? Ganz frisch vor ein paar Tagen eingetroffen."

Henrike betrachtete neugierig das voluminöse Buch, das ihr die Verkäuferin entgegenhielt.

„Nein, das kenn ich noch nicht", antwortete sie und reichte der Verkäuferin den Südostasienband zurück und nahm dafür das dargebotene Buch entgegen. Wie schwer es war!

„Schauen Sie sich das doch mal in Ruhe an, vielleicht in der Sitzecke. Ist wirklich toll, mit ganz vielen Informationen und wunderbaren Fotos. Hat allerdings auch seinen Preis: Neunundsechzigneunzig."

„Vielen Dank, Frau Grotelüschen. Allein der Einband sieht ja schon sehr vielversprechend aus", antwortete Henrike und ließ ihren Blick erneut über den Umschlag gleiten. Im Hintergrund des Bildes war der Ausschnitt eines Straßenzuges mit pittoresken, pastellfarbenen Häusern im Kolonialstil abgebildet, vor denen ein roter amerikanischer Straßenkreuzer aus den sechziger Jahren stand. *Kuba* stand in großen weißen Lettern darauf und darunter in kleinerer Schrift *Königin der Antillen*. Schon beim ersten Blick war ihre Neugierde geweckt und sie starrte wie gebannt auf die Gestaltung des Einbands, dessen Motiv und Farben sie unwiderstehlich anzogen. Sie konnte es kaum erwarten, das Buch endlich aufzuschlagen, weshalb sie der Verkäuferin knapp zunickte, um nicht unnötig Zeit für den bevorstehenden Genuss zu verlieren, und steuerte zielstrebig die Sitzecke an. Henrike ließ sich auf einem Sitzpolster nieder und legte das Buch behutsam auf ihre Oberschenkel. Die Vorfreude versetzte ihren Körper in vibrierende Erregung. Um sie noch ein wenig auszukosten, zögerte sie noch einen Moment, bevor sie das Buch öffnete. Ihr Herzschlag beschleunigte sich, als sie den Deckel vorsichtig anhob, so, als handele es sich um ein Kästchen mit einem kostbaren Kleinod darin. Bereits nach den ersten Seiten stand ihr Entschluss fest. Sie wollte, nein, sie musste dieses Buch unbedingt haben! Preis hin oder her. Eine Seite wollte sie sich allerdings noch anschauen und den Rest dann gemütlich zu Hause erkunden.

Sie blätterte um und stutzte, als sie ein kleines zusammengefaltetes Stück Papier zwischen den Seiten entdeckte. Verwundert betrachtete sie es. Woher kam das? Bestimmt war es aus Versehen dort hineingeraten, möglicherweise ein Kontrollzettel der Buchhandlung oder etwas in der Art. Ohne große Neugier faltete sie ihn auseinander und erstarrte im selben Moment. Sie musste ihn ein zweites Mal lesen, um sich zu vergewissern, dass sie sich nicht verlesen hatte. Als sie den Sinn der Worte erfasste, schlug sie voller Entsetzen die Hand vor den Mund, um einen Aufschrei zu unterdrücken. Fassungslos sah sie sich um. Doch außer ihr war nur eine ältere Dame mit Hut anwesend. Wie unter Zwang senkte Henrike erneut den Blick auf den Zettel, auf dem der Satz stand:

Henrike, wenn du diese Zeilen liest, hast du noch genau vierundzwanzig Stunden zu leben!

Intuitiv griff sie sich das Stück Papier, schlug das Buch zu und warf es achtlos neben sich auf das Sofa, sprang auf und lief zur Treppe. Dort musste sie für einen Moment anhalten, weil ihr schwindelig geworden war. Sie konnte kaum atmen, ihre Kehle war wie zugeschnürt. Mit jedem krampfhaften Atemzug merkte sie, wie Adrenalin durch ihre Adern schoss und ihr Puls raste. Nachdem sie einigermaßen die Kontrolle über ihren Körper wiedererlangt hatte, umklammerte sie das Geländer, hastete die Stufe hinunter und floh aus dem Geschäft. Draußen auf der Lange Straße hetzte sie den Weg zurück, voller Panik. Sie achtete nicht auf entgegenkommende Passanten, die sie verwundert ansahen und zur Seite wichen, als sei sie eine Verrückte. Beinahe hätte sie ein Kind umgerannt, konnte jedoch im letzten Moment noch einen Schritt zur Seite machen und brachte eine hastig hingeworfene Entschuldigung hervor. *So schnell wie möglich nach Hause, ich muss mich in Sicherheit bringen!* Als sie das Ende der Gaststraße erreicht hatte, war sie gezwungen, an der Ampel am Theaterwall haltzumachen. Verstohlen sah sie sich um. *Folgte ihr derjenige, der die Nachricht mit der Todesdrohung geschrieben hatte? War es ein Mann oder eine Frau? Aber weshalb sollte sie sterben? Was hatte sie getan?* Die Umstehenden sahen normal und unverdächtig aus. Ihr Blick suchte die Gaststraße im Einmündungsbereich und dann weiter hinten ab. Aber dort war niemand, der sie beobachtete, und sich jetzt schnell in einem Hauseingang versteckte, damit sie ihn nicht sah, keiner mit einem seltsamen Gesichtsausdruck, der demonstrativ an ihr vorbeisah. Sie erschrak zu Tode, als ein eiliger Passant sie anrempelte, weil sie nicht bemerkt hatte, dass die Ampel mittlerweile auf grün gesprungen war. Henrike überquerte die Fahrbahn und setzte schnell ihren Weg durch die Roonstraße fort. Sie begann zu schwitzen und ein eigenartiges Gefühl zwischen ihren Schulterblättern, so, als würden sich Blicke in ihren Rücken bohren, ließ sie frösteln und instinktiv zog sie die Schultern hoch. Gehetzt sah sie sich um, doch würde derjenige es wagen, sie auf offener Straße am helllichten Tag anzugreifen? Gottseidank war es nicht mehr weit bis zu ihrer Wohnung in der Dobbenstraße. Nachdem sie den Cäcilienpark hinter sich gelassen hatte, bog sie links in die Teichstraße ab. Von hier waren es nur noch wenige Meter! Fünf Minuten später schloss sie die Tür zu ihrer Dreizimmerwohnung auf, schlug sie hinter sich zu und atmete auf. Jetzt war sie in Sicherheit! Mit zitternden Fingern verschloss sie die Tür zweimal. Dann ließ sie sich erleichtert mit dem Rücken dagegen fallen und schloss für einen Moment die Augen, um sich zu sammeln.

Henrike musste erst einmal etwas Kaltes trinken, ihre Kehle war wie ausgedörrt. Sie hängte ihre Jacke an den Haken der Garderobe und stellte ihre Handtasche auf das Bord unter dem Spiegel. Unbeabsichtigt erhaschte sie einen Blick auf ihr Gesicht. Kreidebleich starrte es ihr aus dem Spiegel entgegen und aus dem blonden Zopf hatten sich mehrere Strähnen gelöst. Mechanisch strich sie sie hinters Ohr, ging in die Küche, und goss sich Mineralwasser in ein Glas. Während sie trank, kam ihr zum ersten Mal der Gedanke an die Polizei. Sie sollte sie darüber informieren, was geschehen war und ihr den Zettel mit der Morddrohung zeigen. Verfügte die nicht über Methoden, um anhand des Schreibens den Verfasser ausfindig zu machen? Papier und Computerschrift konnten eventuell Hinweise geben und möglicherweise ließen sich darauf sogar Fingerabdrücke nachweisen. Sie sprang auf und ging zurück in den Flur, um das Stück Papier aus ihrer Jackentasche zu holen. Schnell fuhr sie mit der Hand erst in die eine, dann in die andere Tasche, doch der Zettel war nicht da. Hatte sie ihn in ihrer Verwirrung vielleicht in die Handtasche gesteckt? Sie riss sie vom Bord und durchwühlte sie. Nichts! Kurzerhand drehte sie die Tasche um und schüttete den Inhalt auf den Boden. Doch auch unter den verstreuten Utensilien war er nicht auszumachen. Eine letzte Chance hatte sie noch. Es gab ein mit einem Reißverschluss verschlossenes Seitenfach, das sie allerdings so gut wie nie benutzte. Dennoch riss sie an dem Verschlusshaken, aber auch hier war er nicht. Hektisch griff sie in ihre Hosentaschen, doch außer der Einkaufsliste vom vorigen Tag konnte sie nichts finden.

Beinahe brach sie in Tränen aus. Wo hatte sie dieses verdammte Stück Papier nur aufbewahrt?! Ihr dämmerte, dass sie die Notiz auf dem Heimweg verloren haben musste. Sie hatte nichts, was sie der Polizei vorlegen konnte, keinerlei Beweis für ihre Geschichte. Natürlich könnte sie auch ohne dieses Beweisstück mit der Polizei darüber sprechen, aber würde die sie ernstnehmen oder für eine hysterische Spinnerin halten? Die Geschichte klang, wenn sie genau darüber nachdachte, mehr als ungewöhnlich, wenn nicht sogar unglaubwürdig. Wer sollte eine unbescholtene Lehrerin umbringen wollen, würde sie fragen. Sie wusste ja selbst keine Antwort darauf. Henrike grub in ihrem Gedächtnis, aber sie konnte sich nicht an etwas Verwerfliches oder gar Böses erinnern, das sie getan hatte, zumindest war sie sich keiner Schuld bewusst.

Vielleicht, schoss es ihr durch den Kopf, handelte es sich um einen üblen Scherz eines ihrer Schüler. Doch unabhängig davon, ob ein Schüler oder jemand anderes, musste er sie beobachtet haben und wissen, dass sie regelmäßig zu Bültmann & Gerriets ging und dort ihrer Gewohnheit nach das Regal mit den Reisebüchern aufsuchte. Dabei war die entscheidende Frage in diesem Zusammenhang, woher der Verfasser des Schreibens wissen konnte, dass Frau Grotelüschen ihr ausgerechnet diesen Band in die Hand drücken würde. Das erschien ihr derartig fragwürdig und so unwahrscheinlich, dass sie heftig den Kopf schüttelte.

Wild wirbelten die Gedanken durch ihren Kopf, bis sie schließlich ganz durcheinander war. Vielleicht sollte sie trotz des mangelnden Beweises doch zur Polizei gehen. Aber würde das nicht bedeuten, dass sie ihre sichere Wohnung wieder verlassen musste? Alles in ihr sträubte sich dagegen und widersprach außerdem jeder Vernunft. Sie verbarg ihr Gesicht in den Händen, um sich zu konzentrieren, und dachte angestrengt nach. Wenn sie nun einfach abwartete und während der nächsten vierundzwanzig Stunden ihre Wohnung nicht mehr verließ, konnte ihr doch gar nichts mehr geschehen, denn dann war die Frist verstrichen. Genügend Lebensmittel hatte sie im Haus und in der Schule konnte sie sich für morgen krankmelden. So plausibel und beruhigend dieser Gedanke auch war, meldeten sich dennoch Zweifel in ihrem Hinterkopf. Sollte es wirklich so lächerlich einfach sein, dieser Bedrohung zu entgehen?

Sie trank ihr Glas aus und ging zum Telefon.

2. Kapitel

Haila hatte die Füße hochgelegt und sah aus dem Fenster seines Büros. So ein herrliches Wetter, dachte er grimmig, und er musste hier rumsitzen. Missmutig starrte er auf die Wiese hinter dem Gebäude der Polizeidirektion Oldenburg. Der Kriminalhauptkommissar wäre jetzt viel lieber zu Hause gewesen, wo er auf der Terrasse seines Häuschens einen Kaffee hätte trinken und Zeitung lesen können. Vielleicht auch ein schönes kaltes Bierchen, dachte er sehnsüchtig, obwohl es dafür definitiv noch viel zu früh und sein Bauch viel zu dick war. Wohl zum hundertsten Mal dachte er daran, auf sein Feierabendbierchen zu verzichten und stattdessen gleich nach dem Dienst eine Runde um den Dobben zu gehen. Die Bewegung würde ihm guttun und sogar einige Pfunde schmelzen lassen, sollte er sie sich zur Gewohnheit machen und nicht gleich wieder aufgeben.

Ans Joggen war bei seinem momentanen Gewicht vorläufig nicht zu denken. Und er musste endlich damit aufhören, diesen ganzen Müll in sich hineinzustopfen. Angefangen bei den Tiefkühlpizzen bis hin zu den anderen Fertiggerichten, die er sich abends, wenn er vom Dienst kam, in die Mikrowelle schob. Eine weitere böse Falle waren die Süßigkeiten, denen er nicht widerstehen konnte, allen voran Snickers. Dieser Schokoriegel schien eine nahezu magische Kraft auf ihn auszuüben, der er sich einfach nicht entziehen konnte.

Früher, diese Zeiten schienen Ewigkeiten zurückzuliegen, hatte seine Frau gekocht, richtiges Essen, mit Gemüse und allem, was zu einer gesunden, vollwertigen Mahlzeit gehört. Jetzt kochte sie für jemand anderen. Für Haila war nach der Scheidung nur das kleine Haus geblieben, bis ihm ein früher Herztod wegen seiner katastrophalen Essgewohnheiten und dem Bewegungsmangel auch dieses entreißen würde. Er seufzte, seine Stimmung war auf den Nullpunkt gesunken.

Schwungvoll öffnete sich die Tür und Nazan stürmte herein. Nazan Demir war schlank und ausgesprochen hübsch. Die Kriminalkommissar-Anwärterin arbeitete eng mit ihm zusammen. Sie bildeten das wohl unterschiedlichste Team, das man sich vorstellen konnte. Haila glich einem Fleischberg neben der schlanken, durchtrainierten Nazan, doch auch ihre Charaktere waren so grundverschieden, dass es einem Wunder gleichkam, dass sie sich so gut verstanden, auch wenn der Ton unter ihnen bisweilen rau und schnoddrig war.

„Na, Chefchen, was ist los? Schlechte Laune?", fragte sie, wobei ihre dunklen Augen unternehmungslustig funkelten.

Haila seufzte. Nicht nur, dass er tatsächlich schlechte Laune hatte, jetzt war auch noch seine Ruhe durch diese hyperaktive Person zerstört. Er antwortete nicht, sondern sah sie nur mürrisch an.

Nazan kannte ihren Partner gut und ignorierte deswegen seine Verstimmung, die er demonstrativ zur Schau trug, der sie jedoch keinerlei Bedeutung zumaß.

„Haila, hör zu. Es gab einen Anruf von einer hochaufgeregten Frau, die behauptete, eine Morddrohung erhalten zu haben. Sie traut sich nicht mehr, das Haus zu verlassen. Deswegen soll einer von uns zu ihr kommen."

Er warf ihr einen scheelen Blick zu. Das Letzte, worauf er Lust hatte, waren hochaufgeregte Frauen, die behaupteten, dass man sie umbringen wolle.

„Ich nicht", brummte er, „geh du. Du brauchst Auslauf, du sprühst vor Energie, wie ich das so sehe."

„Könnte dir auch nicht schaden", konterte sie und schlug ihm sachte auf den Oberschenkel.

Haila zuckte zusammen. „Warum arbeitest du eigentlich nicht bei der EWE?"

„EWE? Wieso das denn?" Verständnislos riss sie ihre Augen auf.

„Als menschliche Energiequelle, sollte das Netz mal ausfallen."

Nazan stieß ein lautes, raues Lachen aus. Ihre schwarzen Locken, hoch oben auf dem Kopf zu einem wuscheligen Knoten zusammengebunden, erzitterten. Genervt verdrehte Haila die Augen.

„Und du musst aufpassen, dass dir nicht eine Flosse wächst."

Jetzt war es an Haila, verwirrt dreinzuschauen. „Hä?", fragte er.

„Wale habe doch Flossen", antwortete sie und klatschte vor Vergnügen einmal in die Hände. „Komm doch mit", änderte sie unvermittelt ihre Tonart und schnurrte mit einem Mal wie ein Kätzchen. „Auf dem Rückweg essen wir noch was Schönes. Ich lade dich ein. Na, was sagst du?"

Haila sagte gar nichts, sondern gab sich geschlagen. Mühselig, unter Ächzen und Stöhnen, hob er seine Beine vom Schreibtisch. Die Aussicht auf ein leckeres Mahl und vielleicht auch ein bisschen Nazans Schnurren hatten ihm einen Energiestoß verpasst.

„Bist du endlich soweit?", fragte er Nazan scherzhaft, die ihn amüsiert beobachtet hatte, und griff nach seinem Leinenjackett, das er über seine Stuhllehne gehängt hatte.

„Schon die ganze Zeit, Chefchen", zwitscherte sie und wandte sich zur Tür.

„Du sollst mich nicht immer Chefchen nennen, das klingt despektierlich", brummte er gutmütig.

„Ist aber nicht so gemeint. Ich mag dich, auch wenn du meistens unausstehlich bist. Außerdem bist du verfressen, hast aber Charakter."

Nur Nazan war es gestattet, so mit ihm zu reden. Jeden anderen hätte es das Leben gekostet. Aus irgendeinem Grund hatte dieses quirlige Wesen einen Stein bei ihm im Brett. Doch darüber wollte er jetzt nicht nachdenken.

Wenig später fuhren sie mit einem Dienstwagen die Hindenburgstraße stadteinwärts. Der Hauptkommissar sah schweigend aus dem Fenster, während Nazan fuhr.

„Chefchen, erzähl mir doch noch einmal die Geschichte, wie du zu dem Namen Haila gekommen bist. Ich hör die so gern."

Misstrauisch wandte Haila ihr seinen Blick zu. Hatte er die nicht schon hundertmal zum Besten gegeben?

„Also schön", stimmte er zu und sah wieder geradeaus. „Ich war mit meiner Frau Anke bei meiner Schwester Regina und ihrer Familie zu Besuch, Kaffee und Kuchen auf der Terrasse. Ich hatte vorher einen Riesenkrach mit Anke gehabt, weil sie keine Lust gehabt hatte, ihren Sonntagnachmittag bei meiner Schwester zu verbringen. Sie hätte wahrlich Besseres zu tun."

„Aber Familie ist doch wichtig", warf Nazan ein, „gerade in der heutigen Zeit."

„Sah meine Frau wohl anders", kommentierte Haila ihren Einwand trocken. „Na ja, jedenfalls war die Stimmung auf dem Nullpunkt, als wir ankamen und uns auf die Terrasse setzten. Ich habe mich gefreut, meinen kleinen Neffen wiederzusehen, er war damals ungefähr zwei. Ein drolliger kleiner Knirps, sag ich dir. Aufgeweckt und wissbegierig. Er kam sofort zu mir und fragte: Onkel Haila, spielst du nachher mit mir Fußball? Haila, Reinald konnte er nicht aussprechen."

„Reinald, richtig, jetzt fällt es mir wieder ein. Ist aber auch ein seltener Name", meinte Nazan und trat unvermittelt auf die Bremse, weil ein Fahrradfahrer aus der Parkstraße geschossen kam. Haila ruckte nach vorn und Nazan ließ einen Schwall türkischer Schimpfwörter los und gestikulierte wild, sodass er Angst bekam, sie würde die Kontrolle über das Fahrzeug verlieren. Doch ungeachtet seiner Befürchtung kamen sie wenig später unbeschadet in der Dobbenstraße an und hielten vor der Nummer 21a.

Sie stiegen aus, Nazan leicht und behände, Haila schwerfällig und ächzend.

„Danke, lieber Gott, dass ich diese Höllenfahrt überleben durfte", witzelte er und blickte demonstrativ zum Himmel hoch.

„Sei nicht so sarkastisch, das berührt mich nicht im Geringsten", zischte Nazan und knallte die Autotür zu.

Warum knallte sie dann die Autotür? Er konnte ein Grinsen nicht unterdrücken und wandte sich deswegen schnell ab. Dass ihr Fahrstil mehr als gewöhnungsbedürftig war, wusste sie zwar selbst am besten, verteidigte ihn dennoch wie eine Löwin ihr Junges.

Haila betrachtete die Fassade des Hauses, trat einen Schritt zurück und legte den Kopf in den Nacken. Dann inspizierte er den Eingang.

„Was guckst du so?" Nazan war neben ihn getreten.

„Ich kenne das Haus von früher. Hier hat eine Freundin meiner Mutter gewohnt. Es hat sich verändert, naja, ist ja auch schon fünfunddreißig Jahre her, da war ich zehn." Er sah Nazan von der Seite an. „Kannst du dir vorstellen, dass ich mal ganz zart und schmächtig war? Meine Mutter war ständig mit mir beim Arzt, weil sie dachte, ich wäre krank oder hätte eine Entwicklungsverzögerung, so drückte sie sich jedenfalls gegenüber anderen aus."

„Echt?", Nazan war ehrlich empört. „Das war ja echt fies von deiner Mutter. *Entwicklungsverzögert!*" Sie schüttelte den Kopf. „Also, wenn ich Mutter wäre, würde ich so was nicht über …"

„Bist du aber nicht", schnitt Haila ihr das Wort ab, „Sie hat es nicht böse gemeint, sondern sich nur Sorgen gemacht, mehr nicht."

Dann wandte er sich ab und stapfte zum Tor des Zauns, der das Grundstück umgab und drückte die Klinke hinunter. Um ihren Besuch anzukündigen, wählte Nazan die Handynummer, die die verängstigte Frau im Präsidium hinterlassen hatte. Doch sie nahm nicht ab. Nazan versuchte es erneut, während Haila die wenigen Stufen bis zur Tür hochstieg. Energisch drückte er auf die Klingel neben dem Namensschild von Henrike Winter. Die Gegensprechanlage knackte und eine gehetzt klingende Stimme ertönte.

„Guten Tag, Frau Winter. Ich bin Hauptkommissar Schrabberdeich von der Kriminalpolizei. Sie hatten im Präsidium angerufen, weil Sie sich wegen einer Morddrohung fürchten. Deshalb sind wir gleich zu Ihnen gekommen, um uns davon zu überzeugen, dass es Ihnen gutgeht."

„Können Sie sich ausweisen?", fragte die Stimme.

„Ist schwierig von hier unten", antwortete Haila lakonisch.

„Ich habe versucht, sie anzurufen, Frau Winter", meldete sich Nazan zu Wort. „Ich bin Nazan Demir, Hauptkommissar Schrabberdeichs Kollegin. Checken Sie Ihr Handy und rufen Sie im Präsidium an, um sich bestätigen zu lassen, dass wir zu Ihnen gefahren sind."

„Erste Etage links", antwortete die Stimme knapp. Kurz darauf ertönte der Summer und Haila drückte die Tür auf.

Die Tür zu Frau Winters Wohnung war verschlossen. Haila klingelte.

„Halten Sie bitte ihre Ausweise hoch!", forderte Frau Winter mit dumpfer Stimme hinter der Tür.

Sie zückten ihre Ausweise und hielten sie nacheinander vor den Türspion. Endlich öffnete sich die Tür. Misstrauisch beäugte Frau Winter sie und ihre Augen huschten gleich weiter zur Treppe, als ob sie sich vergewissern wollte, dass dort nicht eine ungebetene Person auftauchte. Dann trat sie einen Schritt zurück, ließ Nazan und Haila eintreten und lotste sie ins Wohnzimmer. Es war geschmackvoll eingerichtet, modern, aber nicht zu durchgestylt. Frau Winter bot ihnen einen Kaffee an, den sie aber ablehnten.

„Erzählen Sie uns, wer sie bedroht", ermunterte Haila die noch immer nervös wirkende Frau.

Stockend erzählte sie von ihrem Besuch in der Buchhandlung, hielt dann mit einem Mal inne und atmete einmal tief durch, bevor sie fortfuhr. „Dann habe ich diesen schrecklichen Zettel entdeckt."

„Was für einen Zettel?", hakte Haila nach.

„Den mit der Morddrohung, dass ich nur noch vierundzwanzig Stunden zu leben habe." Mit angsterfüllten Augen sah sie von einem zum anderen.

„Zeigen Sie uns bitte diesen Zettel", bat Nazan.

„Nun, wie soll ich sagen, das ist das Problem", presste Frau Winter die Worte zwischen den Zähnen hervor und knetete ihre Hände, sodass ihre Knöchel ganz weiß wurden. „Ich muss ihn irgendwo unterwegs verloren haben. Ich habe schon alles durchwühlt, aber ich kann ihn einfach nicht finden."

Haila und Nazan warfen sich einen Blick zu.

„Das ist mehr als bedauerlich", meinte Haila, „da hätten wir etwas in der Hand gehabt. Kam Ihnen die Schrift bekannt vor?"

„Er war nicht handschriftlich, sondern mit dem Computer geschrieben."

„Können Sie sich denn vorstellen, wer diese Drohung geschrieben haben könnte? Ich meine, diese Person muss gewusst haben, dass Sie sich dieses Buch ansehen würden, wie ich vermute."

„Eigentlich war es Frau Grotelüschen, das ist eine der Verkäuferinnen, die mir das Buch empfohlen und es mir quasi in die Hand gedrückt hat. Aber sie hat natürlich nichts damit zu tun, das wäre ja kompletter Unsinn." Frau Winter vollführte eine fahrige Geste. „Nein, jemand anderes muss die Nachricht vorher in das Buch gelegt haben."

Haila seufzte und Nazan sah Frau Winter zweifelnd an. Schließlich fragte sie:

„Welchen Beruf üben Sie aus, Frau Winter?"

„Ich bin Studienrätin an einem Oldenburger Gymnasium. Mathematik und Biologie, hauptsächlich in der Sekundarstufe II, also in der Oberstufe."

Nazan hatte bei der Erwähnung der Fächer die Mundwinkel unmerklich nach unten gezogen, was Haila allerdings nicht entgangen war. Offensichtlich waren diese nicht ihre Lieblingsfächer in der Schule gewesen, kam er zu dem Schluss. Er hingegen war der naturwissenschaftliche Typ, ihm hatten die Sprachen immer Schwierigkeiten bereitet, besonders Französisch war ihm bis zum Schluss ein Buch mit sieben Siegeln geblieben, allem voran die Aussprache, bei der er sich immer einen abgebrochen hatte. Es war ihm bis heute ein Rätsel geblieben, wie man diese unterschiedlichen nasalen Laute richtig hinbekam.

„Gibt es denn jemanden in Ihrem Bekannten- oder Freundeskreis, der sie nicht mag, vielleicht sogar hasst? Oder hatten Sie einen Streit mit jemandem?", fragte er.

„Nein, überhaupt nicht. Ich kann mir beim besten Willen nicht vorstellen, wer dahintersteckt."

„Sind sie verheiratet oder haben Sie einen Partner?", fragte Nazan.

„Nicht verheiratet und auch keinen Partner. Ich war mit einem Kollegen aus meiner Schule längere Zeit zusammen, aber wir haben uns vor vier Jahren getrennt. Im Guten, ganz ohne Streit."

„Geben Sie uns trotzdem seinen Namen und, falls Sie sie haben, auch die Adresse."

Frau Winter stand wortlos auf, ging in den Flur und kam kurze Zeit später mit einem Notizbuch zurück. Sie gab ihnen Namen und Adresse ihres Verflossenen. Während Nazan beides notierte, wandte Frau Winter sich an Haila:

„Ob die Adresse noch aktuell ist, weiß ich nicht. Ich habe keinen Kontakt mehr zu ihm. Er ist verheiratet und hat mittlerweile Kinder, Zwillinge. Nachdem er geheiratet hat, hat er sich an eine andere Schule versetzen lassen."

„Kennen Sie den Grund?"

„Er meinte, es wäre besser für uns beide, wenn wir uns nicht mehr täglich sähen, sonst würden meine Wunden nie verheilen. Das fand ich sehr rücksichtsvoll, muss ich gestehen, und es kam mir sehr entgegen. Ich habe ihn geliebt und ich dachte, er mich auch. Aber das mit der Liebe ist so eine Sache." Henrike Winter lächelte mit einem Hauch Wehmut in den Augen. „Aber Schwamm drüber. Das ist alles längst vorbei. Vor kurzem habe ich ihn mit seiner Frau und den Zwillingen in der Stadt getroffen. Sie machten einen relativ entspannten und glücklichen Eindruck, obwohl die Kinder sehr lebhaft waren und ihnen ständig zwischen den Füßen rumgesprungen sind."

Haila nickte und seine Assistentin machte sich Notizen.

„Sonst gab es danach niemanden mehr? Eine kurze Liaison vielleicht oder etwas in der Art?", fragte er sie.

„Es mag vielleicht komisch klingen, aber nein, da gab es niemanden. Ich habe es auch nicht forciert, ich bin ganz zufrieden so, wie es momentan ist. Wenn es sich ergibt, dann okay, aber eine Partnerschaft zu erzwingen, wäre sinnlos."

Das wusste Haila aus eigener schmerzlicher Erfahrung nur allzu gut. Nazan sah nachdenklich zu Frau Winter und nickte unmerklich. Eine Weile herrschte Schweigen, bis Henrike Winter erneut das Wort ergriff.

„Ich bin eigentlich nicht so ängstlich, dennoch muss ich gestehen, dass ich jetzt sehr beunruhigt bin und Angst habe. Ich werde mich für morgen in der Schule krankmelden und die Wohnung nicht verlassen. Hier bin ich sicher."

„Das ist eine gute Idee", bestätigte Haila, wenngleich er wusste, dass es natürlich keine Dauerlösung darstellte. Aber es würde ihm und Nazan Zeit verschaffen, wenn er die Frau in Sicherheit wusste. Die wollte er nutzen und gemeinsam mit seiner Assistentin die Buchhandlung Bültmann & Gerriets aufzusuchen, um die Verkäuferin, Frau Grotelüschen, zu dem Vorfall zu befragen. Vielleicht war ihr im Zusammenhang mit dem Bildband etwas Ungewöhnliches aufgefallen, möglicherweise eine Person, die sich kurz zuvor mit dem Buch beschäftigt hatte. Die Nachricht, wenn es sie tatsächlich gegeben hatte, musste ja irgendwie in das Buch gekommen sein. Doch es fiel ihm schwer, diesen Zusammenhang nachzuvollziehen. Wie hatte derjenige sichergehen können, dass ausgerechnet Henrike Winter den für sie bestimmten Zettel fand und nicht jemand anderes? Sie war doch nicht die einzige Kundin, die sich für Reiseliteratur interessierte. Dieser Aspekt erschien ihm absolut suspekt. Doch es war seine Pflicht, dem nachzugehen. Eine Morddrohung war ein Verbrechen.

„Rufen Sie mich an, wenn Ihnen noch etwas einfällt oder etwas merkwürdig erscheint", sagte er und überreichte ihr seine Visitenkarte.

„Im Übrigen werden wir Ihren Hinweisen nachgehen. Viel mehr können wir im Moment nicht tun, leider. Wenn Sie eine Strafanzeige gegen Unbekannt stellen möchten, wird Frau Demir sie gerne aufnehmen."

Nazan sah nicht gerade begeistert aus und richtete ihre Aufmerksamkeit auf Henrike Winter, deren Miene Unschlüssigkeit widerspiegelte.

„Sie haben auch die Möglichkeit, es online vorzunehmen oder zu uns ins Präsidium zu kommen, wenn Sie es sich noch einmal überlegen möchten", ergänzte sie Hailas Vorschlag.

„Nein", entgegnete sie, „wir machen es gleich."

Nach einer weiteren halben Stunde hatte Nazan alles aufgenommen, sodass sie sich verabschieden konnten.

„Jetzt was essen", befahl Haila, als sie ins Auto stiegen.

Nazan verdrehte die Augen, lachte jedoch gutmütig. Wenig später hielt sie vor einem türkischen Imbiss auf der Alexanderstraße.

„Ein Verwandter von dir?", fragte Haila neugierig und sah durch die großen Scheiben des kleinen Imbisses.

„Ja genau, ein Cousin dritten Grades."

„Da bin ich froh, dass es nicht einer des vierten Grades ist", konterte Haila trocken und zog gutgelaunt wegen des bevorstehenden Essens seine Hose hoch.

„Dass du immer so kryptisch daherreden musst. Wenn du nicht artig bist, bitte ich meinen Cousin, gehäckselten Schafshoden unter dein Essen zu mischen."

„Schafshoden ist okay, aber bitte nicht gehäckselt, das wäre ein Frevel."

Nazan schnaubte verächtlich, zeigte ihm einen Vogel und öffnete schwungvoll die Tür, woraufhin lautstarke türkische Wortfetzen zwischen Nazan und einem kleinen dunklen Mann hinter der Theke hin und her flogen. Es handelte sich vermutlich um den Cousin dritten Grades. Doch Haila hatte sich getäuscht, hinter einem Vorhang tauchte ein gutaussehender großer Bursche auf. Lächelnd und mit ausgebreiteten Armen kam er hinter der Theke hervor. Sie umarmten und begrüßten sich, als hätten sie sich seit einer Ewigkeit nicht mehr gesehen, was Haila die Gelegenheit verschaffte, sich unbemerkt an einen Tisch am Fenster zu setzen und die Speisekarte zu studieren. Doch die wurde ihm mit einem Mal wieder unsanft entrissen. Nazan erklärte ihm, dass ihr Cousin ihnen ein Spezialessen zubereiten würde, das nicht auf der Karte stand. Haila war hin und hergerissen, einerseits wusste er gerne, was er aß, andererseits versprach der Begriff „Spezialessen" höhere Qualität und Exklusivität. Daher lächelte er nur vage, als Nazan sich zu ihm an den Tisch setzte. Er hatte sich keine genauen Vorstellungen gemacht, was ihr Cousin dritten Grades zaubern würde, doch mit den vielen Schüsseln und Tellern, beladen mit den köstlichsten Dingen, hatte er nicht gerechnet. Er langte ordentlich zu und auch Nazan verdrückte dafür, dass sie eine so zarte Person war, eine erstaunliche Menge. Zwischendurch rief sie etwas durch den Raum, was von einer dumpf klingenden Stimme aus dem Hintergrund beantwortet wurde.

„Jetzt können die Bauchtänzerinnen kommen", erklärte Haila zufrieden und tupfte sich die Lippen mit der Serviette ab.

„Nichts da, wir suchen die Buchhandlung Bültmann & Gerriets auf und knöpfen uns die Verkäuferin, Frau Großlöschen, vor. Anschließend besuchen wir den Ex-Lover von Frau Winter, Mark Behrends." Sie zog ihr Notizbuch hervor und blätterte schnell darin herum, bis sie das Gesuchte gefunden hatte. „Wohnt in Osternburg, Herrenweg."

„Grotelüschen, sie heißt Grotelüschen", belehrte Haila sie und erhob sich schwerfällig von seinem Stuhl. Dieses türkische Paschaessen hatte definitiv einen dicken roten Strich durch seine Abspeckungspläne gemacht. Aber morgen war ja auch noch ein Tag.

3. Kapitel

Henrike blieb noch eine Weile auf ihrem Sessel sitzen, nachdem die beiden Polizisten wieder gegangen waren. Sie fühlte sich zutiefst verunsichert, denn sie hatte das Gefühl, dass dieses ungleiche Paar sie nicht ernst genommen hatte. Ihr war der Blick nicht entgangen, den die beiden sich zugeworfen hatten, als sie ihnen mitteilte, dass sie das zusammengefaltete Papier mit der Morddrohung verloren habe. Doch wenn sie ehrlich war, würde auch sie, wäre sie Teil eines Ermittlungsorgans, die Geschichte mit Skepsis betrachten.

Sie ging das Gespräch noch einmal in Gedanken durch und blieb bei der Erwähnung von Mark Behrends hängen. Die spontane Begegnung mit ihm und seiner Familie stand ihr wieder deutlich vor Augen. Melanie war ziemlich aus der Form geraten und von ihrer einstigen Schönheit war nicht viel übrig geblieben. Das Gesicht dick mit Make-up zugekleistert und den weißblond gefärbten Haaren, die am Ansatz bereits nachdunkelten, hatte sie einen eher nachlässigen Eindruck gemacht. Mark sah noch immer gut aus und hatte sich gar nicht verändert, war nur ein bisschen schlanker geworden. Für einen Augenblick hatte sie eine gewisse Gereiztheit in seinem Gesicht wahrgenommen, sich aber nicht weiter darüber gewundert, denn junge Eltern waren oftmals übernächtigt und angespannt.

Insgeheim hatte Henrike die Hoffnung gehegt, Polizeischutz oder etwas in der Richtung zu bekommen. Doch das gab es wohl nur für hochrangige Politiker oder bekannte Persönlichkeiten.

Deprimiert lehnte sie den Kopf an die Lehne und schloss die Augen. Mit einem Mal riss sie weit auf. Ein schrecklicher Gedanke war ihr gerade gekommen: Was wäre, wenn sie sich das Ganze tatsächlich nur eingebildet hatte? Eine Sinnestäuschung, die ihr die Existenz dieses Stück Papiers mit der Morddrohung nur vorgegaukelt hatte? Die Erinnerung an längst vergangene Tage kam wieder hoch. Krampfhaft versuchte sie, die aufkeimende Übelkeit zu unterdrücken.

Schon als Kind hatte sie eine überaus lebhafte Fantasie besessen, die ihr, insbesondere in der Dunkelheit, so manchen Streich gespielt hatte. Sobald sie im Bett lag und Mutter das Licht gelöscht und das Zimmer verlassen hatte, drangen raunende Stimmen an ihr Ohr und unheimliche Schatten an der Wand oder vor dem Fenster schienen zum Leben zu erwachen. Ein grässliches Wesen, das unter ihrem Bett wohnte und nachts erwachte, ängstigte sie zu Tode. Bisweilen wagte sie nicht einmal, den Fuß auf den Boden zu setzen, aus Angst, die Hand des Scheusals könne sie packen und zu sich in die Tiefe ziehen. Dann rief sie laut nach ihrer Mutter, die sie beruhigte und ihr versicherte, dass es keine Monster oder Geister gebe, weder unter ihrem Bett, noch anderswo. Um dem nächtlichen Spuk ein Ende zu bereiten, hielt sie es für das Beste, Henrikes Konsum von Märchenbüchern und Abenteuergeschichten einzuschränken, weil sie hoffte, ihrer Fantasie damit die Grundlage zu entziehen. Doch als sie dahinterkam, dass Henrike sie trotzdem weiterlas, heimlich unter der Bettdecke, gab sie auf.

Diese Ängste und Fantasien verschwanden jedoch mit Beginn der Pubertät. Dinge, wie angesagte Kleidung, Haare und Make-up, wurden wichtiger als Bücher. Henrike hatte sich mittlerweile zu einem recht ansehnlichen Mädchen gemausert, ohne dass man sie direkt als hübsch hätte bezeichnen können. Dafür waren ihre Gesichtszüge wegen des Babyspecks noch etwas rundlich und nicht ausgeprägt genug.

Sie war gut in der Schule und hatte einige wenige Freundinnen, mit denen sie sich regelmäßig nach dem Unterricht traf. Wie die meisten Teenager gingen sie in die Innenstadt, stöberten in Klamottenläden und standen stundenlang vor den Kosmetikregalen in Drogeriemärkten, um Lidschatten und Make-up zu testen. Bei schlechtem Wetter trafen sie sich zu Hause, hörten stundenlang

Musik und diskutierten darüber, welche Teenie-Band die beste war und welchen der Musiker sie am süßesten fanden.

Dann kamen die Partys, auf denen heimlich Alkohol getrunken und Zigaretten geraucht wurden. Die erste Knutscherei versetzte alle in gehörige Aufregung und stellte die Welt der Mädchen auf den Kopf. Henrike hatte ein Auge auf Ole Janssen geworfen, der einen modischen Haarschnitt hatte und Schwarm aller Mädchen in ihrer Klasse war. Er nahm allerdings keinerlei Notiz von ihr, was sie nicht verwunderte, denn es gab weitaus hübschere und attraktivere Mädchen, die weiter entwickelt waren als sie und sich schon schminkten.

Eines Tages geschah etwas, womit Henrike nie im Leben gerechnet hatte. Es war gerade große Pause und alle Schüler hatten sich auf dem Schulhof versammelt. Auch Ole war mit seiner Clique dort. Sie feixten oder lachten laut und verputzten zwischendurch ihr Pausenbrot. Henrike und ihre Freundinnen standen etwas abseits, jedoch so nah, dass sie erkennen konnte, wie gut er heute wieder aussah. Gelegentlich warf sie ihm einen unauffälligen Blick zu, was keiner zu bemerken schien, nicht einmal ihre beste Freundin Charlotte, der sie ihre Schwärmerei für Ole anvertraut hatte. Gerade steckten die Jungen die Köpfe zusammen und schienen etwas Wichtiges zu besprechen. Mit einem Mal löste sich Ole aus der Clique und kam lässig zu ihr rüber. Er ignorierte die völlig verblüfften Mienen ihrer Freundinnen und lotste Henrike wie selbstverständlich in eine ruhige Ecke. Sie wusste nicht, wie ihr geschah, und bevor sie noch einen klaren Gedanken fassen konnte, fragte er sie rundheraus, ob sie nicht Lust habe, sich mit ihm im Schlossgarten zu verabreden. Henrike traute ihren Ohren kaum. Der absolut coolste und angesagteste Typ der Schule wollte sich mit ihr treffen! Unsicher sah sie zu ihren Freundinnen, die ihnen mit offenen Mündern hinterher gestarrt hatten. Doch dann fasste sie sich ein Herz und willigte ein, was Ole mit relativer Gelassenheit zur Kenntnis nahm. Gleich darauf schlenderte er zu seinen Freunden zurück, die Hände tief in den Taschen vergraben.

Henrike konnte den Tag der Verabredung kaum erwarten. Unentwegt überlegte sie, was sie anziehen sollte, um möglichst vorteilhaft und hübsch auszusehen. Und dann war es endlich soweit. Pünktlich und mit klopfendem Herzen erschien sie am Eingang des Schlossgartens, kurz vor dem Bootsverleih, wo Ole bereits auf sie wartete. Sie gingen den Weg an der Mühlenhunte entlang und unterhielten sich über Belanglosigkeiten. Plötzlich legte Ole seinen Arm um ihre Schultern und drückte sie an sich. Henrike ergriff ein Glückstaumel und im ersten Moment konnte sie an gar nichts denken. Doch mit jedem weiteren Schritt wuchs ihr Stolz darüber, einen so tollen und begehrten Jungen an ihrer Seite zu haben. Sie hatte nur noch Augen für ihn und nahm die schöne Umgebung nur mit halbem Auge wahr. Viel sprach Ole allerdings nicht, während sie in Richtung Rosengarten schlenderten. Vielmehr wirkte er nervös und irgendwie abgelenkt. Mehr als einmal wandte er sich unvermittelt um. Doch Henrike hinterfragte sein merkwürdiges Verhalten nicht, denn sie schwebte auf Wolke sieben. Als sie den Rosengarten erreichten, der sich ihnen in verschwenderischer und süß duftender Blütenpracht präsentierte, machte Ole den Vorschlag, sich auf eine Bank zu setzen. Nur zu gern ging sie auf seinen Vorschlag ein. Was gab es Romantischeres als bei strahlendem Sonnenschein auf einer weißen Parkbank inmitten eines Blütenmeers mit ihrem Freund zu sitzen? Und er war doch jetzt ihr Freund, oder? Wie zur Bestätigung legte er erneut den Arm um sie und küsste sie unvermittelt. Der Kuss schien unendlich lange zu dauern und Ole wollte sie scheinbar gar nicht mehr freigeben. Erst als ein unterdrücktes Kichern an ihre Ohren drang, ließ Ole sie schlagartig los und rückte ein Stück von ihr ab. Verwirrt erkannte Henrike drei seiner Freunde, die vor ihnen standen und sie hämisch angrinsten. Ole stand auf, wischte sich demonstrativ über den Mund und gesellte sich zu ihnen. Nacheinander schlugen sie ihm auf die Schulter, als hätte er ein Sportmatch gewonnen.

„He Alter, du hast die Wette gewonnen", sagte einer. „Wie war der Kuss? Hat bestimmt 'ne Zahnspange, die Tussi."

„Urrgs, da hast du dir die Flasche Jägermeister echt verdient", meinte der zweite und verzog angewidert das Gesicht. Ole lachte und zog mit seinen Freunden von dannen, ohne sich noch einmal zu ihr umzudrehen.

Wie vom Donnerschlag gerührt verharrte Henrike auf der Bank, nicht in der Lage, sich auch nur einen Zentimeter zu bewegen. Noch nie in ihrem ganzen Leben hatte sie sich derartig beschämt und beschmutzt gefühlt. Sie zu küssen, war eine Flasche Jägermeister wert gewesen. Sie kam sich hässlich und zutiefst erniedrigt vor. Ole war ein mieser Verräter, ein widerliches Schwein. Was für eine Schmach! Heiße Tränen der Scham rannen über ihre Wangen und sie wäre am liebsten im Erdboden versunken. Nachdem die Tränen versiegt waren, fasst sie einen Entschluss. Sie würde mit niemandem darüber reden, nicht mit Charlotte und auch nicht mit ihren anderen Freundinnen, die am folgenden Tag bestimmt begierig darauf warteten, jede Einzelheit ihres Dates erfahren zu können. Niemanden würde sie in dieses schreckliche Erlebnis einweihen. Wenn sie nicht darüber sprach und nicht daran dachte, würde es dieses zwar nicht ungeschehen machen, aber die Erinnerung daran würde mit der Zeit bestimmt verblassen.

Seit diesem Vorfall veränderte Henrike ihre Freizeitgestaltung radikal. Das gemeinsame Schoppen mit ihren Freundinnen, das Musikhören und die Unterhaltungen, die ständig um dieselben Themen wie Klamotten und Jungen kreisten, empfand sie zunehmend als hohl und langweilig. Auch auf die Partys ging sie nicht mehr, da sie dort vermutlich Ole und seine ekelhaften Freunde getroffen hätte. Das wollte sie in jedem Fall vermeiden, weil sie sich vor deren Hohn und Spott fürchtete. Doch zu ihrer Genugtuung konnte Ole ihr seitdem nicht mehr in die Augen sehen, wenn sie sich auf dem Schulhof begegneten, sondern sah angestrengt in eine andere Richtung oder senkte den Blick. Fast kam es ihr so vor, als würde auch er diesen würdelosen Vorfall am liebsten in der Versenkung verschwinden lassen, denn er hatte seine Freunde offenbar instruiert, kein Wort darüber zu verlieren. Andernfalls hätte diese Story sich wie ein Lauffeuer in der Schule verbreitet. Auch ihre Freundinnen hatten keine Ahnung, was sich im Schlossgarten abgespielt hatte. Ihre neugierigen Fragen hatte Henrike mit einer abfälligen Bemerkung über sein unreifes Verhalten abgeschmettert und sich geweigert, ihre drängenden Nachfragen zu beantworten.

Langsam zog Henrike sich immer mehr zurück und begann, ihre volle Aufmerksamkeit auf die Schule zu richten. Dabei entwickelte sie ein besonderes Interesse für naturwissenschaftliche Dinge, was ihre Mutter, ebenfalls Lehrerin, mit Wohlgefallen zur Kenntnis nahm. Stundenlang steckte Henrike ihre Nase in Schulbücher, verschlang wissenschaftliche Artikel im Internet oder in Zeitschriften.

Kurz vor dem Abitur, als der Leistungsdruck wuchs, kehrten die Sinnestäuschungen aus ihrer Kindheit zurück. Diesmal jedoch nicht in Form von Geistern oder unheimlichen Schattenwesen aus ihrem Kinderzimmer, sondern sie glaubte, geheime Botschaften zu empfangen. Aus den Kennzeichen der Nummernschilder vorbeifahrender Autos erstellte sie beispielsweise einen Zahlencode, der eine positive oder negative Bedeutung haben konnte. Sie verknüpfte zwei voneinander unabhängige Geschehnisse miteinander, in der festen Annahme, dass sie in ihrer Kombination eine für sie wichtige Information enthielten. Ihrer Mutter, der sie versuchte, diese Phänomene zu erklären, wurde sehr schnell klar, dass dieser Zusammenhang nur in Henrikes Einbildung bestand, und sie versuchte zunächst, sie mit Argumenten davon zu überzeugen, dass es keinen logischen Zusammenhang gab. Seltsamerweise war es auch Henrike im tiefsten Inneren bewusst, dass es sich um übersteigerte Vorstellungen handelte. Dennoch konnte sie nicht davon lassen und wurde regelrecht von ihnen verfolgt, sodass sie nur sehr schwer zur Ruhe kommen konnte. Daher entschloss sich ihre Mutter, nicht alles, was ihre Tochter von sich gab, gleich zu negieren oder zu bezweifeln, sondern darauf einzugehen und vermeintlich negative Dinge unauffällig ins Positive zu verwandeln, um ihr ein Gefühl von Sicherheit und Ruhe zu vermitteln. Natürlich hatte sie in ihrer Besorgnis Henrike vorgeschlagen, einen Arzt aufzusuchen, doch die hatte sich vehement mit den Worten geweigert, dass sie nicht krank, sondern hypersensibel sei und viel Fantasie besitze. Diese Fähigkeiten würden sie in die Lage versetzen, Dinge wahrzunehmen, die anderen verborgen blieben.

Nachdem Henrike das Abitur mit eins Komma zwei bestanden hatte, verschwanden die wahnhaften Zwänge komplett. Ihre Mutter schloss daraus, dass es sich bei diesen verdrehten Vorstellungen, als die sie sie bezeichnete, um eine Folge der überreizten Psyche ihrer Tochter handelte, die immer dann zu Tage traten, sobald der Stress für sie zu groß wurde.

Und zu ihrer beider Erleichterung traten sie danach nie wieder auf, auch nicht, als Henrike sich an der Oldenburger Uni für ein Lehramtsstudium der Mathematik und Biologie einschrieb. Selbst der Prüfungsdruck löste keine erneute Krise aus.

Während des Referendariats lernte Henrike Sören kennen, in den sie sich ernsthaft verliebte. Sie zog mit ihm zusammen, musste jedoch alsbald feststellen, dass Sören sein bisheriges Junggesellendasein nicht aufgeben wollte und nächtelang mit seinen Freunden unterwegs war, während sie zu Hause hockte und auf ihn wartete. Sie trennte sich von ihm, was ihn nicht sonderlich traurig stimmte, und zog kurzfristig wieder bei ihrer Mutter ein, bis sie eine neue Wohnung fand. Nach Sören kamen noch einige kleinere Liebeleien, doch etwas Ernstes war nicht dabei.

Sie absolvierte ihr zweites Staatsexamen mit achtundzwanzig und bekam eine Stelle an der Cäcilienschule. Sie liebte ihren Beruf, war ehrgeizig, verstand sich hervorragend mit ihren Kollegen und wurde mit dreiunddreißig Jahren die jüngste Fachschaftsleiterin der Schule. Die Schüler schätzten ihre ruhige und geduldige Art, die sie auch dann nicht verlor, wenn es einem Schüler schwerfiel, dem Stoff zu folgen und sie ihn zum wiederholten Male erklären musste. Sie blühte regelrecht auf, achtete auf ihr Äußeres und kleidete sich modisch, aber nicht auffällig. Sie war das, was man eine gutaussehende, sympathische Frau im besten Alter nannte. Ihre Gesichtszüge waren harmonischer geworden und hatten sie hübsch gemacht. Hin und wieder hatte sie eine Verabredung mit einem Mann, aber für eine feste Partnerschaft fand sich nicht der geeignete Kandidat. Das empfand Henrike nicht als sonderliches Manko, obwohl sie im Hinterkopf hatte, dass ihre biologische Uhr langsam tickte, wenn sie noch Kinder bekommen wollte. Doch je weiter die Zeit voranschritt, desto mehr verdrängte sie diesen Wunsch und konzentrierte sich auf ihre Arbeit.

Dann trat Mark Behrends in ihr Leben. Er kam als Fachlehrer für Physik und Chemie an die Schule. Er sah gut aus, war zurückhaltend und höflich. Wenn sie sich unterhielten, dann nur über fachliche Dinge, schulinterne Abläufe oder Schüler. Mit der Zeit hatten sie es sich zur Gewohnheit gemacht, im Lehrerzimmer gemeinsam einen Kaffee zu trinken. Und als Mark einmal für eine Woche wegen einer Grippe zu Hause blieb, musste sie feststellen, dass sie ihn vermisste. Auch Mark konnte nicht verhehlen, dass er sich freute, sie wiederzusehen. Erst, als sie zusammen ins Kino gingen, funkte es. Sie wurden ein Paar und zogen zusammen.

Alles war gut, bis Melanie vor drei Jahren auftauchte. Sie war eine Jugendliebe von Mark und hatte lange mit ihren Eltern im Ausland gelebt. Nun waren sie in ihre alte Heimat zurückgekehrt, um hier sesshaft zu werden. Melanie war schön und ihr Vater ein sehr wohlhabender Geschäftsmann. Von Anfang an kämpfte Henrike auf verlorenem Posten, als Melanie Mark Schritt für Schritt zurückeroberte. Schließlich konnte sie die Augen nicht mehr vor der Tatsache verschließen, dass sie ihn an diese Frau verloren hatte und sie ihn freigeben musste, wenn sie ihre Selbstachtung nicht verlieren wollte. Zudem ertrug sie die Heimlichkeiten und offensichtlichen Ausflüchte nicht mehr länger. Als er ihr dann vor Augen hielt, dass es nicht fair sei, an ihrer Partnerschaft festzuhalten, obwohl er eine Andere liebe, willigte sie in die Trennung ein. Er stand schon in der Tür, als er sich noch einmal zu ihr umdrehte und ihr versicherte, dass er nie damit gerechnet habe, dass Melanie noch einmal nach Deutschland zurückkehren würde und beteuerte, dass Henrike eine tolle Frau sei und ihre Partnerschaft hätte ewig halten können. Aber gegen seine Gefühle könne er nun mal nichts machen. Sie hatte ihn nur stumm angesehen, während ein hässlicher Gedanke in ihr aufkam. Melanie war nicht nur schöner als sie, sondern auch viel wohlhabender.

Wenig später bekam Henrike eine Einladung zu ihrer Hochzeit, der sie aber nicht folgte, sondern lediglich eine Glückwunschkarte schickte. Mark zeigte sich von seiner anständigen Seite und bezahlte den Anteil an seiner Miete für die gemeinsame Wohnung, bis Henrike in die Wohnung in der Dobbenstraße zog, die durch einen glücklichen Umstand freigeworden war. Die eigentlich dafür vorgesehene Neumieterin hatte den Mietvertrag nicht unterzeichnet, wodurch die Wohnung wieder vakant geworden war. Es kam einem Sechser im Lotto gleich, wenn man im Dobbenviertel mit den weißen Villen aus der Gründerzeit, nur wenige Gehminuten von der Fußgängerzone entfernt, eine bezahlbare Wohnung ergatterte. Henrike konnte ihr Glück kaum fassen und machte sich mit großem Elan ans Renovieren und Einrichten der neuen schönen Wohnung. Das kostete viel Zeit und Energie, sodass der Schmerz über die Trennung in den Hintergrund trat und nur noch in stillen Stunden nach oben gespült wurde.

Henrike hatte ein neues Kapitel ihres Lebens aufgeschlagen und blickte trotz der verlorenen Liebe mit Zuversicht in die Zukunft. Sie entdeckte das Reisen für sich, wälzte in ihrem gemütlichen Lesesessel

Kataloge und unternahm in den Sommerferien lange und kostspielige Reisen ins Ausland, wo sie interessante Leute kennenlernte, oftmals Alleinstehende, so wie sie. Manchmal ergab sich auch eine nähere Bekanntschaft zu einem Mann, doch über einen mehr oder weniger heftigen Urlaubsflirt ging es nie hinaus.

Und so, wie sie es dem ungleichen Pärchen von der Polizei erzählt hatte, war sie einer erneuten Partnerschaft nicht abgeneigt, wollte jedoch nichts erzwingen. Wenn jemand Neues in ihr Leben trat, dann würde sie ihn prüfen und gegebenenfalls akzeptieren. Der Gedanke, den der Hauptkommissar indirekt geäußert hatte, Mark könne etwas mit dieser Morddrohung zu tun haben, war einfach lächerlich. Er hatte überhaupt keinen Grund, ihr nach dem Leben zu trachten, denn er war es gewesen, der Schluss gemacht und sein Glück bei einer anderen Frau gefunden hatte. Wenn es überhaupt jemanden gab, der ein Recht auf Rache hatte, dann war es doch wohl sie. Doch das entsprach nicht ihrer Art, außerdem empfand sie schon lange nichts mehr für ihn, weder Liebe noch Hass, höchstens so etwas wie Zuneigung, verbunden mit einer schönen Erinnerung.

Charlotte! Mit einem Mal fiel Henrike ihre beste Freundin ein. Dass sie nicht sofort daran gedacht hatte, sie anzurufen! Doch der Schreck hatte sie in einen solchen Ausnahmezustand versetzt, dass sie zu keinem klaren Gedanken mehr fähig gewesen war. Kurzerhand griff sie nach ihrem Handy und wählte Charlottes Nummer. Doch sie meldete sich nicht. Wahrscheinlich war sie wieder im Fitnessstudio, das sie mehrere Male in der Woche aufsuchte. Henrike seufzte. Sie könnte noch Daniela anrufen, doch mit ihrer Studienkollegin verband sie keine so enge Freundschaft wie mit Charlotte, die einzige Freundin, die ihr aus Schultagen geblieben war. Alle anderen waren entweder durch das Studium in alle Winde verstreut, oder der Kontakt war mit der Zeit ganz einfach eingeschlafen.

Sie überlegte noch einmal ganz in Ruhe, wer diese Nachricht geschrieben haben könnte und vor allen Dingen, aus welchem Grund man sie ermorden wolle. Sie rief sich die Szene im Buchladen ab dem Zeitpunkt, zu dem sie Bültmann & Gerriets betreten hatte bis hin zu ihrer panischen Flucht aus dem Geschäft, noch einmal vor Augen. Krampfhaft versuchte sie sich zu erinnern, ob sie jemand dabei beobachtet hatte, wie Frau Grotelüschen ihr den Band mit der darin enthaltenen Morddrohung in die Hand gedrückt hatte. Doch sie war viel zu sehr auf das Buch konzentriert gewesen, als dass sie das Geschehen um sich herum wahrgenommen hätte. Henrike folgte dem weiteren Verlauf ihrer Erinnerung. Sie hatte sich in die gemütliche Sitzecke gesetzt und voller Erwartung das Buch aufgeschlagen. Soweit sie es noch vor Augen hatte, war lediglich noch eine alte Frau auf derselben Etage gewesen, die einige Meter von ihr entfernt leicht gebückt vor einem Regal gestanden und in einem Buch gelesen hatte. Sonst niemand. Ob ein potentieller Verfolger in der unteren Etage auf sie gewartet hatte, konnte sie nicht beurteilen, da sie fast blind vor Panik die Treppe hinuntergerast und nach draußen gestürmt war. Und fast noch wichtiger war die bisher ungelöste Frage, wann der Täter das Stück Papier in das Buch gesteckt hatte und sichergehen konnte, dass sie es sich ansehen würde. Sie drehte sich im Kreis!

Aus Krimis im Fernsehen wusste sie, dass man am ehesten einem Mörder auf die Spur kam, wenn man nach dem Motiv suchte. Das Motiv war der Schlüssel zur Lösung. Nur wer könnte sie derartig hassen, dass er sie töten wollte? Hatte sie jemandem vielleicht doch Unrecht getan, über das sie sich oder dessen Tragweite gar nicht im Klaren war? Vielleicht war der Urheber des Schreibens doch in der Schule zu suchen? Ein Schüler, der sich ungerecht behandelt fühlte und sich vielleicht jetzt rächen und ihr einen Schrecken einjagen wollte? Sie grub in ihrer Erinnerung nach einem entsprechenden Vorfall, der eine solche Reaktion zwar nicht verständlich, aber nachvollziehbar machte, doch sie wurde nicht fündig. Meinungsverschiedenheiten oder Diskussionen über Noten hatte sie immer einvernehmlich klären können. Und ob einer ihrer Schüler, zweifellos müsste es sich um einen solchen aus der Oberstufe handeln, eine solch kriminelle Energie aufbrachte, war zudem fraglich. Aber es gab sie, die Amokläufer, die in der Schule wild um sich ballerten, Mitschüler und Lehrer über den Haufen schossen, weil sie sich ungerecht behandelt und wie ein Loser fühlten. *Aber hier in Oldenburg, dem gemütlichen Städtchen an der Hunte, ohne die üblichen sozialen Brennpunkte einer Großstadt?* Nur schwer vorstellbar. Sie seufzte und schüttelte den Kopf. Jedoch von vornherein etwas auszuschließen, war höchst unklug, wenn sie herausfinden wollte, welchen Ursprung dieser Vorfall hatte. Sie musste alle Möglichkeiten in Betracht ziehen, selbst die unwahrscheinlichen, nur so würde sie sich langsam vortasten können.

Der Kommissar mit dem eigenartigen Namen, an den Henrike sich nicht mehr erinnern konnte, hatte sie danach gefragt, ob es jemanden in ihrem Bekannten- oder Freundeskreis gebe, der ihr nicht wohl gesonnen sei oder mit dem sie einen Streit gehabt habe. Auf Anhieb fiel ihr tatsächlich nur Johannes Künzelmeyer aus Bamberg ein, ein Bayer, den sie auf einer ihrer Reisen kennengelernt hatte. Über einen harmlosen Urlaubsflirt war ihre Bekanntschaft nicht hinausgegangen, das zumindest hatte sie angenommen, bis er sich nach zwei Wochen telefonisch bei ihr meldete und ein Treffen vorschlug. Henrike hatte diese Urlaubsfreundschaft schön längst abgehakt und deswegen sehr zurückhaltend reagiert. Doch er redete so lange auf sie ein, schilderte ihr ein gemeinsames Wochenende in den schönsten Farben, sodass sie schließlich nachgab und halbherzig zustimmte. Sie bat sich aus, dass er in einem Hotel übernachtete, um das sie sich kümmern wollte. Zwar schien er davon nicht begeistert zu sein, wie sie an der mitschwingenden Enttäuschung in seiner Stimme hatte hören können, willigte aber ein. Schon eine Woche später kam er mit dem Zug nach Oldenburg. Es folgte ein katastrophales Wochenende, das ihr noch sehr gut in Erinnerung geblieben war. Nicht, dass er nicht gut aussehend, charmant und gebildet gewesen wäre, doch seine nicht enden wollenden Monologe über seine Arbeit als Kurator in einem Museum hatten sie zu Tode gelangweilt. Überdies hatte er sie bei der Gestaltung ihrer gemeinsamen Zeit übergangen und war auch sonst sehr dominant und bestimmend gewesen. Sogar im Restaurant gegenüber vom Theater, das Henrike gewählt hatte, weil es in fußläufiger Entfernung zu ihrer Wohnung lag, hatte er kurzerhand das Essen für sie bestellt, obwohl sie sich zwischen zwei Gerichten noch nicht entschieden hatte. Ihren Plan, ihn anschließend noch auf ein gemütliches Glas Wein zu sich einzuladen, hatte sie spätestens ab diesem Zeitpunkt verworfen. Den ganzen Abend war sie einsilbig geblieben und hatte nach Verlassen des Restaurants eine plötzliche Migräne vorgeschützt. Das Einzige, was in so einem Fall helfe, war, eine Tablette zu nehmen und ins Bett zu gehen, hatte sie ihm mitgeteilt und sich dabei keine sonderliche Mühe um Glaubwürdigkeit gegeben. Johannes hatte sauer reagiert, sich verärgert ein Taxi bestellt und war ins Hotel gefahren. Erleichtert hatte Henrike den Heimweg angetreten und dabei überlegt, womit sie ihn am folgenden Tag abwimmeln könnte. Noch bevor sie ins Bett ging, hatte sie sich für die denkbar einfachste Methode entschieden: Weder auf Anrufe noch Klingeln an ihrer Tür zu reagieren. Sie war ihm nichts schuldig geblieben und sein unmögliches Verhalten hatte ihren Entschluss gerechtfertigt. Tatsächlich hatte er am kommenden Tag mehrfach angerufen, geklingelt und auf der Straße zu ihrer Wohnung hochgesehen. Bei seinem letzten Anruf hatte er eine Schimpftirade auf dem Anrufbeantworter hinterlassen. So ein widerliches Ekelpaket! Henrike schüttelte sich bei dem Gedanken an ihn. Gott sei Dank hatte sie ihn nie wieder gesehen oder etwas von ihm gehört. Kam er als eventueller Täter in Betracht? Hatte sie ihn derartig verletzt und an seinem Ego gekratzt, dass er sich nun an ihr rächen wollte? Aber nach einem Jahr? Das ergab keinen Sinn!

Doch nichts ergab einen Sinn. Sie überlegte hin und her, grub tiefer in der Vergangenheit nach einem Ereignis, das den Wunsch ausgelöst haben könnte, sie zu töten. Die Fragen wiederholten sich. Erkenntnisse blieben aus.

Sie versuchte noch einmal, ihre Freundin anzurufen. Diesmal hatte sie mehr Glück, denn Charlotte nahm gleich nach dem zweiten Zeichen den Anruf entgegen.

„Hallo Henrike, schön von dir zu hören. Was gibt's Neues?"

Henrike erzählte ihr alles von Anfang an und bemühte sich, kein einziges Detail auszulassen. Als sie geendet hatte, war es für eine Weile still am anderen Ende der Leitung.

„Bist du noch dran, Charlotte?"

„Ja, natürlich. Hast du schon mit der Polizei gesprochen?", fragte Charlotte schließlich.

„Ich habe sie angerufen und eine Stunde später waren zwei Beamte da. Ich habe eine Strafanzeige gegen unbekannt aufgegeben. Mehr können sie nicht machen, sagte der Kommissar, aber er hat mir seine Karte dagelassen. Unter der Nummer könne ich ihn jederzeit anrufen, wenn mir etwas komisch vorkomme oder ich in Gefahr sei."

Charlotte sagte nichts.

„Charlotte?", fragte Henrike in die Stille hinein.

„Ich habe nur einen Moment überlegt", erwiderte ihre Freundin zögernd. „Sei mir nicht böse, wenn ich dir jetzt etwas sage, das dir vielleicht nicht gefällt. Aber wäre es nicht möglich, dass du, also, du hattest doch früher schon mal diese ..." Weiter kam sie nicht.

„Du meinst, diese Wahnvorstellungen? Ist es das, was du sagen wolltest?" Henrikes Stimme zitterte und sie stand kurz davor, in Tränen auszubrechen. Wenn nicht einmal ihre beste Freundin ihr glaubte, wer dann?

„Na ja, ich meine, die ganze Geschichte klingt doch ziemlich unwahrscheinlich und dass du auch die Nachricht, quasi das einzige Beweisstück, verloren hast, will mir auch nicht so recht in den Kopf. Und wer, bitteschön, sollte so etwas tun? Aber bitte, Henrike, das war nur so ein Gedanke, sei mir nicht böse."

„Schon gut, ich habe selbst schon daran gedacht", lenkte sie mit leiser Stimme ein. „Aber es gab ja nur zwei von diesen Phasen, einmal als ich noch ein Kind war und das zweite Mal in der Pubertät, dann nie wieder. Noch nicht einmal, als meine Mutter durch diesen grässlichen Verkehrsunfall starb." Kurz flammte die Erinnerung an das völlig zerstörte Autowrack auf, aus dem ihre Mutter nur noch tot geborgen werden konnte.

„Es tut mir leid Henrike, aber ich weiß nicht, wie ich dir helfen könnte", jetzt schwang Bedauern in Charlottes Stimme mit.

„Ich hätte vielleicht eine Idee, wie du mir helfen könntest", entgegnete Henrike und hielt einen Moment inne, bevor sie fortfuhr. „Wenn du zu mir kämest und wir nach Ablauf der vierundzwanzig Stunden gemeinsam die Wohnung verlassen würden? Dann wäre ich nicht allein und vier Augen sehen mehr als zwei."

Henrike konnte hören, wie ihre Freundin einmal tief durchatmete, bevor sie fragte:

„Wann ist denn die Frist abgelaufen?"

„Moment. Ich habe die Nachricht gegen eins heute Mittag gefunden, auf die Minute genau, weiß ich es natürlich nicht mehr. Also läuft die Frist morgen, am Freitag um dieselbe Zeit ab."

„Warte mal einen Moment, ich muss in meinem Kalender nachschauen, ob ich einen Termin habe."

Gebannt wartete Henrike auf Charlottes Antwort und hoffte zugleich, dass sie zustimmte. Sie führte eine gutgehende Versicherungsagentur und hatte sogar eine stundenweise Aushilfe, die den anfallenden Schreibkram erledigte.

„Also gut. Morgen um diese Zeit habe ich zwar einen Telefontermin, den kann ich aber ohne Weiteres verschieben. Ich könnte, sagen wir, um halb eins bei dir sein. Dann machen wir einen schönen Spaziergang im Schlossgarten, der wird dich auf andere Gedanken bringen, während ich die Augen offen halte. Keiner wird es wagen, dich anzugreifen, wenn ich dabei bin."

Henrike fiel ein Stein vom Herzen. Dann stellte Charlotte eine Frage, die sie sich selbst schon gestellt hatte.

„Was passiert, wenn die Frist von vierundzwanzig Stunden abgelaufen ist? Ist die Morddrohung dann nicht mehr wirksam und du bist in Sicherheit?"

„Daran habe ich auch schon gedacht, mich einfach in der Wohnung zu verschanzen und zu warten, bis die Frist abgelaufen ist. Aber das ist zu einfach, geradezu lächerlich."

„Hm, glaube ich auch nicht, da muss ich dir recht geben", stimmte Charlotte zu.

„Vielleicht hat die Frist gar nicht heute um eins begonnen, sondern sie beginnt erst noch?", überlegte Henrike laut.

„Aber wann denn? Was macht das für einen Sinn? Sag mir noch einmal, was genau auf diesem ominösen Zettel gestanden hat", verlangte ihre Freundin.

„Henrike, wenn du diese Zeilen liest, bist du in vierundzwanzig Stunden tot."

„Das ist eigentlich eindeutig. Lass uns morgen noch einmal gemeinsam darüber nachdenken. Vielleicht fällt dir ja bis dahin auch ein, wer diese Drohung geschrieben haben könnte. Verlass solange deine Wohnung nicht. Wenn irgendwas ist, rufst du mich an, okay?"

„Okay, danke Charlotte, du bist ein Schatz."

4. Kapitel

Nach einer unruhigen Nacht erwachte Henrike wie gerädert. Mühsam stand sie auf, tapste ins Wohnzimmer und stellte sich ans Fenster hinter den Vorhang, von wo aus sie die Straße inspizierte, ob dort unten jemand lauerte und ihre Wohnung beobachtete. Doch eine verdächtige Gestalt war von hier oben nicht auszumachen, es war überhaupt niemand zu sehen. Von ihrem sicheren Versteck aus beobachte sie noch eine Weile die Straße, doch bis auf ein vorbeifahrendes Auto blieb alles ruhig. Sie begann, in ihrem dünnen Hemdchen und dem Slip zu frösteln, und beschloss, ihren Beobachtungsposten zu verlassen, um unter die Dusche zu gehen und anschließend zu frühstücken. In dreieinhalb Stunden würde Charlotte kommen, Zeit genug, um sich alles noch einmal durch den Kopf gehen zu lassen.

Sie schenkte sich gerade die zweite Tasse Tee ein, als das Telefon klingelte. Es war Kriminalhauptkommissar Reinald Schrabberdeich, der sich danach erkundigte, ob alles in Ordnung sei. Sie bestätige ihm das und erwähnte, dass ihre Freundin sie besuchen komme und sie gemeinsam, nach Ablauf der Frist, im Schlossgarten spazieren gehen wollen. Er bat sie, ihn umgehend anrufen, sollte sich etwas Ungewöhnliches ereignen. Weiterhin erklärte er ihr, dass ein Gespräch mit Frau Grotelüschen von der Buchhandlung Bültmann & Gerriets keine neuen Erkenntnisse gebracht und der Besuch bei Mark Behrends und seiner Frau im Herrenweg ebenfalls keine Anhaltspunkte für ein geplantes Verbrechen geliefert habe.

Henrike überlegte, ob sie ihm von dem nervtötenden Verehrer aus Bamberg erzählen sollte, dem desaströsen Wochenende und dass er sie am Telefon zum Schluss beleidigt und beschimpft hatte, als ihm klar geworden war, dass es nicht zu einem Wiedersehen kommen würde. Sie zögerte noch, weil es ihr absolut unwahrscheinlich erschien, dass er nach einem Jahr eine Racheaktion plante. Doch im letzten Moment, Schrabberdeich wollte sich gerade verabschieden, rückte sie doch noch mit der Sprache raus. Der Kommissar wurde hellhörig, fragte nach weiteren Details und notierte sich alles. Er versprach, den Mann überprüfen zu lassen und sich gegebenenfalls noch einmal zu melden.

Nachdem sie das Gespräch mit dem Beamten beendet hatte, kam sie zu dem Schluss, dass es auf jeden Fall richtig gewesen war, ihm von Künzelmeyer zu berichten. So ganz verstand sie sich selbst nicht, warum ihr diese Episode nicht eingefallen war, als der Kommissar und seine Kollegin sie gefragt hatten, ob es jemanden gebe, mit dem sie im Streit auseinandergegangen sei. Doch kein Wunder, so verschreckt und durcheinander wie sie gewesen war, hatte sie keinen klaren Gedanken fassen können. Sie war froh, dass sie es nun nachgeholt hatte.

Um sich abzulenken und die Zeit zu überbrücken, wusch sie zwei Maschinen Wäsche, jagte sie durch den Trockner und legte einen Teil in den Bügelkorb, den anderen räumte sie in Schrank und Wäschekommode.

Danach setzte sie sich aufs Sofa. Sie versuchte die verbleibende Zeit totzuschlagen und begann, lustlos und unkonzentriert in einem Magazin zu blättern. Immer wieder schaute sie auf ihre Armbanduhr, um zu überprüfen, wie spät es war. Der Zeiger schien über das Ziffernblatt nur zu kriechen. Wie zäher Honig verfloss die Zeit. Wieder sah sie auf die Uhr, noch eine gute Stunde, dann war die Frist verstrichen. Bis dahin war sie auf jeden Fall sicher in ihrer Wohnung. Sie legte das Magazin beiseite, weil ihre Augen zwar Text und Bilder erfassten, sich aber allem Anschein nach eine Blockade vor ihren Verstand geschoben hatte. In der Hoffnung auf Ablenkung stellte sie den Fernseher ein. Es funktionierte zumindest teilweise, denn die monotone Geräuschkulisse beruhigte ihre Nerven ein wenig und die Bilder der Naturdokumentation sorgten für ein kleines bisschen Entspannung.

Henrike fuhr hoch, als es klingelte. Das musste Charlotte sein! Schnell sah sie aus dem Fenster, um nach Charlottes weißem BMW Ausschau zu halten, konnte ihn aber nicht entdecken. Dann eilte sie zur Tür und betätigte den Knopf der Freisprechanlage.

„Charlotte bist du's?"

„Ja, kannst aufmachen."

Henrike stutzte, die Stimme hatte irgendwie anders als sonst geklungen.

„Wo hast du denn geparkt? Ich habe dein Auto gar nicht gesehen." Sie wollte die Stimme noch einmal hören, um sich zu vergewissern, dass es sich wirklich um Charlotte handelte.

„Ganz am Ende, hier war nichts mehr frei. Komisch, um diese Zeit."

Es war doch Charlotte. Henrike konnte sich gar nicht erklären, warum sie ihre Stimme nicht sofort erkannt hatte. Sie betätigte den Türsummer, ließ zur Sicherheit ihre Wohnungstür jedoch noch geschlossen und lugte aus Vorsicht durch den Türspion, um sich letzte Gewissheit zu verschaffen. Wenige Augenblicke später sah sie Charlotte die Treppe hochkommen. Erleichtert öffnete sie die Tür. Noch nie war sie so glücklich gewesen, ihre Freundin zu sehen. Sie umarmte sie und warf dabei einen Blick über Charlottes Schulter in Richtung Treppe, um sich zu vergewissern, dass kein Fremder unbemerkt ins Haus geschlichen war. Wortlos zog sie Charlotte in die Wohnung und schloss schnell die Tür hinter ihr.

„Vielen Dank, dass du kommen konntest. Ich fühle mich gleich viel besser, einfach sicherer", erklärte Henrike. „Sollen wir noch einen Kaffee trinken, bevor wir losgehen?"

„Super Idee, ja gerne", antworte Charlotte und ließ sich im Wohnzimmer auf das Sofa plumpsen, nahm sich eines der Kissen und legte es auf ihren Schoß, um die Arme darauf zu stützen. Eine Gewohnheit aus alten Tagen, die Henrike gut kannte und ihr das Gefühl vermittelte, dass sich ihre Freundin aus der Schulzeit nicht verändert hatte und man sich auf sie verlassen konnte. Die dunkelhaarige zierliche Person war eine erfolgreiche Geschäftsfrau, der man nichts vormachen konnte, intelligent und ehrgeizig. Sie war nicht verheiratet, hatte aber gelegentlich einen Freund, mit dem sie eine lockere Partnerschaft verband. „A friend with benefits", wie Charlotte ihr vor einiger Zeit kichernd gestanden hatte, und was nichts anderes bedeutete, einen guten Kumpel zu haben, mit dem man gelegentlich auch ins Bett stieg.

Na ja, hatte Henrike gedacht, jedem das seine, für sie jedoch kam so etwas nicht infrage. Entweder hatte man einen Partner, mit allen Vor- und Nachteilen, die eine feste Beziehung nun mal so mit sich brachte, oder man ließ es ganz. Ebenso wenig kamen für Henrike One-Night-Stands in Betracht, was allerdings keine Frage der Moral darstellte. Vielmehr war es ein negatives Gefühl, dass sie davon abhielt, mit einem gänzlich Fremden Intimitäten auszutauschen. Nicht, dass sie prüde war, Henrike hatte Spaß am Sex, auch in verschiedenen Spielarten, aber eine gewisse Vertrautheit und ein Mindestmaß an Beziehung musste schon vorhanden sein. Sie verurteilte ihre Freundin in keinster Weise, so wie sie niemanden wegen seiner sexuellen Vorlieben und Orientierung verurteilte. Nur für sich selbst hatte sie gewisse Grundsätze aufgestellt.

Mit zwei gefüllten Bechern Kaffee kehrte sie ins Wohnzimmer zurück, stellte sie auf einen Glastisch, der zwischen dem Sofa und zwei zierlichen Sesseln mit unterschiedlichen Bezügen stand. In kleinen Schlucken tranken sie von dem heißen Kaffee, der ziemlich stark war, so wie Henrike ihn mochte.

„Hast du noch mal darüber nachgedacht, wer der Verfasser dieser Drohung sein könnte?", fragte Charlotte und setzte den Becher ab.

„Vorhin hat der Kommissar noch einmal angerufen und mich gefragt, ob alles in Ordnung sei. Ich habe ihm von Johannes erzählt. Das war mir komplett entfallen, als er mit seiner Kollegin bei mir war."

„Ach, der Idiot, ich erinnere mich. Aber meinst du wirklich, dass er so etwas nach dieser langen Zeit tun würde? Ich meine, das ist doch schon über ein Jahr her, soweit ich mich erinnern kann."

„Ja, du hast recht, aber ich wollte es nicht unerwähnt lassen. Ansonsten fällt mir partout niemand ein, der dafür in Frage kommen könnte."

„Also, wenn ich ehrlich sein soll, würde ich am ehesten einen Schüler verdächtigen. Einen, den du vielleicht ungerecht behandelt oder dem du eine schlechte Note verpasst hast. Vielleicht musste er das Jahr deswegen wiederholen und schiebt jetzt einen Hass auf dich. Mit dem Schrieb will er dich bestimmt nur erschrecken und dir nicht wirklich etwas antun."

„Meinst du?", zweifelnd sah Henrike ihre Freundin an.

Die nickte zuversichtlich. „Davon gehe ich aus. Mach dich nicht verrückt. Überlege lieber, welcher Schüler oder welche Schülerin infrage kommen könnte." Charlotte führte den Becher an ihren Mund und sah sie über den Rand des Gefäßes prüfend an.

„Das muss ich in Ruhe machen, ich habe ja nicht alle Noten im Kopf und kann mich nicht an alle Schüler sofort erinnern, wenn es beispielsweise zwei oder drei Jahre her ist. Vielleicht fällt mir spontan etwas dazu ein, wenn wir spazieren gehen." Sie warf einen Blick auf ihre Uhr. „In zehn Minuten ist die Frist abgelaufen", bemerkte sie tonlos. Sie wollte ihren Kaffee austrinken, doch etwas in ihr sträubte sich dagegen, weil ihre Kehle vor Angst wie zugeschnürt war. Sie brachte keinen Schluck mehr herunter und stellte den Becher ab. Charlotte war ihre Veränderung nicht entgangen. Sie stand auf, umrundete das kleine Tischen, hockte sich vor Henrike auf den Boden und umfasste ihre Oberarme.

„Hab keine Angst, Henrike. Ich bin bei dir. Du wirst sehen, es wird nichts passieren. Es wird niemand plötzlich aus dem Gebüsch springen oder hinter einem Auto hervorkommen." Der Druck auf Henrikes Oberarme verstärkte sich. „Außerdem habe ich früher mal

Karate gemacht, wie du weißt. Ist wahrscheinlich ein bisschen eingerostet, aber in der Not würden mir noch einige gezielte Tritte und Schläge einfallen." Sie erhob sich und lächelte schief. „Komm, zieh dich an. Wir stellen uns gemeinsam der Herausforderung!"

Henrike wurde etwas leichter ums Herz. Stumm und dankbar schaute sie zu ihrer Freundin auf. Was würde sie bloß ohne Charlotte tun? Gemeinsam verließen sie die Wohnung. Bevor sie auf den Bürgersteig traten, wandte Henrike vorsichtshalber den Blick erst nach links und rechts, doch die Straße wirkte wie ausgestorben. Sie gingen die Dobbenstraße in Richtung Gartenstraße hoch, die selbst um diese Zeit relativ stark befahren war. Die Freundinnen wandten sich nach links und hielten kurz vor der Roggemannstraße, um an dieser Stelle die Gartenstraße in einem günstigen Moment überqueren zu können. Als die Fahrbahn für einen Moment frei war, preschten sie los, doch von links näherte sich schon wieder eine Autoschlange. Das vorderste Auto in der Reihe hupte mehrmals laut. Henrike erstarrte. Sekundenbruchteile später hörte sie Charlotte rufen. Ein Ruck durchfuhr sie, als der Fahrer erneut hupte. Sie wollte lossprinten, riss den Kopf nach rechts und sah einen riesigen Laster, groß wie ein Ungetüm, auf sich zukommen. Abrupt stoppte sie, vor Angst, es nicht mehr rechtzeitig auf die andere Straßenseite zu schaffen. Panisch sah sie von links nach rechts, unfähig zu handeln. Charlotte schrie ihr von der gegenüberliegenden Straßenseite etwas zu und gestikulierte wild mit den Armen. Henrike stürmte los, gleichzeitig erscholl das durch Mark und Bein dringende Hornsignal des LKW, der noch versuchte zu bremsen. Um ein Haar hätte er Henrike erwischt, hätte sie sich nicht mit einem Riesensatz auf den Bürgersteig gerettet.

„Mein Gott, was machst du denn?", schrie Charlotte, packte sie an den Armen und schüttelte sie. „Das wär's beinahe gewesen!"

Als sie bemerkte, dass Henrike am ganzen Körper zitterte, zog Charlotte sie an sich und legte die Arme um sie. Nach einer Weile ließ ihre Freundin sie wieder los.

„Alles in Ordnung?", fragte sie und musterte Henrike prüfend. Die nickte und stieß die Luft aus. „Ich weiß gar nicht, was in mich gefahren ist", erklärte sie ihrer Freundin mit unsicherer Stimme. „Als ich mitten auf der Straße stand und das Auto links von mir hupte, bin ich einfach stehengeblieben, ich weiß auch nicht warum. Dann habe ich dich rufen hören und du hast mir zugewinkt, dass ich rüberkommen soll. Also bin ich einfach losgelaufen."

„Aber ich habe dir doch nicht zugewinkt", antwortete Charlotte verblüfft. „Ich wollte dir signalisieren, dass du stehenbleiben sollst."

„Wirklich? Ich dachte ... aber ist jetzt auch egal. Ich bin wohl total verunsichert und schreckhaft und sehe wahrscheinlich überall Gespenster."

„Ist ja noch mal gutgegangen", lenkte ihre Freundin ein. „Komm, lass uns gleich zur Straße Am Schlossgarten gehen und den Eingang dort benutzen. Er ist gleich da vorn."

Sobald sie den Lärm der Gartenstraße hinter sich gelassen und den Schlossgarten betreten hatten, atmete Henrike auf. Sie hielten sich rechts und kamen an der sogenannten Meditationswiese vorbei und folgten dem Weg, der einen großen Bogen beschrieb, vorbei am Olantis Huntebad, das rechts versteckt hinter hohen Bäumen lag, bogen dann scharf links ab, bis sie auf einen schmalen Weg stießen, der sie an der Mühlenhunte entlangführte.

Wie idyllisch und ruhig es hier ist, stellte Henrike fest und begann, sich allmählich ein wenig zu entspannen. Es war eine Wohltat für ihre geschundene Seele, unter den hohen Bäumen zu schlendern, vorbei an den großen Rhododendren, deren erste Knospen zwischen den glänzenden, lederartigen Blättern bereits aufgegangen waren. Vorboten der Blütenpracht, die sich schon in wenigen Tagen entfalten würde. Ein Farbzauber von leider nur kurzer Dauer, der dafür umso mehr Besucher anlockte. Auch dieses Jahr würden Ausflügler und Spaziergänger den Schlossgarten an den Wochenenden bevölkern.

Zwischendurch blitzte auf der linken Seite gelegentlich das satte Grün der großen Rasenflächen auf, die von der Sonne beschienen friedlich dalagen. Eine Gruppe junger Leute spielte unter ausgelassenem Lachen und Rufen Frisbee.

Henrike hatte schon fast den Anlass ihres gemeinsamen Spaziergangs vergessen und einige Male tief durchgeatmet, da tauchte eine dunkle Gestalt hinter einem hohen Rhododendron Busch auf. Ein Mann, in dunkler Kleidung, mit einem Basecap auf dem Kopf, unter deren Schirm eine große, fleischige Nase hervorlugte. Ängstlich tastete Henrike nach dem Arm ihrer Freundin und verlangsamte ihren Schritt.

„Keine Angst, ich bin bei dir", flüsterte sie.

Sie wichen ein Stück nach rechts aus, der Mann hingegen lief weiter mittig auf dem Weg und steuerte direkt auf sie zu. Henrike starrte ihn an, sah seine dunklen stechenden Augen und spürte, wie sich ihr Herzschlag beschleunigte und ihr Mund trocken wurde. Würde er gleich ein Messer zücken und sie niederstechen? Da konnte Charlotte auch nichts mehr gegen ausrichten, auch wenn sie einige Karate-Verteidigungsstrategien beherrschte. Zu Henrikes unendlicher Erleichterung ging er im letzten Moment zur Seite und mit gesenktem Kopf an ihnen vorbei, sodass sie nur einen flüchtigen Blick auf sein Gesicht mit der großen Nase erhaschen konnte.

„Der sah ja gruselig aus", bemerkte Henrike, als der Typ außer Hörweite war. Vorsichtshalber wandte sie sich um und vergewisserte sich, dass er sie nicht von hinten attackierte.

„Stimmt, komischer Vogel. Vielleicht war er aber einfach nur in Gedanken. Komm, lass uns noch bis zum Schlossteich weitergehen und von da aus zurück zum Rosengarten. Dort können wir uns in die Sonne setzen und reden. Was hältst du davon?"

Henrike stimmte zu. Sie fühlte sich in Charlottes Anwesenheit sicher und längst nicht mehr so ängstlich. Außerdem fand sie es gut, dass ihre Freundin genügend Einfühlungsvermögen besaß, das

Thema Morddrohung bisher nicht erneut aufgegriffen zu haben. Das hatte dazu geführt, dass Henrike, abgesehen von dem Vorfall mit dem seltsamen Mann, etwas Abstand gewonnen hatte und später, wenn sie auf einer gemütlichen Bank säßen, ein vernünftiges Gespräch führen konnte. Panik und Angst waren niemals ein guter Ratgeber.

Fast schon entspannt gingen sie in Richtung Rosengarten, in dessen Mitte ein Rondell mit blühenden Frühlingsblumen in unterschiedlichen Farben prangte. Weiß gestrichene Holzbänke, in Abständen um das Blumenbeet aufgestellt, vermittelten die Atmosphäre eines gediegenen Sonntagnachmittags. Sie fanden eine freie Bank in der Sonne und ließen sich darauf nieder. Der Kakteengarten im Rücken, die freie Sicht zu allen Seiten und die verschwenderische Blütenpracht, bescherten Henrike ein sommerliches heiteres Gefühl. Das kleine Areal war so überschaubar, dass jede verdächtige Person sofort auffiel. Sie wandte ihr Gesicht der Sonne zu und schloss für einen Moment genießerisch die Augen.

Charlottes Stimme riss sie aus ihrer Entspannung.

„Jetzt ist der ideale Zeitpunkt, um zu reden", begann sie. „Lass uns nochmal gemeinsam überlegen, wer infrage kommen könnte, okay? Um es rundheraus zu sagen, dieser Künzelmeyer aus Bayern jedenfalls nicht."

„Warum eigentlich nicht?", entgegnete Henrike. „Wenn wir schon alles durchspielen, dürfen wir einen Verdächtigen nicht gleich vom Tisch fegen. Zumindest sollten wir Ausschlussgründe benennen können. Rein gefühlsmäßig stimme ich dir zwar zu, aber warum genau, hältst du es nicht für wahrscheinlich?"

„Wegen des Zeitfensters, es ist zu lange her. Ich glaube zwar, dass sein männliches Ego durch deine harte Abfuhr ziemlich schwer gelitten hat, aber Männer neigen eher zu spontanen Racheaktionen, wie zum Beispiel, das Auto zu zerkratzen oder mit nächtlichen, anonymen Anrufen zu terrorisieren. Du weißt, was ich meine, jemand atmet in den Hörer oder Schweigen am anderen Ende der Leitung. Hinzu kommt die räumliche Distanz."

Henrike nickte.

„Aber eine Frage habe ich noch. Ich will nicht indiskret sein, aber wart ihr eigentlich intim? Auf der Reise damals oder hier in Oldenburg?"

„Nein, nur eine harmlose Knutscherei, nachdem wir an der Bar etwas getrunken hatten."

„Hattest du denn das Gefühl, dass er in dich verliebt war und nach Oldenburg gekommen ist, weil er eine Beziehung mit dir wollte?"

Henrike sah ihre Freundin an. „Komisch, dass du das fragst. Genau diese Frage habe ich mir nämlich auch gestellt. Aber als er dann hier war, hatte ich den Eindruck, dass es nicht um Liebe oder Verliebtsein ging, sondern um Macht, die er mir gegenüber ausüben wollte. Sicherlich fand er mich attraktiv und nett, hat mich aber eher als ein Objekt, wie soll ich sagen, als eine Spiegelung für seinen narzisstischen Charakter gebraucht."

„Aha, verstehe. Doch durch deine eindeutige Haltung hast du ihm signalisiert, dass du ein …", Charlotte krümmte die Finger zu symbolischen Anführungszeichen, „… untaugliches Objekt warst." Sie lachte kurz auf. „Klingt zwar alles irgendwie nach Küchenpsychologie", fuhr Charlotte fort, „aber scheint doch was Wahres dran zu sein."

„Die Polizei wollte ihn ja überprüfen und dabei herausfinden, ob er eventuell hier in Oldenburg ist", ergänzte Henrike.

„Legen wir ihn vorerst zur Seite", schlug Charlotte vor. „Gegebenenfalls kommen wir noch einmal auf den Macho zurück. Hast du inzwischen über einen Schüler nachgedacht?"

Henrikes Blick schweifte von der Rabatte zu den strahlend weißen Bänken. Ihr Blick glitt zu der nächsten Bank, die links von ihnen stand. „Charlotte, ich muss dir etwas sagen, was ich eigentlich schon viel früher hätte tun sollen." Sie konnte nicht den Blick von der Bank lösen.

„Hast du etwas Schlimmes angestellt?", fragte ihre Freundin unumwunden und folgte ihrem Blick.

„Siehst du die Bank dort drüben? Da bin ich vor zig Jahren als Teenager Opfer einer fiesen Intrige geworden. Bis heute habe ich mit niemandem darüber gesprochen, weil ich mich damals so geschämt habe. Auch nicht mit dir. Ich wollte es einfach vergessen, verstehst du?"

„Ja, aber erzähl mir doch genau, was passiert ist", bat Charlotte

„Kannst du dich noch an Ole Janssen erinnern, zwei Klassen über uns?", begann Henrike.

„Ole Janssen? Na klar! Schwarm aller Mädchen. Aber was hat der damit zu tun?"

Henrike erzählte von der schrecklichen Demütigung, die Ole und seine Freunde ihr zugefügt hatten, wie sehr sie sich erniedrigt und beschmutzt gefühlt hatte. Sie wunderte sich selbst ein bisschen, wie präsent ihre Erinnerung trotz der langen Zeit noch immer war.

„Das ist ja fürchterlich. So ein mieses Schwein, dieser Ole. Aber warum, in Gottes Namen, hast du mir nichts davon erzählt? Ich hätte ihn mir vorgeknöpft und ihm gehörig meine Meinung gesagt."

„Genau das wollte ich nicht, sondern alles vermeiden, was die ganze Angelegenheit aufbauschte. Ich war der Meinung, dass dieser Vorfall in der Versenkung verschwinden und ich ihn somit ein Stück weit ungeschehen machen würde."

„Hat das denn funktioniert?", wollte Charlotte wissen.

„In gewisser Weise schon. Du kannst dich vielleicht erinnern, dass ich mich anschließend ein wenig zurückgezogen und in meine Bücher vertieft habe. Du warst mehr oder weniger die einzige, zu der ich danach noch Kontakt hatte."

„Würde mich mal interessieren, was der jetzt so macht. Hat er eigentlich sein Abi abgelegt?"

Das konnte Charlotte nicht wissen, da sie nach der zehnten Klasse die Schule verlassen und eine Ausbildung zur Versicherungskauffrau begonnen hatte. Sie hatte Henrike einmal gesagt, dass sie es ein wenig bereue, ihr Abitur nicht gemacht zu haben. Doch das Lernen hatte sie schon immer gelangweilt und die Aussicht auf einen Job, in dem sie Geld, vielleicht sogar viel Geld, verdiente, war zu dem damaligen Zeitpunkt verlockender gewesen. Doch sie hatte sich arrangiert und war zufrieden mit ihrem Leben.

„Ja, hat er, aber ich habe keine Ahnung, was er danach angefangen hat, Ausbildung oder Studium. Interessierte mich aus verständlichen Gründen auch nicht."

„Hat er sich bei dir entschuldigt?"

Henrike schüttelte den Kopf. „Nein, aber er konnte mir seitdem nicht mehr in die Augen sehen. Wahrscheinlich war ihm doch bewusst geworden, was er mir angetan hatte."

„Du hättest es mir sagen sollen", beharrte Charlotte.

Henrike sah ihre Freundin erneut an und lächelte. „Jetzt hab ich's getan. Und weißt du was? Jetzt war genau der richtige Zeitpunkt."

„Okay, lass uns weitermachen. Gibt es nun einen Schüler oder eine Schülerin, der oder die dir böse sein könnte und sich rächen will?"

„Ich habe meine Lehrerkalender aus den letzten drei Jahren durchgesehen. In den trage ich die Noten parallel zum elektronischen Notensystem ein. Es sind mir eigentlich nur zwei Schüler aufgefallen. Das Mädchen musste die Klasse zehn wegen einer sechs in Mathe und einer fünf in Physik wiederholen. Das war vor drei Jahren. Mittlerweile ist sie in der zwölften Klasse und eine eher mäßige Schülerin, störrisch und faul. Der Junge, Jacob, war schon etwas problematischer. Er hatte Mathematik im Grundkurs bei mir belegt und im Abitur schlecht abgeschnitten. Danach hat er mir zum Vorwurf gemacht, dass ich ihm seinen Schnitt versaut und er deswegen nicht den erforderlichen Numerus Clausus erreicht hätte, um Medizin studieren zu können. Das war letztes Jahr. Wenn einer von den beiden infrage kommt, dann nur Jacob. Ich könnte noch weiter im System zurückgehen, aber das kann ich nicht von zu Hause aus, sondern nur in der

Schule. Doch meiner Erinnerung nach, hat es einen vergleichbaren Vorfall nicht gegeben."

„Weißt du, was mir gerade eingefallen ist? Ich könnte doch für dich herausfinden, was dieser Jacob derzeit macht. Weißt du zufällig, wo seine Eltern wohnen?"

„Nein, tut mir leid. Aber was würdest du ihnen denn sagen? Meine Freundin ist die ehemalige Mathematiklehrerin ihres Sohnes und nun hat sie eine Morddrohung erhalten. Ihr Sohn war damals sauer wegen der schlechten Note und ich möchte wissen, ob er dahintersteckt. So in etwa?"

„Hältst du mich für bescheuert?" Charlotte war anzumerken, dass sie ein wenig sauer war.

„Nein, natürlich nicht. Entschuldige bitte. Aber stell dir vor, sie wenden sich an die Schule und beschweren sich. Zum einen verstoße ich gegen datenrechtliche Vorschriften und zum anderen ist das natürlich ein ungeheuerlicher Vorwurf. Das geht auf gar keinen Fall."

„Du hast recht. Aber ich könnte in sozialen Netzwerken wie Facebook, Twitter und so weiter ein bisschen recherchieren. Vielleicht haben wir Glück und er hat sich unter seinem Realnamen angemeldet. Wie heißt er denn überhaupt?"

Henrike zögerte. Es wäre ein eindeutiger Verstoß gegen den Datenschutz, doch sie selbst war nicht in der Lage, diese Recherche selbst vorzunehmen, da sie auf keiner sozialen Plattform angemeldet war. Aber Charlotte war ihre beste Freundin, wenn sie ihr nicht vertrauen könnte, wem denn dann überhaupt?

„Du musst mir aber versprechen, dich nur umzusehen und keinerlei Kontakt zu ihm oder zu seinen Eltern aufzunehmen. Versprochen?"

„Hoch und heilig. Ich würde dir nie schaden, Henrike. Ich hoffe, das weißt du."

„Ja, natürlich weiß ich das", sagte Henrike und legte ihre Hand auf die ihrer Freundin. „Jacob Kamminga ist sein Name."

„Das ist ja kein allzu häufiger Name. Ich werde in den nächsten Tagen ein wenig im Internet recherchieren. Vielleicht werde ich ja fündig. Sobald du wieder in der Schule bist, kannst du ja noch mal in dieser Noten-Datenbank stöbern. Möglicherweise gibt es ja doch noch einen weiteren Kandidaten. Es muss ja auch gar nicht unbedingt mit den Noten zusammenhängen. Gab es irgendwelche disziplinarischen Vorfälle, die beispielsweise zum Ausschluss aus der Schule geführt haben?"

„Daran kann ich mich überhaupt nicht erinnern." Henrike schürzte die Lippen. „Nein, ich glaube nicht."

„Denk zu Hause noch mal scharf nach", bat ihre Freundin sie. „Allerdings muss ein gewisser zeitlicher Zusammenhang gegeben sein oder zumindest müssen sich die Folgen bis in die Gegenwart auswirken."

„Ja, das ist mir klar." Henrike klopfte sich auf die Oberschenkel und stand auf. „Ich denke, wir sollten jetzt zurückgehen. Ich habe mich in der Schule krankgemeldet, da kann ich nicht stundenlang im Schlossgarten spazieren gehen und in der Sonne sitzen, das macht keinen guten Eindruck. Komm!"

Leichtfüßig sprang Charlotte auf die Füße. Henrike hatte sie schon immer für ihre Grazilität und Sportlichkeit bewundert. Nicht, dass sie selbst plump oder schwerfällig wirkte, sie war gut gebaut mit weiblichen Rundungen, war aber nun mal keine Elfe wie Charlotte.

Sie nahmen am Tropenhaus vorbei den kürzesten Weg und verließen den Park durch den Ausgang am Gebäude der Staatlichen Schlossgartenverwaltung. Diesmal gelang es ihnen, ohne Zwischenfall die Gartenstraße zu überqueren und zehn Minuten später waren sie wieder unbehelligt in der Dobbenstraße angelangt. Als sie vor Henrikes Haus standen, erbot sich Charlotte, noch kurz mit hinaufzukommen, was Henrike dankbar und erleichtert annahm.

Oben in der Wohnung ließ ihre Freundin sich wieder aufs Sofa plumpsen, während Henrike eine Flasche Mineralwasser und zwei Gläser aus der Küche holte.

„Siehst du, die Frist ist verstrichen und nichts ist passiert!", rief Charlotte ihr hinterher. Als sie ins Wohnzimmer zurückkehrte, sah sie Charlotte in dem Bildband über Kroatien blättern, den sie auf den kleinen Beistelltisch mit der Lampe gelegt hatte.

„Du hast recht, aber es wäre doch gut möglich, dass dieser komische Typ, der plötzlich hinter dem Busch aufgetaucht ist, gesehen hat, dass ich nicht allein war und aus diesem Grund nichts unternommen hat."

„Dabei vergisst du aber, dass er nicht wissen konnte, dass wir in den Schlossgarten gehen wollten", entgegnete Charlotte, klappte das Buch zu und legte es zurück auf das Tischchen.

„Und wenn er uns nun gefolgt ist und die entgegengesetzte Richtung eingeschlagen hat, um uns überraschend gegenüberzutreten?"

Charlotte stieß die Luft aus. „Du bedenkst wieder etwas nicht. Uns ist niemand gefolgt. Wir beide haben uns immer wieder umgesehen und nach links und rechts geschaut. Einen schwarz gekleideten Verfolger hätten wir bemerkt, glaube mir."

Henrike füllte die Wassergläser. Es stimmte, was ihre Freundin sagte. Dennoch blieben leise Zweifel.

„Angenommen, er wäre uns tatsächlich gefolgt, dann hätte er doch sofort gesehen, dass wir zu zweit waren und er gar nichts machen konnte", fuhr Charlotte fort. „Das ergibt doch gar keinen Sinn."

„Außer er hätte in Betracht gezogen, dass wir uns trennen", beharrte Henrike, obwohl sie selbst die Abwegigkeit ihrer Theorie erkannte. Sie goss erneut Wasser in die bereits leeren Gläser.

„Jetzt komm, das glaubst du doch wohl selbst nicht! Noch mal. Woher sollte er wissen, dass ich dich heute besuchen würde? Doch nur, wenn er hier von morgens bis abends auf der Lauer läge."

Unwahrscheinlich, jedoch nicht unmöglich, dachte Henrike.

Charlotte wies mit dem Finger auf das Buch auf dem Beistelltischchen. „Wie ich sehen kann, ist Reisen immer noch das beherrschende

Thema in deinem Leben. Deswegen wohl auch der Besuch bei Bültmann & Gerriets gestern."

„Ja, stimmt. Fast jeden Donnerstag, da habe ich schon nach der vierten Stunde Schluss, gehe ich gleich nach der Schule dorthin. Habe ich dir aber schon mal erzählt. Du hast gelacht und gemeint, dass du im Urlaub lieber alles hautnah erleben möchtest und nicht aus Büchern vorgekaut bekommen willst."

„Weiß ich gar nicht mehr, aber dem würde ich auf jeden Fall zustimmen."

„Auf jeden Fall muss der Verfasser des Schreibens das auch gewusst haben, weil er mich beobachtet und die Nachricht in der Neuerscheinung versteckt hat, in der Annahme, dass ich das Buch durchblättern würde."

„Diesbezüglich muss ich dir allerdings recht geben. Der Zettel muss unmittelbar bevor du dir das Buch angeschaut hast, dort hineingelegt worden sein, um ganz sicherzugehen, dass nur du ihn findest."

„Ein blöder Mist ist das alles, ein richtiger Alptraum." Henrike klang mutlos. „Mir graut schon davor, wenn ich nächste Woche wieder zur Schule muss."

„Vorschlag: Warum nimmst du nicht ein Taxi und lässt dich auch wieder abholen? Sollten sich deine Kollegen wundern, kannst du ja irgendwas von einem vertretenen Fuß erzählen, weswegen du nur schlecht Fahrradfahren und zu Fuß laufen kannst. Außerdem bittest du den Fahrer, dich bis zu deiner Wohnungstür zu begleiten."

„Gute Idee, wäre ich jetzt selbst nicht draufgekommen. Ich bin im Augenblick wie vernagelt und kann keinen einzigen klaren Gedanken fassen."

„Ist doch gut, dass ich dir helfen kann", meinte Charlotte, „dafür sind Freundinnen doch da."

„Wenn das alles hier vorbei ist und ich noch leben sollte, lade ich dich zum Essen ein." Henrike lächelte schief. Mehr als Galgenhumor brachte sie im Moment nicht auf.

„Rede keinen Quatsch! ‚Wenn du noch leben solltest.' Natürlich wirst du leben. Aber ich will das Restaurant aussuchen." Jetzt grinste auch Charlotte.

„Ich würde so gern ganz entspannt bei einem Glas Wein und einem schönen Essen mit dir plaudern. Das haben wir in letzter Zeit viel zu selten gemacht."

„Dann nehme ich die Einladung gerne an."

„Charlotte, du musst jetzt nicht mehr länger bleiben. Ich habe deine Hilfe schon über Gebühr strapaziert. Du hast schließlich geschäftliche Verpflichtungen."

Charlotte erhob sich. „Du hast recht, die Arbeit ruft."

Henrike begleitete sie bis zur Tür.

„Vielen Dank noch mal", sagte Henrike zum Abschied und umarmte ihre Freundin.

„Habe ich gern gemacht. Ich melde mich morgen früh bei dir, ob alles in Ordnung ist. Wenn du das Bedürfnis hast, mit jemandem zu reden, dann kannst du mich anrufen. Jederzeit, okay?"

„Ich bin so froh, dass ich dich habe." Henrike war fast ein bisschen gerührt. Die Zeit, die sie mit Charlotte verbracht hatte, und ihre Argumente, die sie so überzeugend rübergebracht hatte, waren so wohltuend gewesen, dass sie ein wenig von ihrer alten Sicherheit zurückgewonnen hatte.

Als sie gegangen war, eilte Henrike ans Fenster und sah auf die Straße hinunter. Sie entdeckte Charlotte, wie sie gerade durch das Tor das Grundstück verließ und ihr Gesicht zu ihr nach oben wandte. Henrike winkte und auch Charlotte hob lächelnd die Hand. Dann verschwand sie in die Richtung, in der sie ihr Auto abgestellt hatte.

5. Kapitel

Für eine Weile stand Henrike noch am Fenster und sah gedankenverloren auf die Straße hinunter. Wenn sie ehrlich war, hätte sie Charlotte am liebsten bei sich behalten. Noch besser wäre es gewesen, sie hätte einfach hier übernachtet. Zwar hatte sie mit dem Gedanken gespielt, sie rundheraus darum zu bitten, aber das wäre zu viel verlangt gewesen. Doch allein die Tatsache, dass sie sie jederzeit anrufen konnte, bedeutete eine enorme Beruhigung. Außerdem hatte sie noch die Visitenkarte dieses übergewichtigen Kriminalhauptkommissars. Den könnte sie doch jetzt anrufen, um sich zu erkundigen, ob die Ermittlungen in der Zwischenzeit etwas ergeben hatten. Viel Hoffnung machte sie sich allerdings nicht, denn auch die beiden Beamten hatten nicht den Eindruck vermittelt, dass ihr Fall auf der Prioritätenliste gelandet war. Dennoch, sie wollte nichts unversucht lassen. Sie holte sich die Karte, die sie in eine Schublade in der Küche gelegt hatte und wählte die Nummer.

„Schrabberdeich", brummte eine Stimme.

„Guten Tag, hier ist Henrike Winter. Sie waren gestern bei mir wegen der Morddrohung, die ich erhalten habe. Ich wollte mich erkundigen, ob Sie schon etwas ... herausgefunden haben?" Voller Anspannung hielt sie den Atem an.

„Moin, Frau Winter. Herausgefunden ist zu viel gesagt. Meine Kollegin und ich waren gestern noch bei Bültmann & Gerriets und haben dort mit der Verkäuferin, Frau Grotelüschen, gesprochen. Doch leider konnte sie uns nicht weiterhelfen und ihre Kollegin auch nicht. Sie hat uns das fragliche Buch gezeigt, das übrigens sehr interessant ist. Wir haben es uns gemeinsam angeschaut, aber weiter nichts Verdächtiges entdecken können."

„Könnten Sie es denn nicht auf Fingerabdrücke untersuchen?", fragte Henrike. Waren das nicht immer die ersten Maßnahmen, die die Polizei ergriff, um Spuren sicherzustellen?

„Frau Winter", begann Schrabberdeich zögernd, „Wir nehmen Ihre Anzeige sehr ernst. Doch das Buch kriminaltechnisch untersuchen zu lassen, wird nicht sehr zielführend sein. Die geeignete Täterspur zu finden, ist einfach zu gering. Daktyloskopische Spuren werden verwischt, überlagert und kaum vereinzelt zu identifizieren sein. Eventuelle DNA-Spuren dürften nicht zuzuordnen sein."

„Okay, das verstehe ich." Schlagartig war sie ernüchtert.

Eine kurze Pause entstand.

„Wir waren außerdem noch bei ihrem ehemaligen Partner, Mark Behrends. Als wir ihm von dem Vorfall berichteten, zeigten er und seine Frau sich schockiert und besorgt. Doch auch sie hatten keine Vermutung, wer für die Morddrohung verantwortlich sein könnte."

Henrike beschlich ein unangenehmes Gefühl. Mittlerweile waren schon mehrere Personen in diese Geschichte hineingezogen worden.

„Er hat uns etwas von, ähm, Zwangsvorstellungen berichtet, unter denen sie früher einmal gelitten hätten. Können Sie das bestätigen?"

Henrike erstarrte. Sie hatte Mark bedingungslos vertraut und war damals der Meinung gewesen, dass es zwischen Liebenden keine Geheimnisse geben sollte. Er hatte nicht distanziert oder verständnislos reagiert, sondern sie in den Arm genommen und in ihr Haar gemurmelt, das jeder mal schwere Zeiten im Leben durchmache und ihr von seinen eigenen Problemen berichtet. Seine Eltern waren ihm gegenüber immer gefühlsarm und verständnislos gewesen. Gegen ihren ausdrücklichen Willen hatte er Abitur gemacht und studiert. Sie hatten die Auffassung vertreten, dass er einen handwerklichen Beruf hätte erlernen sollen und ihm jede Unterstützung für das Studium verweigert. Das hatte einen tiefen Riss zwischen ihnen hinterlassen, der sich nie wieder geschlossen hatte. Mit seinem Geständnis war die Sache zwischen Mark und Henrike erledigt und nie wieder thematisiert worden. Bis heute.

„Ja, das ist richtig", bestätigte Henrike, angestrengt um Gleichmut bemüht. „Es handelte sich um eine kurzfristige Phase als Jugendliche.

Danach ist es nie wieder aufgetreten." Die alptraumartigen Bilder von den Monstern und Kreaturen, die sie in ihrer Kindheit heimgesucht hatten, erwähnte sie lieber erst gar nicht. Dann würde man sie als komplett gestört abstempeln. Doch sie war nicht verrückt, das wusste sie in ihrem tiefsten Innern. Sie war eine ganz normale Frau, die ein gutes Leben führte und psychisch stabil war, denn diese eigenartigen Vorstellungen waren nie wieder aufgetaucht.

„Ich verstehe", erwiderte Schrabberdeich, doch Henrike meinte, eine gewisse Skepsis aus seiner Stimme heraushören zu können. „Hat sich denn seit gestern noch etwas bei Ihnen ereignet?"

Henrike schilderte ihm den Spaziergang mit ihrer Freundin im Schlossgarten, den seltsamen Typen, der plötzlich wie aus dem Nichts vor ihnen aufgetaucht war. Auch darüber, dass sie über zwei Schüler gesprochen hätten, von denen einer eventuell als Verfasser in Betracht käme.

Schrabberdeich bat sie, ihr den Namen des ehemaligen Schülers zu geben.

„Aber ich glaube, ehrlich gesagt, nicht, dass er damit etwas zu tun hat", gab Henrike zu bedenken. „Es war vielmehr meine Freundin Charlotte, die diesen Gedanken verfolgt hat." Geflissentlich verschwieg sie, dass sie ihr gleichwohl den Namen von Jacob Kamminga verraten hatte, weil ihre Freundin im Internet herausfinden wollte, ob er überhaupt noch in Oldenburg wohnte. Erneut kamen ihr Bedenken, weil sie Charlotte seinen Namen verraten hatte, obwohl sie es eigentlich nicht gewollte hatte. Sie hatte nur nachgegeben, weil sie so insistiert hatte. Nun kannte ihn auch noch die Polizei. Doch schließlich war sie selbst es gewesen, die den Stein ins Rollen gebracht hatte, und durfte sich jetzt nicht beschweren, dass die Polizei ermittelte.

„Geben Sie mir doch bitte auch noch den Namen und die Anschrift Ihrer Freundin", bat Kommissar Schrabberdeich sie.

Henrike erschrak. „Wozu brauchen sie die denn?"

„Das gehört zur Routinearbeit. Von allen Personen, die in irgendeiner Weise in den Vorfall involviert sind, werden die Personalien aufgenommen." Sein Ton war sachlich.

Sie schluckte. *Was, um Himmels willen, hatte sie da bloß für eine Lawine losgetreten?*

6. Kapitel

Henrike ließ das Gespräch mit dem Hauptkommissar noch einmal Revue passieren. War sie tatsächlich psychisch so stabil, wie sie es sich vorhin selbst versichert hatte? Was, wenn alles nur die Ausgeburt ihrer kranken Fantasie war? Eine grauenhafte Vorstellung, die sie zutiefst beunruhigte. Sie konnte noch nicht einmal mit Bestimmtheit sagen, was schlimmer wäre. Eine real existierende Bedrohung oder eine Paranoia, die ihr eine Parallelwelt voller imaginärer Bedrohungen vorgaukelte.

Waren es damals in ihrer Kindheit die ersten Vorläufer einer schweren Erkrankung gewesen, als sie Angst vor den monströsen Kreaturen unter ihrem Bett gehabt hatte, sodass sie sich nicht mal mehr traute, zur Toilette zu gehen? Angst vor der Hexe, die in der dunklen Zimmerecke neben dem Schrank nur darauf lauerte, sich heulend auf sie zu stürzen? Aber war das eigentlich nicht ganz normal für Kinder, die sehr sensibel sind und über eine lebhafte Fantasie verfügen?

Henrikes Mutter, die ihre nächtlichen Ängste mitbekommen hatte, folgte, wie es wohl die meisten Erwachsenen getan hätten, ihrer Erwachsenenlogik. Das hatte sich als wenig hilfreich erwiesen, denn Henrike erklärte sich die Welt in dieser Phase mit einer in sich stimmigen Logik einer magischen Welt. Ihr realistisches Denken war noch nicht so stark wie bei einem Erwachsenen ausgeprägt. Weitaus hilfreicher wäre es gewesen, wenn ihre Mutter stärker auf ihre Ängste eingegangen wäre und sie beispielsweise gefragt hätte: ‚Was mag das Monster unter deinem Bett denn gar nicht? Lass uns das unter dein Bett legen, dann haut es ab!' Oder ‚Ich habe einen viel größeren Besen als die Hexe. Den stellen wir in die Ecke. Dann schämt sie sich und verschwindet von ganz allein'.

Etwas in dieser Art hätte die Situation vielleicht entschärft, nicht aber ihre bloße Beteuerung, dass es keine Monster und Hexen gebe, vor denen man Angst haben müsse. So aber waren ihre Ängste nicht unter Kontrolle gewesen und deswegen aus dem Ruder gelaufen.

Im Laufe der Zeit, in der sich ihr realistisches Denken sukzessive ausprägte, verblassten diese alptraumhaften Bilder allmählich, bis sie schließlich ganz verschwanden. Doch in der Spätpubertät schlugen die Zwangsvorstellungen in einer anderen Erscheinungsform erneut zu. Und zum hundertsten Mal fragte Henrike sich, was dieses Phänomen ausgelöst haben könnte. Sie war körperlich gesund gewesen und hatte keine Drogen genommen. Natürlich hatte sie im Internet über Paranoia und Schizophrenie gelesen und alsbald herausgefunden, dass sie unter einer vergleichsweise harmlosen Störung gelitten hatte, nachdem sie mehrere Erfahrungsberichte Betroffener und medizinische Abhandlungen gelesen hatte. Mediziner vermuten ein Zusammenspiel von genetischer Veranlagung, Umweltfaktoren und biografischen Faktoren. Der einzige in ihrer Familie, dem sie eine psychische Störung hätte zuschreiben können, war der Cousin ihrer Mutter, der plötzlich mit seinem bürgerlichen Leben gebrochen hatte und auf einen halb verfallen Bauernhof im Ipweger Moor gezogen war. Dort hatte er sich mit fast einhundert Katzen eingenistet, die sich überall im Haus und auf dem verwahrlosten Grundstück tummelten, auf dem mehrere Autowracks und Schrotteile vor sich hin rosteten. Wie er seiner beunruhigten Verwandtschaft erklärt hatte, wollte er in Zukunft Autowracks reparieren, um sie anschließend gewinnbringend zu verkaufen, was natürlich nie geschah. Doch da der nächste Nachbar gut zwei Kilometer weit entfernt wohnte, störte sich niemand an seinem seltsamen Einsiedlerleben. Die Familie hatte sich darauf geeinigt, ihn als etwas eigenwillig und kauzig, aber nicht als psychisch kranken Mann zu bezeichnen. Auch nicht, als er den Kontakt zur Außenwelt nahezu vollständig abbrach. Dann, erst viel später, da war er schon Mitte siebzig, hatte man ihn durch Zufall auf einem großen zerschlissenen Ohrensessel vorgefunden, tot und halb verwest. Er musste friedlich eingeschlafen sein, umgeben von seinen geliebten Katzen. Hinter vorgehaltener Hand wurde gemunkelt, die Tiere hätten sich an dem Leichnam gütlich getan, weil sie ansonsten verhungert wären. Fast sein gesamtes Harz IV-Einkommen hatte der Cousin ihrer Mutter für das Katzenfutter ausgegeben. Gelegentlich hatte er auch eine Spende in Form eines Kartons voller Dosenfutter bekommen, die ein wohlmeinender Mitmensch ihm vor die Tür gestellt hatte. Bestimmt war ihr Großcousin glücklich oder zumindest zufrieden mit seinem Leben abseits der Norm gewesen. Diese Annahme hatte Henrike mit ihren Verwandten geteilt, die sich dadurch allerdings auch einer gewissen Verantwortung entledigt hatten. Was aber, wenn sie alle, Henrike eingeschlossen, sich geirrt hatten, und er dieses Leben nicht aus freien Stücken gewählt, sondern sich, vor Angst gebeutelt, hinter den Mauern des maroden Gehöfts verschanzt hatte und jeden Tag aufs Neue durch die Hölle gegangen war?

Er war ihres Wissens zwar nie in ärztlicher Behandlung gewesen, doch die Möglichkeit einer psychischen Erkrankung konnte sie nicht ausschließen. Ebenso wenig wie die Möglichkeit, dass hier der Hinweis auf ihre eigene potentielle genetische Veranlagung lag.

Doch alles Nachdenken brachte sie nicht weiter. Wenn sie dieses verdammte Stück Papier mit der Morddrohung doch nur finden würde! Das würde eindeutig beweisen, dass sie nicht unter wahnhaften Vorstellungen litt.

Entschlossen erhob sie sich vom Sofa und ging in den Flur. Noch einmal wollte sie alles gründlich durchsuchen. Sie griff in beide Jackentaschen, doch schon wie beim ersten Mal blieb die Suche erfolglos. Auch die Handtasche durchwühlte Henrike erneut und zum Schluss die Taschen ihrer Jeans, die sie am Vortag angehabt hatte. Doch wie sie alles auch buchstäblich drehte und wendete, das Stück Papier blieb verschwunden. Es bestand natürlich die Möglichkeit, dass sie es unterwegs verloren hatte, weil sie es in der Aufregung und Angst nicht richtig in die Jackentasche gesteckt hatte, sodass der Zettel einfach herausgefallen war.

Henrike fuhr sich mit den Händen über das erhitzte Gesicht und ging ins Wohnzimmer zurück. Dort stellte sie sich ans Fenster, lehnte die Stirn an die Scheibe und genoss die Kühle auf ihrer Haut. Ihr Magen begann zu knurren und erinnerte sie daran, dass sie seit dem Frühstück nichts mehr gegessen hatte. Sie öffnete die Augen und löste sich vom Fenster. Im selben Moment zuckte sie zusammen, wich einen Schritt zurück und versteckte sich hinter dem Vorhang. Der Mann aus dem Schlossgarten! Oder hatte sie sich geirrt und er sah ihm nur ähnlich? Behutsam schob sie sich wieder ein Stück vor und spähte mit einem Auge hinunter auf die Straße. Nein, kein Irrtum, es war eindeutig derselbe Mann, der sich Charlotte und ihr in den Weg gestellt hatte. Kleidung, Gang und Statur waren identisch. Ein Foto! Sie musste ein Foto mit dem Handy machen, dann hätte sie einen Beweis. Wo hatte sie ihr Telefon nur hingelegt? Auf dem Wohnzimmertisch lag es nicht. Vielleicht war es in der Küche? Doch auch dort hatte sie es nicht hingelegt, wie sie gleich darauf feststellte. Dann konnte es sich nur noch in ihrer Handtasche befinden. Dort fand sie es und eilte zum Fenster zurück, aber der Mann war verschwunden. Enttäuscht ließ sie das Telefon sinken und wartete noch einige Sekunden am Fenster. Möglicherweise kam er noch einmal zurück. Der Mann ließ sich jedoch nicht mehr blicken. Henrike war wütend und ärgerte sich über die verpasste Gelegenheit. Mit bebenden Fingern wählte sie Hauptkommissar Schrabberdeichs Nummer. Noch immer aufgeregt schilderte sie ihm, dass sie den Mann aus dem Schlossgarten unten auf der Straße gesehen habe. Er versuchte sie zu beruhigen und versprach, einen Streifenwagen vorbeizuschicken. Danach rief sie Charlotte an und erzählte auch ihr, was vorgefallen war.

„Ich wollte ein Foto machen, habe mein Handy aber nicht gefunden, und als ich es endlich doch zur Hand hatte, war der Typ verschwunden. Ich habe sofort diesen Schrabberdeich, den Hauptkommissar, angerufen", berichtete sie mit zitternder Stimme. „Der wollte gleich einen Streifenwagen vorbeischicken."

„Bist du denn sicher, dass es derselbe Mann war?", fragte Charlotte.
„Kein Zweifel. Ich bin mir zu hundert Prozent sicher."
„Das ist gut, dann wird ihn die Streife ja vielleicht aufspüren und überprüfen. Aber sei mir nicht böse, ich muss Schluss machen, ein wichtiges Kundengespräch. Ruf mich später noch mal an, falls es etwas Neues gibt."

Vielleicht war das ja der Durchbruch! Die Polizei würde mit Sicherheit die nähere Umgebung abfahren und ihn finden, so schnell konnte er ja nicht einfach verschwinden. Dann würde sie ihn kontrollieren. Und dann ...? Ja, was dann? Die Beamten konnten ihn wohl schlechterdings danach fragen, ob er vorhabe, sie umzubringen. Aber zumindest seine Daten konnten sie aufnehmen, um ihn später zu durchleuchten.

Doch nun musste sie unbedingt etwas essen. Sie ging in die Küche und bereitete sich eine einfache Mahlzeit zu, um die Vorräte zu schonen. Beim derzeitigen Stand der Dinge konnte sie nicht beurteilen, wie lange sie noch gezwungen sein würde, in ihrer Wohnung zu bleiben. Gleich darauf fiel ihr ein, dass sie sich eigentlich keine allzu großen Sorgen um ihre Lebensmittel zu machen brauchte. Sie konnte Charlotte oder ihre Nachbarin von gegenüber bitten, etwas für sie einzukaufen. Außerdem gab es Lieferdienste. Verhungern würde sie also nicht. Spätestens am dritten Tag ihres Fernbleibens von der Schule musste sie ihre Wohnung allerdings verlassen, um zum Arzt zu gehen und sich eine Krankschreibung zu besorgen. Sie würde sich von einem Taxi, das direkt vor der Tür auf sie wartete, zur Praxis bringen und auch wieder abholen lassen. Doch auf Dauer war ein Taxi keine Lösung. Sie wollte schließlich ein ganz normales Leben führen, arbeiten, ausgehen und all die anderen Dinge tun, die ein freies und selbstbestimmtes Leben ausmachen und sich nicht in ihrer Wohnung verstecken. Das käme einem Gefängnis gleich. Sie seufzte und war unschlüssig, was sie nun tun sollte. *Vielleicht noch einen Blick auf die Straße riskieren?*

Erneut stellte sie sich hinter den Vorhang und lugte vorsichtig um die Ecke. Mittlerweile lag ihre Straßenseite im Schatten. Auch auf der gegenüberliegenden Seite wurden nur noch die Dächer und oberen Etagen der Häuser von der Abendsonne beschienen. Gerade leuchtete ein Fenster im Dachgeschoss der Villa von gegenüber golden auf, als sich die letzten Strahlen darin spiegelten. Friedlich und still lag die Straße vor ihr. Für einen Moment vergaß Henrike die schreckliche Bedrohung und genoss die idyllische Atmosphäre der hereinbrechenden Abenddämmerung, die alles in ein weiches Licht tauchte und die scharfen Konturen verschwinden ließ. Das schrille Läuten ihres Telefons riss sie aus ihrer stillen Betrachtung. Es war ein Wachtmeister Schuler, der ihr mitteilte, dass sie die von ihr beschriebene Person nicht hätten ausfindig machen können.

Bestimmt waren sie viel zu spät gekommen, sodass der Verdächtige ungehindert hatte verschwinden können. Doch halt, machte sie nicht einen Denkfehler? Der Mann hatte keinen Grund zur Eile gehabt, da er nicht wissen konnte, dass der Streifenwagen ihn aufstöbern würde. Aber warum war der Mann just in dem Moment an ihrem Fenster vorbeigegangen, als sie heruntersah? Das wäre ein Riesenzufall gewesen. War er auf- und abgelaufen, in der Hoffnung, dass sie ihn entdecken würde? Unwahrscheinlich! Der einzige logische Schluss war der, dass sie beobachtet und jeder ihrer Schritte überwacht wurde.

Ihre Härchen richteten sich auf. Hektisch sah sie sich im Wohnzimmer um. War hier womöglich eine versteckte Kamera? Jemand hatte sich in ihrer Abwesenheit Zutritt zu ihrer Wohnung verschafft und eine Minikamera installiert! Suchend glitten ihre Augen über die Wände und blieben an der Regalwand mit den vielen Büchern, CDs und Wohnaccessoires hängen. Henrike trat an die Schrankwand heran, schob Bücher und CD-Hüllen zur Seite, doch eine Kamera konnte sie nicht entdecken. Mit einem Mal schlug sie sich gegen die Stirn. War sie jetzt komplett verrückt geworden? So etwas gab es doch nur im Film und im wahren Leben nur bei hochrangigen Politikern oder Agenten.

Erschöpft ließ sie sich auf das Sofa fallen und versuchte, gegen den hartnäckigen Gedanken anzukämpfen, dass sie sich alles wieder nur eingebildet hatte. So ging das nicht weiter! Entweder ging sie zum Arzt, oder ... oder aber sie drehte den Spieß einfach um! Ja, warum eigentlich nicht? Das war eine gute Idee. Ein Lächeln stahl sich auf ihre Lippen und zum ersten Mal seit zwei Tagen verspürte sie neue Energie durch ihren Körper strömen und etwas Zuversicht keimte in ihr auf.

7. Kapitel

Gegen Abend meldete sich Charlotte noch einmal, um sich zu erkundigen, ob die Polizei den Mann hatte dingfest machen können, was Henrike verneinte. Ihre Freundin hatte eine Neuigkeit für sie: Henrikes ehemaliger Schüler, Jacob Kamminga, wohnte noch in Oldenburg und studierte an der Uni Oldenburg Business Administration. Sein großes Ziel, Medizin zu studieren, hatte ihm Henrike ja angeblich versaut.

„Ich habe ihn sowohl bei Facebook, als auch bei Instagram gefunden", informierte Charlotte sie. „Macht auf mich eigentlich einen ganz normalen Eindruck. Aber so etwas kann natürlich täuschen und hat keinerlei Aussagekraft. Zumindest wissen wir, dass er in Oldenburg ist und somit als potentieller Verdächtiger in Betracht kommt."

„Und was fangen wir nun mit diesem Wissen an?", fragte Henrike.

„Gute Frage, nächste Frage", erwiderte Charlotte kleinlaut.

„Hat er Ähnlichkeit mit dem Mann aus dem Schlossgarten?", hakte Henrike nach. Sie konnte sich nicht mehr genau an das Aussehen ihres Schülers erinnern, außerdem veränderte man in diesem Alter sein Äußeres oft noch grundlegend.

„Nein, der Typ aus dem Schlossgarten war doch viel älter. Ich schätze ihn auf Anfang, Mitte vierzig. Genau kann ich es natürlich nicht sagen, weil er das Basecap so tief ins Gesicht gezogen hatte."

„Du hast recht", stimmte Henrike ihr zu. „Ich habe ohnehin nicht geglaubt, dass Kamminga etwas damit zu tun hat."

„Ich könnte, natürlich nur, wenn du willst, versuchen, Kontakt zu ihm aufzunehmen, über Facebook, das ist am leichtesten und unauffälligsten. Gut möglich, dass ich ein bisschen mit ihm ins Gespräch komme und dabei herausfinden kann, ob er zufrieden mit sich und seinem Studium ist. Dann werden wir ja sehen, ob er noch immer wütend auf dich ist, weil du ihm seine Karriere als Mediziner verbaut hast."

„Du kannst es probieren, aber ehrlich gesagt, verspreche ich mir nicht allzu viel davon. Ich habe seinen Namen der Polizei gegeben, weil auch die mich gefragt hat, ob es jemanden gäbe, der sich an mir rächen wolle."

„Das hast du richtig gemacht", bekräftigte Charlotte. „Kein Grund, ein schlechtes Gewissen zu haben."

„Das habe ich aber. Und es tut mir leid, dass ich einen Schüler damit hineingezogen habe."

„Einerseits kann ich dich verstehen", sagte Charlotte, „auf der anderen Seite hast du eine Morddrohung erhalten. Und dass Schüler ausrasten, sich bewaffnen und alles in der Schule niederballern, weil sie sich möglicherweise zurückgesetzt fühlen, ist auch kein Geheimnis."

Henrike seufzte. Was sollte sie auch darauf erwidern? Ihre eigenen Überlegungen waren schließlich in dieselbe Richtung gegangen.

„Trink ein Glas Wein heute Abend und guck ein wenig fern, um dich abzulenken, sonst drehst du noch durch."

Charlotte hatte recht. Sie würde ihren Rat befolgen, nicht mehr daran denken und sich morgen an die Umsetzung ihres Plans machen. Viel brauchte es nicht dazu, alles, was sie dafür benötigte, hatte sie zu Hause.

Wenig später saß sie mit einem Glas Weißwein auf dem Sofa und griff bereits nach der Fernbedienung, als sie abrupt innehielt. Hatte sie ihre Wohnungstür eigentlich verschlossen? Hastig stand sie auf und sah den Schlüssel im Schloss stecken. Das hatte sie doch tatsächlich vergessen! Wie leichtsinnig von ihr. Sie drehte den Schlüssel zweimal herum. So konnte sich niemand mit einem Werkzeug Zugang zu ihrer Wohnung verschaffen. Als sie ins Wohnzimmer zurückging, spielte sie kurz mit dem Gedanken, noch einmal auf die Straße hinunterzusehen, um sich zu vergewissern, dass dieser Typ dort unten nicht wieder vorbeiging oder ihre Wohnung beobachtete. *Nein! Schluss damit!* Sie musste auf ihre Freundin hören. Sie durfte sich nicht weiter damit beschäftigen und musste endlich ein bisschen Abstand gewinnen.

Sie setzte sich aufs Sofa und nahm einen großen Schluck Wein zu sich. Er war herrlich kühl und trocken, aber nicht zu trocken, genauso, wie sie es mochte. Noch schöner wäre es gewesen, Charlotte hätte neben ihr gesessen und sie hätten den Wein gemeinsam trinken können.

Wieder dachte sie daran, was für ein Segen es doch war, eine gute Freundin zu haben. Verlässlich und hilfsbereit, jederzeit zur Stelle, wenn man sie brauchte. Henrike trank einen weiteren Schluck und ihr fiel plötzlich ein, wie Charlotte und sie heimlich das erste Glas Wein getrunken hatten.

Sie fuhren mit dem Fahrrad ein Stück die Mühlenhunte entlang, ließen den Niedersachsendamm hinter sich und radelten einige hundert Meter neben dem Westfalendamm entlang, bis sie in einen kleinen Weg rechts einbogen, der an einem großen Sportplatz vorbeiführte. Sie umrundeten ein hohes Gebüsch, stellten ihre Räder ab und Henrike breitete lachend eine Decke aus, die sie von zu Hause mitgenommen hatte. Wohlig streckten sich die Teenager darauf aus und genossen die wärmenden Strahlen der Sommersonne.

„Guck mal, was ich hier habe", durchbrach Charlotte die Stille mit einem Mal.

Träge von der Wärme öffnete Henrike ihre Augen und sah das feixende Gesicht ihrer Freundin unmittelbar über sich schweben. In der rechten Hand hielt sie eine Flasche Rotwein, die sie auffordernd schwenkte.

„Hey, wo hast du die denn her?", fragte Henrike überrascht und stützte sich auf ihre Unterarme.

„Besorgt, spielt doch keine Rolle", erwiderte Charlotte stolz. „Wollen wir?"

„Ja, klar, hast du denn einen Öffner?"

„Schraubverschluss. Praktisch, nicht?"

Das konnte Henrike nicht bestreiten. Charlotte nahm den ersten Schluck und dann gleich noch einen. „Gar nicht so schlecht", meinte sie und reichte Henrike die Flasche.

Der Wein schmeckte ziemlich scheußlich, fand Henrike, und war zu süß. Trotzdem nahm sie einen zweiten und dann noch einen weiteren Schluck aus der Flasche, bevor sie sie Charlotte wieder hinhielt. Die trank erneut, dann war Henrike wieder an der Reihe. Bereits nach kurzer Zeit stieg ihnen der Alkohol zu Kopf. Kichernd holte Charlotte eine flache, viereckige Blechschachtel aus ihrer Tasche und hielt sie Henrike unter die Nase.

„Rate mal, was da drinnen ist", fragte Charlotte und warf ihr einen verschwörerischen Blick zu.

Henrike zuckte mit den Schultern, woher sollte sie das wissen? Der Wein hatte sie müde gemacht und am liebsten hätte sie sich wieder lang hingelegt, um ein wenig weiterzudösen.

Charlotte ließ die Schachtel aufspringen. Vier Zigaretten lagen darin.

„Habe ich meinem Alten geklaut", sagte sie stolz, steckte sich dann eine in den Mund, zündete sie an und hielt Henrike die Metallschachtel unter die Nase. „Das merkt dieser Arsch überhaupt nicht."

Henrike griff in die Schachtel und Charlotte gab ihr Feuer. Sie zog den Rauch in ihre Lungen und musste prompt husten, was ihr peinlich war.

„Wieso ist er ein Arsch?", fragte sie schnell, um von ihrer Unerfahrenheit abzulenken. Außerdem hatte sie ihre Freundin noch nie so über ihren Vater reden hören. Zwar wusste sie, dass sie sich nicht allzu gut verstanden, aber das Verhältnis schien sich noch verschlechtert zu haben. Die pure Verachtung hatte in Charlottes Stimme mitgeklungen. Sie begann zu erzählen. Davon, dass er ihre Mutter schlecht behandle, ihr zu wenig Haushaltsgeld gebe und abends ständig betrunken sei. Er führe sich wie ein Tyrann auf, einmal habe er ihre Mutter sogar geschlagen.

„Weißt du, Henrike", nachdenklich stieß sie den Rauch ihrer Zigarette aus und sah in diesem Moment wie eine erwachsene Frau aus, „in dem Moment, als er sie geschlagen hat, ist etwas mit mir geschehen. Mir wurde klar, dass ich da raus muss. Eine Ausbildung machen, Geld verdienen und unabhängig sein. Verstehst du das?"
Natürlich verstand Henrike sie. Sie selbst war ohne Vater aufgewachsen, denn er hatte die Familie unmittelbar vor ihrer Geburt verlassen. Weder sie noch ihre Mutter hatten jemals wieder etwas von ihm gehört. Für ihre Mutter war es sicherlich nicht immer leicht gewesen, ihre Ausbildung zu beenden und anschließend zu arbeiten. Doch ihre Großmutter war eingesprungen und hatte geholfen, wo sie nur konnte. Henrike hatte ihren Vater nie vermisst, denn sie hatte es nicht anders gekannt. Außerdem war ihre Mutter immer fürsorglich und liebevoll gewesen. So einen Vater, wie Charlotte ihn hatte, brauchte kein Mensch. Doch etwas war ihr an Charlottes Erklärungen unklar.

„Du willst kein Abi machen und anschließend nicht studieren? Du hättest hinterher bestimmt bessere Jobmöglichkeiten."

„Quatsch, man kann auch ohne Studium viel Geld verdienen. Denk doch nur an die vielen erfolgreichen Geschäftsleute, von denen haben die wenigsten studiert. Nein, ein Studium kommt für mich nicht infrage. Da müsste ich ja noch jahrelang bis zum Abi zu Hause bleiben und nachher von BAföG leben. Das will ich auf keinen Fall. Nach der Zehnten ist Schluss."

„Aber von dem Gehalt als Lehrling kannst du dir doch gar keine Wohnung leisten", wandte Henrike ein.

„Knapp sechshundert Mark im ersten Lehrjahr als Versicherungskauffrau ist doch nicht schlecht. Ich nehme mir ein Zimmer, vielleicht in einer WG." Charlotte schien sich tatsächlich bereits ernsthafte Pläne gemacht zu haben.

„Wissen deine Eltern davon?" Henrike dachte daran, wie ihre eigene Mutter reagieren würde, wenn sie sie damit konfrontieren würde, nach der zehnten Klasse abzugehen und kein Abitur zu machen. Undenkbar!

„Meiner Mutter hab ich's schon erzählt. Begeistert war sie natürlich nicht. Selbst, wenn sie was dagegen hätte, würde ich's trotzdem machen. Sie ist einfach nur schwach. Wenn sie sich von meinem Vater trennen würde, könnten wir vielleicht zusammenziehen. Aber sie liebt ihn abgöttisch." Charlotte verdrehte die Augen und zuckte mit den Schultern. „Dann soll sie machen, aber ohne mich."

Henrike bewunderte ihre Freundin für deren Entschlossenheit und Mut. Sie war schon viel erwachsener als sie selbst und alle ihre Klassenkameraden zusammen. Plötzlich sah Henrike ihre Freundin in einem ganz neuen Licht. Ein etwas befremdliches Gefühl beschlich sie, als sie daran dachte, dass sich ihre Lebenswege vielleicht auf immer trennen würden.

„Aber kannst du denn mit sechzehn von zu Hause ausziehen?"

„Klar, meine Eltern müssen nur einverstanden sein. Aber das krieg ich schon hin." Charlotte lächelte selbstbewusst. „Aber jetzt lass uns mal von was anderem sprechen."

Sie quatschten noch ein wenig über einige Mädchen aus ihrer Klasse und natürlich auch, noch viel wichtiger, über Jungen. Charlotte meinte so ganz nebenbei, dass sie in einen verknallt wäre, wollte aber partout seinen Namen nicht preisgeben. Henrike war zwar neugierig, bohrte jedoch nur halbherzig weiter, weil sie in Gedanken ganz woanders war. Nach den Sommerferien kamen sie in die zehnte Klasse. Ein gemeinsames Jahr hatten sie noch, danach wäre Schluss für Charlotte. Mit der Zeit würden sie sich bestimmt aus den Augen verlieren, denn als Auszubildende hätte sie nachmittags wahrscheinlich keine Zeit mehr, um sich mit ihr zu verabreden. Außerdem würde Charlotte neue Leute kennenlernen, die ihr möglicherweise viel interessanter als brave Gymnasiastinnen erschienen. Da Charlotte überdies eisern blieb und ihr den Namen des Jungen, in den sie so verknallt war, nicht verriet, machte sich Ernüchterung bei Henrike breit. Waren sie nicht beste Freundinnen, die sich alles erzählten? Sie hatte das Gefühl, dass ihre Freundschaft einen Riss bekommen hatte. Charlotte hatte Henrikes veränderte Stimmung bemerkt und tröstete sie damit, ihr alles bald zu erzählen, sie müsse ihr nur noch ein bisschen Zeit geben. Doch die locker fröhliche Stimmung war dahin und nach einer weiteren halben Stunde machten sie sich wieder auf den Heimweg.

Henrike musste bei der Erinnerung an diese Szene lächeln. Charlotte hatte ihr nie den Namen des Jungen genannt und ihre Vermutung, dass sich ihre Wege trennen würden, hatte sich zum Teil bestätigt. Nachdem Charlotte die Schule verlassen hatte, telefonierten sie zwar noch regelmäßig und trafen sich auch gelegentlich. Doch mit der Zeit schlief der Kontakt ein.

Henrike studierte bereits im zweiten Semester an der Uni Oldenburg, als sie sich zufällig an einem Samstagvormittag auf dem Wochenmarkt am Pferdemarkt begegneten. Henrike stand an einem ausladenden Obst- und Gemüsestand und wartete, dass sie an die Reihe kam. Plötzlich tippte ihr jemand auf die Schulter.

„Henrike, bist du das?", hörte sie eine Stimme hinter sich und wandte sich um. Da stand Charlotte, bildschön, in schicken Klamotten und in Begleitung eines attraktiven Mannes. Henrike war so überrascht, dass sie zunächst kein Wort herausbrachte. Sie freute sich riesig, ihre Freundin wiederzusehen, und Charlotte schien es ähnlich zu gehen. Sie verabredeten sich für den Mittag im *Barcelona* am Lamberti Markt, um dort eine Kleinigkeit zu essen und sich zu unterhalten. Es gab sicherlich viel, das sie sich nach der langen Zeit zu erzählen hatten.

Als Henrike zum vereinbarten Treffpunkt kam, bemerkte sie sogleich, dass Charlotte allein gekommen war. Ihr Freund sei so diskret und rücksichtsvoll gewesen, nicht mitzukommen, da er nicht stören wolle, teilte ihr Charlotte mit. Das war Henrike nicht ganz unlieb, denn im Beisein eines unbekannten Dritten konnte man sich eben doch nicht so ungezwungen unterhalten wie zu zweit. Sie blieben dort über zwei Stunden und redeten wie in alten Zeiten. Ab diesem Zeitpunkt trafen sie sich wieder regelmäßig, ihre alte Freundschaft lebte wieder auf und hatte bis heute gehalten. Beide waren ihren eigenen Weg gegangen und angekommen. Henrike als Lehrerin und Charlotte als erfolgreiche Versicherungsmaklerin.

8. Kapitel

Obwohl es Samstag war, saß Haila an seinem Schreibtisch und brütete über einer neuen Akte. Auch die ganze Mannschaft musste ihr Wochenende wegen eines Mordfalls opfern. Ein unbekannter Mann war im Hinterhof eines beliebten Restaurants in der Nähe der Lambertikirche tot aufgefunden worden, erstochen mit fünf Messerstichen und in einem Müllsack verpackt. Noch stand die Identität des Mannes nicht fest und die Belegschaft des Lokals hatte ihn noch nie gesehen. Der Betreiber des Restaurants hatte sich erschüttert über den Tod des Unbekannten gezeigt, ihm war aber gleichzeitig deutlich anzumerken gewesen, dass er vielmehr um seinen guten Ruf als Gastronom fürchtete. Der Hof hatte Zugang sowohl vom Restaurant, als auch von einem angrenzenden Haus. Der Fundort, so hatte die Spurensicherung festgestellt, war nicht der Tatort, was die Ermittlungen erschwerte. Bei dem Ermordeten handelte es sich höchstwahrscheinlich um einen Südeuropäer, der circa fünfundvierzig Jahre alt war. Dass er nicht auf der Sonnenseite des Lebens gestanden hatte, war an seinem maroden Gebiss und den schwieligen Händen, die harte körperliche Arbeit verrichtet haben mussten, offenbar geworden. Als er gerade die nächste Seite des Obduktionsberichtes umblätterte, erschien Nazan.

„Hallo Chefchen, was machst du Schönes?", fragte sie mit ihrer rauen Stimme und näherte sich seinem Schreibtisch. Unwillig sah Haila hoch und blieb an Nazans Minirock hängen.

„Was ist das denn?", fragte Haila entrüstet und wies mit dem ausgestreckten Finger auf das superkurze Röckchen.

Erstaunt sah Nazan an sich herab. „Mein Rock, sieht man doch wohl."

„Sieht eher wie ein Gürtel aus. Was würde dein Cousin vierten Grades zu dieser Aufmachung sagen? Ganz zu schweigen von den Cousins dritten und zweiten Grades."

„Pah", machte Nazan. „Ich bin eine emanzipierte Frau." Sie kam um den Schreibtisch herum und setzte sich darauf, direkt neben die Akte. Haila starrte auf ihre zugegebenermaßen sehr hübschen Oberschenkel.

„Nimm die weg, die irritieren mich", befahl er ihr und blickte sie streng an.

„Hach, Chefchen, du bist aber auch ein alter Brummbär. Ich wollte dich gerade was fragen, aber wenn du so eklisch bist, dann lass ich es."

„Das heißt eklig und nicht eklisch. Außerdem bin ich freundlich und kollegial."

Nazan stieß ihr raues Lachen aus, sprang mit einem Satz auf die Füße und haute ihm schwungvoll auf die Schulter. „Kommst du heute Abend mit? Mein Großonkel Yunol hat Geburtstag und gibt eine große Feier. Es gibt lecker Essen und wenn du Glück hast, auch eine Bauchtänzerin."

Das waren in der Tat zwei schlagkräftige Argumente. Nazan wusste zu überzeugen.

„Was soll ich denn da?", versuchte er noch schwach, sich zur Wehr zu setzen.

„Meine Familie möchte meinen Chef kennenlernen. Ich habe von Haila Schrabberdeich in den höchsten Tönen geschwärmt. Außerdem wollten sie aus deinem eigenen Mund hören, dass du so heißt wie du heißt."

„Ich werde also für den lustigen Teil des Abends gebucht. Der Hofnarr sozusagen."

„Nein, Haila", Nazan sah ihn aus ihren dunklen Augen an. „Ganz im Ernst: Ich habe ihnen gesagt, dass du kompetent, ehrlich und loyal bist und dass ich dich sehr schätze."

Haila wurde etwas verlegen.

„Was muss man denn zum Geburtstag eines Großonkels anziehen?", fragte er schnell, um seine Verlegenheit zu überspielen. „Aus meinem Anzug bin ich wohl herausgewachsen." Bekümmert sah er auf seinen Bauch, der ihm heute noch dicker als gestern erschien.

„Na, irgendein schönes Jackett wirst du doch haben und dazu kannst du eine Jeans oder helle Chinos anziehen. Mach dir darum keine Gedanken."

„Ich soll mir keine Gedanken machen, wenn du von Kleidungsstücken sprichst, von denen ich noch nie gehört habe? Was, zum Teufel, sind Chinos?"

„Ach Chefchen, du lebst ein bisschen hinterm Mond, wie mir scheint", antwortete Nazan, schon wieder ganz frech. „Das sind doch diese hellen Freizeithosen."

„Ach so, sag das doch gleich. So etwas habe ich natürlich. Ich bin schließlich ein Mann von Welt."

Wieder musste Nazan lachen, rau, aber auch irgendwie ... sinnlich. Hatte ihr Lachen schon immer diese erotische Unternote gehabt? Oder hatte er es jetzt zum ersten Mal festgestellt. Doch das war bestimmt nur Einbildung und lag an diesem verflixten Minirock. Er hoffte nur, dass sie dieses Ding heute Abend nicht tragen würde. Dann würde er wahrscheinlich die ganze Zeit wie ein Trottel auf ihre Beine starren.

„Wo wohnt denn dein Großonkel und wie alt wird er eigentlich?"

„Draußen in Bümmerstede. Er wird fünfundsiebzig. Soll ich dich abholen? Vielleicht willst du ja was trinken. Ich selbst trinke ja keinen Alkohol."

„Bin ich denn der Einzige, der was trinkt?" Haila sah sich schon im Geiste literweise Tee aus kleinen Gläsern trinken.

„Nein, der eine oder andere wird ein Gläschen mit dir trinken. Unsere Familie ist da sehr europäisch, vor allem die jungen Leute nehmen es mit den strengen Traditionen nicht mehr ganz so genau. Eigentlich werden die Geburtstage auch nicht so groß wie in Deutschland gefeiert. Aber mein Onkel nutzt diese Gelegenheit, um die ganze Familie zusammenzutrommeln und Nachbarn, gute

Freunde und Bekannte einzuladen. Es ist eher als ein interkulturelles Fest zu verstehen. Da kommen schon mal locker fünfzig bis sechzig Personen zusammen."

„Dann muss er ein großes Haus haben", überlegte Haila laut.

„Hat er", antwortete Nazan und grinste ihn schief an.

„Oh, fast hätte ich es vergessen, was könnte ich als Geschenk besorgen?"

„Ich glaube, er würde sich über ein gutes Buch freuen. Er liest sehr viel."

Haila war erstaunt, warum konnte er selbst nicht sagen. „Was liest er denn gern? Du müsstest mir schon einen Tipp geben."

„Er hat alle Bücher von Ken Follet verschlungen. Ich glaube, es ist gerade ein neuer herausgekommen."

Haila war angenehm überrascht. Er selbst hatte von Ken Follet ‚Die Säulen der Erde' gelesen und zwar ganz bis zu Ende, was eigentlich eher selten vorkam, denn die meisten Bücher langweilten ihn schon nach wenigen Seiten. Dass der alte Herr, Nazans Großonkel, dieses Buch ebenfalls gelesen hatte und ganz offensichtlich ein Ken-Follet-Fan war, machte ihn Haila sympathisch. Sollte der Großonkel ein Gespräch mit ihm suchen wollen und sich kein besseres Thema finden lassen, konnten sie sich über den Schriftsteller und seine Bücher unterhalten. Das beruhigte ihn in gewisser Weise, denn Haila kannte sich mit türkischen Festen, Sitten und Gebräuchen nicht aus. Möglicherweise entpuppte sich diese Feier heute Abend als kulturelles Minenfeld.

„Gut, dann werde ich noch einmal zu Bültmann & Gerriets gehen und das Buch besorgen. Wenn du mich heute Abend abholen möchtest, wäre das fein."

„Mach ich gerne, Chefchen. Wo genau wohnst du denn eigentlich?"

„In der Innsbrucker Straße 7b, das ist in der Nähe vom Stadion."

„Ich glaube, ich weiß, wo die ist. Ich hole dich um sieben Uhr ab. Warte bitte auf der Straße, damit wir keine Zeit verlieren."

„Aye, aye Captain!"

„Gibt's was Neues von dieser Frau, die die Morddrohung erhalten hat?", wechselte Nazan das Thema.

„Nein, aber ihr ehemaliger Freund hat durchblicken lassen, dass sie früher einmal unter Wahnvorstellungen gelitten hat. Frau Winter hat gestern noch mal angerufen, um uns mitzuteilen, dass sich ein Verdächtiger vor ihrem Haus aufhielte. Derselbe Mann, auf den sie gestern zusammen mit ihrer Freundin im Schlossgarten gestoßen war. Ich habe eine Streife rausgeschickt, die hat aber niemanden ausfindig machen können. Aber gut, dass du fragst", meinte Haila und schlug die vor ihm liegende Akte zu. „Ich wollte noch ihre Freundin, eine gewisse Charlotte Eberding anrufen, um mir die Sache mit dem Mann im Schlossgarten bestätigen zu lassen. Hiermit ...", er tippte auf den Aktendeckel, „komme ich vorläufig nicht weiter. Die Kollegen durchforsten gerade die Vermi/Utot, ob dieser Mann dort gelistet ist."

Bei Vermi/Utot handelte es sich um eine Datei des BKA, in der die Daten sämtlicher Vermisstenfälle, unbekannter Leichen, nicht identifizierter hilfloser Personen und ausländischer Fälle gespeichert und ständig aktualisiert wurden.

„Gut, dann lass ich dich jetzt allein. Ich muss noch die Aussagen der Angestellten des Restaurants durchlesen. Außerdem warte ich noch auf Rückmeldung der Kollegen, die Befragungen in den Wohnungen über dem Restaurant durchführen und dem rückwärtigen Haus, das ebenfalls Zugang zum Hinterhof hat. Bis heute Abend, Haila."

Sie drehte sich um und ging zur Tür. Haila vermied es, ihr hinterherzusehen. Weitere Ablenkung konnte er wahrlich nicht gebrauchen, sondern er musste sich auf seine Arbeit konzentrieren. Er wählte die Nummer, die Henrike Winter ihm gegeben hatte. Umgehend meldete sich eine Stimme.

„Versicherungsmaklerin Charlotte Eberding."

Sympathische Stimme, konstatierte Haila und trug sein Anliegen vor, nachdem er sich vorgestellt hatte. Charlotte Eberding bestätigte seine Ausführungen eins zu eins. Als Haila sie jedoch direkt fragte, ob ihr etwas von paranoiden Zügen bekannt sei, druckste sie herum.

„Ganz früher mal, ja", bestätigte sie nach einigem Zögern, „aber auch nur ganz kurz und dann nie wieder. Außerdem waren sie vergleichsweise harmlos. Sie hat keine Stimmen gehört oder irgendwelche Personen gesehen, die gar nicht da waren. Ich weiß das, ich bin ihre beste Freundin und wir kennen uns schon seit Ewigkeiten. Dieser Typ war definitiv da und er war tatsächlich sehr seltsam. Aber dass er mit dieser Morddrohung etwas zu tun hat, glaube ich nicht."

„Frau Winter hat mich gestern noch einmal angerufen und behauptet, ihn vor ihrem Fenster gesehen zu haben. Wissen Sie davon etwas?"

„Sie hat mich ebenfalls angerufen und mir davon erzählt, ja."

„Haben Sie seitdem wieder mit ihr telefoniert?"

„Das habe ich tatsächlich, vor ungefähr einer Stunde. Sie schien sich etwas beruhigt zu haben. Vielleicht fahre ich morgen noch einmal hin und vergewissere mich, dass es ihr auch wirklich gutgeht."

„Können Sie sich denn vorstellen, wer diesen angeblichen Zettel geschrieben haben könnte?", fragte Haila rundheraus.

„Wir haben über zwei Schüler gesprochen, von denen einer infrage kommen könnte, einen persönlichen Rachefeldzug zu planen."

„Handelt es sich dabei um Jacob Kamminga?"

„Ja, das ist richtig, den Namen hat sie mir genannt. Ich habe mich anerboten, für sie im Internet zu recherchieren, ob er sich noch in Oldenburg aufhält. Das ist der Fall. Eigentlich hatte ich vor, Kontakt zu ihm aufzunehmen, um herauszufinden, ob er damit etwas zu tun haben könnte."

„Es ehrt Sie sehr, dass sie Ihrer Freundin beistehen und helfen wollen. Aber überlassen sie uns bitte diese Arbeit. Wir haben ganz andere Möglichkeiten als Sie und können recherchieren, ohne dass er etwas davon mitbekommt und dadurch vielleicht gewarnt wird."

„Ja, natürlich, das verstehe ich", antwortete die Frau kleinlaut.

„Rufen Sie uns aber auf jeden Fall sofort an, wenn Ihnen etwas sonderbar erscheint oder etwas auffällt. Haben Sie etwas zu schreiben? Ich gebe Ihnen meine Nummer, unter der sie mich jederzeit erreichen können. Einverstanden?"

Sie verabschiedeten sich und Haila tat es fast schon ein bisschen leid, dass er die Frau mehr oder weniger zurechtgewiesen hatte. Er seufzte und beauftragte einen Kollegen mit der Recherche zu Jacob Kamminga. Sie würden diesen jungen Mann ein wenig durchleuchten. Vielleicht ergab sich ein Anhaltspunkt, dass er sich im Dunstkreis von Henrike Winter aufgehalten, oder sich für sie interessiert hatte. Viel versprach er sich allerdings nicht davon, denn was man in Wut und verletzter Eitelkeit äußerte, war nicht immer ernst zu nehmen. Schon gar nicht, wenn man noch nicht erwachsen ist und die Hormone immer wieder in Unordnung geraten. Da kein hinreichender Tatverdacht gegen ihn bestand, konnten sie auch nicht seinen Computer konfiszieren. Trotzdem hatten sie die technischen Möglichkeiten um herauszufinden, ob er in sozialen Netzwerken abfällige Äußerungen über sie getätigt oder sogar Tötungsfantasien preisgegeben hatte. Doch so leichtsinnig wäre er nicht gewesen, die Spur auf sich zu lenken. Möglicherweise gab es ja im Darknet eine Gruppe von Gleichgesinnten, die ihren Hass gegen Lehrer dort offen äußern konnten, Morddrohungen ausstießen und ihren kruden Fantasien freien Lauf ließen. Es gab nichts, was es nicht gab. Das Darknet war der ideale Ort für Kriminelle und Terroristen. Hier wurden Geschäfte mit Kinderpornografie, Drogen und Waffen abgewickelt, man konnte einen Auftragskiller anheuern oder selbst seine Dienste für illegale Machenschaften anbieten. Es bot Unterschlupf für Incels, eine im Internet entstandene Subkultur von Männern, die keine Frau abbekamen und Frauenfeindlichkeit in Verbindung mit Gewaltfantasien propagierten. Anders Breivik, die Attentäter von Hanau, Halle und Christchurch, sie alle einte ihr rassistisches, rechtsextremes Weltbild, das sie im Darknet ungehindert hatten ausbreiten können. Die Incel-Szene wurde immer gefährlicher und vielleicht war es gar nicht so abwegig, wenn er und seine Kollegen das im Hinterkopf behielten. Doch ebenso wenig durften sie ausschließen, dass Henrike Winter psychisch krank war. Dass sie zumindest zeitweise unter Wahrnehmungstäuschungen gelitten hatte, war ihm von zwei Personen bestätigt worden, ihrem ehemaligen Lebensgefährten und ihrer besten Freundin. Bei beiden war allerdings durchgeklungen, dass es sich nicht um gravierende und vor allen Dingen nur eine kurzzeitige Störung gehandelt hatte. Wenn Haila darüber nachdachte, fiel es ihm schwer, Henrike Winter mit einer psychischen Erkrankung in Verbindung zu bringen. Vielmehr hatte sie einen stabilen und ausgeglichenen Eindruck auf ihn gemacht, wenn man einmal von ihrer nachvollziehbaren Beunruhigung und Verängstigung absah. Er ließ sich beide Gespräche mit ihr noch einmal durch den Kopf gehen, kam jedoch zu keiner neuen Erkenntnis.

Er seufzte, zog sich erneut die Akte über den Mordfall vom Lamberti-Markt heran und las in dem Obduktionsbericht weiter. Der Tote war durch sechs Messerstiche in Brust und Bauch getötet worden. Laut Bericht waren sie alle mit großer Wucht ausgeführt worden und schon allein zwei der sechs Stiche hätten ausgereicht, um den Mann zu töten. Der Mörder musste großen Hass für sein Opfer empfunden haben. Das könnte für eine Beziehungstat sprechen. Eifersucht war und blieb ein Motiv, das bei Gewaltverbrechen ganz oben rangierte. Doch auch Habgier war ein ebenso häufig vorkommendes Motiv. Haila fragte sich, warum man ihn ausgerechnet im Hinterhof des Restaurants wie einen Sack Müll entsorgt hatte. Wenn es eine Beziehung zu dem Restaurant, respektive zu seinem Betreiber gab, spielten unter Umständen mafiöse Strukturen eine Rolle. Bisher waren noch nicht alle Bewohner der Wohnungen über dem Restaurant und die des angrenzenden Hauses vernommen worden, von dem man ebenfalls Zugang zum Hinterhof hatte. Fraglich war, ob überhaupt ein Zusammenhang zwischen dem Haus, dem Restaurant und den darüberlegenden Wohnungen bestand. Ebenso gut konnte es sein, dass der Mörder eine falsche Spur legen wollte. Doch zumindest mit den örtlichen Gegebenheiten hatte er sich ausgekannt, das war sicher.

Haila las weiter. Der Mageninhalt wies darauf hin, dass der Getötete Lamm und Bohnen gegessen und dazu Rotwein getrunken hatte. Die Lunge wies Schäden durch jahrelangen Tabakkonsum auf, ansonsten befand er sich in einem relativ guten Gesundheitszustand.

Er sah auf die Uhr und erschrak. Es war schon fünf durch. Er musste noch in die Stadt fahren, um das Buch für den Großonkel zu kaufen, anschließend duschen, die Kleidung sorgfältig auswählen und sich währenddessen geistig auf die bevorstehende Großveranstaltung im Hause von Nazans Großonkel vorbereiten. Er musste sich sputen. Für den Fall, dass es sterbenslangweilig werden würde, hatte er sich schon einen Plan zurechtgelegt und dafür den Beginn seiner Diät kurzfristig auf kommenden Montag verschoben: Er würde so viel von den sicherlich opulent aufgefahrenen Speisen essen, bis er platzte und sich ordentlich einen hinter die Binde kippen. Um seine Fahrtüchtigkeit brauchte er sich keine Gedanken machen, denn Nazan würde ihn sicher nach Hause chauffieren. Oder auch nicht, fiel ihm gleich darauf ein, als er sich an ihre letzte Dienstfahrt in die Dobbenstraße erinnerte.

Er rief den Leiter des Tatortteams, Frank Meyer, an, um ihm mitzuteilen, dass er außer Haus sei, er ihn aber anrufen solle, sobald sie auf etwas Verdächtiges oder zumindest Interessantes stießen. Dann klappte er die Akte zu und erkundigte sich bei den Mitgliedern des Ermittlungsteams der kürzlich gebildeten Mordkommission, ob es Neuigkeiten gebe. Das war nicht der Fall. Auch diese Mitarbeiter informierte Haila über seine Abwesenheit und telefonische Erreichbarkeit rund um die Uhr.

Dann machte er sich auf und fuhr in die Stadt. Kurze Zeit später betrat er erneut die Buchhandlung Bültmann & Gerriets. Sofort erkannte er Frau Grotelüschen wieder, die ihn verhalten neugierig ansah und sich ihm näherte. An ihrer Körperhaltung erkannte Haila, dass sie angespannt war. Sie brachte ein zaghaftes Lächeln zustande, während sie ihn grüßte. Er erwiderte den Gruß und brachte sein privates Anliegen vor, woraufhin Frau Grotelüschen erleichtert zu sein schien, ihn um einen Moment Geduld bat und nach wenigen Minuten mit dem Gewünschten zurückkam. Bevor sie ihn jedoch zur Kasse lotsen konnte, hatte er noch etwas auf dem Herzen.

„Ich möchte mir noch einmal die Sitzgelegenheit ansehen, auf der Henrike Winter sich das Buch angeschaut hat."

„Ja, natürlich, kommen Sie, ich zeig sie Ihnen. Wir müssen nach oben, dort wo auch das Buch steht."

Sie stiegen die Treppe hoch und Frau Grotelüschen wies auf die Sitzecke. Er bedankte sich und versicherte, gleich wieder nach unten zu kommen, um das Buch zu bezahlen, und bat sie noch, es als Geschenk zu verpacken. Frau Grotelüschen verstand den Wink und zog sich diskret zurück. Haila steuerte auf die Sitzmöbel zu, die aus einem Dreisitzer und zwei Sesseln bestanden. Zunächst ging er auf die Knie und lugte unter das Sofa, anschließend unter jeden Sessel, um zu überprüfen, ob das Stück Papier, von dem Henrike Winter gesprochen hatte, heruntergefallen war und vielleicht darunter lag. Doch außer einem glitzernden Bonbonpapier konnte er nichts entdecken. Ächzend kam er wieder auf die Füße. Sein Blick fiel auf ein kleines Mädchen, das in Begleitung seiner Mutter war und ihn mit großen Augen anstarrte. Haila verzog sein Gesicht zu einer schmerzvollen Grimasse und griff sich übertrieben ins Kreuz. Das Mädchen lächelte, drehte sich aber sofort zu seiner Mutter um und zupfte an ihrem Ärmel. Die Mutter wandte sich zu ihrer Tochter und warf ihm kurz darauf einen kritischen Blick zu, verlor jedoch sofort wieder das Interesse, da Haila sich inzwischen auf dem Sessel niedergelassen hatte, unter dem er das Bonbonpapier gefunden hatte. Er quetschte seine Hände rechts und links in die Seitenschlitze, vielleicht war die Nachricht hier reingerutscht. Tatsächlich stieß er auf etwas. Er benutzte Zeige- und Mittelfinger wie eine Zange und zog das Ding heraus. Verärgert erkannte er, dass es sich um das gleiche Bonbonpapier handelte, das unter dem Sessel gelegen hatte. Hier hatte es sich jemand gemütlich gemacht und seinen Abfall auf schnöde Weise entsorgt. Es half nichts, um ganz sicher zu gehen, musste er alle Zwischenräume in den Polstern untersuchen. Doch fündig wurde er nicht.

Er ging ins Erdgeschoss zur Kasse, bezahlte das Buch, das man zwischenzeitlich in schönes Papier gewickelt hatte, und verließ das Geschäft. Vermutlich würde er denselben Weg zurückgehen, den auch Henrike Winter genommen hatte, um nach Hause zu eilen. Haila hatte nämlich auf dem kleinen Parkplatz direkt neben dem Theater eine Lücke gefunden, was zu dieser Zeit einem Wunder gleichgekommen war. Intuitiv glitt sein Blick auf den Boden. Aber es war eher unwahrscheinlich, hier ein vor Tagen eventuell verlorenes Stück Papier wiederzufinden.

Um zwanzig nach sechs war er zu Hause. Er schaffte es gerade noch, sich fertig zu machen und schnell einen Kaffee zu trinken, damit er heute Abend nicht gleich schlappmachte.

Pünktlich um sieben wartete Nazan in ihrem Mini unten auf der Straße. Als er die Tür öffnete, schlug ihm eine Duftwolke entgegen.

„Duftet wie in den hängenden Gärten von Semiramis", bemerkte er trocken und zwängte sich auf den Sitz. Dabei warf er einen unauffälligen Blick auf Nazans schwarzes Kleid, das oben hochgeschlossen und mit einer artigen weißen Schleife verziert war. Doch dieser brave Eindruck wurde durch den hautengen Schnitt zunichte gemacht. Wenigstens hatte sie dieses unsägliche Ding von Minirock nicht mehr an.

„Wo sind die, Chefchen?", fragte Nazan und sah ihn neugierig an.

„Wer ist wo?", fragte er verständnislos.

„Na, diese hängenden Gärten. Wie kann ein Garten denn überhaupt hängen?"

„Die sollen in der sagenumwobenen Wüstenstadt Babylon im heutigen Irak gewesen sein. Hängend, weil sie in Terrassenform angelegt wurden. Und Semiramis war die Gattin des grausamen Herrschers Nebukadnezars, der für sie diese Gärten anlegen ließ."

„Echt? Das klingt ja spannend", erwidere Nazan. „Für mich legt bestimmt niemand hängende Gärten an."

„Abwarten, du bist noch jung. Vielleich kommt irgendwann ein grässlicher und grausamer Herrscher vorbei und errichtet auch einen für dich."

„Ich will keinen grässlichen, grausamen Herrscher. Ich will einen lieben Mann, aber einen, der auch weiß, wo es langgeht. Ich meine, wer will schon so ein Weichei, das gleich heulend zu Mutti läuft."

„Ich auf jeden Fall nicht", bemerkte Haila.

Nazan lachte ihr raues Lachen. „Hach, Chefchen, manchmal bist du so richtig süß, und du hast Humor. Das ist wichtig bei Männern, denn sonst …"

„Da vorne ist übrigens eine Vorfahrtstraße, wenn ich dich darauf aufmerksam machen darf."

„Meinst du, ich bin blind?", schnaubte Nazan wütend. „Das mit dem süß nehme ich zurück!"

„Mit scharf könnte ich mich anfreunden", sagte er und sah sie amüsiert aus den Augenwinkeln an.

Nazan schnaubte erneut, erwiderte aber nichts. Er fand sie richtig niedlich, wenn sie auf hundert war. Dann sahen sogar ihre schwarzen Locken störrisch aus.

„Ist dein Onkel eigentlich verheiratet?", lenkte Haila das Gespräch nur allzu auffällig in eine andere Richtung.

Nazan schwieg.

„Nazan?"

„Was? Ich muss mich auf den Verkehr konzentrieren. Sprechen und fahren, beides zusammen kann ich nicht, das kann nur der großartige Haila Schrabberdeich."

Oh je, er war zu weit gegangen! Er wusste doch, dass ihr Fahrstil ihr wunder Punkt war.

„Entschuldige Nazan, ich bin ein böser, alter, weißer Mann."

„Und dick!", stieß sie noch immer wütend hervor.

Betroffen schwieg Haila, denn das war *sein* wunder Punkt. Selbst schuld, dachte er. Na, das konnte ja heiter werden heute Abend.

Wurde es auch und zwar gewaltig.

9. Kapitel

Fünf Minuten später fuhren sie den Niedersachsendamm entlang. Haila wunderte sich, als Nazan auf die Oldenburger Straße fuhr, anstatt die Sandkruger Straße zu nehmen, hütete jedoch seine Zunge. Dann bogen sie scharf links in den Iburgsweg ab.

„Ist das hier nicht schon Wardenburg?", konnte er sich nicht länger zurückhalten, nachdem er einen Blick auf das Navi geworfen hatte.

Nazan warf ihm einen vernichtenden Blick zu und schwieg.

Die Straße machte eine scharfe Linkskurve und sie erreichten eine kleine Siedlung, die Nazan durchfuhr und am Ende rechts dem Iburgsweg folgte. Dann bog sie links in einen kleinen Weg ab und fuhr langsam eine lange Auffahrt entlang, an deren Seiten viele Autos standen, darunter Nobelkarossen, die teurer als zwei von Hailas Jahresgehältern waren. Gerade stießen sie auf eine Gruppe von drei modisch gekleideten jungen Männern. Als Nazan laut hupte, drehten die sich um und gingen ein Stück zur Seite. Durch das heruntergelassene Fenster rief Nazan den Männern etwas auf Türkisch zu. Als sie Nazan erkannten, antworteten sie lachend und gestikulierten wild.

„Deine Cousins zweiten und dritten Grades?", entwischte es Haila.

Nazan trat so abrupt auf die Bremse, dass er ein Stück nach vorne ruckte.

„Kannst du jetzt mal aufhören? Wieso musst du immer so sarkastisch sein?"

Haila schwieg. Ja, wieso eigentlich?

„Vielleicht weil ich meinen weichen, verletzlichen Kern schützen möchte?" Ausnahmsweise hatte Haila in vollem Ernst gesprochen, weil ihm bewusst geworden war, dass er Nazan heute schon mehrfach mit dieser dummen Angewohnheit verletzt hatte.

Sie sah ihn an. Ihre dunklen Augen schienen tiefer zu werden, wie zwei dunkle, glänzende Seen, die einen eigenartigen Sog auf ihn ausübten. Plötzlich warf sie ihren Kopf zurück und stieß ihr raues Lachen hervor. Der Bann war gebrochen.

„Du bist doch ziemlich süß, Chefchen", sagte sie noch immer lachend und stieß schräg in eine winzige Lücke zwischen zwei großen dunklen Limousinen.

Haila grinste, war aber insgeheim erleichtert. Nazan war nicht mehr böse auf ihn und er konnte die bevorstehende Feier unbeschwert genießen.

Sie folgten mehreren Neuankömmlingen zum Haus, das schon aus einiger Entfernung als herrschaftliches Anwesen erkennbar gewesen war. Nun, da sie unmittelbar davorstanden, bemerkte Haila, dass es sich um einen ehemaligen, aufwendig sanierten großen Bauernhof handelte. Torfbrandklinker, dessen natürliche Form und unterschiedliche Schattierungen der Rottöne für sich genommen schon eine Augenweide waren, ein neues Reetdach, das noch hell und nicht von der Witterung gezeichnet war, nebst einer großen, aus petrolfarbenem Holz und Glas gefertigten zweiflügeligen Tür vermittelten einen gediegenen und geschmackvollen, jedoch nicht zu aufdringlichen Gesamteindruck. Haila war gespannt, wie es sich von innen präsentieren würde.

Sie passierten den Eingang und standen in einem großen Raum, dessen helle Wände von dunklen Balken durchbrochen wurden. Auf dem Terracotta-Boden lagen teuer aussehende Teppiche. Links der Halle entdeckte er eine große Nische mit einem offenen Kamin, vor dem zwei sich gegenüberstehende Ledersofas mit einem niedrigen Tisch in der Mitte standen. Auf der gegenüberliegenden Seite gab es mehrere Türen, hinter denen sich vermutlich die Privaträume befanden. In der Mitte hatte der Hausherr einen riesigen Tisch mit unterschiedlichen Gläsern, silbernen Kühlern mit Sekt- und Weinflaschen und eine ganze Batterie kleiner Flaschen mit Softdrinks aufbauen lassen. Einige Gäste bedienten sich bereits und stießen gutgelaunt und lachend an.

Doch bevor Haila nach Bier Ausschau halten konnte, zog Nazan ihn schon am Tisch vorbei zu einer offen stehenden, zweiflügligen Terrassentür der gleichen Machart wie die Eingangstür. War Haila noch beim Betreten des Hauses beeindruckt gewesen, verschlug es ihm nun die Sprache, als sie auf die Terrasse hinaustraten. Stehtische mit weißen Hussen, um die sich die ersten Gäste gruppiert hatten und weiß gedeckte Tische mit Stühlen, ebenfalls schon teilweise besetzt, verteilten sich auf dem parkähnlichen Grundstück. Von der etwas erhöht gelegenen Terrasse hatte man einen beeindruckenden Blick auf den Tillysee in einigen hundert Metern Entfernung. Auf der rechten Seite, etwas abseits der Tische, stand ein überdimensionaler Grill, hinter dem zwei Köche in Uniform mit Fleisch hantierten. Auf einem Spieß daneben drehte sich ein Lamm. Der Rauch zog mit der leichten Brise nach Osten ab und konnte somit die Gäste nicht belästigen. Links war ein langes Büffet aufgebaut, auf dem sich Teller stapelten und eine überwältigende Auswahl an Salaten, Vorspeisen, Obst und Desserts arrangiert worden waren.

Haila war noch ganz gefangen von dieser verführerischen Opulenz, als Nazan ihn zu einem Tisch bugsierte, der in der Mitte des Gartens platziert worden war, an dem Haila einen älteren Herrn und zwei Frauen unterschiedlichen Alters sitzen sah. Neben ihnen stand ein Tisch, auf dem sich Geschenke stapelten. Aufrecht und etwas steif, jedoch freundlich lächelnd sahen sie den Ankömmlingen entgegen. Das musste der Hausherr sein, Nazans Großonkel. Die ältere Frau, die zu seiner Linken saß, war vermutlich seine Gattin und rechts von ihm saß möglicherweise ihre gemeinsame Tochter. Stürmisch und herzlich begrüßte Nazan den Jubilar, gratulierte ihm artig und überreichte ihm ein kleines, in goldenes Papier eingeschlagenes Kästchen. Der Großonkel reichte es an die Frau zu seiner Rechten weiter, die es wiederum auf das Tischchen zu den übrigen Geschenken legte. Haila hatte während dieser Prozedur die Gelegenheit gehabt, Nazans Großonkel eingehender zu betrachten. Er war eine beindruckende Erscheinung, so wie sein Anwesen, über das er residierte. Er war groß gewachsen und schlank, und in seinem taubenblauen Anzug mit dem weißen Hemd, dessen Kragen sportlich geöffnet war, machte er den Eindruck eines erfolgreichen Geschäftsmannes, der seine Freizeit regelmäßig auf dem Golfplatz verbrachte. Dass er nicht gerade an Geldnot litt, offenbarten das teure Haus und dieses alljährliche Fest, das sicherlich Unsummen verschlang. Sein Teint war von der Sonne gebräunt und das dunkle, von silbernen Strähnen durchzogene Haar war noch voll und akkurat geschnitten. Trotz seines fortgeschrittenen Alters wirkte er sportlich und vital.

Mit einem Mal bemerkte Haila, dass sich die Aufmerksamkeit auf ihn richtete. Anhand der ausgestreckten Hand Nazans, die direkt auf ihn wies, wurde ihm klar, dass er gerade vorgestellt worden war.

„Reinald Schrabberdeich", sagte er und setzte das liebenswürdigste Lächeln auf, zu dem er fähig war, hütete sich jedoch, seine Hand zur Begrüßung auszustrecken. Zum einen war Nazans Onkel älter und somit stand ihm es zu, als erster die Hand zu reichen, zweitens wusste er nicht, ob das überhaupt Usus war und nicht sogar hemdsärmelig daherkäme. Daher hob er das Buch mit den Worten:

„Herzlichen Glückwunsch zum Geburtstag." Er überreichte ihm das Geschenk. „Eine kleine Aufmerksamkeit. Der Neue von Ken Follet, soll sehr spannend sein."

Das Gesicht von Nazans Onkel erhellte sich. Kurzerhand riss er das Geschenkpapier ab, gab es der älteren Frau zu seiner Linken, die es mit den Händen zerknüllte und nicht wusste, wohin damit. Haila wunderte sich, denn die anderen Geschenke lagen alle noch verpackt auf dem kleinen Tischchen.

„Das ist wahrscheinlich das beste Geschenk von allen", murmelte sein Gastgeber und vertiefte sich sogleich in den Klappentext. Seine Frau, vermutlich war sie es, flüsterte ihm etwas zu, woraufhin Nazans Onkel verdutzt hochsah und dann ein entschuldigendes Lächeln aufsetzte.

„Entschuldigen Sie, junger Bücherfreund, dass ich unhöflich war. Aber ich konnte mich nicht beherrschen. Am liebsten würde ich den ganzen Zirkus hier beenden, mich mit einem Glas Rotwein zurückziehen und anfangen zu lesen."

„Aber Onkelchen", mahnte Nazan.

„Kann ich verstehen", meinte der ‚junge Bücherfreund'.

Der Großonkel erhob sich, ohne auf Nazans Worte und die missbilligenden Blicke der beiden Frauen neben sich zu achten, legte Haila den Arm über die Schulter und sagte:

„Sie sind mir sehr sympathisch. Lassen sie uns ein Gläschen zusammen trinken. Welche Bücher haben Sie noch von Follet gelesen?"

Haila warf einen hilflosen Blick über die Schulter zu Nazan, die demonstrativ die Hände in die Hüften gestemmt hatte und schief grinste. Die ältere und die junge Frau diskutierten leise, die Köpfe über den frei gewordenen Stuhl zusammen gesteckt.

Nazans Onkel führte ihn an dem Vorspeisenbuffet vorbei und rief dem Angestellten dahinter etwas auf Türkisch zu. Dienstbeflissen setzte der sich sofort in Bewegung, während Nazans Onkel Haila durch einen schmalen Durchlass in einer Hecke bugsierte, an dessen Ende ein kleines Treppchen hinab auf eine schmale Terrasse führte, auf der ein Tisch und zwei Stühle standen.

„Nehmen Sie Platz, junger Freund, hier sind wir ungestört. Unsere Drinks kommen gleich. Ich hoffe, Sie mögen Raki."

Haila antwortete nicht gleich. Jedes alkoholische Getränk, das kein Bier war, erschien ihm auf irgendeine Weise suspekt.

„Äh, bestimmt, vielleicht, ist schon lange her." Eine glatte Lüge, denn er konnte sich nicht erinnern, jemals Raki getrunken zu haben.

„Sie werden sehen, es wird Ihnen schmecken, sonst lass ich Ihnen etwas anderes kommen, einverstanden?"

„Ja, sehr", antwortete Haila erleichtert. Nazans Onkel hatte ihn sofort durchschaut, wie ihm schnell klar wurde.

Er hörte ein Geräusch hinter sich. Der junge Mann vom Büffet trug ein Tablett mit einer Flasche Raki, einer Karaffe mit Wasser, zwei Gläsern und einem Schälchen mit Eiswürfeln. Er sagte etwas auf Türkisch, woraufhin Nazans Onkel nur auf den Tisch wies, der zwischen ihnen stand.

„Nehmen Sie Eis und Wasser?", fragend sah sein Gastgeber ihn an.

„Ich glaube ja", Haila wusste überhaupt nicht, worum es ging.

Nazans Onkel lachte schallend auf und gab mit einem Löffel zwei Eiswürfel in sein Glas, schüttete ein wenig Anisschnaps darüber und goss das Ganze mit etwas Wasser auf. Skeptisch beäugte Haila, wie sich die klare Flüssigkeit in eine milchig-weiße Angelegenheit verwandelte. Dann erfolgte noch einmal die gleiche Prozedur für den Großonkel selbst. Als er fertig war, erhob er sein Glas, Haila tat es ihm gleich.

„Ich danke Ihnen für das schöne Buchgeschenk. Sehr zum Wohl!"

„Prost", nuschelte Haila und trank todesmutig aus seinem Glas, in dem die Eiswürfel lustig klirrten. Überraschenderweise schmeckte es nicht schlecht, erfrischend, ein bisschen wie flüssiges Kaugummi mit Anis. Jetzt erst bemerkte er den fantastischen Ausblick, den sie von hier auf den postkartenblauen Tillysee hatten.

„Sie haben sicherlich auch *Die Säulen der Erde* gelesen, wie ich annehme?", bemerkte Nazans Onkel und riss ihn aus seiner Betrachtung.

„Ja, tatsächlich", Haila räusperte sich. „Ich glaube, das war das erste Buch überhaupt, das ich ganz durchgelesen habe."

„Wirklich? Sehr gut!" Mit der flachen Hand schlug sich der Onkel auf seinen Oberschenkel. „Es ist überaus interessant. Ich habe eine Zeitlang in London gelebt und die Gelegenheit gehabt, mich mit der englischen Kultur und Geschichte vertraut zu machen. Ein Volk mit bisweilen skurrilen Angewohnheiten und Vorlieben, aber durchaus liebenswert. *Die Säulen der Erde* ist ja das erste aus der *Kingsbridge*-Reihe. Besonders die detaillierten Schilderungen der

Architektur und der damaligen Handwerkskunst haben mich fasziniert."

„Genau", stimmte Haila zu. „Ich habe mich noch nie für Architektur oder Ähnliches interessiert, aber das war so gut und interessant beschrieben, dass ich immer mehr davon wissen wollte." Er nahm einen großen Schluck aus seinem Glas, das er schon fast geleert hatte.

„Und wie das Leben des einfachen Volks, der Adligen und der Kirchenleute vor diesem Hintergrund dargestellt wird, einfach großartig." Nazans Onkel nickte zur Bestätigung seiner eigenen Worte, griff nach der Flasche und hob sie fragend hoch.

„Warum nicht?" Haila trank den Rest und hielt seinem Gesprächspartner das Glas hin.

„Kein Eis mehr?", vergewisserte der sich.

„Ach, ja natürlich." Der Kommissar ließ zwei Eiswürfel in sein Glas fallen und schob es dann auf die andere Seite des Tisches.

Nach dem dritten Raki fühlte Haila sich sichtlich entspannt und lauschte Nazans Onkel, der von seinem Leben als Diplomat in England und Belgien berichtete. Er war ein überaus kultivierter und gebildeter Mann, der zudem ein angenehmer Gesprächspartner war.

Doch nach einiger Zeit verspürte Haila Hunger, nicht zuletzt aufgrund des Alkohols, der in ihm immer Fresslust erweckte, und wegen der würzigen Rauchschwaden gegrillten Fleisches, die bis hierher drangen. Gott sei Dank erschien Nazan im richtigen Moment.

„Ach, hier seid ihr, ich habe euch schon gesucht. Chefchen, willst du nicht was essen?", fragte sie in ihrer unbekümmerten Art und zog sich damit ein zorniges Stirnrunzeln ihres Großonkels zu. „Lieber Onkel", zwitscherte sie beschwichtigend, als sie es bemerkte. „Herr Schrabberdeich hat bestimmt einen Mordshunger." Sie setzte eine besorgte Miene auf. Schuldbewusst lächelte der Onkel und breitete die Hände aus.

„Wie egoistisch von mir, kommen Sie, Herr ..., ähm, Ihr Name ist sehr ungewöhnlich."

„Schrabberdeich, aber sagen Sie Haila zu mir, Herr …, jetzt steh ich auf dem Schlauch", Haila grinste leicht angesäuselt.

„Yunol Demir, sag Yunol zu mir." Er reichte ihm die Hand, die Haila nahm. „Haila kling nicht Deutsch", überlegte Onkel Yunol. „Obwohl du wie eine echte norddeutsche Eiche aussiehst."

„Hat ihm sein kleiner Neffe gegeben, der konnte Reinald nicht aussprechen", erklärte Nazan eifrig und klapperte mit den Lidern. Offensichtlich gefiel ihr die gerade geschlossene Freundschaft zwischen ihrem Chef und dem Onkel. „Jetzt lasst uns was essen", rief sie und klatschte in die Hände.

Ein guter Vorschlag, dachte Haila, und ertappte sich dabei, wie er auf Nazans Popo starrte, als sie in diesem verflixt engen Kleid vor ihm die Stufen hinaufging. Reiß dich zusammen, schimpfte er mit sich und konzentrierte sich auf die kulinarischen Genüsse, die ihn gleich erwarteten.

Hoffentlich würde er in Ruhe essen können und musste nicht Konversation mit Nazans Onkel, Nazan selbst oder einem der anderen Gäste machen. Beim Essen wurde er nicht gerne gestört, das schlug ihm auf den Magen.

Onkel Yunol verabschiedete sich jedoch und verschwand zu den mittlerweile griesgrämig dreinblickenden Frauen. Nur Nazan setzte sich mit ihm an einen Tisch, nachdem sie sich die Teller mit Vorspeisen und Salaten vollgeladen hatten. Es schmeckte vorzüglich und Haila freute sich schon auf das gegrillte Fleisch, das er gleich im Anschluss essen würde.

„Schmeckt's dir, Chefchen?", fragte Nazan.

„Köstlich, jetzt nur noch ein schönes Bier, dann wäre alles bestens."

„Da vorne ist doch ein Fass zum Selberzapfen. Hast du das noch gar nicht gesehen?" Verblüfft sah Haila in die Richtung, in die Nazan mit der ausgestreckten Hand wies. Er stand auf und stiefelte zu dem Fass, neben dem auch Bierhumpen standen, und zapfte sich ein Bier.

Jetzt wurde ihm auch bewusst, welch großen Durst er nach dem Anisschnaps bekommen hatte. Noch im Zurückgehen trank er schon einen großen Schluck. Doch seine Freude wurde schnell getrübt, als er den jungen Mann neben Nazan sah.

„Mein Cousin Erol", stellte Nazan ihn vor.

„Freut mich. Welchen Grades?", fragte Haila lapidar.

„Dritten", kam es schlagfertig zurück. Seine Stimme war so unglaublich tief, dass Haila ihn überrascht ansah. Sie klang wie bei einem Metalband-Sänger, was Haila nicht überraschen würde, denn in dieser Familie war sicherlich alles möglich.

„Ich lass euch mal allein, ihr habt sicherlich viel zu besprechen, Mord, Totschlag und so'n Zeugs." Der Cousin erhob sich.

„Besonders macht uns der Fall mit der Frauenleiche zu schaffen. Sie wurde enthauptet und alle Glieder wurden ihr abgetrennt. In ihrem Innern hat man eine tote Katze gefunden, die schon ..."

Der Cousin dritten Grades verschwand eilig.

„Du bist böse, Haila", sagte Nazan vorwurfsvoll, konnte aber ihre Erheiterung nicht verbergen.

„Eine Spezialität von mir", brummte er und säbelte sich ein großes Stück Fleisch ab, kaute einige Male kräftig und spülte es mit einem Schluck Bier hinunter.

„Tanzen wir nachher?", wechselte Nazan plötzlich das Thema, was wiederum eine ihrer Spezialitäten war.

Haila verschluckte sich beinahe. Er konnte sich nicht mehr daran erinnern, wann er das letzte Mal getanzt hatte. Vermutlich auf seiner eigenen Hochzeit vor zwanzig Jahren.

„Auf keinen Fall", antwortete er barsch. „Tanzen liegt mir nicht und ich mache mich nicht gern zum Idioten."

„Aber alle tanzen nachher, das ist Tradition. Auch die Deutschen machen mit." Nazans Augen sahen ihn an, groß, dunkel und traurig.

„Nimm einen Cousin, ersten, zweiten oder dritten Grades", brummte er. „Ich mach mich nicht zum Affen."

„Der bist du schon!" Nazan schoss von ihrem Stuhl hoch und pfefferte die Serviette auf den Teller und ließ ihn allein.

Verdutzt sah Haila ihr hinterher. War sie schon wieder beleidigt? Nur weil er kein Tangojüngling sein wollte? Missmutig starrte er auf seinen Teller, auf dem nur noch einige Stückchen gegrilltes Gemüse lagen. Der Appetit war ihm vergangen. Dafür leerte er den Bierkrug zügig, stand auf und zapfte sich ein frisches. Dann marschierte er zurück und starrte in sein Bier. Unauffällig sah er sich um. Wo steckte dieses Weib? Wie konnte eine einzige Person nur so anstrengend sein und Temperament für fünf haben! Wütend schnaubte er in sein Bier, sodass der Schaum um seine Nase stob.

„Haila, lieber Freund", Onkel Demir lächelte auf ihn hinab. „Darf ich mich setzen?"

„Ja natürlich, bitte sehr. Ist ja schließlich Ihr … dein Tisch." Das klang wenig charmant, wie Haila im selben Moment bemerkte.

„Worum ging es denn bei dem Streit?" Onkel Yunol hatte sich ihm gegenüber hingesetzt.

„Streit? Wir hatten keinen Streit. Ich habe mich nur geweigert, mit ihr zu tanzen. Da war sie beleidigt."

„Du wolltest nicht mit ihr tanzen?" Hochgezogene Augenbrauen und ein sehr erstaunter Gesichtsausdruck, wie Haila genervt registrierte. Der nicht auch noch!

„Viele Männer hier würden sich die rechte Hand abhacken, um mit Nazan tanzen zu können."

„Nur zu, sollen sie!" Haila wollte nicht mehr darüber sprechen und sich schon gar nicht rechtfertigen.

„Ich glaub, sie mag dich sehr."

Hailas Herz machte einen blöden Hüpfer. „Ich mag sie auch, aber trotzdem will ich nicht tanzen."

„Ich esse keine Suppe! Nein. Ich esse meine Suppe nicht."

Haila musste grinsen. „Ich esse meine Suppe immer. Ich bin nicht der Suppenkasper. Das ist ein Teil meines Problems." Demonstrativ klopfte er sich auf seinen Bauch. „Yunol, mal ganz ehrlich, neben all den jungen knackigen Kerlen auf der Tanzfläche sehe ich wie ein Wackelpudding aus. Außerdem bin ich ein Bewegungsidiot, der sich nicht koordiniert zur Musik bewegen kann. Verstehst du es nun?"

„Ach, junger Bücherfreund, du wirst tanzen, so wie ich auch. Sollst sehen, es wird dir Spaß machen."

Haila erwiderte nichts darauf, setzte eine unbeteiligte Miene auf und zuckte mit der Schulter. Gleichzeitig reifte in ihm der Entschluss, sich vom Acker zu machen. Er hatte sich auf diesen Abend nicht gerade gefreut, ihm jedoch wohlwollend entgegengeblickt. Doch der wuchs sich gerade zu einer Zwangsveranstaltung aus. Und Haila hasste jede Art von Zwang, besonders im privaten Bereich. Beruflich ließ er sich natürlich nicht vermeiden, das war normal und auch kein Problem für ihn. Doch in seiner Freizeit wollte er möglichst davon verschont bleiben. Außerdem ärgerte er sich über Nazans Verhalten. Sie hatte, verdammt noch mal, nicht das Recht, sich über seine ablehnende Haltung so zu echauffieren, selbst, wenn sie ein gutes Verhältnis zueinander hatten. Sie hatte sich aufgeführt, als könne sie Forderungen an ihn stellen, und war damit einen Schritt zu weit gegangen. Er würde gehen, klammheimlich, sich ein Taxi bestellen und abdampfen. Er musste nur noch Nazans Onkel loswerden. Er erhob sich etwas schwerfällig, das reichliche Essen und der Alkohol forderten ihren Tribut.

„Entschuldige mich bitte, Yunol, ich muss mal für kleine Jungen."

„Kein Problem", meinte Nazans Onkel und sah Kriminalhauptkommissar Haila Schrabberdeich nachdenklich hinterher, wie der wie ein Bär über den Rasen in Richtung Haus tappte.

Er schüttelte den Kopf und erhob sich ebenfalls.

Als Haila das Innere des Hauses betrat, atmete er auf. Jetzt noch schnell nach draußen schleichen, die lange Auffahrt hinter sich lassen und dann das rettende Taxi rufen. Vor dem Haus beschleunigte er seinen Schritt und mit jedem Meter, den er hinter sich ließ, fühlte er sich befreiter. Entschlossen zückte er sein Handy und bestellte das Taxi, als er eine Stimme hinter sich hörte.

„Chef, Chef, warte!"

Abrupt blieb er stehen und wandte sich um. Nazan kam hinter ihm hergelaufen und winkte wie verrückt. Wütend schnaubte Haila und ging einfach weiter. Doch Nazan war schnell und hatte ihn schon nach kurzer Zeit eingeholt.

„Chef, bitte, es tut mir leid. Ich habe mich blöde benommen." Eine Hand legte sich auf seinen Arm. Er entwand sich ihr.

„Hast du, in der Tat. Und jetzt sei so freundlich und geh weder zurück. Ich jedenfalls fahre nach Hause. Da drinnen gibt es viele Männer, die sich die Hand abhacken würden, um mit dir zu tanzen, wie mich dein Onkel wissen ließ."

„Aber ich wollte mit dir tanzen, Chefchen", flüsterte Nazan und blieb stehen.

Haila ging weiter, doch die plötzliche Stille irritierte ihn mehr, als ihm lieb war.

Er drehte sich zu Nazan um. Sie stand einfach nur da, mit hängenden Armen, die dunklen großen Augen voller Tränen. Jetzt kullerte auch noch eine herunter.

„Was soll das denn jetzt?", rief er empört, „das ist Erpressung!"

„Nein. Ich bin traurig. Komm gut nach Hause." Nazan wandte sich ab und ging.

Das Taxi kam. Unschlüssig blickte er zwischen Taxi und Nazan hin und her. Als das Taxi vor ihm hielt, stieg er ein.

„Fahren Sie weiter. Bei der Frau da hinten halten Sie, bitte."

„Für diese kurze Strecke lassen Sie mich kommen?"

„Ist dienstlich", sagte er und zog seinen Ausweis hervor. „Wäre ich eine Privatperson, wären Sie dazu verpflichtet, da es über 50 Meter sind. Hätten Sie sich nicht beschwert, hätte ich Ihnen ein großzügiges Trinkgeld gegeben." Kalt sah er den Fahrer an, der beim Anblick seiner Marke sichtlich zusammengezuckt war.

Der Mann sagte nichts, was auch besser für ihn war, und fuhr los. Neben Nazan hielt er und Haila ließ das Fenster runter.

„Steig ein, ich möchte mit dir reden."

„Nein", Nazan ging unbeeindruckt weiter und würdigte ihn keines Blickes.

„Steig bitte ein!"

Nazan ging weiter, das Taxi fuhr neben ihr her.

„Ich komm mit rein."

„Oh wirklich, Chefchen?", Nazan riss seine Tür auf und klatschte in die Hände. Haila griff nach seiner Brieftasche, um den Fahrer zu bezahlen.

Der winkte amüsiert ab: „War mir eine Ehre, Chefchen".

„Falls auch nur ein Wort von dem hier nach außen dringt, verhafte ich dich. Klar?"

„Geht klar, Boss."

Haila hievte sich aus dem Sitz und knallte die Tür mit Karacho zu.

„Wie lieb von dir, Chefchen", gurrte Nazan und hängte sich bei ihm ein.

Er seufzte, gegen die Waffen einer Frau war man machtlos.

Später am Abend und nach etlichen weiteren Bieren und zwei Rakis, die ihm Nazans Onkel verschwörerisch gereicht hatte, wurde die große Diele in der Mitte des Bauernhauses geräumt und von irgendwoher tauchte ein DJ auf. Haila hatte es sich mittlerweile auf einem der großen Ledersofas vor dem Kamin gemütlich gemacht und beobachtete argwöhnisch das muntere Treiben. Dann erklang die Musik, aber nicht etwa türkische Musik, sondern das neueste aus den Charts, das zumindest vermutete Haila, der sich nicht im Mindesten auskannte. Nazan stürmte mit einer anderen Frau auf die Tanzfläche und bewegte sich ekstatisch und hüftschwingend im Rhythmus der Musik. Nach und nach füllte sich die Tanzfläche und bald verwandelten sich die tanzenden Gäste in eine einzige wogende Menschenmasse. Haila wurde schon vom Zusehen schwindelig.

Gerade schwebte Nazan vorbei und wieder blieb sein Blick auf ihrem entzückenden Popo hängen, der aufreizend vor seiner Nase wackelte. Schwer legte sich eine Hand auf seine Schulter. Haila sah hoch und direkt in das verschwommene Gesicht von Onkel Yunol, der, wie Haila es vorkam, ein diabolisches Grinsen aufgesetzt hatte und ihm ein frisches Glas mit Raki in die Hand drückte. Mit einem Mal stoppte die Musik und es wurde dunkel. Dann erklang türkische Trommelmusik und in der Mitte der von einem Scheinwerfer beleuchteten Tanzfläche erschien eine Bauchtänzerin, die sich nun langsam zu bewegen begann. Die Ketten und Glöckchen um ihre Hüften erzitterten und klirrten leise, als sie ihre Hüften kreisen lies.

Mein Gott, dachte Haila, wie in einem orientalischen Märchen. Jetzt wackelte der Glitzer-BH mit dem üppigen Inhalt und verwirrte Haila dermaßen, dass er sein Glas in einem Zug leerte. Immer schneller wurden Musik und Bewegungen, während begeisterte Rufe aus dem Publikum die begnadete Tänzerin anfeuerten. Dann wurde der Rhythmus wieder langsam und die Glitzerdame aus tausend und einer Nacht kam hüftkreisend und mit Armen, die sich wie Schlangen bewegten, auf ihn zu. Die Menge feuerte sie johlend an. Haila wusste nicht, was das werden sollte. Die Tänzerin stellte sich seitlich und ließ einladend ihre Hüfte zucken. Endlich begriff er, dass er mit der Schlangenfrau tanzen sollte. Na gut, dachte, er, wenn sie es nicht anders haben wollte. Benebelt vom Alkohol, stemmte er sich hoch und stolperte ein zwei Schritte vorwärts und fiel der Bauchtänzerin beinahe ins Dekolleté, fing sich aber noch rechtzeitig und tat das einzige, zu dem er überhaupt noch in der Lage war, nämlich die Arme zu heben. Es sah eher wie ein verunglückter griechischer Sirtaki aus, aber er wurde frenetisch beklatscht und ohrenbetäubender Jubel brandete auf. Dadurch ermutigt und fern jeglicher Selbstbeherrschung ließ Haila seine Hüften schwungvoll kreisen. Die Frauen kreischten und die Männer riefen ihm etwas zu, das Haila jedoch nicht mehr wahrnahm. Vor ihm zitterte das Glitzeroberteil und zog seinen Blick magisch an. Plötzlich flogen ihm die langen Haare der Tänzerin ins Gesicht, als sie sich umwandte und neckisch mit dem Popo wackelte. Das war offensichtlich ein bekanntes Signal, denn nun gab es unter den Zuschauern kein Halten mehr und alle stürmten auf die Tanzfläche. Haila vergaß, wo und wer er war, und tanzte, als ginge es um sein Leben.

„Du tanzt toll, Chefchen", schrie Nazan unmittelbar neben ihm und ließ auch ihre Hüften kreisen, die bei weitem nicht so ausladend wie die der Bauchtänzerin waren, ihm aber weitaus verlockender erschienen. Nazan hob ihre Arme über seine Schultern und ließ sie neben seinem Kopf wie Schlangen tanzen. Haila machte einen unbeholfenen Schritt auf sie zu, verlor den Halt und riss sie und weitere Personen zu Boden. Er selbst schlug mit dem Hinterkopf auf und verlor für einen Moment das Bewusstsein. Als er die Augen wieder aufschlug, schwebte Nazans Gesicht über ihm.

„Du bist echt mitreißend, Chefchen", kicherte seine Assistentin und eh er sich versah, packten ihn vier starke Arme und halfen ihm wieder hoch.

10. Kapitel

Henrike hatte die Nacht von Freitag auf Samstag tatsächlich durchgeschlafen. Entweder hatte es an dem zweiten Glas Wein gelegen oder an der Idee, die ihr gestern Abend noch eingefallen war. Wenn sie sich aus ihrer Erstarrung löste und aktiv etwas unternahm, würde sie sich der Bedrohung nicht mehr länger so hilflos ausgeliefert fühlen. Heute wollte sie die Wohnung verlassen und nach draußen gehen, aber nicht als Henrike Winter, sondern als eine ältere Dame. Alles, was sie für diese Verwandlung benötigte, hatte sie im Haus. Nachdem sie gefrühstückt und anschließend geduscht hatte, sprühte sie sich Trockenshampoo, das schon eine Ewigkeit dort unbenutzt herumstand, ins Haar, bis es schließlich weißgrau war. Dann band sie es zu einem strengen Knoten im Nacken zusammen. Schon allein die veränderten Haare ließen sie um vieles älter aussehen. Jetzt noch Make-up auf die Lippen, sodass sie blass und konturlos wirkten. Das gelang ihr ziemlich gut. Aber noch war sie nicht zufrieden. Die Augenbrauen waren viel zu dunkel und kräftig, auch sie mussten farblos wirken. Sie überlegte, womit sie das erreichen konnte, bis sie schließlich eine Idee hatte. Sie verteilte einen Klecks Make-up auf beide Brauen, verrieb es und stäubte anschließend weißen Körperpuder mit einem Pinsel darüber. Das Ergebnis war frappierend. Sie sah alt, sogar fast ein bisschen elend aus. Für die Garderobe wählte sie ein unmodernes, wadenlanges Blümchenkleid, das sie aus unerfindlichen Gründen noch immer nicht in die Kleiderspende gegeben hatte, und zog darunter eine blickdichte Strumpfhose an. Doch noch war sie nicht fertig. Wo hatte sie nur den ramponierten Strohhut verwahrt? Nach kurzem Suchen fand sie ihn ganz hinten im obersten Fach ihres Kleiderschranks und setzte ihn auf. Eine Strickjacke, die sie eigentlich nur noch in der Wohnung trug, ergänzte die Aufmachung. Gespannt stellte sie sich vor den Spiegel und stellte verblüfft fest, dass sie wie weit über siebzig aussah. Eine Kleinigkeit aber fehlte noch. Ältere Damen gingen niemals ohne Handtasche aus dem Haus, doch sie besaß nur moderne Taschen, die nicht zu dem Bild passten, das sie von sich erschaffen hatte. Dann musste es eben der geblümte Einkaufsbeutel tun, in den sie Portemonnaie und Handy steckte. Einen Moment zögerte sie noch, bevor sie die Besteckschublade aufzog und ein kleines Küchenmesser herausholte. Besser ist besser, dachte sie, und ließ es ebenfalls in den Beutel fallen. Nun war sie fertig. In ihrer Verkleidung konnte sie sogar noch einige kleine Besorgungen machen, wenn sie wollte, doch in erster Linie wollte sie Ausschau nach ihrem Verfolger halten. Vorher musste sie jedoch Charlotte anrufen, um sie, wie versprochen, in ihren Plan einzuweihen.

„Du willst dich verkleiden?" Charlotte entwich ein unterdrücktes Kichern. „Du bist ja verrückt. Als was denn?"

„Als alte Omi. Im Spiegel habe ich mich gerade selbst nicht mehr erkannt." Nun musste auch Henrike kichern. „Ich gehe in die Innenstadt und bin gespannt, ob ich dem Mann erneut begegne. Er wird mich nicht erkennen, da bin ich mir zu hundert Prozent sicher."

Henrike hörte die Türklingel bei Charlotte schellen.

„Mist, es hat geklingelt, bleib mal kurz dran." Einige Augenblicke später war sie wieder am Apparat. „Sorry, die Nachbarin. Wo waren wir stehengeblieben? Ach ja, du wolltest als Großmutter die Straßen unsicher machen. Aber was genau willst du damit bezwecken? Wenn deine Verkleidung so gut ist, wird er dich doch gar nicht erkennen und nichts gegen dich unternehmen. Oder habe ich etwas nicht richtig verstanden?

„Das stimmt schon, aber diesmal möchte *ich* handeln. Ich will ihn verfolgen, um zu erfahren, wohin er geht. Vielleicht kann ich ihn auch in ein Gespräch verwickeln und etwas herausfinden. Oder ich mache ein Foto von ihm! "

„Um Gottes willen, nein!", rief Charlotte bestürzt. „Mach das bloß nicht, das ist viel zu gefährlich. Wenn er dich doch erkennt, weißt du nicht, wie er reagiert. Das Risiko ist viel zu hoch."

„Vielleicht hast du recht", bestätigte Henrike etwas enttäuscht, weil ihr selbst dieser Plan so gut gefallen hatte. Sie entschied sich, es von der Situation abhängig zu machen, ihrer Freundin jedoch nichts davon zu sagen, weil die sich sonst zu große Sorgen machte. „Aber wenn ich ihn beispielsweise bis zu seinem Auto verfolgen würde, könnte ich mir sein Nummernschild notieren oder fotografieren. Dann hätte ich etwas Konkretes in der Hand. Etwas, das ich auch der Polizei vorweisen könnte." *Und es wäre auch endlich etwas Konkretes für mich*, fügte sie im Stillen hinzu.

„Das ist eine gute Überlegung. Versprich mir aber trotzdem, dass du auf jeden Fall vorsichtig bist und mich sofort anrufst, wenn etwas Unvorhergesehenes geschieht. Spätestens dann, wenn du wieder zu Hause bist. Versprochen?"

„Versprochen. Treffen wir uns heute noch?"

„Liebend gern, aber mir fehlt schlichtweg die Zeit. Ich habe hier gerade eine extrem wichtige Sache am Wickel, bei der es um richtig viel Geld geht und da muss ich mich gründlich einarbeiten. Du weißt ja, dass ich keine Hauruckgeschäfte mache und alles gründlich checke und das Risiko abklopfe. Sei mir bitte nicht böse. Aber vielleicht morgen oder übermorgen, dann bin ich bestimmt schon ein gutes Stück weiter. Wir telefonieren, okay?"

Natürlich wäre es Henrike lieber gewesen, sie hätten sich heute noch gesehen, entweder bei ihr oder Charlotte zu Hause, die gar nicht weit von ihr entfernt in der Kärntner Straße wohnte.

Sie warf noch einen letzten prüfenden Blick in den Spiegel, bevor sie die Wohnung verließ. Henrike war aufs Neue erstaunt, was so ein paar simple Tricks bewirken konnten. Dennoch wirkte ihre Erscheinung noch nicht ganz stimmig. Ihre gerade, aufrechte Haltung passte nicht. Sie musste gebückter gehen, um echt zu wirken.

Unten auf der Straße ermahnte sie sich, nicht allzu schnell zu gehen und die Schultern ein Stück nach vorne fallen zu lassen. Unauffällig sah sie nach links und rechts, doch der Unbekannte ließ sich nicht blicken. Langsam bewegte sie sich in Richtung Innenstadt und erreichte nach einer knappen Viertelstunde die Gaststraße und kaufte beim Bäcker Brot. Als sie die Straße wieder betrat, fuhr sie zusammen. Ihr Verfolger stand auf der gegenüberliegenden Seite und sah direkt zu ihr herüber. Wie war das möglich? Wie hatte er sie nur erkennen können? Und aus welcher Richtung war er so plötzlich gekommen. Sie hatte doch auf dem Weg hierher ihre Umgebung genauestens beobachtet? Jetzt war die Gelegenheit, aus sicherer Entfernung ein Bild mit dem Handy zu machen. Sie griff in ihren Beutel, um das Handy herauszuholen, fand es jedoch nicht. Wo war das verdammte Ding? Hatte sie es etwas zu Hause vergessen? Hastig schaute sie in den Beutel. Da war es! Eine Ecke der schwarzen Handyhülle lugte unter der Brottüte hervor. Schnell griff sie danach, aktivierte den Bildschirm und anschließend die Kamera. Dann hob sie den Blick und richtete ihr Augenmerk auf den Punkt, an dem sie ihn zuletzt gesehen hatte. Aber er war fort. Hektisch sah sie von einer zur anderen Seite, doch er blieb unsichtbar, wie vom Erdboden verschluckt. Erneut blitzte der quälende Gedanke auf, der sie seit der Morddrohung im Buchladen verfolgte: War alles nur Einbildung gewesen und sie hatte ihn in Wirklichkeit gar nicht gesehen? Nur ein Trugbild ihres kranken Hirns?

„Nein, nicht schon wieder!", schimpfte sie mit sich. Sie musste endlich damit aufhören, jedes Mal an ihrem Verstand zu zweifeln. Das würde sie immer weiter verunsichern und dazu führen, dass ihre Ängste sie allmählich auffraßen. Deswegen nahm sie allen Mut zusammen und entschloss sich, ihren Einkauf fortzusetzen. Sollte ihr Verfolger Henrike noch einmal über den Weg laufen, würde sie ihn sofort mit dem Handy aufnehmen und zur Rede stellen. Er tauchte jedoch nicht mehr auf, was Henrike einerseits erleichterte, ihr andererseits aber auch die Möglichkeit nahm, zu handeln.

Nachdem sie ihre Einkäufe ohne weitere Zwischenfälle erledigt hatte, trat sie den Heimweg an. Immer noch kreisten ihre Gedanken um die Frage, wie der Mann sie trotz ihrer Verkleidung hatte erkennen können. Vielleicht war die doch nicht so perfekt gewesen und er hatte ihren Mummenschanz sofort durchschaut, als sie das Haus verlassen hatte. Das würde jedoch voraussetzen, dass er sich in der Nähe auf die Lauer gelegt und auf sie gewartet haben musste. *Wie wahrscheinlich war es, dass er dort stundenlang ausharrte und darauf wartete, dass sie eventuell ihre Wohnung verließ? Wie wahrscheinlich war es, dass er sie erkannt hatte? Wie wahrscheinlich war es, dass sie sich alles nur eingebildet hatte?* Und obwohl sie sich verboten hatte, diesen einen, letzten Gedanken noch einmal zuzulassen, wurde er immer stärker und begann, sie aufs Neue zu quälen. Tränen stiegen in ihre Augen und nur mit Mühe konnte sie einen Schluchzer unterdrücken, als ihr bewusst wurde, dass sie nur eine verrückte Frau war, die sich aus Angst vor einem imaginären Verfolger verkleidet hatte. Sie musste einen Arzt aufsuchen, der würde herausfinden, ob etwas nicht mit ihr stimmte. Doch gleich kamen ihr Zweifel, wie ein Arzt beurteilen sollte, ob dieser Mann tatsächlich existierte. Aber ein Psychiater hatte doch die Möglichkeit, so etwas festzustellen, oder etwa nicht? Und sollte er zu dem Schluss kommen, dass sie krank war, würde es dann ausreichen, wenn sie Medikamente nahm oder müsste sie eingewiesen werden? Wie würde sich das auf ihren Beruf auswirken? Würden die Kollegen hinter vorgehaltener Hand über die Verrückte tuscheln, die überall Gespenster sah und sich von ihnen verfolgt fühlte?

Sie musste für einen Moment anhalten und die Augen schließen, weil die negativen Gedanken zu übermächtig wurden und drohten, sie wie eine Welle mit sich zu reißen. Sie zwang sich, einige Male tief einzuatmen und öffnete die Augen. Da sah sie ihn. Er stand an der Treppe zum Eingang der Maklerfirma Wübbenhorst.

Henrike war unfähig auch nur einen Schritt zu tun oder einen klaren Gedanken zu fassen, sondern starrte diesen Mistkerl einfach nur an. Er starrte zurück. Endlich ging ein Ruck durch sie. Jetzt! Jetzt das Foto! Sie zerrte ihr Telefon aus ihrer Jackentasche, das sie dort wohlweislich hineingetan hatte, um es schnell zur Hand zu haben. Doch bevor sie noch auf den Auslöser drücken konnte, hatte der Mann sich bereits abgewandt und entfernte sich schnell. Auch Henrike beschleunigte ihren Schritt.

„Moment mal bitte, warten Sie!", rief sie ihm hinterher.

Doch der Mann scherte sich keinen Deut um sie, sondern verschwand um die Ecke. Sie rannte ihm hinterher, als sie jedoch die Straßenecke erreicht hatte, blieb sie ratlos stehen. Entweder war er in die Bismarckstraße oder aber in die Roggemannstraße entschwunden. Sie rannte einige Meter die Bismarckstraße entlang, doch hier war er nirgends zu sehen. Henrike eilte zurück und hetzte nun die Roggemannstraße einige Meter entlang. Jedoch auch hier keine Spur von ihm.

Niedergeschmettert kam sie zu der Erkenntnis, dass er sich abermals wie in Luft aufgelöst hatte. Alle Kraft wich aus ihr. Ihre Beine wurden weich und drohten einzuknicken. Sie musste sich unbedingt setzen. Langsam und mit gesenktem Kopf setzte sie vorsichtig einen Fuß vor den anderen.

„Kann ich Ihnen helfen?"

Henrike blickte auf. Vor ihr stand eine junge Frau, die ihr besorgt ins Gesicht sah. „Geht es Ihnen nicht gut? Soll ich vielleicht einen Arzt rufen?"

Ihr wurde bewusst, dass sie wie eine alte Frau wirken musste, die einen Schwächeanfall erlitten hatte.

„Nein, nein, vielen Dank", antwortete sie schniefend. „Geht schon wieder." Sie warf der besorgt dreinblicken Frau noch einen freundlichen Blick zu, bevor sie sich weiterschleppte. Ihr fiel ein, dass Charlotte ihr eingeschärft hatte, sie sofort anzurufen, wenn etwas vorfiele. Doch vorher musste sie sich dringend hinsetzen. Die Bänke im Cäcilienpark fielen ihr ein. Dort wollte sie etwas verschnaufen und dann Charlotte anrufen.

Wie sie mit einem Blick feststellte, war der Park menschenleer. Henrike setzte sich auf eine Bank in der Sonne, atmete einmal tief durch und wischte sich den Schweiß von der Stirn, bevor sie ihr Handy hervorholte und Charlottes Nummer wählte. Ungeduldig wartete sie darauf, dass ihre Freundin ranging, aber es meldete sich nur die Mailbox. *Verdammt, ausgerechnet jetzt, wo ich sie so dringend brauche!* Seufzend drückte sie auf den roten Hörer. Dann musste sie es gleich nochmal von zu Hause versuchen. Gerade, als sie wieder aufstehen wollte, legte sich eine Hand schwer auf ihre Schulter und etwas Scharfkantiges drückte gegen ihren Hals.

„Keinen Ton, sonst schlitz ich dir die Kehle auf!"

Vor Todesangst wagte Henrike kaum zu atmen, geschweige denn, sich zu bewegen. „Bitte, tun sie mir nichts", flüsterte sie erstickt.

„Nein, jetzt noch nicht", hämisch lachte der Mann hinter ihr auf. Dann beugte er sich ein Stück zu ihr herunter und zischte ihr ins Ohr. „Aber bald bist du dran. Ich werde zuschlagen, wenn du es am wenigsten erwartest."

Henrike spürte, wie er das Messer von ihrer Kehle nahm und der Druck auf ihrer Schulter verschwand. Sie wartete noch einige Sekunden, bis sie sich vorsichtig umwandte. Der Mann hinter ihr war fort. Instinktiv griff sie sich an den Hals, weil sie meinte, den schmerzhaften Druck der Klinge noch immer spüren zu können. Er würde wiederkommen, hatte er gesagt, und sie dann kaltmachen.

Voller Panik sprang sie auf und rannte den ganzen Weg nach Hause. Unterwegs verlor sie ihren Strohhut, doch das kümmerte sie nicht, bloß weg von der Straße und zurück in ihre sichere Wohnung. Verwunderte Blicke folgten der alten Dame, die scheinbar um ihr Leben rannte und dabei eine erstaunliche Schnelligkeit an den Tag legte.

Zurück in ihrer Wohnung, warf sie sich völlig außer Atem auf ihr Sofa. Nachdem sie sich ein wenig beruhigt hatte, rief sie Charlotte erneut an. Dieses Mal nahm sie sofort ab.

„Es ist etwas ganz Schreckliches passiert", begann sie und brach in Tränen aus. Nach und nach berichtete sie ihrer Freundin, was ihr widerfahren war. „Glaubst du mir?", vergewisserte sie sich schniefend zum Schluss.

„Natürlich tue ich das." Henrike fiel ein Stein vom Herzen. „Aber in meinen Augen hat die ganze Angelegenheit durch die Messerattacke jetzt eine andere Qualität bekommen", fuhr Charlotte fort. „Du musst unbedingt nochmal mit der Polizei sprechen. Gab es irgendwelche Zeugen im Cäcilienpark? Wie hat der Mann ausgesehen?"

„Zeugen gab es keine, ich saß dort ganz allein und ich bin mir nicht sicher, ob der Mann mit dem Messer derselbe wie mein Verfolger ist."

„Mist, hast du ihn gar nicht gesehen?"

„Nein, er stand doch die ganze Zeit hinter meinem Rücken. Ich konnte meinen Kopf nicht einen Zentimeter bewegen. Und dann war er urplötzlich verschwunden."

„Verstehe. Meinst du denn, deinem Gefühl nach, dass es derselbe war?", hakte Charlotte nach.

„Eigentlich schon und logisch wäre es auch. Der Mann aus dem Schlossgarten, derjenige, der unten auf der Straße an meinem Fenster vorbeigelaufen ist, und dem ich heute in der Stadt begegnet bin, ist ein und derselbe. Ich habe ihn eindeutig an seinen Klamotten und der großen Nase erkannt. Von ihm könnte ich gegebenenfalls eine Beschreibung abgegeben. Du kannst dich bestimmt auch noch an ihn erinnern."

„Also, um ehrlich zu sein, weiß ich nicht mehr genau, wie er aussah. Ich habe ihn nur einmal ganz kurz gesehen, er trug ein Basecap und hielt auch noch mehr oder weniger den Kopf gesenkt."

Damit hatte sie recht. Auch Henrike hatte sein Gesicht nicht genau erkennen können. Doch zumindest waren ihr seine große, fleischige Nase und die dunklen Augen in Erinnerung geblieben. Auch Statur, Köperhaltung und Kleidung waren stets identisch gewesen.

Sie hatte keinen Zweifel. „Ich will das Wochenende noch abwarten und die Wohnung im Moment nicht verlassen. Dann kann ich immer noch diesen Schrabberdeich anrufen."

„Willst du eigentlich am Montag wieder zur Schule?"

„Eventuell, ich bin mir noch nicht ganz sicher. Aber wenn ich mit meinem Auto fahre, kann mir eigentlich nicht viel passieren. Was meinst du?"

„Vielleicht solltest du das wirklich tun. Wenn du dich in deiner Wohnung einigelst, wirst du ja irgendwann wirklich verrückt. Aber mal was anderes. Hast du etwas, das du zu deiner Verteidigung mitnehmen könntest?"

„Du wirst lachen, ich hatte den gleichen Gedanken und habe heute Morgen, bevor ich losging, ein kleines Küchenmesser eingesteckt. Aber mit dem Messer an der Kehle habe ich mich nicht getraut, es herauszuziehen. Außerdem hätte ich in dieser Position eh nichts ausrichten können."

„Am besten wäre natürlich eine Pistole", sinnierte Charlotte.

„Haha, du bist gut! Wir sind doch nicht in den USA, wo sich jeder eine Waffe kaufen kann!"

„Das meine ich im Ernst", erwiderte Charlotte mit fester Stimme. „Ich rede aber nicht von einer richtigen Pistole, sondern von einer Pfeffersprühpistole. Die sind in Deutschland für Privatpersonen legal, solange sie nicht das ‚echte' Pfefferspray verwenden. Das Spray ist eigentlich zur Tierabwehr gedacht, funktioniert natürlich aber auch bei Menschen."

„Woher weißt du das so genau?"

„Du bist meine Freundin und ich mache mir Sorgen um dich. Deswegen habe ich ein wenig im Internet recherchiert, wie du dich am besten schützen könntest."

„Ich danke dir", sagte Henrike gerührt und dankbar zugleich. Sie war eben doch nicht ganz allein, sie hatte einen Menschen, der ihr zur Seite stand, eine richtige Freundin, mit der man nicht nur Shoppen und in Restaurants gehen konnte, sondern die auch in schlechten Zeiten für sie da war und half. „Wo bekomme ich denn so eine Pistole? Und kann ich nicht genauso gut Pfefferspray in der Dose verwenden?"

„Du kannst sowohl Pistole als auch Spray beim örtlichen Händler oder im Internet kaufen. Der Unterschied liegt, soweit ich es verstanden habe, in der einfacheren und zielsichereren Handhabung der Pistole. Ist natürlich auch erheblich teurer."

Obwohl es sich bei der Pistole um keine echte Schusswaffe handelte, widerstrebte es Henrike, sich ein solches Ding zuzulegen. „Ich glaube, ich werde ein Spray in der Dose kaufen. Das ist mir vorerst lieber. Umsteigen kann ich noch immer."

„Das musst du natürlich selbst entscheiden, aber das Spray generell bietet schon einen guten Schutz. Du musst es aber immer griffbereit in deiner Handtasche oder am besten, in der Jackentasche bei dir führen."

„Ja, schon klar. Sicherlich wird es mir ein Stück weit Sicherheit zurückgeben. Danke noch mal, Charlotte."

„Dafür nicht. Bis morgen, wir telefonieren."

Wieso war sie eigentlich nicht selbst auf die Idee mit dem Pfefferspray gekommen? *Weil du überhaupt nicht mehr logisch denken kannst!* Seit diesen Vorfällen war sie komplett durcheinander und hin- und hergerissen zwischen der Angst, unter Paranoia zu leiden und der vor einer realen Bedrohung.

Doch bevor sie den Computer anstellte, um sich selbst einen Überblick über Charlottes Vorschlag zu verschaffen, wollte sie duschen, um Trockenshampoo und Make-up abzuwaschen. Gründlich schamponierte sie ihr Haar und reinigte ihr Gesicht. Vor dem Spiegel rubbelte sie ihr Haar trocken, das nun wieder seine ursprüngliche Farbe hatte. Abschließend cremte sie sich ihr Gesicht und den Hals ein. Als ihre Augen den kreisenden Bewegungen ihrer Fingerspitzen folgten, musste sie daran denken, wie ihr der Mann noch vor kurzem das Messer dagegengehalten hatte, bereit, jederzeit zuzustechen. Henrike ging näher an den Spiegel heran. Vielleicht ließ sich noch ein Abdruck von der Klinge erkennen. Doch nicht die geringste Spur war sichtbar. Nachdenklich betrachtete sie ihr Spiegelbild und hatte plötzlich einen verrückten Einfall. Wenn sie nun ein bisschen nachhalf und sich selbst ein wenig verletzte, um so die Polizei von der Tatsächlichkeit des Überfalls zu überzeugen? Eine Kleinigkeit ... *Nein, das mache ich nicht! Ich bleibe bei der Wahrheit, selbst wenn mir keiner glaubt!*

Henrike schlüpfte in Leggings und Sweat-Shirt. Dann machte sie sich eine Kleinigkeit zu essen und trank einen Tee dazu. Anschließend stellte sie den Computer an. Sie fand die Informationen, die sie von Charlotte bekommen hatte, bestätigt. Sie bestellte ein Pfefferspray, das Mittwoch kommender Woche bei ihr wäre. Nachdem sie das erledigt hatte, fühlte sie sich schon wieder etwas besser und überlegte weiter, womit sie das ganze lange Wochenende in ihrer Wohnung verbringen wollte. Lesen und Fernsehen konnte man schließlich nicht den ganzen Tag. Ihr Blick fiel auf einen Stapel noch nicht korrigierter Klassenarbeiten. Sobald sie den abgearbeitet hatte, könnte sie anschließend mit den Unterrichtsvorbereitungen für die kommende Woche beginnen. Sie setzte sich an ihren Schreibtisch und begann mit der Korrektur.

Nach vier Stunden intensiver Arbeit ergriff sie jedoch eine eigenartige Unruhe, die sie nicht mehr länger an ihrem Schreibtisch hielt. Aufgekratzt tigerte sie in ihrer Wohnung hin und her und stellte sich zwischendurch ans Fenster, um die Straße zu inspizieren. Ihr Stalker war nicht in Sicht. Um sich auf andere Gedanken zu bringen, schnappte sie sich einen Bildband über Island, aber im Gegensatz zu sonst, gelang es ihr nicht, sich in die Materie zu vertiefen oder an den Illustrationen zu erfreuen. Genervt schloss sie das Buch wieder, stellte den Fernseher an und zappte lustlos von einem Programm zum nächsten.

Eine Unterhaltung mit einem netten Menschen würde sie am ehesten ablenken, dachte sie und überlegte, wen sie anrufen könnte. Da fiel ihr die alleinstehende Dame von gegenüber ein. Bisher hatten sie sich immer nur im Hausflur getroffen und hin und wieder ein Schwätzchen gehalten. Eigentlich hatte sie schon lange vorgehabt, sie auf einen Kaffee einzuladen, es aber immer wieder verschoben, weil sie vermeintlich immer Besseres zu tun gehabt hatte. Jetzt war die ideale Gelegenheit, das Versäumte nachzuholen. Sie klingelte bei der Nachbarin.

„Ach, Sie sind das", grüßte Frau Petermichel und lächelte sie freundlich an. „Ich habe mich schon gewundert. Vorhin hat schon mal jemand geklingelt, der hatte sich aber in der Klingel vertan, wollte oben zu Wohlers."

„Hätten Sie nicht Lust auf ein Gläschen Wein zu mir rüberzukommen?", machte Henrike den Vorschlag.

„Jetzt? Ich wollte gerade zu Abend essen."

„Ach so, na vielleicht ein anderes Mal." Henrike war enttäuscht.

„Aber danach kann ich natürlich kommen, sehr gern sogar."

„Fein, das freut mich. Klingeln Sie, wenn Sie so weit sind."

Zurück in der Wohnung holte sie schon mal zwei Weingläser aus dem Schrank und stellte eine Schale mit Knabbersachen auf den Wohnzimmertisch. Dann setzte sie sich aufs Sofa und wartete auf ihre Nachbarin, die wahrscheinlich in fünfzehn bis zwanzig Minuten zu ihr rüberkommen würde.

„Henrike", erklang plötzlich ein heiseres Flüstern wie aus dem Nichts. Zu Tode erschrocken zuckte sie zusammen und schoss vom Sofa hoch. „Bald bist du dran", fuhr das unheimliche Flüstern fort. „Dann komm ich und schlitz dich auf!"

„Wer ist das?", schrie sie und drehte sich um die eigene Achse, um zu sehen, woher die Stimme gekommen war, konnte die Quelle jedoch nicht ausmachen. Ein Fremder hielt sich in ihrer Wohnung versteckt! Kopflos und mit rasendem Herzen eilte sie von einem ins andere Zimmer, um ihn zu stellen. Doch da war niemand. Voller Panik kehrte sie ins Wohnzimmer zurück.

„Du denkst, du bist in deiner Wohnung sicher?", zischte das unheimliche Flüstern erneut, dem ein heiseres Lachen folgte. „Bald wirst du es besser wissen. Du bist nirgendwo mehr sicher. Es gibt keinen Ausweg!"

„Nein! Aufhören, bitte aufhören!", kreischte sie, sank auf die Knie und hielt sich die Ohren zu.

„Aufhören? Aber woher denn. Wir haben doch gerade erst angefangen." Wieder erscholl das furchteinflößende Lachen.

Henrike krümmte und schüttelte sich, als hätte eine fremde Macht Besitz von ihrem Köper ergriffen. Grässliche Laute drangen aus ihrer Kehle, unterbrochen von heftigen Schluchzern, die ihren Körper konvulsivisch erzittern ließen. Nach einer Weile sank sie erschöpft zur Seite. Mit angezogenen Knien und gekrümmten Rücken blieb sie wie ein Fötus auf dem Teppich liegen, die Hände noch immer auf die Ohren gepresst. Die Stimme war längst verstummt, das mehrmalige Klingeln ihrer Nachbarin hörte sie dennoch nicht. Erst als Frau Petermichel energisch gegen die Tür hämmerte und ihren Namen rief, kam sie wieder zu sich. Schwerfällig stand sie auf, schleppte sich zur Tür und öffnete ihrer Nachbarin.

„Was ist mit Ihnen passiert, Kindchen?" Entsetzt musterte Frau Petermichel sie.

Wie einen Geist starrte Henrike sie an, wandte sich wortlos um und ging ins Wohnzimmer zurück. Beunruhigt folgte Frau Petermichel ihr und setzte sich neben Henrike aufs Sofa. Sie hatte eine Packung Kekse mitgebracht, die sie auf den Tisch legte.

„Frau Winter, ist etwas geschehen? Haben Sie Schmerzen? Ich habe Sie durch die Tür rufen und schreien hören."

Henrike erwiderte nichts, sondern starrte teilnahmslos geradeaus.

„Sagen Sie mir doch bitte, was Ihnen fehlt. Ich möchte Ihnen gerne helfen."

Langsam, wie in Trance, blickte Henrike zur Seite und schien erst jetzt die Frau neben sich richtig wahrzunehmen. „Mir kann man nicht mehr helfen", flüsterte sie schließlich und erneut traten Tränen in ihre Augen.

„Das ist Unsinn", widersprach Frau Petermichel resolut. „Bevor man nicht die ganzen Umstände kennt, kann man eine Sache nicht eindeutig beurteilen. Erzählen Sie mir, was Schreckliches passiert ist, dass Sie so umgehauen hat."

Mit einem hoffnungslosen Blick sah Henrike ihre freundliche Nachbarin an. Was verstand die schon von diesen Dingen?

„Sie würden es nicht verstehen und falls doch, werden Sie mir nicht glauben."

„Halten Sie mich bitte nicht für blöde und senil bin ich auch noch nicht."

„Nein, natürlich nicht, ich wollte nicht unhöflich sein." Henrikes Worte waren nicht mehr als ein monotones Murmeln.

„Dann lassen Sie mich doch selbst entscheiden, ob ich Ihnen nicht doch helfen kann. Aber Sie müssen es mir erzählen. Aber vorher möchte ich ein Glas Wein. Wo ist er? Ich hole ihn."

„Im Kühlschrank. Sie benötigen keinen Öffner, die Flasche hat einen Schraubverschluss."

Die kleine alte Frau ging in die Küche und kam wenige Augenblicke später mit der Flasche in der Hand zurück. Sie warf einen Blick aufs Etikett.

„Weißburgunder trocken. Sehr schön." Sie goss etwas in zwei Gläser und hielt ihrs hoch. „Zum Wohl", sage sie und schenkte Henrike ein offenes Lächeln.

Die ergriff ebenfalls ihr Glas und trank einen großen Schluck.

Der kühle Wein tat gut. Er linderte den Druck und kühlte ihr erhitztes Gemüt. Sie besann sich auf ihre Manieren und schob die Schale mit den Knabbersachen zu Frau Petermichel.

„Danke", sagte die und griff hinein. „Fangen Sie an, erzählen Sie!"

Henrike warf ihr einen zweifelnden Blick zu, aber sie musste sich eingestehen, dass ihr die energische kleine Frau sehr sympathisch war. Sie hatte etwas mütterlich Fürsorgliches an sich, das ihr Vertrauen einflößte, obwohl sie sich heute das erste Mal auf persönlicher Ebene begegneten. Noch hatte sie den Schock von eben nicht verdaut. Woher war die Stimme, das heisere Flüstern gekommen? Es konnte nur durch einen Lautsprecher gedrungen sein. Sie musste unbedingt jeden Winkel ihrer Wohnung absuchen, um diesen Lautsprecher, oder um was immer es sich auch für ein Gerät handelte, zu finden.

„Na los! Ich warte", unterbrach die Stimme ihrer Nachbarin ihre Gedanken.

„Also gut", willigte Henrike ein, „aber sagen Sie nachher nicht, ich hätte Sie nicht gewarnt."

„So schnell kann mich nichts erschüttern", entgegnete Frau Petermichel, schürzte die Lippen, und erhob erneut ihr Glas.

Henrike begann zu erzählen bis hin zu der Messerattacke im Cäcilienpark, nur durch Frau Petermichels Nachfragen gelegentlich unterbrochen.

„Kurz bevor Sie kamen, habe ich dieses grässliche Flüstern mit der Morddrohung gehört. Und jetzt, nach allem, was passiert ist, habe ich Angst, dass es nur eine Stimme in meinem Kopf ist. Verstehen Sie das?"

„Natürlich!" Frau Petermichel erhob sich. „Aber ich fürchte, ich kann Ihnen nicht helfen. Ich gehe dann mal wieder", sagte sie laut und deutlich und erhob sich.

Perplex sah Henrike zu ihr hoch. Sie konnte sich keinen Reim aus dem abrupt veränderten Verhalten ihrer Nachbarin machen. Frau Petermichel legte verschwörerisch den Zeigefinger auf die Lippen und gab Henrike einen Wink, ihr zu folgen. Henrike stand leise auf, nahm ihren Schlüssel vom Bord und schlich ihrer Nachbarin bis in ihre Wohnung hinterher. Bevor die kleine resolute Frau die Wohnungstür hinter ihnen schloss, warf sie noch einen prüfenden Blick die Treppe runter. Dann lotste sie Henrike ins Wohnzimmer und drückte sie auf ein großes, dunkelrotes Sofa.

„Hier können wir ungestört miteinander reden. Ich heiße übrigens Gretchen", sagte die kleine Frau und streckte ihr die Hand entgegen, die Henrike noch immer verblüfft entgegennahm.

„Henrike", stellte sie sich ebenfalls vor und brachte ein unsicheres Lächeln zustande.

„Versuch dich zu erinnern, woher die Stimme gekommen ist, kannst du das?", fragte Gretchen voller Tatendrang.

Henrike dachte nach und biss sich dabei auf die Lippe. „Ich war im Wohnzimmer, als ich sie das erste Mal hörte. Dann bin ich aufgesprungen und habe alle Zimmer abgesucht, aber erst als ich wieder ins Wohnzimmer kam, habe ich sie erneut gehört. Es ... es war so schrecklich, so furchteinflößend." Die letzten Worte hatte sie geflüstert.

Gretchen Petermichel schwieg und sah sie mitleidig an. Mit einem Mal erhellten sich ihre Gesichtszüge „Weißt du was? Warum schläfst du heute Nacht nicht bei mir? Ich habe ein Gästezimmer, falls mich meine Tochter aus Berlin besucht. Dann brauchst du keine Angst zu haben. Was hältst du davon?"

„Also, das ist wirklich nicht nötig und ich möchte keine Umstände bereiten. Aber vielen Dank trotzdem."

„Was für Umstände? Das Bett beziehst du selbst und morgens mache ich die doppelte Menge Kaffee und Brötchen habe ich genug. Wo ist das Problem?"

„Sie ... du bist wirklich eine große Hilfe, danke!"

„Papperlapapp. Lass uns keine Zeit verschwenden mit schönen Worten. Jetzt ist Handeln angesagt."

Gretchen Petermichel klang so, als wäre sie früher einmal eine unerschrockene politische Aktivistin gewesen, die sich bestens mit Überwachung und anderen konspirativen Dingen auskannte. Henrike empfand mit einem Mal Zuneigung für die kleine Frau, die entschlossen vor ihr stand und vor Energie nur so sprühte. Sie schien keinerlei Zweifel daran zu haben, dass es diese Stimme tatsächlich gegeben hatte und die Morddrohung in dem Bildband über Kuba keine Einbildung gewesen war.

„Wenn du eine Stimme gehört hast, muss es sich um einen Lautsprecher handeln", überlegte Gretchen vernehmlich. „War diese Stimme laut und konntest du die Richtung ausmachen, aus der sie gekommen ist?"

„Nein, laut nicht, eher ein unheimliches Flüstern. Ich war in dem Moment so schockiert, dass ich es gar nicht richtig lokalisieren konnte. Wenn ich jetzt darüber nachdenke, meine ich, dass es von überall herkam, also nicht nur aus einer einzigen Richtung."

„Aha, das könnte dafür sprechen, dass vielleicht zwei Lautsprecher versteckt wurden, um so etwas wie einen Raumklang zu erzeugen. Ansonsten bräuchte man einen Verstärker. Vielleicht ist zudem auch noch irgendwo eine Wanze angebracht worden, mit der man dich abhören kann. Das werden wir rausfinden. Komm, wir untersuchen zunächst das Wohnzimmer." Gretchen wandte sich zum Gehen.

„Warte, wenn es in meiner Wohnung einen Lautsprecher und eine Wanze gibt, muss sie doch jemand dort versteckt haben. Wer soll das gewesen sein? Außer meiner Freundin Charlotte war doch niemand bei mir."

„Jemand klingelt unter dem Vorwand, ein Einschreiben oder ein Päckchen für dich zu haben und verschafft sich dann unbemerkt Zugang zu deiner Wohnung. Aber sagtest du nicht, dass du heute Morgen einkaufen warst?"

„Aber ich habe ein Sicherheitsschloss, das kann man doch gar nicht knacken."

Gretchen lachte laut auf. „Schon mal was von Lock Picking gehört? Mit dem richtigen Werkzeug ist das nun wirklich kein Problem, wenn man Übung darin hat."

Das hatte Henrike nicht gewusst. Sie dachte daran, dass sie in den letzten Tagen ihre Wohnung zweimal verlassen hatte. Einmal, als sie mit Charlotte im Schlossgarten spazieren gegangen war und heute Morgen. Ausreichende Gelegenheiten für jemanden mit diesem Werkzeug, um sich Zugang zu ihrer Wohnung zu verschaffen und die Elektronik anzubringen. „Wir könnten die Nachbarn fragen, ob jemand bei ihnen geklingelt hat", fiel Henrike ein.

„Nein, das würde ich lassen. Vielleicht sagen sie nichts, weil sie Angst haben, etwas falsch gemacht zu haben, wenn du sie danach fragst. Außerdem weißt du danach noch lange nicht, wo sich die Geräte befinden."

„Aber ich wüsste zumindest, ob jemand in meine Wohnung eingebrochen sein könnte."

„Könnte, hätte, vielleicht ... Wir sollten uns selbst Klarheit darüber verschaffen. Das ist doch der beste Beweis, dass du dir nichts einbildest und du tatsächlich bedroht wirst, meinst du nicht auch?"

Gretchen hatte recht. Einen besseren Beweis gab es nicht.

„Gut", stimmte Henrike zu, „dann lass uns wieder rübergehen und mit der Durchsuchung beginnen."

„Wichtig dabei ist, dass wir uns möglichst leise verhalten und wir nicht miteinander reden. Wir können nur über Zeichensprache kommunizieren. Ich bin ja offiziell wieder in meiner Wohnung. Eine Bitte noch, ich kann mich nicht mehr so gut bücken, deswegen wäre es mir lieb, wenn du die unteren Regionen übernehmen würdest."

Henrike war natürlich einverstanden. Gemeinsam verließen sie Gretchens Wohnung und schlichen zurück in Henrikes. Sogleich machten sie sich an die Arbeit. Akribisch untersuchten sie die Wände, tasteten die Unterseiten der Sitzmöbel ab und inspizierten Lampen, schauten hinter Bücher und hoben sogar die Ecken des Teppichs an, doch fündig wurden sie nicht.

„Jetzt die anderen Räume", bedeute Gretchen ihr und begann, die Garderobe im Flur zu untersuchen.

Henrike befielen Zweifel. Die Stimme war nur im Wohnzimmer zu hören gewesen. Nach einer Stunde verständigten sie sich darauf, die Suche zu beenden und in Gretchens Wohnung zurückzugehen. Bevor sie gingen, drückte sie Gretchen noch eine Tüte mit Lebensmitteln und ihren Kulturbeutel in die Hand und klemmte sich dann ihr Bettzeug unter den Arm. So bräuchte sie nicht das komplette Bett in Gretchens Wohnung zu beziehen, sondern nur ein frisches Laken auf die Matratze legen. Ganz zum Schluss trug sie die angebrochene Flasche Wein, der sicherlich nicht mehr kalt war, mitsamt den Knabbersachen rüber.

Gretchen zeigte ihr das Gästezimmer, das zu Henrikes Überraschung ganz in blau-weiß gehalten und mit maritimen Accessoires, wie Muscheln, Seesternen und einem großen Keramik-Leuchtturm dekoriert war. Sie bezog die Matratze und ging dann zu Gretchen ins Wohnzimmer, das mit alten, dunklen Möbeln, die zum Teil deutliche Gebrauchsspuren aufwiesen, eingerichtet war und wie aus den sechziger Jahren wirkte. Hier schien alles den Geist und den Widerstand der damaligen Umbruchzeiten zu atmen. Vermutlich lag sie mit ihrer Vermutung richtig, dass Gretchen Petermichel sich früher einmal politisch, vielleicht im linken Lager, engagiert hatte.

„Setz dich", empfing Gretchen sie. „Der Wein ist leider nicht mehr kalt. Entweder stelle ich ihn noch mal in den Kühlschrank, oder wir trinken ihn auf Eis. Macht man zwar eigentlich nicht, aber ich habe keine Lust so lange zu warten."

Henrike auch nicht, deswegen stimmte sie zu. Als die Gläser gefüllt vor ihnen standen, kam es Henrike fast so vor, als würde sie mit einer alten Freundin gemütlich bei einem Glas Wein plaudern.

„So ein Mist, dass wir diese verdammten Dinger nicht gefunden haben", holte Gretchen sie in die Realität zurück. „Müssen gut versteckt sein oder sie sind so winzig, dass wir sie schlichtweg übersehen haben, weil sie nicht mehr so groß wie früher sind. Die Technik hat sich ja rasant weiterentwickelt."

Aufmerksam betrachte Henrike die kleine Frau auf dem Sofa neben sich, die eifrig Nüsse knabberte und ihr Glas fast schon wieder geleert hatte. Am liebsten hätte sie sie gefragt, woher sie ihr Wissen habe und ob sie früher einmal so etwas wie eine Revolutionärin gewesen sei. Aber als hätte Gretchen Petermichel ihre Gedanken erraten gab sie ungefragt Auskunft.

„Ich war in den Sechzigern eine eifrige Gegnerin des kapitalistischen Imperialismus. Meine Mitstreiter und ich haben gegen starre Strukturen, den Vietnamkrieg, die herrschende Sexualmoral und die Nichtaufarbeitung des Nationalsozialismus protestiert, das ganze Programm, verstehst du? Dabei sind wir natürlich auch in die Überwachungsmaschinerie des Staates gelangt. Ich war sogar mal im Knast."

„Was, wirklich?", Gretchen Petermichel erschien ihr immer mysteriöser. Versteckte sich hinter dieser freundlich wirkenden Dame eine ehemalige Terroristin oder etwas in der Art?

Gretchen nickte heftig und nahm einen großen Schluck Wein. „Der harte Kern, wir waren damals fünf, traf sich fast jeden Abend in der Kneipe am Dammtor in Osternburg. Wir wollten im Zusammenhang mit der Spiegel-Affäre rund um die Verhaftung von Rudolf Augstein 1962 ein spektakuläres Fanal setzen, wie beispielsweise ein Gebäude in die Luft zu jagen oder einen Brand zu legen. Selbstverständlich sollten unter keinen Umständen Menschen zu Schaden kommen, das war Voraussetzung für unsere Aktion und hatte oberste Priorität. Da sich in der Kneipe überwiegend Gleichgesinnte, Studenten und Lehrlinge trafen, waren wir bei unseren diesbezüglichen Diskussionen und Lagebesprechungen nicht sonderlich vorsichtig und wurden prompt verpfiffen. Am folgenden Abend stürmte ein Haufen Polizisten herein, um uns zu verhaften. Ich habe mich mit Händen und Füßen gewehrt und einem Polizeibeamten einen Zahn ausgeschlagen." Gretchens Blick war geradeaus in die Vergangenheit gerichtet.

„Das kann ich gar nicht fassen", kommentierte Henrike die unglaubliche Geschichte ihrer Nachbarin. „Du wirkst so freundlich und so, so …"

„… harmlos?", vervollständigte Gretchen und grinste sie spitzbübisch an.

„Ja, irgendwie schon", bekannte Henrike.

„Warte mal, ich hole ein paar Fotos." Rasch erhob sie sich, ging vor dem Buffet auf der gegenüberliegenden Seite in die Knie, öffnete eine Tür und zog ein Album heraus. Dann setzte sie sich wieder neben Henrike und zeigte ihr ein Foto nach dem anderen: Gretchen bei einem Sit-In mit einem Transparent im Hintergrund, Gretchen auf einer Party mit einem Joint in der Hand, Gretchen während einer lebhaften Diskussion, den Körper leicht vorgebeugt und den Zeigefinger auf ihren Gesprächspartner gerichtet, Gretchen, links und rechts eingehakt in einer Reihe von marschierenden Demonstranten, mit wehenden Haaren und einem kämpferischen Ausdruck auf dem schönen Gesicht

„Das waren wilde Zeiten damals", lächelnd nahm sie Henrike das Album wieder aus den Händen und stellte es zurück.

„Ich muss zugeben, dass ich mehr als beeindruckt bin. Das hätte ich nie vermutet." Henrike schaute Gretchen hinterher.

Die sah sie über die Schulter mit einem nachdenklichen Ausdruck an.

„Meine Eltern waren allerdings nicht so begeistert. Ich glaube, sie haben sich große Sorgen um mich gemacht, weil ich mich ständig mit langhaarigen Burschen in diesem Nachtjackenviertel, als das sie Osternburg bezeichneten, herumgetrieben habe." Sie erhob sich, drehte sich zu ihr um und stemmte die Hände in die Hüften. „Im Nachhinein bin ich zu dem Ergebnis gekommen, dass sie sich wirkliche Sorgen um mich gemacht haben. Na ja, Schluss damit. Hast du eigentlich schon was gegessen? Ich kann uns schnell noch was machen. Du hast so viel mitgebracht."

Henrike hatte tatsächlich noch gar nicht zu Abend gegessen und der Wein auf nüchternen Magen zeigte bereits Wirkung.

„Soll ich dir helfen?", erbot sie sich.

„Quatsch, mach ich schnell, bleib sitzen und überlege noch mal, an welcher Stelle wir noch nicht nach dem Lautsprecher gesucht haben. Vielleicht haben wir etwas übersehen. Wir sollten morgen noch einmal gründlich suchen." Mit diesen Worten verschwand Gretchen in die Küche, aus der wenig später klappernde und raschelnde Geräusche von Tellern und Papier drangen.

Henrike ließ sich tief in die alten Kissen des roten Sofas fallen und versuchte nachzudenken. Doch die aufwühlenden Erlebnisse des heutigen Tages und die Enthüllungen über ihre hilfsbereite Nachbarin, das alles wirbelte in ihrem von Alkohol benebelten Hirn durcheinander, sodass es ihr schwerfiel, sich zu konzentrieren. Sie schloss die Augen und atmete einmal tief durch. Hier, in der Wohnung der ehemaligen Revolutionärin Gretchen Petermichel, fühlte sie sich das erste Mal seit Tagen sicher und geborgen. Ihre zupackende, unerschrockene Art und ihr Glaube an Henrikes ungewöhnliche Geschichte waren das rettende Ufer gewesen, bevor sie vollends durchgedreht wäre. An diesem Ort fühlte sie sich nicht bedroht, hier konnte sie zur Ruhe kommen. Ein Klappern riss sie aus ihren Gedanken und sie öffnete die Augen. Gretchen hatte einen Teller mit belegten Broten und einen weiteren mit kleingeschnittenem Obst auf den Tisch gestellt.

„Entschuldigung", murmelte Henrike. „Ich wäre beinahe eingeschlafen. Hier in deiner Wohnung fühle ich mich so wohl und sicher."

„Du kannst ruhig ein paar Tage bleiben. Aber jetzt essen wir erst einmal. Vorhin bin ich nämlich auch nicht dazu gekommen, weil ich mit Esther, meiner Tochter, telefoniert habe. Also, lang bitte zu."

Henrikes Lebensgeister erwachten wieder und sie trank sogar noch ein weiteres Glas Wein. Doch schon kurze Zeit später wurde sie wieder so müde, dass sie sich entschuldigte und zu Bett ging. Mit einem Blick auf den großen weißblauen Leuchtturm schlief sie tief und fest ein.

11. Kapitel

Haila erwachte. Langsam schlug er die Augen auf und schloss sie gleich wieder. Gleißende Sonnenstrahlen trafen auf seine Pupillen, die sich schmerzhaft zusammenzogen. Sein Kopf fühlte sich zentnerschwer an und hinter seiner Stirn pulsierten rasende Schmerzen. Er drehte sich auf die Seite, um noch einmal einzuschlafen, doch der Druck in seiner Blase war zu groß. Er war gezwungen aufzustehen. Er hob die Lider einen Spaltbreit und fragte sich, wo zum Teufel er war, als sein Blick auf die Blümchentapete vor ihm fiel. Zu Hause definitiv nicht. Er versuchte, sich zu orientieren und nach und nach erinnerte er sich bruchstückhaft an den gestrigen Abend. Er hatte literweise Raki und Bier getrunken, mit einer Bauchtänzerin im Glitzerbikini und mit Schlangenarmen getanzt, war plötzlich gestürzt und hatte gleich mehrere Tanzende mit sich gerissen. Wie ein gestrandeter Wal war er auf dem Boden liegen geblieben und hatte direkt in Nazans Gesicht über sich und auf ihren Mund gesehen, der etwas gesagt, das er aber nicht verstanden hatte. Nur ihr raues Lachen hallte noch immer in seinen Ohren nach. Er hatte sich bis auf die Knochen blamiert und über diese Peinlichkeit würde man sich noch lange das Maul zerreißen. Höchste Zeit, sich aus dem Staub zu machen, wo immer er auch gelandet war. Er schaute auf die Uhr, schon fast halb zwölf. Heute war Sonntag, der Tag, an dem er eigentlich mit seinem Fitnesstraining hatte beginnen wollen. Doch so wie sich sein Körper anfühlte, würde es höchstens für einen Gang zur Toilette und unter die Dusche reichen. Von seinem Bett aus sah er aus dem Fenster und erkannte sofort, dass er noch immer im Haus des Großonkels war. Mühsam erhob er sich und erstarrte im selben Moment, als er feststellte, dass er nur mit seiner Unterhose bekleidet war. Doch nicht etwa eine amouröse Begegnung mit dem Glitzerbikini, an die er sich nicht mehr erinnern konnte? Suchend irrte sein Blick im Zimmer umher, bis er seine Sachen ordentlich zusammengelegt auf einem Korbsessel fand. Erleichtert zog er sich an, duschen konnte er zu Hause. Außerdem wusste er nicht, wo hier das Badezimmer lag. Das Wichtigste war, endlich aus diesem Haus zu verschwinden. Wegen seines dringenden Bedürfnisses konnte er sich auch draußen in die Büsche schlagen. Leise öffnete er die Tür und spähte vorsichtig hinaus. Ganz offensichtlich und zu seiner Beruhigung lagen noch alle im tiefen Schlaf, denn nicht das geringste Geräusch war zu hören. Er schlich sich in die große Mittelhalle und hatte schon die Hand auf der Klinke, als er eine Stimme hinter sich hörte.

„Sehr gutes Tänzchen gestern, Haila. Du wolltest dich doch nicht einfach so davonmachen?"

Haila schoss herum. Nazans Großonkel Yunol stand wie aus dem Ei gepellt vor ihm. Er trug ein blütenweißes Poloshirt und eine karierte Golfhose.

„Ich, ja, … ich fürchte, ich muss schnell nach Hause. Es wartet noch viel Arbeit auf mich." Das war noch nicht einmal gelogen, denn er wusste bis dato nicht, ob es inzwischen neue Erkenntnisse zum Mordfall am Lamberti-Markt gab. Dunkel konnte er sich an das Vibrieren seines Handys irgendwann gestern Abend erinnern, aber er war zu diesem Zeitpunkt schon viel zu betrunken gewesen, als dass er hätte rangehen können. Er musste dringend seine Kollegen anrufen, um zu erfahren, ob es Neuigkeiten gab.

„Das verstehe ich. Aber vorher trinken wir noch einen türkischen Mokka zusammen. Anschließend fahre ich dich nach Hause. Ist das ein Angebot?"

„Ja, das ist sehr freundlich, vielen Dank, aber ich kann auch ein Taxi nehmen."

„Kommt nicht in Frage. Ich fahre dich. Keine Widerrede!", schelmisch drohte Nazans Großonkel mit dem Zeigefinger, dann schrie er etwas auf Türkisch in die entgegengesetzte Richtung, sodass Haila zusammenzuckte. „Auf der Terrasse oder hier drin?", wandte er sich wieder an Haila.

„Toilette", antwortete Haila.
Verständnislos starrte Großonkel Yunol ihn an.
„Ich muss erst zur Toilette."
„Ah, ich verstehe", sein Gesicht erhellte sich. „Gleich hier links. Terrasse oder hier drin?"

„Terrasse wäre schön", log Haila scheinheilig und kam sich sehr schlau vor. Sobald Nazans Großonkel draußen auf der Terrasse auf ihn wartete, würde er sich aus dem Staub machen. Er ging zur Toilette und klatschte sich anschließend eiskaltes Wasser ins Gesicht. Ein Blick in den Spiegel bestätigte seine Vermutung, dass ihn die vergangene Nacht mindestens fünf Jahre seines Lebens gekostet hatte. Als er fertig war, öffnete er leise die Tür. Bingo! Nazans Großonkel saß wohl bereits im Garten und schlürfte seinen Mokka. Gerade wollte Haila die Gelegenheit nutzen, als Yunol auch schon wieder erschien.

„Komm, lieber Bücherfreund, Kaffee und Gebäck stehen schon bereit."

Haila gab sich geschlagen. Offenbar, so schloss er, gab es kein Entkommen aus diesem Haus, das ihn schon seit gestern Abend in seinen Fängen hielt. Blinzelnd trat er auf die Terrasse und inspizierte das köstlich aussehende Gebäck in einer weißen Schale, die neben einer großen Platte mit appetitlich aussehendem, in mundgerechte Stückchen geschnittenem Obst stand. Mit der Grandezza eines Edelmannes forderte der Großonkel Haila auf, Platz zu nehmen. Dann goss er in hohem Bogen den Mokka in eine kleine Tasse. Sieht aus wie flüssige Teerpappe, dachte Haila despektierlich, und wird vermutlich Tote wieder zum Leben erwecken, ihm jedoch höchstwahrscheinlich einen Herzkasper bescheren. Vorsichtig nippte er. Zu seiner Überraschung schmeckte er gut, er war stark, heiß und süß. Dann griff er nach einem Gebäckstückchen und gleich darauf nach einem zweiten. Dann naschte er von dem Obst, Aprikosen und Ananas, und trank noch ein zweites Tässchen Mokka. Danach fühlte er sich wieder wie ein Mensch. Nun jedoch wollte er unbedingt nach Hause. Entschlossen erhob er sich.

„Bleib doch noch bis zum Mittagessen. Der Koch wird uns eine leichte, bekömmliche Mahlzeit zubereiten, anschließend könnten wir einen kleinen Spaziergang zum Tillysee machen."

„Nein!" Haila hatte beinahe geschrien. Befand er sich in einem nicht enden wollenden Alptraum, aus dem er nicht mehr erwachte?

„Ein anderes Mal sehr gerne", lenkte er schnell ein, als ihm sein unhöflicher Ton bewusst wurde.

„Chefchen, da bist du ja, ich habe dich schon überall gesucht." Nazan war auf die Terrasse getreten. Sie trug ein irritierend kurzes und tief ausgeschnittenes Flatterhemdchen.

„Wir sehen uns am Montag", sagte er brüsk und vermied es, sie anzusehen. „Ich muss nun wirklich gehen.

„Soll ich dich fahren, Chefchen?"

„Nein, aber vielen Dank." Eine Höllenfahrt mit Nazan im kurzen Flatterkleidchen würde er nicht auch noch überstehen.

„Ich bringe deinen Chef nach Hause, Nazan." Und zu Haila gewandt: „Ist mir eine Ehre."

Als Haila endlich in seiner Wohnung in der Innsbrucker Straße angekommen war, stieß er einen tiefen Seufzer aus vollstem Herzen aus. Endlich fort aus diesem Irrenhaus! Eine Weile saß er einfach nur in seinem Sessel und genoss die wohltuende Ruhe. Dann stand er auf, nahm ein Aspirin und duschte ausgiebig. Anschließend rief er seine Kollegen an, die ihm mitteilten, dass die Identität des Toten mittlerweile feststand. Es handelte sich um einen Portugiesen, namens Manuel Cardoso, der für eine Baufirma aus Oldenburg als Fliesenleger gearbeitet hatte. Ausweis und Arbeitspapiere waren einwandfrei und das Ermittlungsteam um seinen Stellvertreter Ubbo Tönjes hatte begonnen, die Kollegen und der Vorarbeiter des Toten zu vernehmen. Bisher war jedoch noch nicht viel dabei herausgekommen und keiner der Mitarbeiter aus der Baufirma konnte sich erklären, warum ihr Kollege ermordet worden war. Er galt als still, arbeitsam und etwas schwermütig. Das letzte Mal hatten sie ihn am Mittwoch gesehen. Nach der Arbeit hatte er geduscht, etwas gegessen und dann die Unterkunft verlassen. Er hatte nicht gesagt, wohin er wollte oder ob er mit jemandem verabredet gewesen war. Niemand hatte sich etwas dabei gedacht, weil er ein Einzelgänger gewesen war, sich selten an dem üblichen Kartenspiel nach Feierabend beteiligt hatte und öfter alleine losgezogen war. Die Rechtsmedizin hatte den Eintritt des Todes zwischen zweiundzwanzig und dreiundzwanzig Uhr Mittwochnacht festgelegt.

Nun, da sie wussten, um wen es sich bei dem Toten handelte, konnten sie mit den Umfeldermittlungen beginnen. Er beschloss, am frühen Nachmittag ins Präsidium zu fahren.

Henrike Winter, die Frau mit dem ominösen Stalker, hatte sich nicht wieder gemeldet, sodass Haila davon ausging, dass sich zumindest diese Angelegenheit wahrscheinlich erledigt und sie sich wieder gefangen hatte. Nicht, dass er sie nicht ernst genommen hatte, dafür war das, was sie vorgetragen hatte, zu schwerwiegend. Aber Haila wusste, dass Menschen mit großer Fantasie und blankliegenden Nerven in Stresssituationen leicht überreagierten.

Am Abend kehrte er heim und ging früh zu Bett. In der Nacht träumte er von Schlangen, die sich zu orientalischen Klängen auf der Tanzfläche wanden. Als sie sich an seinen Beinen züngelnd hochzuschlängeln begannen, erwachte er mit einem Ruck. Was für ein Abend, konnte er gerade noch denken, bevor er wieder einschlief.

12. Kapitel

Als Henrike am nächsten Sonntagmorgen erwachte, fiel ihr Blick als erstes auf den blauweißen Leuchtturm, der gestern das Letzte gewesen war, das sie gesehen hatte, bevor sie eingeschlafen war. Wie ein Bär hatte sie geschlafen und sie reckte und streckte sich ausgiebig. Ein schwacher Duft nach Kaffee zog in ihre Nase und sofort war sie hellwach. Gretchen war bestimmt dabei, das Frühstück zuzubereiten. Henrike wollte ihr dabei helfen, um nicht den Eindruck zu erwecken, sie lasse sich bedienen. Sie schlüpfte in ihre Sachen, duschen konnte sie später bei sich, und verließ das Meereszimmer. Wie sie vermutet hatte, hantierte Gretchen bereits eifrig in der Küche und schnitt gerade Obst. Auf der Herdplatte stand eine Kaffeemaschine.

„Guten Morgen, Gretchen", grüßte Henrike sie und nahm die kleine Frau spontan in den Arm. Heute Morgen trug sie einen Kaftan mit orientalischem Muster. Auf die schulterlangen, leicht gewellten grauen Haare hatte sie einen dunkelroten Haarreif gesetzt, der farblich zu ihrem Kaftan passte. Sie sah frisch und jugendlich aus.

„Magst du French Pressing? Ich hasse Filterkaffee und den Kapselkaffee nehme ich aus Umweltgründen nicht."

„Sehr gerne sogar. Kann ich dir helfen? Soll ich decken?"

„Gute Idee. Ich denke, wir frühstücken hier in der Küche, ist gemütlicher, findest du nicht auch?"

Henrike war mit allem einverstanden und schob den Gedanken an die Rückkehr in ihre eigene Wohnung und was sie dort möglicherweise erwartete, weit von sich. Nachdem sie die ersten Schlucke Kaffee getrunken und von ihren Brötchen gegessen hatten, meinte Gretchen kauend:

„Ich habe übrigens mit meinem alten Freund und Weggefährten Hartmut telefoniert. Er konnte mir noch einige Tipps geben, wo wir nach dem Lautsprecher und gegebenenfalls nach einer Wanze suchen können. Es wäre auch denkbar und daran habe ich gestern überhaupt nicht gedacht, dass derjenige auch eine Minikamera installiert haben könnte."

„Du meine Güte", stieß Henrike hervor und würgte den Bissen herunter. Ein panisches Gefühl überkam sie bei dem Gedanken an eine Kamera, die sie auf Schritt und Tritt beobachtete. Am liebsten wäre sie gar nicht mehr in ihre Wohnung zurückgekehrt. Doch ewig konnte sie nicht hierbleiben. Zwar hatte Gretchen ihr angeboten, für einige Tage hierzubleiben, aber sie konnte ihre Gastfreundschaft nicht über Gebühr beanspruchen. Außerdem musste sie sich den Tatsachen stellen und durfte keine Vogel-Strauß-Politik betreiben. Tapfer aß sie weiter, den Appetit hatte sie jedoch verloren.

Nach dem Frühstück half sie Gretchen abzuräumen. Anschließend wollte Henrike rüber in ihre Wohnung, um zu duschen und sich zurecht zu machen. Sie verständigten sich darauf, dass Gretchen in einer halben Stunde nachkommen sollte, sie jedoch nicht miteinander sprachen, sobald sie mit der erneuten Durchsuchung der Wohnung begannen. Um die Täuschung perfekt zu machen und einem eventuellen Lauscher zu suggerieren, dass Henrike ganz allein war, wollten sie ein Abschiedsprozedere an der Tür inszenieren.

„Aber das ist eigentlich sinnlos, falls eine Kamera installiert wurde", fiel Henrike ein.

„So gesehen ja, aber wir wissen ja nicht, ob es tatsächlich der Fall ist. Deswegen sollten wir auf jeden Fall versuchen, den Eindruck zu erwecken, dass du keine Verbündete hast, die dir hilft. Wurde keine Kamera installiert, haben wir vielleicht Glück und die Stimme erschallt just in dem Moment noch mal, wenn ich bei dir bin."

„Und wenn eine Kamera irgendwo versteckt wurde, die uns beide beobachtet, kann derjenige es auch nicht verhindern, dass wir nach den elektronischen Geräten suchen. Basta!", ergänzte Henrike. Sie hatte ein wenig Hoffnung geschöpft, dass sich mit der Hilfe von Gretchen die Sache aufklären würde oder sie der Lösung zumindest ein Stückchen näherkämen.

Sie atmete tief durch, als sie ihre Wohnungstür aufschloss und in den Flur trat. Lautstark verabschiedete sie sich von Gretchen, die in ihrer eigenen Tür stehen geblieben war, und ging leise ins Wohnzimmer. Alles sah genauso aus wie am Abend zuvor. Nacheinander schaute sie in alle Räume, aber nirgendwo war eine Veränderung oder etwas Verdächtiges zu erkennen. Sie ging unter die Dusche, zog sich dann einen bequemen Hausanzug an und band die Haare zu einem Zöpfchen zusammen. Im Spiegel betrachtete sie ihr Gesicht. Sie sah zwar ein wenig erholt aus, weil sie gut geschlafen hatte, aber der ängstliche Ausdruck in ihren Augen war noch immer deutlich zu erkennen. Was hatte sie für ein Glück, dass eine solch patente Person wie Gretchen Petermichel ihr beistand. Gleich darauf dachte sie beschämt an ihre beste Freundin Charlotte. Auch sie war hilfreich und konstruktiv gewesen. Vielleicht kam sie heute noch vorbei, dann konnte Henrike ihr von der resoluten Nachbarin berichten und möglicherweise einen Beweis präsentieren, sollte ihre Suche bis dahin erfolgreich gewesen sein.

In wenigen Minuten würde Gretchen kommen. Vereinbarungsgemäß öffnete sie ihre Wohnungstür einen Spaltbreit, damit Gretchen nicht klingeln musste. Als sie Schritte im Flur hörte, verließ sie das Badezimmer und entdeckte ihre Nachbarin, die sich sofort den Zeigefinger mahnend auf die Lippen legte. Henrike nickte zum Zeichen, dass sie es nicht vergessen hatte.

Dann begannen sie erneut mit der Suche im Wohnzimmer. Zu Henrikes Verwunderung inspizierte Gretchen zunächst die Stehlampe neben dem Sofa. Kurz darauf schüttelte sie enttäuscht den Kopf, stemmte die Hände in die Hüften und sah sich prüfend um. Ihr Blick wanderte nach oben zum Deckenstrahler. Stumm wies sie darauf und machten mit den Händen eine Bewegung, als wolle sie eine Leiter hinaufsteigen. Henrike, die sie verstanden hatte, holte eine Trittleiter und stellte sie unter der Lampe auf. Gretchen gab ihr einen Wink mit den Augen, hochzusteigen und die Lampe zu untersuchen. Henrike kam der Aufforderung nach. Doch alles an der Lampe sah normal aus, keine Wanze oder ein sonstiges elektronisches Gerät. Sie stieg wieder herunter und machte eine verneinende Geste mit dem Kopf. Gretchen starrte hoch zur Lampe. Plötzlich umfasste sie die seitlichen Streben und stieg selbst hinauf. Henrike stellte sich hinter sie, um sie im Notfall auffangen zu können. Sie konnte nicht genau erkennen, was Gretchen dort an der Lampe machte. Ihr Herz setzte für einen Schlag aus, als ihr siedend heiß einfiel, dass sie die Sicherungen nicht herausgedreht hatte. Wenn Gretchen nun einen Schlag bekam, war das ihre Schuld! Zu ihrer Erleichterung stieg Gretchen die Leiter gerade wieder hinunter. Das war noch mal gut gegangen! Doch auch Gretchen hatte keinen Erfolg gehabt. Davon ließ sich die energische Frau jedoch nicht entmutigen. Sie wies Henrike stumm auf das Bücherregal hin, das sie nun untersuchen und herausfinden sollte, ob zwischen den Büchern etwas versteckt worden war. Gretchen selbst ging zum Fernseher, nahm ihn zunächst in äußeren Augenschein und tastete dann die Rückseite ab. Ein zischender Laut entwich ihren gespitzten Lippen. Henrike, die gerade aus der unteren Reihe im Regal jedes Buch einzeln herausnahm, fuhr alarmiert hoch.

Etwas kleines Schwarzes lugte zwischen Gretchens Daumen und Zeigefinger hervor. Mit der anderen Hand stellte sie ihren Daumen auf. Henrike schlug sich die Hände vor den Mund, um den Überraschungsschrei gerade noch rechtzeitig zu unterdrücken.

Gretchen bedeutete ihr, rüber in ihre Wohnung zu gehen. Kaum hatte sie die Tür hinter sich geschlossen, schnappte sie sich, ohne ein Wort zu verlieren, ihr Handy und machte mehrere Fotos von dem schwarzen Ding. Danach tippte sie mehrmals auf ihr Telefon ein.

„Ich habe die Aufnahmen davon an meinen Bekannten geschickt, der kann uns sagen, um was es sich handelt", erklärte sie schließlich.

„Oh, mein Gott", sagte Henrike unter Lachen und Weinen. „Jetzt haben wir den Beweis. Alles, was ich erlebt habe, war wahr und ich habe keine Wahnvorstellungen. Ich danke dir tausend Mal!" Stürmisch umarmte sie Gretchen und drückte sie fest an sich, bis die sich sanft wieder freimachte.

„Wir warten noch die Antwort von Hartmut ab, dann müssen wir eventuell weitersuchen."

„Ja, klar, das machen wir! Ich bin so erleichtert, das kannst du dir gar nicht vorstellen. Endlich! Endlich habe ich einen Beweis in der Hand. Gleich am Montag werde ich den Hauptkommissar anrufen. Dann hat auch die Polizei etwas, womit sie arbeiten kann."

Gretchen lächelte. Ein Kuckuck ertönte, eine Nachricht war auf Gretchens Handy eingegangen.

„Hartmut schreibt, dass es sich um eine Wanze handelt." Der Kuckuck rief erneut. „Wir sollen Stereoanlage, Computer et cetera genau unter die Lupe nehmen. Auch da könnte man etwas unauffällig verstecken. Also los, gehen wir noch mal rüber! Hartmut versucht unterdessen herauszubekommen, ob es sich um eine handelsübliche Wanze handelt oder vielleicht Marke Eigenbau ist. Er kennt sich aus."

Sie schlichen zurück in Henrikes Wohnung und richteten ihre Aufmerksamkeit auf die elektronischen Geräte, die im Wohnzimmer standen, ganz so, wie Hartmut es ihnen geraten hatte. Als sie jedoch nicht fündig wurden, wollte Henrike sich schon wieder den Büchern im Regal widmen, als ihr Blick auf den Feuermelder oben an der Decke fiel. Sie stupste Gretchen an und wies mit dem Zeigefinger nach oben. Henrike schnappte sich die Leiter, die noch im Wohnzimmer stand, stieg hoch und zog den weißen Deckel des Gerätes durch eine leichte Drehung ab und steckte ihn in die Hosentasche. Ein Blick ins Innere verriet ihr, dass sich ein weiterer Gegenstand neben der Batterie befand, der dort nicht hineingehörte. Das wusste sie mit ziemlicher Sicherheit, denn sie hatte kürzlich die Batterien aller Rauchmelder ausgewechselt. Das flache, etwa viermal drei Zentimeter große Objekt, erinnerte sie an eine Platine und war an die

Batterie festgeklippt worden. Vorsichtig löste sie die Verbindung und ließ sie in die Hosentasche gleiten. Dann setzte sie den Deckel wieder drauf. Schnell kletterte sie die Leiter wieder hinab und zog Gretchen aus ihrer Wohnung heraus.

In Gretchens Flur übergab sie ihr den seltsamen Gegenstand.

„Donnerwetter", sagte Gretchen anerkennend, „da hattest du ja eine richtige Spürnase. Ich mache rasch Fotos und schicke sie an Hartmut, Moment."

Wenig später kam die Antwort. „Es handelt sich um eine Platine mit Bluetooth-Empfänger und Audio-Ausgang zu einem integrierten Lautsprecher. Höchstwahrscheinlich selbst gebaut. Der Bluetooth-Empfänger arbeitet bis zu einer Reichweite von zehn Metern."

„Ich fasse es nicht", antwortete Henrike. Während sie fort war, hatte sich also tatsächlich jemand Zugang zu ihrer Wohnung verschafft, sie verwanzt und mit einem elektronischen Mini-Sound-System versehen, um sie zu überwachen und ihr unheimliche Morddrohungen zu schicken. Wer war so perfide und dachte sich so etwas aus? Wer hatte solche Kenntnisse, um so etwas zu installieren? Das herauszufinden war jedoch die Aufgabe der Polizei, die sie gleich am Montag einschalten würde. Heute war Sonntag, da würde eh nichts mehr passieren, wie sie annahm.

Sollte in ihrer Wohnung überdies noch eine Minikamera versteckt sein, spielte das nun überhaupt keine Rolle mehr. Selbst wenn derjenige sie beobachtete, änderte das nichts an der Tatsache, dass sie genügend Beweise hatte. Richtige Beweise! Doch eins war extrem wichtig: Sie durften ihr nicht abhandenkommen, wie schon der Zettel aus dem Buch zuvor.

„Kann ich dir die Sachen zur Aufbewahrung geben? Hier bei dir sind sie sicher. Sobald ich sie benötige, hole ich sie."

„Klar, kein Problem. Sollen wir noch weitersuchen, was meinst du?"

„Ich glaube, das reicht für heute."

„Willst du wieder in deine Wohnung zurück? Ich meine, du kannst gerne noch zwei oder drei Nächte bei mir schlafen, wenn du Angst hast. Das Angebot steht."

Zweifelnd sah Henrike sie an. „Wenn dieser Kerl sich Zugang zu meiner Wohnung mit diesem Lock Pick verschafft hat, kann er das doch wieder tun, zum Beispiel wenn ich schlafe?"

„Hm, du hast recht. Dann bleibst du eben bei mir, solange du noch nicht mit der Polizei gesprochen hast. Die kann geeignete Maßnahmen ergreifen."

„Ich weiß überhaupt nicht, wie ich dir danken soll, Gretchen. Du hast schon so unglaublich viel für mich getan."

„Och, mach dir deswegen keine Sorgen, mir wird schon was einfallen. Ich hätte da sogar schon eine Idee. Ich würde gerne mal wieder nach Bad Zwischenahn und einen richtig fetten Aal essen. Leide besitze ich kein Auto mehr. Außerdem macht es allein keinen Spaß."

„Das ist eine geniale Idee, das machen wir. Darauf freue ich mich jetzt schon. Dazu trinken wir ein schönes Jever und einen Doppelkorn."

„Oder zwei", entgegnete Gretchen und schmunzelte.

„Zwei Korn oder zwei Bier?", fragte Henrike.

„Beides. Ich muss ja nicht fahren."

Sie lachten laut auf und von Henrikes Seele fiel eine Zentnerlast.

„Ich gehe jetzt wieder rüber und ruf meine Freundin Charlotte an. Sie hat mich bisher auch sehr gut unterstützt und versucht zu helfen, wo sie nur konnte. Sie ist beruflich im Moment leider sehr angespannt, weil sie gerade ein äußerst wichtiges Geschäft projektiert. Ich habe auch ihre Zeit schon über Gebühr strapaziert. Am Freitag ist sie sogar mit mir im Schlossgarten spazieren gegangen und wir haben jeden Tag miteinander telefoniert."

„Dann kommst du wieder rüber, wenn das Telefonat beendet ist, oder dann, wann du willst. Deine Bettsachen sind ja noch hier." Sie ging in die Küche und holte ein kleines Döschen aus dem Schrank.

„Ich bewahre Wanze und Platine hier drinnen auf", erklärte sie und stellte das Döschen wieder an seinen Platz zurück. „Bist du zurückkommst, hat Hartmut vielleicht noch weitere Einzelheiten herausgefunden."

Als Gretchen die Tür öffnete, wies sie auf die massive Sicherheitskette hin, die am Rahmen baumelte. „Mit einem Lock Pick kommt hier keiner rein. Außer er hat eine große stabile Zange dabei."

Zurück in ihrer Wohnung, rief Henrike umgehend Charlotte an. „Stell dir vor", begann sie aufgeregt. „Ich habe einen, ach was, mehrere Beweise gefunden, dass ich mir nicht alles nur eingebildet habe."

„Echt? Das ist ja wahnsinnig gut. Von was für Beweisen sprichst du?"

Henrike erzählte von der unheimlichen Stimme, die sie bedroht hatte, wie sie und Gretchen Petermichel, die sie eigentlich nur auf einen Wein eingeladen hatte, weil sie nicht so allein sein wollte, sich zusammen auf die Suche nach Wanzen, Kamera und Lautsprecher gemacht hatten und schließlich fündig geworden waren.

„Das ist ja wie in einem Politthriller", warf Charlotte ein. „Du hast die Sachen hoffentlich gut aufbewahrt, denn sie sind ja dein einziger Beweis."

„Deswegen habe ich sie auch Gretchen zur Aufbewahrung gegeben. Die hat sie für mich im Küchenschrank in einem Döschen aufbewahrt. Diesmal bin ich auf der sicheren Seite."

„Definitiv", bekräftigte Charlotte. „Mensch super, Henrike. Ich bin genauso erleichtert wie du. Das muss eigentlich gefeiert werden. Zum Ausgehen hast du bestimmt keine Lust, oder? Ich meine, wir sind zu zweit, da kann nichts passieren."

Henrike zögerte einen Moment, denn eigentlich scheute sie die Gefahr, der Typ lief ja noch draußen herum, und würde lieber bei Gretchen bleiben. Aber eine Absage wäre Charlotte gegenüber unfair. Aber zumindest wollte sie vorher mit Gretchen darüber sprechen, um die Details für heute Abend abzuklären.

„Ich ruf dich gleich nochmal an, ich will meiner Nachbarin Bescheid sagen, okay? Immerhin habe ich gestern bei ihr geschlafen und gefrühstückt, das hatte sie mir angeboten, weil ich solche Angst in meiner Wohnung hatte. Und wenn ich ehrlich bin, habe ich die immer noch. Derjenige, der hier eingebrochen ist, um das ganze Zeugs zu installieren, könnte wiederkommen und mich im Schlaf überfallen. Deswegen wollte ich die nächsten Nächte ebenfalls bei ihr schlafen."

„Das kann ich sehr gut verstehen, ich würde mich auch gruseln und Angst haben. Wirst du morgen nun zur Schule gehen?"

„Nein, ich will erst mit der Polizei sprechen und abwarten, was sie dann unternimmt. Vielleicht raten sie mir, aus Sicherheitsgründen zu Hause zu bleiben. Spätestens Dienstag muss ich aber dann wegen der Krankschreibung zum Arzt. Also bis gleich."

Henrike legte auf und überlegte, wie sie es gegenüber Gretchen am besten formulierte, dass sie sich mit ihrer Freundin treffen würde. Sie wollte unbedingt vermeiden, dass sie sich eventuell zurückgesetzt fühlte.

Doch warum fragte sie Gretchen nicht einfach, ob sie Lust hätte, mitzukommen? Es würde doch bestimmt lustig werden. Charlotte und Gretchen, beides taffe Frauen, würden sich bestimmt auf Anhieb gut verstehen. Sie klingelte. Gretchen öffnete die Tür und sah sie erwartungsvoll an.

„Na, hast du sie erreicht?", fragte sie, trat einen Schritt zurück und ließ Henrike rein.

„Habe ich. Sie war so erleichtert und froh, dass sie mir den Vorschlag gemacht hat, kurz auszugehen. Hättest du nicht Lust mitzukommen? Charlotte würde dir bestimmt gefallen und ich würde dich gerne zum Essen einladen. Was hältst du davon?"

„Nein, das ist lieb, aber geh du mal alleine. Das mit dem Essen holen wir nach. Ich gebe dir einen Schlüssel, dann kannst du kommen, wann du willst."

„Dann kannst du aber nicht die Kette vorlegen", erinnerte Henrike sie.

„Ach, die eine Nacht wird schon kein Spitzbube aufkreuzen. Macht ihr euch einen schönen Abend."

„Ich werde bestimmt nicht spät wiederkommen, vielleicht können wir dann noch ein Glas Wein zusammen trinken, falls du noch wach sein solltest."

„Machen wir. Aber eins noch, Henrike. Bitte deine Freundin, dich bis zur Haustür zu begleiten. Wir haben zwar jetzt Beweise, aber die schützen dich ja nicht vor dem Typen, der dir an den Kragen will und da draußen frei herumläuft. Wenn Charlotte dabei ist, kann er dich nicht angreifen."

„Versprochen, mach ich. Bis später, Gretchen."

Sie drückte der älteren Dame zum Abschied einen Kuss auf die Wange.

13. Kapitel

Am Montagmorgen kam Ubbo Tönjes in Hailas Büro und hielt einen Zettel demonstrativ hoch. Wahrscheinlich etwas Neues zu dem ermordeten Portugiesen, vermutete der Hauptkommissar, stellte seinen Pott Kaffee auf den Schreibtisch und sah seinen Stellvertreter neugierig an.

„Hab was Interessantes", sagte der und setzte sich ungebeten auf den Stuhl vor Hailas Schreibtisch.

„Hätte mich gewundert, wenn es anders wäre", brummte der.

„Hat nichts mit dem Mordopfer am Lamberti-Markt zu tun. Aber heute Morgen hat eine ältere Dame angerufen, eine …", er sah auf seinen Zettel, „Frau Petermichel. Die hat gesagt, dass sie in ihrer Wohnung überfallen worden sei und alle Beweise, die sie in ihrem Küchenschrank aufbewahrt habe, gestohlen worden seien und ihre Nachbarin, Henrike Winter, sei auch nicht nach Hause gekommen. Sie macht sich große Sorgen, dass ihr etwas passiert sein könnte. Dann hat sie noch eine andere wirre Geschichte erzählt, die ich aber nicht ganz verstanden habe. Die Kollegen sind schon vor Ort."

Haila, der bei Ubbos Ausführungen zunächst nicht viel verstanden hatte, zuckte bei der Erwähnung von Henrike Winters Namen zusammen.

„Arbeite bitte an der Sache mit dem ermordeten Manuel Cardoso weiter. Ich fahre unteressen mit Nazan zu der Nachbarin."

„Alles klar." Ubbo verschwand wieder.

Haila rief Nazan an und bat sie, zu ihm zu kommen. Als sie sein Zimmer betrat, schien sie bester Laune zu sein.

„Guten Morgen, Chefchen", schmetterte sie ihm entgegen und strich sich eine Strähne aus dem Gesicht, die sich aus ihrem strengen Knoten hoch oben auf dem Kopf gelöst hatte. Selbst mit dieser Frikadelle auf dem Kopf, wie ihn Haila insgeheim bezeichnete, sah sie schön aus. Heute war sie sportlich gekleidet, sie trug Jeans, dazu eine weiße Bluse und weiße Sneakers.

„Wenn du noch einmal Chefchen sagst, dann ... dann."

„Dann was?" Sie lachte rau, wurde gleich aber wieder ernst. „Du hast übrigens einen Riseneindruck auf meinen Großonkel gemacht. Er war richtiggehend begeistert von dir."

„Nur dein Großonkel? Ich bin enttäuscht. Was ist mit deinen Cousins dritten und vierten Grades?"

„Ich glaube, die fanden dein Tänzchen sehr amüsant." Entweder hatte Nazan die Ironie aus seinen Worten nicht mitbekommen, oder sie hatte sie mit ihrer ehrlichen Antwort einfach zunichte gemacht.

Unangenehm berührt erinnerte Haila sich an die unfreiwillige Einlage, die er dort abgeliefert hatte.

„Wir müssen zu Henrike Winters Nachbarin, einer Frau Petermichel. Sie wurde in ihrer Wohnung niedergeschlagen und beraubt. Irgendwelche Beweise sollen weg sein. Und Henrike Winter ist von einer Verabredung nicht zurückgekommen."

„Von welchen Beweisen ist die Rede?"

„Keine Ahnung, verstehe ich ebenso wenig wie du, aber wir fahren jetzt dorthin und werden es herausfinden." Haila erhob sich. In dem Moment klingelte das Telefon. Unwillig hob er den Hörer ab.

„Schrabberdeich", bellte er.

„Guten Morgen", ertönte eine weibliche Stimme. „Hier ist Charlotte Eberding, ich bin die Freundin von Henrike Winter, wir haben schon einmal miteinander telefoniert."

„Ja, ich erinnere mich. Was gibt es?"

„Henrike und ich waren gestern Abend im *Solero* in der Alexanderstraße verabredet. Ich hatte dort einen Tisch um halb sieben reserviert. Sie ist aber nicht gekommen und seitdem mache ich mir große Sorgen um sie. Telefonisch kann ich sie auch nicht erreichen."

Haila schaute auf seine Armbanduhr und bat sie, um elf ins Präsidium zu kommen. Sobald er mit Frau Petermichel und Charlotte

Eberding gesprochen hatte und Henrike Winter bis dahin nicht wieder aufgetaucht sein sollte, würde er eine Fahndung nach der Vermissten einleiten. Er hielt einen Moment inne, nachdem er den Hörer aufgelegt hatte. Es kam langsam, kroch über seinen Rücken hoch bis in den Nacken und breitete sich von da in seinem ganzen Körper aus: Das ungute Gefühl, dass Henrike Winter etwas zugestoßen war.

Auf der Fahrt in die Dobbenstraße schwieg er beharrlich. Auch die sonst so gesprächige Nazan spürte, dass Frau Winter vielleicht etwas Schlimmes widerfahren war und sagte ebenfalls kein Wort, sondern sah stur geradeaus.

Frau Petermichel saß auf einem roten Sofa in ihrem Wohnzimmer, inmitten eines Chaos aus geöffneten Schubladen und herausgerissenen Sachen, die auf dem Boden verstreut herumlagen. Sie wirkte klein und blass auf dem Sitzmöbel, dessen Größe und Farbe sie noch zierlicher erscheinen ließen. Um ihren Kopf war ein Verband gewickelt und ließ sie wie einen verwundeten Soldaten aussehen, der einen gefährlichen Kampf überlebt hatte. Zwei Kollegen standen etwas abseits untätig herum. Offensichtlich hatten sie ihre Arbeit schon erledigt, Frau Petermichels Aussage aufgenommen und einen Arzt herbeigerufen. Sie hatten auf Haila gewartet, um neue Instruktionen von ihm entgegenzunehmen.

Er stellte sich und Nazan der älteren Dame vor und wandte sich dann an die uniformierten Kollegen mit der Frage, ob die Spurensicherung bereits informiert worden sei, was sie bejahten. Die würde jedoch erst am Nachmittag hier erscheinen, weil eine Serie von Einbrüchen in Bloherfelde sie in Atem hielte.

„Frau Petermichel", wandte Haila sich behutsam an die verletzte Frau auf dem roten Sofa. „Erzählen Sie doch bitte noch einmal ganz genau, was vorgefallen ist. Offensichtlich waren Sie ja auch mit Frau Winter von nebenan gut bekannt."

„Das ist nicht ganz richtig. Genau genommen haben wir uns erst vorgestern richtig kennengelernt, obwohl wir schon lange Nachbarn sind", erklärte sie mit überraschend fester Stimme, die er der kleinen, zerbrechlich wirkenden Frau nicht zugetraut hätte.

Trotz ihrer negativen Erfahrungen aus dem Jahr 1962 hatte Gretchen sich aus Sorge um Henrike dazu entschlossen, mit Polizei und Staatsmacht zusammenzuarbeiten. Außerdem war ihr der schwergewichtige Mann mit dem bemerkenswerten Namen auf Anhieb sympathisch. Er war nicht einer dieser jungen, schnieken Rotzlöffel, wie sie dem Zuschauer im Fernsehen zuhauf präsentiert werden. Die junge Frau an seiner Seite schien ebenfalls nett zu sein, ihrem Aussehen und dem Namen nach zu urteilen hatte sie türkische Wurzeln. Solch ein Ermittlerteam gehörte mal ins Fernsehprogramm, schweiften ihre Gedanken ab. Dann besann sie sich und begann zu erzählen, gewissenhaft der Reihenfolge nach, ließ kein Detail aus, kam zu der Messerattacke im Cäcilienpark und der furchteinflößenden Stimme, die eine Morddrohung ausgestoßen hatte, woraufhin sie zu dem Punkt mit der Elektronik gelangte, die sie nach langem Suchen endlich gefunden hatten.

Aufmerksam hörte Haila ihr zu und sein Blick lag ruhig auf der erstaunlichen Frau, die im Laufe der Schilderung seinen immer größer werdenden Respekt gewann. Was für eine mutige kleine Frau, dachte er insgeheim, die könnte glatt bei der Polizei arbeiten.

„Leider wurden die Sachen gestohlen. Jetzt kann Henrike wieder nicht beweisen, dass sie verfolgt und bedroht wird. Und nun ist sie auch noch verschwunden."

„Wo hatten Sie die Sachen denn verwahrt?", fragte Haila angesichts des heillosen Durcheinanders.

„Ich hatte sie im Küchenschrank in einem kleinen Döschen aufbewahrt. Das wusste der Eindringling aber offensichtlich nicht, wie man sieht." Missbilligend sah sie sich um. „Wurde eigentlich ihre Freundin, diese Charlotte, schon dazu befragt?", wollte sie wissen.

„Sie hat sich heute bei uns gemeldet, um uns mitzuteilen, dass Frau Winter gestern Abend nicht in dem Lokal erschienen ist, in dem sie verabredet gewesen waren. Frau Eberding kommt nachher ins Präsidium."

Gretchen schürzte kritisch die Lippen und zuckte mit der Schulter, was Haila nicht entging.

„Was?", hakte er nach.

„Ich an ihrer Stelle hätte die Polizei noch am selben Abend informiert."

„Ich werde das überprüfen", wich Haila aus, musste ihr insgeheim jedoch beipflichten.

„Können sie sich vorstellen, wie der Einbrecher hier in ihre Wohnung gekommen ist?", fragte er weiter.

„Vielleicht mit dem Zweitschlüssel, den ich Henrike gestern gegeben habe, bevor sie fortgegangen ist. Das habe ich Ihren Kollegen aber schon gesagt. Er könnte sich aber ebenso gut Zugang mit einem Lock Pick verschafft haben, denn ich hatte die Kette nicht vorgelegt, damit Henrike später aufschließen und hereinkommen konnte. Meiner Einschätzung nach hat er sich auch auf diese Weise Zugang zu Henrikes Wohnung verschafft."

War er schon vorher über ihre nahezu professionelle Handlungs- und Denkungsweise verwundert gewesen, war er nun bass erstaunt. Woher nur kannte sich die ältere Dame mit diesen Dingen aus? Er setzte seine Befragung fort:

„Wo waren Sie, als sie den Schlag auf den Kopf bekommen haben?"

„Im Bett. Und nein, ich habe niemanden gesehen oder etwas gehört, das habe ich auch bereits zu Protokoll gegeben."

Haila sah zu den beiden Kollegen, die zustimmend nickten.

„Wenn sie Fotos der Wanze und der Platine haben möchten, kann ich sie Ihnen geben. Ausdrucken müssten Sie sie bitte selbst", fuhr sie fort. „Mein Drucker ist im Eimer. Haben Sie WhatsApp? Ist zwar nicht sicher, geht dafür aber schnell."

Haila öffnete den Mund, doch Nazan sprang schnell in die Bresche. „Schicken Sie sie mir. Ich gebe Ihnen meine Nummer, Moment."

Wenig später waren die Fotos auf Nazans Handy. „Hier guck, Chef." Nazan hielt ihm ihr Handy hin.

Scheinheilig nickte Haila und murmelte: „Interessant." In Wahrheit hatte er nicht viel Ahnung von diesen elektronischen Dingen. „Das werden sich die Spezialisten von der Kriminaltechnik anschauen. Aber weshalb haben Sie eigentlich Fotos davon gemacht?"

„Weil ich sie einem Freund geschickt habe, der sich damit auskennt. Er wollte herausfinden, ob es sich um frei verkäufliche Geräte oder Marke Eigenbau handelt. Moment, ich bin noch gar nicht dazu gekommen, meine Nachrichten zu checken."

Haila und Nazan sahen sich bedeutungsvoll an und dachten beide dasselbe. Frau Petermichel musste früher einmal Geheimagentin oder etwas in der Art gewesen sein.

„Hier", meldete sich die vermeintliche Geheimagentin und zeigte ihnen die Nachricht in ihrem Smartphone.

Hallo Gretchen, habe ein wenig recherchiert, die Wanze ist handelsübliche Ware, aber die Platine ist Eigenbau. Die einzelnen Elemente hat er/sie möglicherweise aus dem Darknet. Gruß, Hartmut.

„Heißen Sie tatsächlich Gretchen?", fragte Haila nun vollends verwirrt.

„Ja? Warum fragen Sie?", gab sie zurück.

„Der Name passt irgendwie nicht zu Ihnen. Unter einem Gretchen stellt man sich ein scheues, sittsames Mädchen vor."

„Tja, eine bessere Tarnung gibt es wohl nicht", erwiderte sie lakonisch. „Wenngleich die Frau von Rudi Dutschke ebenfalls Gretchen hieß. Aber Sie haben ja auch einen seltsamen Namen. Wie heißen Sie doch gleich?"

„Haila Schrabberdeich."

Gretchen musterte ihn. „Ungewöhnlich, passt aber irgendwie."

„Eigentlich heiße ich Reinald", erklärte er und kam sich mit einem Mal wie ein Schuljunge vor, der seiner Lehrerin Rede und Antwort stand.

„Haila ist besser", entschied Gretchen Petermichel und lächelte ihn an. Dieses Lächeln, so urplötzlich wie ein Wetterleuchten, überraschte ihn angenehm, brachte ihn aber auch ein wenig außer Fassung. Da er nicht wusste, was er darauf erwidern sollte, lächelte er zurück. Nazan, die diesen kleinen Schlagabtausch mit Interesse verfolgt hatte, war verblüfft. Sie konnte sich nicht erinnern, ihren Chef jemals so handzahm erlebt zu haben. Aber auch ihr nötigte diese kleine, unerschrockene Person Respekt ab.

Haila erhob sich, entfernte sich einige Schritte und instruierte das Spurensicherungsteam telefonisch, die Wohnung von Henrike Winter nach weiteren Überwachungsgeräten und Spuren zu untersuchen.

„Frau Petermichel", wandte er sich über die Schulter an Gretchen. „Wissen Sie, ob Frau Winter mit dem Auto weggefahren ist? Und falls ja, ist Ihnen bekannt, was für eine Marke sie fährt?"

Gretchen kratzte sich am Kinn. „Genau weiß ich es nicht, aber ich meine, mich erinnern zu können, dass es ein schwarzer Kleinwagen ist."

Haila veranlasste eine Halterabfrage. Sobald er Fahrzeug und Kennzeichen wusste, würde er danach suchen lassen. Anschließend ließ er Henrike Winter zur Fahndung ausschreiben. Dann ging er zu Gretchen Petermichel zurück, die ihn interessiert ansah.

„Gott sei Dank kommen die Dinge nun endlich in Gang", meinte sie nickend. „Der armen Frau hat niemand Glauben geschenkt und sie hatte wahnsinnige Angst davor, verrückt zu werden. Was das für ein Gefühl ist, kann sich wohl jeder ausmalen, der über ein gewisses Maß an Empathie verfügt."

Obwohl Haila aus ermittlungstechnischer Sicht richtig gehandelt hatte, verspürte er einen deutlichen Stich von Schuldgefühl. Schweigend sah er Gretchen an.

„Ich glaube, ihre Freundin, diese Charlotte, könnte sich bestimmt noch erinnern, wie der unheimliche Typ, der den beiden im Schlossgarten begegnet ist, ausgesehen hat", fügte sie hinzu. Obwohl sie es als dezenten Hinweis verpackt hatte, hatten ihre Worte eher wie eine Anweisung geklungen, in der deutliche Zweifel an Hailas Fähigkeiten oder die der Polizei im Allgemeinen mitgeschwungen waren. Er nahm sich vor, Frau Petermichel zu durchleuchten, sobald er Zeit dazu fand.

„Machen Sie sich keine Sorge, Frau Petermichel", antwortete er. „Wir werden alles in unserer Macht Stehende tun, um Henrike Winter zu finden."

„Na, dann kann ja nichts mehr schiefgehen." Freundlich lächelte sie ihn an, doch Haila kam es wie ein Haifischlächeln vor. Ach was, ermahnte er sich, er ließ sich doch wohl nicht von einer harmlosen Rentnerin aus dem Konzept bringen. *Doch tust du*, vernahm er ein leises Stimmchen in seinem Hinterkopf. Er murmelte einen Abschiedsgruß und stapfte wütend über sich selbst aus der Wohnung, Nazan folgte ihm, nicht, ohne der Frau noch freundlich zugenickt zu haben.

Als sie wieder im Auto saßen, erkannte Nazan sofort, dass es momentan nicht ratsam war, das Wort an ihn zu richten. Sie tat es trotzdem, weil sie eine Frau und eben Nazan war.

„Die war ja mal 'ne Granate, diese Frau, so etwas habe ich noch nie erlebt. Hat mich ein bisschen an meine Großmutter erinnert, die war genauso kämpferisch und unerschrocken."

„Verschon mich mit deiner Verwandtschaft. Mir liegt die letzte Begegnung noch im Magen."

„Hach, Chefchen, du bist nur sauer, weil du dieses Gretchen nicht einschüchtern konntest, sie dir wichtige Dinge erklärt und zudem einen Ratschlag erteilt hat."

„Schweig, Weib!", schnauzte er.

Nazan lachte rau und blies sich demonstrativ eine Strähne aus dem Gesicht. „Ich habe recht, gib's ruhig zu."

„Wann kommt noch mal Charlotte Eberding?", überging er Nazans Einwand.

„Um elf. Ich finde dich sehr anziehend, wenn du sauer bist", gurrte sie.

Haila warf ihr einen vernichtenden Blick zu. „Ruf sie an, und informiere sie, dass wir gleich zu ihr kommen."

„Jawohl", Nazan salutierte militärisch und zückte ihr Handy. Kurz darauf sprach sie mit Charlotte Eberding, die nichts dagegen einzuwenden hatte, dass sie zu ihr kamen und gab ihnen die Adresse in der Kärntner Straße 12 b.

Unterwegs meldete sich ein Kollege aus dem Präsidium, um ihm mitzuteilen, dass es sich um einen schwarzen Twingo handelt. Das Kennzeichen notierte Nazan. Kurz darauf erreichten sie die Adresse von Charlotte Eberding, eine moderne und gepflegte Doppelhaushälfte. Neben der Eingangstür war ein Schild an der Wand angebracht.

Charlotte Eberding
Freie Versicherungsmaklerin

Sie klingelten. Eine überaus attraktive, dunkelhaarige Frau öffnete ihnen. Kühl musterte Nazan sie von oben bis unten.

„Frau Eberding?", versicherte sich Haila.

„Ja, die bin ich." Ihre Stimme war weich und angenehm. Interessiert betrachtete Haila die gutaussehende Frau, was Nazan nicht entging. Ihre Miene wurde eisig.

„Guten Tag, ich bin Hauptkommissar Schrabberdeich und das ist Kommissar Anwärterin Nazan Demir. Wir hatten miteinander telefoniert."

„Kommen Sie bitte rein. Gibt es schon etwas Neues von Henrike?", fragte sie und führte sie durch einen Flur zu ihrem Büro.

„Nein, bis jetzt noch nicht. Wir haben sie zur Fahndung ausgeschrieben", beantwortete Haila ihre Frage.

Frau Eberding wies mit der Hand in ihr Büro und ließ ihnen den Vortritt. „Nehmen Sie bitte Platz. Kann ich Ihnen etwas zu trinken anbieten?"

Sie lehnten dankend ab und setzen sich auf die zwei Besucherstühle, die vor ihrem Schreibtisch standen, auf dem diverse Aktenorder und Unterlagen lagen. Offensichtlich hatte sie gut zu tun und ihr Geschäft schien gut zu laufen.

„Sie waren gestern mit Henrike Winter verabredet. Wo und wann war das genau?", begann er.

„Um halb sieben, im *Solero* in der Alexanderstraße. Die haben einen schönen Innenhof, in dem man gemütlich sitzen kann."

„Verstehe. Wie lange haben sie auf Frau Winter dort gewartet?"

„Bestimmt eine halbe Stunde. Ich wurde immer unruhiger und habe mehrfach versucht, sie anzurufen."

Haila nickte, bevor er sie fragte. „Wäre es unter den gegebenen Umständen nicht vielleicht besser gewesen, wenn Sie ihre Freundin mit dem Auto abgeholt hätten?"

„Das wollte ich ja", sagte Charlotte Everding bekümmert, „aber Henrike wollte partout mit dem eigenen Auto fahren. Sie hat gesagt, dass sie im Auto sicher sei und ich mir keine Sorgen zu machen bräuchte. Wenn ich gewusst hätte …", fügte sie leise an und ihre großen bernsteinfarbenen Augen füllten sich mit Tränen.

„Warum haben sie denn nicht direkt die Polizei vom Restaurant aus angerufen?", meldete sich Nazan zu Wort und sah Charlotte Eberding ungerührt ins Gesicht.

„Aber das habe ich doch getan!", rief die. „Doch der junge Polizist hat mir versichert, dass ich mir keine Sorgen machen und morgen wieder anrufen soll, falls sie bis dahin noch nicht wieder aufgetaucht sein sollte."

„Wie bitte?", fragte Haila scharf und warf einen schnellen Seitenblick zu Nazan. „Wann war das?"

„So gegen sieben. Ich bin dann zu Henrikes Wohnung gefahren und habe bei ihr geklingelt, aber sie war nicht da. Dann habe ich es bei ihrer Nachbarin probiert, die hat aber auch nicht aufgemacht. Henrikes Auto habe ich auch nirgendwo gesehen."

Haila schluckte seine Wut hinunter. Welcher Idiot hatte das Telefonat mit Frau Eberding geführt? Den würde er sich später vorknöpfen.

„Frau Eberding, können Sie sich noch daran erinnern, wie der Mann im Schlossgarten ausgesehen hat, der Ihnen beiden entgegengekommen ist und von dem Frau Winter meinte, er hätte sie bis zu ihrer Wohnung verfolgt."

„Nicht genau, nur dass er schlank und dunkelhaarig war, glaube ich, und ein Basecap trug. Deshalb habe ich sein Gesicht auch nicht richtig erkennen können. Henrike meinte aber, dass sie ihn aufgrund der Kleidung, der Körperhaltung und Bewegung wiedererkannt habe. Ob es derselbe gewesen war, der sie auch im Cäcilienpark überfallen und ihr das Messer an die Kehle gehalten hat, konnte sie nicht sagen, denn sie hat sich nicht getraut, den Kopf zu bewegen."

Haila nickte, davon hatte Gretchen Petermichel ihnen mit fast den gleichen Worten berichtet.

„Würden Sie sich zutrauen, einem Phantomzeichner eine einigermaßen brauchbare Beschreibung abzuliefern?"

Charlotte Eberding machte eine skeptische Miene. „Ich kann es versuchen, aber ob es wirklich was bringt, kann ich nicht beurteilen."

Haila ließ das unkommentiert. „Wir haben ja schon einmal darüber gesprochen, aber vor einigen Tagen gab es noch keinerlei konkrete Anhaltspunkte für eine reale Bedrohung. Das hat sich nun schlagartig mit Frau Winters Verschwinden verändert. Haben Sie einen Verdacht, und sei er noch so klein, der uns weiterhelfen könnte? Ihren früheren Schüler, Jacob Kamminga, haben wir mittlerweile überprüft. Gibt es sonst jemanden, der infrage kommen könnte?"

Charlotte schwieg und blies die Wangen auf, bevor sie die Luft ausstieß. „Sie hatte mal einen Flirt mit einem Mann aus Bamberg, einem Johannes Künzelmeyer, den sie auf einer ihrer Reisen kennengelernt hatte. Er ist dann überraschend zu Besuch gekommen, was

Henrike gar nicht so recht gewesen war, weil er ihr zu aufdringlich und bestimmend war. Der Besuch endete dann auch noch mit einem Streit und am folgenden Tag ist der Bayer abgereist. Aber mir fällt gerade ein, dass Henrike Ihnen das ja bereits erzählt hat, das hat sie mir zumindest gesagt."

Haila vollführte eine zustimmende Geste. Aus den Augenwinkeln sah er, dass Nazan eifrig mitschrieb.

„Gut, Frau Eberding, gibt es vielleicht sonst noch etwas, das sie uns erzählen könnten?"

„Was genau meinen Sie?", wollte Charlotte Eberding wissen und sah Haila mit ihren großen Augen in der ungewöhnlichen Farbe fragend an.

„Nun, Frau Winter ist alleinstehend und es wäre durchaus normal, wenn sie sich mit unterschiedlichen Männern getroffen hätte. Vielleicht hatte sie besondere sexuelle Vorlieben? Einer ihrer Partner könnte ausgetickt sein und will sich, aus welchen Gründen auch immer, an ihr rächen."

„Henrike?", Charlotte Eberding riss die Augen auf. „Auf keinen Fall, das wüsste ich. Wir kennen uns schon seit der Schule, nein, das hätte sie mir erzählt. Sie war ja noch nicht einmal bei irgendwelchen Singlebörsen angemeldet, weil sie sich nicht an einer Fleischbeschau beteiligen wollte, wie sie sich ausgedrückt hat."

„Okay, Frau Eberding, das wäre es fürs Erste". Er überreichte ihr seine Karte, die sie entgegennahm und überflog. „Rufen Sie mich an, falls Ihnen doch noch etwas einfällt."

„Finden Sie sie, bitte", sagte Frau Eberding leise und senkte den Blick, sodass die langen schwarzen Wimpern sich wie ein dichter Kranz auf ihre Jochbeine legten.

„Schöne Frau", meinte Nazan hinterm Steuer und ließ den Motor aufheulen.

„Stimmt, als hässlich würde ich sie auch nicht gerade bezeichnen. Angenehme Erscheinung."

„Mit angeklebten Wimpern und den Push-up so hochgeschraubt, dass sie kaum noch atmen konnte. Pah!", schnappte sie.

Erstaunt blickte Haila seine Assistentin an, die den zweiten Gang reinhaute, dass das Getriebe nur so krachte. Was war denn in sie gefahren? Plötzlich fiel es ihm wie Schuppen von den Augen: Nazan war eifersüchtig! Ein warmes, gutes Gefühl durchrieselte seinen Körper und ein verschmitztes Lächeln stahl sich auf seine Lippen.

„Aber doch sehr hübsch anzusehen. Jede Frau hat ja nun mal so ihre Geheimnisse", bemerkte Haila wie beiläufig und fing an zu pfeifen.

Nazan murmelte etwas Türkisches. Alarmstufe Rot! Wenn Nazan Türkisch sprach, war sie zutiefst aufgewühlt, und Haila wollte gar nicht wissen, welche Bedeutung ihre Worte gehabt hatten.

„Ich möchte wirklich gern wissen, wer von diesen Hirnlosen das Telefonat mit Charlotte Eberding gestern Abend geführt hat", versuchte er das Gespräch in eine andere Richtung zu lenken.

„Das kann ich dir nicht sagen, aber dadurch ist wertvolle Zeit vergangen", antwortete Nazan kühl und professionell. Offenbar hatte sie sich wieder gefangen. „Vielleicht lässt sich in ihrer Wohnung ja ein Hinweis über ihren Verbleib finden. Dass sie verschwunden ist, muss ja nicht zwangsläufig bedeuten, dass man sie entführt oder ihr jemand etwas angetan hat. Kann ja auch sein, dass ihr alles einfach zu viel geworden ist und sie Oldenburg verlassen und sich irgendwo versteckt hat."

„Die Fahndung nach ihr und ihrem Auto wurde eingeleitet. Schon bald werden wir mehr wissen."

14. Kapitel

Henrike fror erbärmlich. Eine unerbittliche Kälte war in ihren Körper gekrochen. Sie hob die Lider. Zunächst konnte sie nichts erkennen, weil die Umgebung in trübes Licht gehüllt war. Dann nahm sie wahr, dass etwas in ihrem Mund steckte und gegen Zunge und Gaumen drückte. Intuitiv wollte sie sich das Ding aus dem Mund herausziehen, doch sie konnte die Hand nicht bewegen. Da erst realisierte sie, dass ihre Hände auf dem Rücken gefesselt waren. Die Erkenntnis traf sie wie ein Schlag in die Magengrube: Sie war entführt worden. Doch noch weigerte sie sich zu akzeptieren, was geschehen war. Möglicherweise war sie ja auch nur in einem Alptraum gefangen. Sie ruckelte an den Fesseln, zog und zerrte, nein, es war kein Traum, es fühlte sich real an. Sie wandte den Kopf nach hinten und sah, dass ihre Hände an einem Heizungsrohr fixiert waren. Noch einmal riss und zerrte sie, aber das Rohr war fest im Beton des Bodens verankert. Ohne Hilfsmittel würde es ihr niemals gelingen, sich zu befreien. Sie versuchte um Hilfe zu rufen, doch der Knebel in ihrem Mund verwandelte ihre Schreie in hilflose, dumpfe Laute, die nicht einmal durch die gegenüberliegende Holztür dringen würden.

Sie sah sich um. Einzige Lichtquelle war ein schwacher Lichtschein, der durch ein schmales Fenster links von ihr fiel. Entweder war gerade ein neuer Tag angebrochen oder es wurde bereits wieder Abend. Im letzteren Fall wäre sie seit fast vierundzwanzig Stunden hier.

Wohin hatte man sie verschleppt? Mit zusammengekniffenen Augen versuchte sie, ihre Umgebung zu erkunden. Trotz des trüben Lichts wurde ihr bewusst, dass sie sich in einem Kellerraum oder im Souterrain eines Hauses befand. Aber wer hatte sie hierher verschleppt? Der Mann, der ihr im Schlossgarten aufgelauert und das Messer an die Kehle gehalten hatte und sie jetzt töten wollte? Derselbe, der die heiser geflüsterte Morddrohung durch die elektronischen

Geräte in ihrer Wohnung ausgestoßen hatte? Henrike rief sich den gestrigen Abend in ihr Gedächtnis zurück: Sie war mit Charlotte im *Solero* verabredet gewesen und mit ihrem eigenen Auto dorthin hingefahren, obwohl Charlotte ihr angeboten hatte, sie abzuholen. Schmerzlich musste sie sich eingestehen, dass ihre Leichtsinnigkeit bestraft worden war. Jedoch war sie wegen der gefundenen Beweisstücke so euphorisch gewesen und hatte angenommen, dass auf der kurzen Strecke zwischen ihrer Wohnung und dem Lokal schon nichts passieren würde, sodass sie alle Vorsicht in den Wind geschlagen hatte. Zunächst war ja auch alles glatt gelaufen. Als sie ihre Wohnung verließ, sah sie sich aufmerksam um, und stieg, ohne dass sie etwas Verdächtiges bemerkte, in ihr Auto, fuhr auf den Theaterwall und von dort aus zum Pferdemarkt. In der Alexanderstraße bog sie hinter dem Gertrudenfriedhof rechts in die schmale Kirchhofstraße ein, in der man auf dem Seitenstreifen neben der Friedhofsmauer für gewöhnlich einen Parkplatz fand. Gestern Abend jedoch nicht, alles war komplett zugeparkt, weswegen sie weiter bis zur Grundschule Heiligengeisttor fuhr, deren Tor zum Schulhof immer offen stand. Abends wurde er oft als Parkmöglichkeit von Besuchern des *Phönix* und der anderen umliegenden Gaststätten genutzt. Nur drei weitere Autos standen dort, sodass sie problemlos einen Platz fand. Sie stieg aus ... und ab da verlor sich jede Erinnerung.

Zu diesem Zeitpunkt musste sie also überwältigt worden sein. An einen Schlag auf den Kopf oder an eine andere Gewalteinwirkung konnte sie sich nicht erinnern, sie musste auf eine andere Weise außer Gefecht gesetzt worden sein. Krampfhaft überlegte sie, ob sich ihr jemand genähert und sie nur keine Gelegenheit mehr gehabt hatte, zu reagieren. Doch da war nichts, so sehr sie sich auch bemühte, sie konnte sich an überhaupt nichts erinnern.

Hatte der Mann sie auf ihrem Weg dorthin verfolgt? Vermutlich, denn woher sonst hätte er wissen sollen, dass sie hier parken würde? Aber nach ihr war kein weiteres Auto auf den Schulhof gefahren, da war sie sich relativ sicher. Er musste also schon vor Ort gewesen sein und in einem der Autos auf sie gewartet und sich hinterrücks herangeschlichen haben. Aber er konnte nicht wissen, dass sie hier parken würde. Also war er ihr doch gefolgt.

Nun war sie in diesem Kellerloch gefangen. Würde der Entführer seine Drohung wahrmachen, ihr letztes Stündlein habe geschlagen? Nur warum hatte er sich die Mühe gemacht, sie zu entführen und einzusperren? Er hätte sie problemlos hinter der Mauer des Schulgeländes zu Boden reißen und abstechen können. Er musste also andere Pläne mit ihr haben. Vielleicht überließ er sie auch einfach ihrem Schicksal und sie musste verdursten und verhungern. Ein langsamer qualvoller Tod in völliger Einsamkeit stand ihr bevor. Verzweifelt sah sie sich um. War das der Ort, an dem sie sterben würde, ein einsames Kellerloch? Panik ergriff von Henrike Besitz. Alles in ihr wehrte sich gegen das drohende Schicksal. Der Überlebenswille in ihr begann zu toben, wild stampfte sie mit den Füßen auf den Boden, zerrte gleichzeitig an ihren Handfesseln und warf, unartikulierte Laute ausstoßend, den Kopf von einer zur anderen Seite, bis sie sich völlig verausgabt hatte. Vor Erschöpfung und Hoffnungslosigkeit fing sie an zu weinen. Erneut musste sie daran denken, wie töricht es gewesen war, sich nicht von Charlotte abholen zu lassen. Aber nun war es zu spät, sich deswegen Vorwürfe zu machen. Dennoch glomm ein kleiner Hoffnungsschimmer bei dem Gedanken an ihre Freundin auf. Charlotte hatte bestimmt schon längst die Polizei darüber informiert, dass sie gestern Abend nicht zur Verabredung gekommen und seitdem verschwunden war. Und auch Gretchen würde mit Sicherheit die Polizei alarmieren, sobald sie morgens feststellte, dass sie nicht zurückgekommen war. Aber wo, in drei Teufels Namen, sollte die nach ihr suchen? Wahrscheinlich war sie irgendwo auf dem platten Land in einem verlassenen Haus. Oder, und diese Vorstellung ließ sie erschauern, der Entführer selbst wohnte hier. *Womöglich beobachtet er mich schon die ganze Zeit und weidet sich an meiner Angst und Verzweiflung.* Furchtsam huschten ihre Augen zur Tür und suchten sie nach einem Loch oder Spalt ab, die Oberfläche war jedoch glatt und ebenmäßig. Dennoch wurde ihr eins klar: Sollte es sich bei dem Täter um einen Psychopathen handeln, war sie verloren. Menschen mit gestörter Persönlichkeit waren unberechenbar und nur schwer einzuschätzen. Ihre Launen und Stimmungen konnten schlagartig wechseln.

Erneut zermarterte sie sich das Hirn, wer sie töten wollte und weshalb. Doch je länger sie darüber nachdachte, desto mehr verstärkte sich der Eindruck, dass es in der Vorgehensweise des Täters einen Bruch gegeben hatte, eine Unlogik gewissermaßen, so als hätte er seine Strategie geändert. Zuerst war es scheinbar darum gegangen, sie in Angst und Schrecken zu versetzen und Selbstzweifel bezüglich ihrer geistigen Gesundheit zu schüren. Dann hatte er sie entführt. Bei Entführungen ging es meistens um Lösegeld. Aber wer sollte erpresst werden? Sie hatte keinen reichen Mann und stammte aus keiner wohlhabenden Familie. Das ergab überhaupt keinen Sinn. Wenn es nicht um Geld ging, dann vielleicht um Folter? Oder Vergewaltigung oder beides? Sollte sie hier wie ein Tier gefangen gehalten werden, um einem Psychopathen als Sexsklavin zu dienen? Eine alptraumhafte Vorstellung. Niemand würde sie jemals finden, wenn das Haus nicht bewohnt war. Noch einmal mobilisierte sie ihre Kräfte und riss und zerrte erneut an ihren Fesseln, doch alles, was sie damit erreichte, war, dass diese nur schmerzhaft in die Haut schnitten, sich jedoch keinen Millimeter lockerten. Wenn sie wenigstens laut um Hilfe rufen könnte, um sich bemerkbar zu machen, aber der Knebel in ihrem Mund machte jede Bemühung zunichte.

Aber wenn mich niemand weit und breit hören kann, warum hat er mir dann einen Knebel verpasst? Dieser plötzliche Gedanke beflügelte Henrike, nicht aufzugeben, und sie versuchte, das eklige Ding aus ihrem Mund herauszubekommen. Immer wieder stieß sie mit der Zunge dagegen, um ihn herauszudrücken. Sinnlos, wie sie wenig später einsehen musste, denn er musste mit Bändern oder etwas Ähnlichem fest um ihren Kopf fixiert worden sein. Den Knebel würde sie nur mit den Händen entfernen können und die waren gefesselt. Sie war zur Untätigkeit verdammt. Nur ihre Beine konnte sie bewegen, das jedoch brachte sie nicht weiter.

Tiefste Verzweiflung überkam Henrike. Kraftlos sackte sie in sich zusammen und begann zu schluchzen. Erst ganz allmählich beruhigte sie sich wieder. Dafür machte sich ein anderes Problem bemerkbar: Sie musste dringend zur Toilette. Je mehr sie daran dachte, desto stärker wurde der Drang. Erneut trampelte sie mit den Füßen auf den Boden und stieß animalische Laute aus. Doch niemand kam, der sie erlöste. Henrike konnte nicht mehr länger an sich halten. Beschämt sah sie den dunklen Fleck auf ihrer Jeans größer werden. Sie fühlte sich erniedrigt, wie noch nie in ihrem Leben zuvor. Doch die Erleichterung war deutlich zu spüren und tröstete sie ein wenig über die empfundene Scham hinweg.

Stunde um Stunde verging. Nichts tat sich. Es wurde Tag und wieder Abend. War es vor einiger Zeit noch der Harndrang gewesen, der sie gequält hatte, war es nun der Durst, der immer stärker wurde und den Hunger bei weitem übertraf. Wie lange würde sie durchhalten, ohne etwas zu trinken? Zwei, drei Tage? Sie wusste es nicht und vor Erschöpfung schlief sie schließlich ein.

Ein Geräusch ließ sie hochschrecken. Die Tür öffnete sich und mit einem Schlag wurde es hell. Henrike musste blinzeln und erstarrte im selben Moment, als sie einen maskierten Mann erkannte, der sich ihr langsam näherte. Ihr Atem stockte, als sie ein großes Messer in seiner Hand erblickte. Jetzt war es soweit, in wenigen Sekunden würde sie sterben. In ihrer Todesangst bäumte sie sich auf, warf wie von Sinnen den Kopf von links nach rechts und versuchte, nach dem Mann zu treten. Der Maskierte rührte sich nicht und betrachtete stumm ihre verzweifelte Gegenwehr. Dann hockte er sich seitlich vor sie hin und hob das Messer. Henrike stockte der Atem.

Jetzt … Sie schloss die Augen und erwartete den tödlichen Stich. Doch nichts dergleichen geschah. Stattdessen machte er sich an ihrer Fessel zu schaffen und durchtrennte sie mit einem Ruck. Ein stechender Schmerz schoss in ihre Schultern, als sie aus der unnatürlichen Position wieder nach vorn fielen. Noch ehe sie ganz zur Besinnung gekommen war, durchschnitt er auch die Bänder, die den Knebel in ihrem Mund fixiert hatten, und riss sie brutal auf die Beine, wobei der Knebel zu Boden fiel. Henrike schwankte für einen Moment, blieb aber stehen. Blitzschnell zog er ihr etwas Schwarzes über den Kopf, sodass sie nichts mehr sehen konnte. Er nestelte eine Weile an ihrem Hinterkopf und schnürte die Haube eng um ihren Hals. Unvermittelt packte er sie wieder am Arm und riss sie hinter sich her. Sie hörte zwei Türen klappen, dann bugsierte er sie eine kurze Treppe nach oben. Frische kühle Luft drang durch den Stoff über ihrem Gesicht. Erneut packte der Mann sie und zog sie mit sich, bis er plötzlich anhielt und Henrike das Geräusch einer Autofernbedienung hörte. Mit einer Hand auf ihrem Kopf und die andere um ihren Oberarm gekrallt, stieß er sie ins Auto und warf die Tür zu. Sekunden später setzte er sich neben sie, startete den Wagen und fuhr los. Henrike versuchte, sich die Richtung, die er einschlug, einzuprägen, hatte jedoch schon nach kurzer Zeit die Orientierung verloren. Sie wusste nicht, wie lange sie gefahren waren, als das Auto hielt.

„Aussteigen und Tür zu machen", zischte der Mann.

Gehorsam tastete Henrike nach dem Hebel und öffnete die Tür. Vorsichtig setzte sie den rechten Fuß auf den Boden, schob den anderen hinterher, kam auf die Beine und warf die Tür zu. Voller Angst wartete sie auf weitere Befehle. Hart fasste der Mann sie am Arm und zog sie hinter sich her. Und wie schon kurz zuvor drang frische, kühle Luft durch ihre Stoffhaube. Vollkommene Stille umgab sie. Henrike konnte nicht das kleinste Geräusch wahrnehmen, außer ihren und seinen Schritten. Wo führte er sie hin? An einen einsamen Ort, an dem er sie töten und beseitigen könnte und wo niemand sie je finden würde? Entsetzen schnürte ihr die Kehle zu und sie blieb instinktiv stehen. Doch der Mann zerrte sie unerbittlich weiter.

„Wo bringen Sie mich hin?", rief sie in ihrer Verzweiflung. „Lassen Sie mich gehen. Ich habe Sie nicht gesehen und werde Sie nicht verraten. Bitte!", schluchzte sie.

Kommentarlos zog er sie weiter. Abermals stemmte Henrike sich gegen ihn und versuchte es erneut: „Wer sind Sie und warum tun Sie mir das an?" Keine Reaktion. „Was habe ich Ihnen getan? Reden Sie doch mit mir! Vielleicht lässt sich alles klären!"

Doch er ließ sich nicht beirren und riss sie weiter. Immer weiter ging es und Henrike meinte, einen schwachen Lichtschimmer durch den Stoff über ihren Augen wahrnehmen zu können. Nach einer gefühlten Ewigkeit, mal ging es rechts, mal links herum, stoppte er schließlich. Henrikes Herz klopfte bis zum Halse. Sie schickte ein Stoßgebet zum Himmel, dass er sie verschonen möge. Mit einem Mal spürte sie seine Hände auf ihren Schultern und er begann, sie um die eigene Achse zu drehen, bis ihr ganz schwindelig wurde. Dann versetzte er ihr einen Stoß, sodass sie taumelte, stolperte und beinahe hinfiel. Als sie sich wieder gefangen hatte, war der Druck auf ihren Schultern verschwunden. Das Gefühl, dass er nicht mehr unmittelbar neben ihr stand, wurde stärker.

„Sind Sie ... sind Sie noch da?", fragte sie verunsichert. Sie bekam keine Antwort. Henrike streckte die Arme aus, um nach dem Mann zu tasten, konnte aber keinen Widerstand spüren. Langsam drehte sie sich um die eigene Achse, vielleicht stand er hinter ihr! Doch auch dort war er nicht. Verblüfft ließ sie die Arme sinken. Er hatte sie tatsächlich allein gelassen und war auf und davon. Auch der schwache Schimmer, den sie zuvor durch den Stoff hatte wahrnehmen können, war erloschen. Erst jetzt wurde ihr bewusst, dass er wegen der Dunkelheit eine Taschenlampe oder sein Handy eingeschaltet hatte. Zunächst konnte sie ihr Glück kaum fassen. Die Gefühle überwältigten sie und sie sank auf die Knie, um sich bei ihrem Herrgott zu bedanken, dass er sie in der Stunde ihrer größten Not und Angst nicht allein gelassen und ihr stummes Gebet erhört hatte. Henrike war keine praktizierende Christin und schon gar keine Kirchgängerin, doch an die Existenz einer höheren Macht hatte sie immer geglaubt.

Mühsam rappelte sie sich wieder hoch und kam auf die Beine. Nachdem sie ein paar Mal die Nase kräftig hochgezogen hatte, begann sie rationale Überlegungen anzustellen. Als Erstes musste sie sich von dieser lästigen Haube befreien, damit sie wieder sehen konnte. Sie fuhr mit den Händen über den Kopf zum Nacken und ertastete dort eine Verdickung, von der sie annahm, dass es ein Knoten war, der die Bänder der Haube zusammenhielt. So sehr sie sich auch bemühte, sie konnte ihn nicht lösen. Ungeduldig riss sie an ihnen und hielt nach kurzer Zeit inne. Sollte es sich tatsächlich um einen Knoten handeln, würde sie ihn dadurch nur noch enger ziehen. Sie musste den Verschluss genauer untersuchen und tastete erneut danach. Da war eine kleine Hülse aus Plastik oder Metall, die die Enden zusammenhielt. Ohne Werkzeug oder einen spitzen Gegenstand würde sie die niemals aufbekommen. Entmutigt ließ sie die Arme wieder sinken. Vielleicht konnte sie versuchen, den Stoff mit den bloßen Händen zu zerreißen. Energisch riss sie daran, aber der Stoff war so dicht und fest gewebt, dass er keinen Millimeter nachgab. Ein kleines Loch, von dem aus sie sich weiter vorarbeiten konnte, würde ja genügen. Aber womit sollte sie das in den Stoff hineinstechen? Mit einem kleinen Zweig vielleicht, oder einem spitzen Stein? Sie bückte sich und fuhr mit den Händen auf dem Boden entlang, stellte jedoch gleich fest, dass er weich war und nirgends ein Zweig oder Steinchen herumlagen.

Sie hatte keine Ahnung, wo sie sich befand und noch weniger, in welche Richtung sie gehen sollte. Sie musste eben blind ihren Weg finden, eine andere Wahl hatte sie nicht. Behutsam setzte sie einen Fuß vor den anderen und legte ein kleines Stück zurück. Das machte ihr Mut. Irgendwann musste sie ja auf ein Zeichen menschlicher

Zivilisation stoßen, ein Haus, eine Straße, im Idealfall einen Menschen. Im Moment jedoch war kein Laut zu vernehmen, kein entferntes Rauschen von fahrenden Autos und natürlich auch kein nächtlicher Wanderer, der hier in der Einsamkeit seine Runden zog. Doch in wenigen Stunden würde der Morgen grauen. Vielleicht war es dann sogar möglich, etwas durch den Stoff zu erkennen.

Sie ging weiter, immer noch vorsichtig, aber doch schon etwas entschlossener als zu Beginn. Tief atmete sie die kühle Nachtluft ein, in deren frischen Hauch sich eine neue Unternote eingeschlichen hatte. Zunächst konnte sie den Geruch nicht zuordnen. Henrike blieb stehen und schnupperte nun ganz bewusst. Es roch schwach faulig und leicht modrig. Sie überlegte, wo dieser Geruch herrühren konnte. Vielleicht irrte sie in der Nähe eines Klärwerks oder eines großen Bauerngehöfts herum? *Nein, das riecht beides anders!*

Sie setzte ihren Weg fort und stutzte. Der Boden unter ihren Füßen wurde weich, fast schwammig. Sie ging in die Knie und tastete mit den flachen Händen den Boden rund um ihre Füße ab. Er war mit einer weichen Schicht bedeckt, die Henrike an einen Teppich erinnerte. Moos, schoss es ihr durch den Kopf, sie stand auf einem Moosteppich! Das Rattern eines vorbeifahrenden Zuges riss sie aus ihren Überlegungen. Sie war also nicht komplett fernab jedweder Zivilisation. Wenn es ihr gelänge, die Gleise ausfindig zu machen, hatte sie so etwas wie einen Wegweiser, der sie vielleicht nach Oldenburg zurückbrachte. Glücklich und beflügelt durch diesen neuen Umstand machte sie zwei weit ausholende Schritte nach vorn und … versank. Sie war so überrascht, dass sie zunächst nicht realisierte, was geschehen war. Erst als sie keinen Grund mehr unter ihren Füßen spürte und immer weiter versank, wurde ihr schlagartig klar, dass sie im Moor war und unterzugehen drohte. Wie wild trat sie mit den Füßen und versuchte vergeblich, sie aus der schlammigen Masse zu befreien. Sie nahm sogar beide Hände zu Hilfe und riss an ihrem rechten Bein. Das hatte jedoch zur Folge, dass sie mit dem linken noch weiter einsank, weil sich das Gewicht darauf verlagert hatte.

Nun schrie sie laut um Hilfe. Doch niemand hörte sie. Wenn sie es nicht schaffte, hier herauszukommen, würde sie sterben. Ohne fremde Hilfe gab es keine Rettung aus einem Moor. Ihre panischen Hilferufe gellten durch die Nacht, bis ihr die Puste wegblieb. Mittlerweile war der gefräßige Sumpf schon weit über ihre Knie gekrochen, was ihre Befreiungsversuche noch stärker einschränkte bis unmöglich machte. Sie stand kurz davor zu hyperventilieren. Unter Aufbringung aller Kräfte versuchte sie, dem Abwärtstrend entgegenzuwirken, und die Knie zu heben. Doch der Moorboden, so weich und schwammig er sich auch anfühlte, hielt sie wie ein Betonklotz gefangen. Eine Vorwärtsbewegung zu machen, war genauso unmöglich. Das Moor würde ihr ewiges Grab werden! In tausend Jahren entdeckte man vielleicht ihre Moorleiche und die Menschen würden darüber spekulieren, wie sie hierhergekommen war. Ihr Schicksal schien unausweichlich. Inzwischen hatte das Moor ihre Hüften erreicht. Mit ausgestreckten Armen versuchte Henrike, sich seitlich abzustützen, um sich so ein Stück herausschieben zu können oder zumindest den unaufhörlichen Sog zu stoppen. Doch auch die Arme versanken innerhalb weniger Sekunden und boten keinerlei Halt. In ihrer Todesangst überschlugen sich ihre Gedanken. Was konnte sie tun, außer immer wieder um Hilfe zu rufen? Etwas anderes blieb ihr nicht. Voller Verzweiflung spürte sie, dass der Morast sie nun bis zum Bauchnabel verschlungen hatte und wenig später bis an ihre Brust gestiegen war. Ihre Schreie wurden zusehends schwächer. Bald schon würde der Schlamm den Stoff gegen ihren Mund drücken und keine Luft mehr durchlassen und kurz darauf ihre Nase erreichen. Ein qualvoller Erstickungstod stand ihr bevor.

Den sicheren Tod vor Augen riss sie mit einer letzten Kraftanstrengung die Arme hoch und fuchtelte mit ihnen über ihrem Kopf herum. Plötzlich stieß sie mit der linken Hand schmerzhaft gegen etwas Hartes. *Was war das?* Sekundenschnell umfasste sie den Gegenstand mit beiden Händen und spürte im selben Moment, dass es sich um einen Ast handelte. Die ganze Zeit über war ein rettender Ast in ihrer Nähe gewesen! Ein unsagbares Glücksgefühl durchströmte sie. Die unmittelbare Todesgefahr war gebannt. Sie verschnaufte einen Moment, bevor sie mit neuer Energie versuchte, sich daran hochzuziehen. Doch das war viel schwerer, als sie angenommen hatte, weil sie nicht genügend Kraft in den Armen hatte. Das Moor gab sie nicht frei. *Aber wo ein Ast ist, muss auch ein Stamm sein!* Wenn sie sich schon nicht herausziehen konnte, so konnte sie versuchen, den Baumstamm mit ihren Füßen zu ertasten, um ihn dann mit den Beinen zu umklammern. Vielleicht konnte sie sich aus dieser Position heraus befreien. Doch sie schaffte es nicht einmal ansatzweise, die Füße auch nur in die Nähe des Stammes zu bringen. Henrike konnte die Augen nicht länger vor der Erkenntnis verschließen, dass ihre einzige Überlebenschance darin bestand, dass jemand kam und sie rettete. Aber vor Anbruch des nächsten Tages würden keine Spaziergänger hier auftauchen, wenn überhaupt. Bang fragte sie sich, wie lange es ihr gelingen würde, sich an dem Ast festzuhalten. In dem Moment, wenn sie ihn vor Schwäche losließ, wäre alles vorbei.

Aber sie hatte eine Chance, eine winzige, aber immerhin eine Chance.

Die Minuten verstrichen, ohne dass etwas geschah. Noch hatte sie genügend Kraft, um sich an den Ast zu klammern, doch wie lange noch? Zwischendurch rief sie immer wieder laut um Hilfe und versuchte mehrere Male vergeblich, sich doch noch herausziehen zu können. Beim letzten Versuch knackte der Ast bedrohlich, sodass sie erschrocken innehielt. Ein Brechen des Astes durfte sie nicht riskieren, er war ihre einzige Möglichkeit, hier lebend wieder herauszukommen. Sie musste durchhalten und die Zähne zusammenbeißen, auch wenn die Schultergelenke inzwischen höllisch schmerzten und die Hände zunehmend taub wurden. Mit der Zeit schwanden ihre

Kräfte jedoch immer mehr und auch die Hilferufe wurden von Mal zu Mal leiser. Zudem machte sich ein anderes Problem bemerkbar. Die Kälte des Moores, das ihr bis zur Brust reichte, hatte ihren wie leblos am Ast hängenden Körper durchdrungen. Da sie seit gestern Morgen nichts mehr gegessen und nur wenig getrunken hatte, war ihr Kreislauf heruntergefahren und brachte nicht mehr die nötige Energie auf, um gegen die Kälte anzukämpfen.

Ihr Kopf fiel zur Seite und die Finger, die sich krampfhaft um den Ast geklammert hatten, lockerten sich. Der Ruck, der durch ihren Körper ging, brachte sie wieder zur Besinnung. Noch einmal, mit allerletzter Kraft, schrie sie um Hilfe.

„Psst, seid mal still, habt ihr das auch gehört?", Marie war stehengeblieben und lauschte in die Dunkelheit.

„Nee, was denn?", fragte Justus.

„Hab auch nichts gehört", meinte Fin lapidar.

„Da hat jemand um Hilfe gerufen. Das müsst ihr doch gehört haben!"

Die Jungen kicherten. „Vielleicht eine Moorleiche, die als Zombie hier rumgeistert", machte sich Fin über sie lustig und blieb unvermittelt ein Stück hinter ihnen zurück. „Huaaah", machte er plötzlich und hinkte mit verrenkten Gliedern auf Marie zu. Erschrocken wandte die sich um und schrie leise auf, als sie das von unten unheimlich beleuchtete Gesicht ihres Klassenkameraden erblickte, das er zu einer schauerlichen Fratze verzogen hatte.

„Blödmann", giftete sie ärgerlich, nachdem sie ihren ersten Schrecken überwunden hatte.

„Du hast gesagt, dass du dich ein wenig gruseln wolltest", maulte Fin beleidigt. „Deshalb sind wir doch hierhergekommen!"

Marie tat leid, was sie gesagt hatte und gab ihm recht. Sie war es sogar selbst gewesen, die den Vorschlag gemacht hatte, eine gemeinsame Nachtwanderung durch das Kayhauser Moor bis zum

Engelsmeer zu machen. Zur Sicherheit, damit sie nicht vom Weg abkamen und die Verbotsschilder nicht übersahen, hatten sie gelegentlich die Taschenlampen ihrer Handys aktiviert. Dennoch hatte Marie ein angenehm schauriges Gefühl verspürt, als sie den kleinen Trampelpfad zum Moorsee betreten hatten. Eine ganz besondere Atmosphäre herrschte hier, geheimnisvoll und mystisch, getragen von der Faszination der Moorleiche, die vor hundert Jahren hier gefunden wurde.

„Jetzt habe ich auch was gehört", unterbrach Justus ihre Gedanken. „Da hat tatsächlich jemand um Hilfe gerufen. Es kam von da hinten. Los kommt, passt aber auf, wo ihr hintretet."

Die Freunde folgten ihm. Alle drei hatten die Taschenlampen ihrer Handys angestellt und leuchteten mit ihnen den Weg und die Umgebung ab.

„Stopp!", befahl Marie, „da ist Wasser. Hier können wir nicht weiter."

Fin ließ den zitternden Schein seines Handys nach links und rechts gleiten. Abrupt stoppte er. „Heilige Scheiße! Da vorn hängt jemand an einem Ast."

„Verdammt!", antwortete Justus. „Wir müssen helfen! Los, zieht eure Jeans aus. Wir halten uns gegenseitig daran fest und bilden eine Kette. Falls einer versinkt, können wir ihn damit rausziehen."

Der Vorschlag war gut. In Windeseile hatten alle drei ihre Hosen ausgezogen, die als Bindeglieder der Dreierkette dienen sollten. Justus ging voran, in der Mitte war Fin und zum Schluss kam Marie. So musste sie im Ernstfall nicht den Hintermann alleine rausziehen, sondern würde durch Justus unterstützt werden, sollte Fin in der Mitte einbrechen. Vorsichtig gingen sie auf den Menschen zu, der bis zum Oberkörper versunken war. Alle drei erschraken, als sie die schwarze Kapuze auf dem schlaff zur Seite hängenden Kopf des Opfers entdeckten. Allen dreien wurde sofort klar, dass hier ein Verbrechen verübt worden war. Marie fürchtete sich zu Tode, denn sie wusste nicht, was sich unter dieser unheimlichen Kapuze verbarg. Doch auch sie wollte helfen, um den Menschen zu retten, dessen Leben an einem dünnen Birkenast hing.

„Hallo", rief Justus laut, „können Sie mich hören? Wir werden Sie retten. Haben Sie keine Angst."

Henrike schaffte es irgendwie, den Kopf zu heben. Sie hatte eine Stimme gehört und heller Lichtschein drang durch den Stoff in ihre Augen. War das vielleicht das viel zitierte Licht, das man kurz vor seinem Tod sah?

„Wir helfen Ihnen, haben Sie mich verstanden?", rief Justus noch einmal.

„Ja. Hilfe, bitte", rief sie schwach zurück.

„Ich werfe Ihnen meine Jeans zu", rief Justus. „Halten Sie sich daran fest, wir ziehen Sie gemeinsam raus."

„Aber ich kann doch nichts sehen! Und wenn ich loslasse, bin ich gleich weg."

„So schnell sind Sie nicht weg", beruhigte Marie sie und hoffte, dass sie recht behielt.

„Ich werfe sie direkt vor Sie", meldete sich Justus wieder zu Wort. „Vertrauen Sie mir. Ich bin Handballer und kann gut werfen."

Marie war tief beeindruckt von Justus Umsicht und der Zuversicht, die er ausstrahlte. Von dieser Seite hatte sie ihn noch nie kennengelernt. Er war immer der schüchterne und zurückhaltende Junge in ihren Augen gewesen, der sich nie in den Vordergrund gespielt hatte, so wie Fin gelegentlich.

Justus machte einen Schritt vorwärts, die linke Hand fest um die Jeans gekrallt, die ihn mit Fin verband, und in der rechten seine eigene, die er der Frau zuwerfen wollte. Doch seine Armbewegung wurde abrupt gestoppt. Sein Schritt führte ins Bodenlose. In Windeseile war sein rechter Fuß verschwunden und der schwarze Sumpf bedeckte bereits die Hälfte seiner Wade.

„Scheiße!", schrie er. „Zieh mich raus, Fin!"

Sein Freund zog an der Jeans und in wenigen Augenblicken hatte Justus wieder festen Boden unter den Füßen. Hörbar atmete er aus.

„Was ... was ist passiert?", fragte Henrike.

„Schritt in die falsche Richtung", erklärte Justus ruhig. „Ich probiere es seitlicher."

Gesagt, getan, diesmal blieb er an Ort und Stelle und warf der Frau das linke Hosenbein zu.

„Direkt vor Ihnen", rief er der Frau zu. „Lassen Sie zuerst die linke Hand los und versuchen Sie, danach zu greifen. Wenn Sie sie haben, dann lassen sie ganz los und umfassen sie mit beiden Händen. Dann ziehen wir Sie raus."

Eine Sekunde zögerte Henrike noch, dann ließ sie los und konnte wenige Augenblicke später den Stoff unter ihren Fingern spüren. Schnell griff sie danach und krallte ihre Finger darum. Dann löste sie auch die andere Hand vom Birkenast und umklammerte damit den Stoff der Jeans. *Geschafft!*

Gemeinsam zogen die Freunde Henrike aus dem Sumpf, die ihre Bemühungen mit den Beinen unterstütze. Endlich war sie frei! Keuchend und völlig entkräftet blieb sie auf dem Boden liegen bis sie ihren Kopf hob.

Mit Unterstützung der drei Jugendlichen kam sie schließlich auf die Beine und blieb wackelig stehen. Behutsam legte Marie der zitternden Frau ihre Jacke über die Schultern und gemeinsam führten sie Henrike in sicheres Terrain zurück.

Wenig später hatte Fin die Haube mit einem Taschenmesser aufgeschnitten, sodass Henrike ihren Rettern das erste Mal ins Gesicht sehen konnte. Tränen der Erleichterung und Dankbarkeit liefen über ihre Wangen, als sie sich bei den Jugendlichen bedankte. Verlegen wandte Marie ihr Gesicht ab, damit niemand ihre Tränen sah. Doch auch Justus' und Fins Augen schimmerten feucht. Aber der Stolz über die gelungene Rettungsaktion war ihnen deutlich ins Gesicht geschrieben. Dann rief einer von ihnen die Polizei. Bald schon wimmelte es von Polizisten und Sanitätern im Kayhauser Moor.

Wie durch einen Nebel nahm Henrike die blau-flackernden Lichter der Einsatzfahrzeuge wahr, die durch die tiefschwarze Nacht zuckten.

15. Kapitel

Am Dienstagnachmittag klopfte Haila an die Tür von Henrike Winters Zimmer im Krankenhaus Westerstede, in das man sie wegen Unterkühlung und Dehydrierung gebracht hatte. Nachdem er eingetreten war, stellte er erleichtert fest, dass die Patientin in einem Einzelzimmer lag. Das würde die Befragung erheblich erleichtern.

Henrike Winter war noch sehr blass und hing an einem Tropf, lächelte ihm aber freundlich entgegen.

„Guten Tag Frau Winter", begrüßte Haila sie. „Fühlen Sie sich in der Lage, mir einige Fragen zu beantworten? Frau Demir kommt gleich hinzu, sie sucht nur noch einen Parkplatz."

Henrike nickte, woraufhin Haila Ausschau nach einer Sitzgelegenheit hielt. Sein Blick blieb an einem Stuhl vor einem kleinen Tischchen hängen. Kurzerhand zog er ihn zu sich und setzte sich an Henrike Winters Bett.

„Ich bin sehr froh, dass Sie wohlbehalten aus dem Moor zurück sind", begann Haila. „Es war wirklich ein Glück, dass die drei Gymnasiasten sie gefunden haben."

„Mein Leben hing tatsächlich an einem seidenen Faden, der allerdings ein Ast war", bestätigte Henrike schief lächelnd. „So viele Leute meckern über die Jugend von heute, aber diese drei jungen Menschen waren so mutig und haben so wohlüberlegt gehandelt, dass sich mancher Erwachsener von ihnen eine Scheibe abschneiden könnte. Könnten Sie mir bitte später die Namen der drei geben, damit ich mich bei ihnen bedanken kann?"

„Natürlich. Sie wurden bereits löblich in der Presse erwähnt." Haila griff sich in die Innentasche seines Jacketts. „Schauen Sie mal hier. Habe ich Ihnen mitgebracht." Er reichte ihr einen Zeitungsausschnitt, auf dem die drei Jugendlichen abgebildet waren. Darüber prangte die Schlagzeile: *Drei Gymnasiasten aus Bad Zwischenahn retten Todgeweihte.* Henrike überflog den Artikel. Beim Lesen von Maries

Aussage wurde ihre Miene ernst. Das Mädchen sei zu Tode erschreckt gewesen, war zu lesen, und die schwarze Kapuze über Henrikes Kopf habe sie an eine Hinrichtung erinnert.

„Hoffentlich erholt sich die Schülerin von diesem Schock", meinte sie nachdenklich und ließ den Zeitungsausschnitt auf ihre Bettdecke sinken.

„Ich denke schon", entgegnete der Kommissar. „Letztendlich wird das gute Gefühl, Ihnen das Leben gerettet zu haben, überwiegen. Dieses Erlebnis wird die jungen Leute zusammenschweißen. Für eine Weile zumindest."

„Hoffen wir's", antwortete Henrike. „Aber Sie wollten mir Fragen stellen." In diesem Moment klopfte es und Nazan betrat das Zimmer. Haila wollte ihr seinen Platz anbieten, doch Nazan winkte energisch ab und zückte stattdessen Notizbuch und Stift.

Nach und nach schilderte Henrike Winter ihm die Ereignisse ab dem Zeitpunkt, an dem sie auf dem Schulhof überwältigt worden sein musste. Sie beschrieb ihre Gefangenschaft in dem Haus, die nächtliche Fahrt im Auto mit der Stoffhaube über dem Kopf und den anschließenden Marsch ins Kayhauser Moor, wo ihr Entführer sie allein gelassen hatte.

Angaben zur Identifizierung des Täters konnte sie nicht machen, denn weder hatte sie sein Gesicht gesehen, noch seine Stimme gehört. Sie konnte noch nicht einmal einschätzen, ob es sich um ihren Stalker gehandelt hatte. Als er sich ihr im Keller mit dem Messer in der Hand genähert hatte, war sie vor lauter Angst wie paralysiert gewesen und nur noch die Waffe hatte im Fokus ihrer Aufmerksamkeit gestanden. Auch die Automarke, ob ein großes oder kleines Auto, hatte sie am Motorengeräusch nicht erkennen können. Die Dauer der Fahrt vom Haus bis zum Moor konnte sie nur ungefähr angeben.

„Zehn Minuten, vielleicht auch fünfundzwanzig", sagte sie gedehnt und versuchte sich zu erinnern. „Aber ich kann es beim besten Willen nicht mit Bestimmtheit sagen."

„Geruch, hatte er einen bestimmten Geruch an sich?", fragte Nazan nun.

Henrike wandte den Blick zu der jungen Frau mit den schwarzen, hochgebundenen Locken.

Hatte er nach irgendwas Speziellem gerochen? Sie überlegte. Eine schwache Erinnerung, nicht mehr als ein Hauch zog durch ihre hintersten Gehirnwindungen. Doch bevor sie sie fassen konnte, hatte sie sich wieder verflüchtigt. Deshalb schürzte sie die Lippen und zog zweifelnd die Brauen hoch.

„Die Stoffhaube ist ins KTI gegangen und wird dort kriminaltechnisch untersucht. Eventuell lässt sich die Herkunft des Stoffes klären und die Spezialisten können Spuren darauf sicherstellen", ergriff Haila wieder das Wort.

Henrike nickte.

„Frau Winter, wer wusste davon, dass sie am Sonntagabend mit Frau Eberding verabredet waren?"

„Eigentlich nur Charlotte und Gretchen, meine Nachbarin. Ich habe mit Charlotte in meiner Wohnung telefoniert, vielleicht gibt es dort noch weitere Wanzen, die wir nicht gefunden haben, sodass der Entführer alles mitbekommen hat."

„Nun", begann Haila. Doch schon unterbrach Henrike ihn.

„Ach ja, das wissen Sie ja noch gar nicht. Ich wurde in meiner Wohnung überwacht. Gretchen und ich haben eine Wanze und einen Bluetooth-Empfänger inklusive Lautsprecher gefunden. Meine Nachbarin, Frau Petermichel, hat alles für mich aufbewahrt, damit ich die Beweise später der Polizei zeigen kann, damit sie mir glaubt."

„Frau Winter", verlegen rutschte Haila auf seinem Stuhl hin und her. „da sind sie leider nicht mehr. Frau Petermichel wurde überfallen und die technischen Geräte wurden gestohlen."

„Wie bitte?", entfuhr es Henrike Winter. „Überfallen? Ist ihr etwas passiert? Geht es ihr gut? Sagen sie schon!" Sie hatte ihren Kopf gehoben und sah ihn eindringlich an.

„Nur eine leichte Platzwunde am Kopf, ansonsten ist sie wohlauf. Eine tapfere kleine Person."

„Gott sei Dank." Henrike sank wieder auf ihr Kissen.

„Wir haben die Fotos von den Geräten, die Frau Petermichel uns gegeben hat, ebenfalls ins KTI gegeben. Leider hat uns das noch nicht weitergebracht. Und die Spurensicherung hat in ihrer Wohnung alles akribisch untersucht. Wenn dort noch etwas gewesen wäre, hätten sie es gefunden."

„Dann muss der Entführer mir gefolgt sein", schlussfolgerte Henrike. „Bestimmt hat er sich in der Dobbenstraße auf die Lauer gelegt und ist mir gefolgt. Allerdings kann ich mich an kein Auto erinnern, das mir nachgefahren ist. Als ich auf den Parkplatz fuhr, standen dort zwar drei weitere Autos, etwas Verdächtiges ist mir jedoch nicht aufgefallen. Ich habe nichts gehört und niemanden gesehen. Ab dem Zeitpunkt, an dem ich mein Auto verließ, habe ich einen Filmriss. Ich bin erst in diesem grässlichen Kellerraum wieder aufgewacht."

„Ihre Freundin hat übrigens noch am selben Abend bei der Polizei angerufen, weil sie sich Sorgen gemacht hatte, als Sie nicht zu Ihrer Verabredung kamen. Dieser Anruf ist leider durch ein Versehen untergegangen." Verlegen räusperte Haila sich. Er hatte den betreffenden Kollegen, neu und unerfahren, schon zusammengeschissen. Von Glück konnte er sagen, dass Henrike unversehrt zurückgekehrt war.

„Charlotte ...", murmelte Henrike. „Ich konnte mich noch gar nicht bei ihr melden. „Mein Handy, meine Papiere, alles ist weg. Die waren in meiner Handtasche"

„Wir haben Frau Eberding und Frau Petermichel bereits darüber informiert, dass Sie wieder da sind. Außerdem sind die Medien voll davon", beruhigte Haila sie. „Aber Sie sollten sofort Ihre Bankkarten sperren lassen. Ich bin Ihnen dabei behilflich, wenn Sie möchten."

Innerhalb weniger Minuten hatten sie es gemeinsam erledigt. Dann bot er ihr an, ihr Auto vom Schulhof abschleppen zu lassen, damit sie es später mit einem Ersatzschlüssel wieder abholen könnte.

Dann wäre es in Sicherheit und derjenige, der ihre Autoschlüssel besaß, könnte es nicht benutzen. Er gab Nazan einen Wink, die daraufhin ein Telefonat führte, das sie jedoch unterbrach. „Ihr Fahrzeug wurde bereits abgeschleppt", wandte sie sich an Henrike Winter. „Die Schule hat den Auftrag am Montagnachmittag ausgelöst." Sie schrieb ihr die Adresse des Abschleppdienstes auf und meinte, dass sich die Kosten auf einhundertsiebzig Euro beliefen.

„Wann werden Sie entlassen?", wollte Haila wissen.

„Morgen, wie man mir sagte."

Er nickte nachdrücklich. „Zwei Beamte werden Sie abholen und ins Präsidium bringen. Sie können eine Anzeige wegen Diebstahls erstatten und Sie müssten Ihre Aussage unterschreiben. Die Freiheitsberaubung ist ein Offizialdelikt und wird von Amts wegen verfolgt. Ich möchte Sie noch einmal dringend bitten, darüber nachzudenken, wer Ihnen das angetan haben könnte. Sie erst in Todesangst zu versetzen, dass Sie beinahe durchdrehen, Sie dann entführen und hilflos im Moor aussetzen, damit Sie dort den Tod finden."

„Jemand, der mich ganz bewusst ausgesucht hat, um mir das Leben zur Hölle zu machen ... und um mich umzubringen?", antwortete sie mit einer Gegenfrage.

„Wenn ich ehrlich sein soll, ja, das glaube ich. Also bitte, denken Sie noch einmal darüber nach. Es kann sich natürlich auch um einen Psychopathen handeln, der sich die Gründe für sein Handeln in seinem kranken Hirn ausdenkt. Wie auch immer, morgen werden wohl schon die Ergebnisse zur Spurenanalyse der Haube vorliegen. Vielleicht bringt uns das weiter. An den Ermittlungen zur Herkunft der Überwachungsgeräte in Ihrer Wohnung wird weiter gearbeitet."

Die Patientin schwieg. Haila konnte an ihrem Gesichtsausdruck erkennen, dass sie sich nicht viel davon versprach.

„Ihr Haus wird ab morgen, Mittwoch, für die nächsten drei Tage rund um die Uhr observiert. Die Beamten werden Sie auch fahren, wenn Sie Erledigungen zu machen haben. Sie haben noch einige

Behördengänge vor sich. Ausweis, Führerschein, Bank und so weiter."

„Wann kann ich denn wieder in die Schule? Ich würde gern mein altes Leben wieder haben."

„Das kann ich sehr gut nachvollziehen. Doch Sie dürfen nicht vergessen, dass der Mann, der Sie entführt hat, vielleicht noch einmal versuchen wird, sie zu beseitigen. Möglicherweise denkt er sich etwas Neues aus. Die Gefahr ist nicht gebannt, das müssen Sie sich bitte vor Augen halten. Bisher hatten Sie immer Glück, das muss aber nicht so bleiben. Ich habe Ihre Freundin gefragt, ob sie für unseren Experten für Phantombilder eine brauchbare Beschreibung des Mannes aus dem Schlossgarten abgeben kann. Sie war sich nicht sicher, wollte es aber probieren. Sie sollten das auch tun. Wenn die Portraits Ähnlichkeit miteinander haben, hätten wir einen brauchbaren Anhaltspunkt, um nach dem Mann zu fahnden."

Henrike Winter nickte. „Ich kann es versuchen."

Haila erhob sich und Nazan steckte ihr Notizbuch ein.

„Bis morgen", verabschiedete er sich und wandte sich zum Gehen. In dem Moment klopfte es und Charlotte Eberding trat ein, mit einer Tasche in der linken Hand.

„Oh, guten Tag", sagte sie etwas außer Atem. „Ich wollte nicht stören." Und an Henrike gewandt. „Ich habe dir frische Sachen gebracht."

„Sie stören nicht, Frau Eberding. Wir wollten gerade gehen." Hailas Blick ruhte auf dem schönen Gesicht der Besucherin. Heute sah sie noch anziehender aus, als bei seinem ersten Besuch bei ihr zu Hause. Sie trug ein zartes Make-up, das ihre Augen und Lippen wirkungsvoll unterstrich und auf den Wangen schimmerte ein leichter Roséton. Unbewusst glitten seine Augen hinab und erst jetzt nahm er ihre Kleidung wahr. Sie trug eine sportliche, hellblaue Bluse und dazu eine enggeschnittene, beigefarbene Hose. Die zierlichen Füße steckten in farblich passenden Ballerinas. „Aber es ist gut, dass Sie gekommen sind. Dann kann ich Sie nämlich gleich fragen, wann Sie

Zeit wegen des Phantombildes haben. Frau Winter wird morgen gleich nach ihrer Entlassung zu uns kommen, um eine Beschreibung abzugeben. Vielleicht könnten Sie es morgen ebenfalls einrichten? Dann müsste der Spezialist nicht zweimal kommen."

„Ich hole schon mal das Auto, Chef", platzte Nazan schnippisch dazwischen, stürmte hinaus und schloss die Tür lauter als nötig. Irritiert sah Haila ihr hinterher, wandte seine Aufmerksamkeit jedoch sofort wieder Charlotte Eberding zu, die seine Frage noch nicht beantwortet hatte.

„Morgen?", wiederholte sie mit gerunzelter Stirn, „wie lange wird es denn dauern?"

„Das hängt ein bisschen davon ab, wie gut Ihr Erinnerungsvermögen ist. Ich würde sagen, so ein bis zwei Stunden."

Sie seufzte. „Ich versuche es einzurichten." Jetzt ging sie zum Bett ihrer Freundin, beugte sich hinab und umarmte sie. „Mensch, Henrike, was machst du bloß für Sachen! Ich bin vor Angst fast gestorben. Aber jetzt bist du ja in Sicherheit." Sie setzte sich auf den Rand des Bettes und ließ die Tasche zu Boden fallen. „Ich habe dir ein paar Klamotten mitgebracht, deine sind ja wahrscheinlich noch nass und schmutzig."

Henrike antwortete nicht sofort, denn just in dem Moment meinte sie, sich an ein winziges Detail ihrer Entführung schwach erinnern zu können. Doch so plötzlich diese hauchzarte Ahnung aufgetaucht war, so schnell verflüchtigte sie sich auch wieder. „Vielen Dank, Charlotte, das ist sehr lieb. Hast du denn auch wirklich so viel Zeit, um so lange im Präsidium zu sitzen?"

„Ach, mach dir keine Sorgen, das kriege ich schon hin. Es muss doch endlich aufhören, und wenn ich dabei helfen kann, mache ich das selbstverständlich. Aber jetzt erzähl mir erst einmal, was genau passiert ist", bat sie.

Haila verabschiedete sich und verließ nun auch das Zimmer. Draußen vor dem Eingangsbereich zum Krankenhaus konnte er seinen

Dienstwagen weit und breit nicht entdecken. Wo steckte Nazan, zum Teufel noch mal, warum wartete sie nicht direkt vorm Eingang? Voller Unmut blickte er nach links und rechts. Keine Spur von seiner Assistentin. Sie müsste doch längst hier sein. Oder hatte sie den Wagen gar nicht in der Nähe, sondern ganz woanders abgestellt? Dann würde es bestimmt Ewigkeiten dauern, bis sie wieder da war! Voller Ungeduld zückte er sein Handy und rief sie an. Und als ob er es geahnt hatte, sie ging nicht ran. Laut fluchend steckte er sein Handy zurück in die Tasche. Fast eine geschlagene Viertelstunde musste er warten, bis Nazan endlich um die Ecke bog und im Schritttempo vor den Stufen des Krankenhauses hielt. Ungeduldig riss er die Tür auf und wollte gerade lospoltern, als er ihr Gesicht sah. Sie hatte geweint. Die Wimperntusche war verschmiert und hatte schwarze Schlieren auf den Wangen hinterlassen. Augenblicklich war seine Wut verraucht.

„Was ist los, Nazan. Ist was passiert?"

Heftig schüttelte sie den Kopf.

„Sag schon, was ist los?", insistierte er. Er konnte sich nicht daran erinnern, sie jemals so gesehen zu haben.

„Ach, Chef, das verstehst du nicht, ist eine Frauensache."

Damit hatte sie vermutlich recht. Wenn es jemanden gab, der Frauensachen nicht verstand, dann war er es. In diesen Fällen mutierte er zum Autisten, der alles wörtlich nahm und nicht in der Lage war, zwischen den Zeilen die wahre Bedeutung herauszufiltern. Er seufzte und sah sie noch einmal von der Seite an. Es wurmte ihn, dass er nicht wusste, was sie so verstört hatte, wollte aber auch nicht weiter in sie dringen. „Was hältst du von dieser Moor-Geschichte", fragte er, um das Gespräch in sicheres Fahrwasser zu lenken.

„Das Engelsmeer wäre ihr beinahe zum Verhängnis geworden", schniefte sie.

„Dann hätte man es in Teufelsmeer umbenennen müssen", erwiderte er trocken.

Nazan sah ihn an, dann mussten sie beide lachen.

„Nun aber im Ernst", meinte Haila. „Ich befürchte, dass der Täter noch einmal zuschlagen wird. Es ist eine Steigerung in seiner Strategie zu erkennen. Zuerst war es nur Stalking, dann kamen die Messerattacke und die Morddrohung über den Empfänger und schließlich die Freiheitsberaubung in Tateinheit mit versuchtem Mord. Ich setze meine Hoffnung in die Phantombilder und die Spurensicherungsergebnisse vom Kayhauser Moor. Du weißt schon, Reifenspuren, Fußspuren und so weiter. Unser Täter muss sich mit den örtlichen Gegebenheiten rund um das Engelsmeer auskennen. Wer noch nicht dort war, weiß nichts von der Gefährlichkeit des Bodens. Nicht umsonst sind überall Warnschilder aufgestellt."

„Sehr ungewöhnlich, dass es weder Spuren in Henrike Winters Wohnung gibt, noch in der Wohnung von Gretchen Petermichel."

„Zumindest wissen wir, dass das Türschloss an Henrike Winters Wohnung mit einem Lock Pick geöffnet wurde. Das haben die Kratzspuren auf dem Metall eindeutig bewiesen. Die Wohnungstür der Rentnerin wurde mit dem Schlüssel geöffnet. Vermutlich mit dem, den Gretchen Petermichel Henrike Winter gegeben hatte, damit sie später aufschließen konnte."

„Nur Gretchen Petermichel wusste von der Verabredung zwischen Winter und Eberding. Sie scheidet aber als Täterin aus, weil sie in ihrer Wohnung überfallen wurde und sie nicht verlassen hat."

„Charlotte Eberding kommt genauso wenig in Betracht. Die saß nämlich im *Solero*, wo sie nachweislich auf ihre Freundin gewartet und uns sogar verständigt hat, als die nicht kam."

Nazan schwieg. Bei der Erwähnung von Charlotte Eberdings Name war ein missbilligender Ausdruck um ihren Mund gekrochen.

„Es könnte sich um einen Psychopathen handeln, der Henrike Winter vernichten will", überlegte sie laut. „Jemand, der sich mit Abhörtechnik auskennt."

Sein Handy klingelte. Umständlich zog er es aus der Tasche und meldete sich. Es war Ubbo Tönjes. Er hatte Neuigkeiten zum Fall des getöteten Portugiesen. Mittlerweile hatte sich herausgestellt, dass sowohl Manuel Cardoso als auch ein weiterer Mann aus dem Arbeitstrupp ein Verhältnis mit ein und derselben Frau, einer lebenslustigen Witwe, gehabt hatten. Die war im Präsidium erschienen und hatte eine Aussage gemacht. Der Nebenbuhler hatte Cardoso wahrscheinlich aus Eifersucht ermordet und saß inzwischen im Präsidium.

„Fünf Messerstiche, mit großer Wucht ausgeübt, sprechen eine ziemlich deutliche Sprache", bestätigte Haila. „Ich bin in einer halben Stunde da und werde das Verhör selbst durchführen." Zufrieden steckte er das Handy wieder in seine Tasche und berichtete Nazan von dem Durchbruch.

„Ja, die Liebe und die Eifersucht", meinte Nazan traurig und starrte geradeaus durch die Windschutzscheibe.

16. Kapitel

Am folgenden Morgen wurde Henrike von den zwei avisierten Beamten vom Krankenhaus abgeholt und zum Präsidium gefahren. Der Hauptkommissar empfing sie und stellte ihr den Kollegen vor, der am Computer ein Phantombild erstellen sollte. Es dauerte etwa eine dreiviertel Stunde, bis Henrike den Mann auf dem Bild wiedererkennen konnte. Einige wenige Details mussten noch angepasst werden, aber im Großen und Ganzen war das Bild nach einer weiteren halben Stunde fertig. Gerade als sie das Präsidium in Begleitung der beiden Beamten wieder verlassen wollte, kam ihr Charlotte entgegen.

„Schon fertig mit der Zeichnung?", fragte ihre Freundin erstaunt und umarmte sie.

„Gerade eben. Aber gezeichnet wird nicht, sondern es wird nur mit dem Computer gearbeitet. Schon irre, was man damit machen kann." Henrike schnüffelte. „Sag mal, hast du ein neues Parfum?"

„Dir entgeht auch nichts, was?", lachte Charlotte. „Ja, habe ich mir gestern zugelegt, nachdem ich bei dir im Krankenhaus war. Blue Velvet. Gefällt es dir?"

„Lass noch mal riechen", verlangte Henrike.

Charlotte beugte sich erneut zu ihr.

„Riecht irgendwie mystisch und eine Spur verrucht." Henrike grinste.

„Du bist blöd", konterte Charlotte und lachte. „Mir gefällt es besser, als das, was ich sonst benutzt habe."

„Welches war das noch mal?", fragte Henrike höflich, wenngleich es sie auch nicht sonderlich interessierte. Doch sie wusste, dass Charlotte auf diese Dinge sehr großen Wert legte und sich gern und häufig in Parfümerien aufhielt.

„Das letzte hieß White Lilly."

„Blue Velvet passt doch besser zu dir. Aber ich glaube, du musst jetzt gehen", sagte Henrike mit einem bezeichnenden Blick zur Tür,

in der Kommissar Schrabberdeichs massige Gestalt erschien. „Wir telefonieren heute Abend, okay?" Im selben Moment fiel ihr ein, dass sie ja gar kein Handy mehr hatte. „Ich ruf dich über Festnetz an, Handtasche mit Handy und allen Papieren ist ja weg."
Während der Fahrt in die Dobbenstraße musste sie an Gretchen denken. Wie es ihr wohl ging? Hoffentlich hatte sie sich schon von dem Schlag auf den Kopf erholt. In dem Alter war mit so etwas nicht zu spaßen.

Als sie von einem Beamten begleitet zum Hauseingang eilte, fiel ihr ein, dass sie auch keinen Hausschlüssel mehr besaß, denn der war auch in ihrer Handtasche gewesen. Deswegen klingelte sie bei Gretchen, die ihr kurz darauf öffnete. Henrike stürmte die Treppe hoch und sah sofort das große Pflaster auf ihrer Schläfe.

„Gretchen", stieß sie hervor. „Wie geht es dir. Hast du Schmerzen?"

„Ach, papperlapapp. Ich bin doch nicht aus Zucker", wehrte die ab. „Hauptsache ist doch, dass du nicht zur Moorleiche geworden bist."

Spontan nahm Henrike die kleine Frau in die Arme. Der Polizist, der noch immer hinter ihr stand, räusperte sich und sagte, dass der Schlüsseldienst in wenigen Minuten vor Ort sein würde, um die Tür zu ihrer eigenen Wohnung zu öffnen.

„Gretchen, lass uns nachher bei einem Kaffee ganz in Ruhe sprechen."

Der Polizist ging wieder nach unten, um den Mitarbeiter vom Schlüsseldienst in Empfang zu nehmen. Kurz darauf traf dieser ein und hatte im Handumdrehen Henrikes Wohnungstür geöffnet.

Mit gezogener Waffe betrat der Beamte als Erster ihre Wohnung, um sie zu sichern. Als er ihr ein entsprechendes Zeichen gab, folgte sie ihm. Sie hatte schon mit dem Schlimmsten gerechnet, wie durchwühlte Schränke, aufgerissene Schubladen und auf dem Boden verstreute Papiere und Bücher. Doch alles sah ganz normal aus, wie am

Sonntagabend vor drei Tagen, als sie ihre Wohnung verlassen hatte, um sich mit Charlotte zu treffen. Schnurstracks ging sie zu ihrem Schreibtisch und zog die zweite Schublade auf, in der sie ihre Ersatzschlüssel in einem kleinen Kästchen aufbewahrte. Hastig klappte sie den Deckel hoch und starrte verständnislos in das leere Kästchen, die Schlüssel waren fort. Nacheinander riss sie alle Schubladen ihres Schreibtisches auf und durchwühlte sie hektisch, konnte aber nichts finden.

„Meine Ersatzschlüssel, alle beide, für die Tür und das Auto, sind nicht mehr da", erklärte sie dem Polizisten fassungslos, der sie bei ihrer Suche stumm beobachtet hatte.

„Sind Sie sich auch ganz sicher, dass Sie sie dort hineingelegt haben? Manchmal deponiert man sie zwischenzeitlich woanders und kann sich später nicht mehr daran erinnern."

Sie schüttelte den Kopf. Nein, sie hatten immer an diesem Platz gelegen. Das bedeutete, dass derjenige, der die Technik in ihrer Wohnung angebracht hatte, auch die Schlüssel mitgenommen hatte. Sie konnte weder ihre Wohnung verlassen, noch ihr Auto abholen. Eins jedoch war klar: Auf keinen Fall würde sie in ihrer Wohnung übernachten. Da draußen gab es jemanden, der ihren Schlüssel benutzen und sich erneut Zugang zu ihrer Wohnung verschaffen konnte. Wäre sie noch im Besitz des Ersatzschlüssels, hätte sie die Tür zweimal abschließen und den Schlüssel stecken lassen können, sodass er das Schloss blockierte.

Sie musste Gretchen wohl oder übel erneut um ihre Gastfreundschaft bitten, solange, bis ein neues Schloss an der Wohnungstür angebracht worden war. Wenn es sich um eine Schließanlage handelte, musste sie höchstwahrscheinlich den Einbau einer neuen bezahlen, vorausgesetzt, die Versicherung käme nicht dafür auf. Das würde teuer werden. Mit hängenden Schultern stand sie vor ihrem Schreibtisch und wusste nicht, was sie jetzt tun sollte. Doch dann hatte sie eine Idee.

„Könnten Sie für einen Moment hierbleiben, bitte?", fragte sie den Polizisten. „Ich will zu meiner Nachbarin. Hier in meiner Wohnung bleibe ich auf keinen Fall und übernachten werde ich hier auch nicht." „Natürlich", meinte er, „das kann ich nachvollziehen. Aber zu Ihrer Beruhigung, wir stehen rund um die Uhr vor Ihrem Haus und beobachten es. Zumindest für die nächsten drei Tage."

Die Versicherung des Polizisten konnte sie jedoch nicht überzeugen. Deshalb nickte sie nur vage und ging rüber zu Gretchen.

„Die Ersatzschlüssel für die Wohnung und für mein Auto wurden gestohlen. Ich fühle mich nicht sicher dort, trotzdem die Polizei sich unten postieren will. Ich weiß, es ist eine Zumutung, aber kann ich noch einmal deine Gastfreundschaft in Anspruch nehmen? Ich werde so schnell wie möglich den Vermieter anrufen und das Schloss austauschen lassen."

„Aber natürlich, das ist doch kein Problem, das hatte ich dir doch bereits angeboten."

„Vielen Dank, mit fällt ein Stein vom Herzen. Gretchen, noch eine Frage, hast du einen Computer, oder könnte ich meinen Laptop bei dir einloggen?"

„Bring deinen Laptop mit. Mein Rechner ist ein bisschen altersschwach, aber das Internet funktioniert."

„Super, das wird mir einiges erleichtern. Bis gleich."

„Bis gleich. Ich mach eine Kleinigkeit zu essen. Oder hast du keinen Hunger?"

„Oh doch. Seit heute Morgen im Krankenhaus habe ich nichts mehr zu mir genommen. Danke."

Nachdem der Polizist gegangen und zu seinem Kollegen ins Auto gestiegen war, setzte Henrike sich gemeinsam mit Gretchen an den gedeckten Tisch in der Küche und aß mit großem Appetit von dem, was diese aufgetischt hatte. Dabei erzählte sie vom Anfang ihrer Entführung bis hin zu der Rettung durch die drei Schüler. Aufmerksam hörte ihre neue Freundin zu, ohne sie zu unterbrechen.

„Eigentlich müsstest du Polizeischutz bekommen", sagte sie zum Schluss, als Henrike geendet hatte. „Aber das ist heutzutage wohl nicht so einfach. Kannst froh sein, dass sie das Haus bewachen." Nachdenklich warf sie ihr einen Blick über den Rand ihrer Teetasse zu.

„Woran denkst du?", fragte Henrike, der der Blick nicht entgangen war.

Gretchen legte ihre Hand auf die von Henrike. „Ich glaube, dass es noch nicht zu Ende ist."

Henrike sah sie stumm an. Wenn Gretchen recht hatte, würde es so weitergehen, bis ... ja, bis was?

„Lass uns ganz pragmatisch vorgehen und eine To-do-Liste anfertigen. Schlüssel, Auto, Geld von der Bank holen, neue Papiere beantragen. Ich kann dich leider nirgendwo hinbringen, weil ich kein Auto mehr besitze."

Henrike wiegelte ab und erklärte ihr, dass die Beamten vorm Haus sie überallhin fahren würden. Erst zum Autohändler, bei dem sie ihren Twingo vor zwei Jahren gekauft hatte, dann zur Bank, um genügend Bargeld abzuheben. Doch vorher telefonierte sie noch mit dem Vermieter wegen des Verlustes der Schlüssel. Der war wenig begeistert und teilte ihr umgehend mit, dass sie um die Bezahlung einer neuen Schließanlage nicht herumkäme, sobald er diese ausgetauscht hätte. Die Kosten würden sich auf circa eintausend fünfhundert Euro belaufen. Henrike musste schlucken, als sie diese Summe vernahm. Das war beileibe nicht die einzige Ausgabe, die auf sie zukäme. Der Austausch des Autoschlosses würde ebenfalls sehr teuer werden und für die Ausstellung neuer Papiere würden auch Gebühren anfallen. Hinzu kamen noch die Kosten für ein neues Handy, das sie aus eigener Tasche bezahlen musste, da der Vertrag mit dem alten Mobilfunkanbieter weiterlief.

„Der ganze Mist wird mich einige tausend Euro kosten", sagte sie zu Gretchen.

„Aber besser, als dein Leben zu verlieren", entgegnete die lakonisch. Damit hatte sie natürlich recht, trotzdem schmerzte Henrike der zu erwartende finanzielle Verlust. Sie würde zwar alle Rechnungen von ihrem Girokonto begleichen können, das auch noch am Ende des Monats regelmäßig mit viertausend Euro im Plus war. Den Urlaub jedoch würde sie wohl abschreiben müssen. Das übrige Geld, das sie von ihrer Mutter vor drei Jahren geerbt hatte, war fest angelegt und wurde erst in zwei Jahren frei. Aber in dieser Situation überhaupt an Urlaub zu denken, war mehr als unpassend. Sie konnte froh sein, dass sie überhaupt noch lebte und nicht aufgeschlitzt in irgendeinem Kellerloch verrottete.

Sie rief ihren Schulleiter an, um ihr unentschuldigtes Fehlen zu erklären und erläuterte knapp, dass sie Opfer einer Entführung geworden sei. Enno Harms beruhigte sie. Er hatte die Informationen bereits aus den Medien erfahren und zeigte sich sehr verständnisvoll. Er bat sie, ihm lediglich rechtzeitig Bescheid zu geben, falls sie weiterhin in der Schule ausfiele, damit er eine Vertretung organisieren könne. Henrike versicherte ihm, dass sie am folgenden Tag, am Donnerstag, wieder zum Unterricht erscheinen werde. Enno Harms riet ihr jedoch davon ab und schlug vor, noch bis zum Wochenende zu Hause zu bleiben, weil die psychischen Auswirkungen eines solch gravierenden Erlebnisses sich oftmals erst später zeigten. Henrike lehnte kategorisch ab. Sie wollte nicht, dass ihr Stalker noch länger Macht über sie und ihr Leben ausübte, sondern sich mit allen Mitteln dagegen zur Wehr setzen. In ihren Augen gehörte dazu auch, dass sie zur Schule ging, so, als sei nichts vorgefallen. Der Weg dorthin war schließlich sicher, denn sie wurde von der Polizei chauffiert, und in der Schule selbst konnte eigentlich so gut wie gar nichts passieren. Der Schulleiter blieb skeptisch und ließ sich nicht von seinem Vorschlag abbringen, gab sich aber schließlich geschlagen.

Nachdem sie das erledigt hatte, rief sie ihren Autohändler an, um sich nach der Vorgehensweise zu erkundigen. Man erklärte ihr, dass sie mit ihren Fahrzeugpapieren und dem Ausweis dorthin kommen sollte, um einen oder mehrere Ersatzschlüssel zu beantragen, was allerdings einige Tage dauern würde. Als Henrike einwandte, dass sie keinen Ausweis mehr besaß, da er ihr gestohlen worden sei, ein Polizist jedoch ihre Identität bestätigen könne, war dieses Problem aus der Welt geschafft. Sobald der Papierkram erledigt wäre, müsste nur noch ihr Auto zum Vertragshändler abgeschleppt werden, damit die neuen Schlüssel codiert und die Wegfahrsperre im Auto angepasst werden könnte. Sie teilte der Angestellten des Autohauses mit, dass sie im Laufe des Nachmittages kommen werde, um alles Nötige zu veranlassen.

Nun konnte sie sich den nächsten Punkt auf ihrer Liste vornehmen: Geld von der Bank abheben. Sie verabschiedete sich von Gretchen und versprach ihr, auf dem Heimweg etwas Schönes zum Abendessen mitzubringen.

Die LzO Filiale, in der sie schon seit Jahren Kundin war, lag ganz in der Nähe. Dort würde sie bestimmt auch ohne ihre Karte Geld abheben können. Zusammen mit dem Polizeibeamten Brauer betrat sie die Bank und ging zu der Säule, an der man Überweisungsträger und Auszahlungsscheine ausfüllen konnte. Das Feld mit der IBAN-Nummer musste sie freilassen, da sie die nicht im Kopf hatte. Mit dem unvollständig ausgefüllten Schein trat sie an den Schalter und schilderte der Mitarbeiterin die Situation. Herr Brauer, der Polizist, stand neben ihr und bestätigte ihre Aussage, nachdem er seinen Dienstausweis vorgezeigt hatte.

Die Bankangestellte lächelte zwar freundlich, wollte sich jedoch beim Filialleiter vergewissern, dass sie zu einer Auszahlung befugt war. Wenige Minuten später bestätigte sie die Auszahlung und nahm den Schein entgegen, auf dem Henrike den Betrag von dreitausend Euro eingetragen hatte. Das noch eben freundliche Lächeln der Angestellten gefror, als sie mit zusammengekniffenen Augen auf den Bildschirm starrte.

„Ähm, Frau Winter, es tut mir leid, aber Sie sind mit viertausend Euro im Minus. Ich kann Ihnen leider nichts auszahlen. Ihr Dispo wurde bereits voll ausgeschöpft."

Henrike spürte ihre Knie weich werden. „Das kann nicht sein", sagte sie mit schwacher Stimme. „Ich habe doch gar nichts abgehoben oder überwiesen."

„Moment, Frau Winter, ich schaue noch mal." Die Bankangestellte sah erneut auf den Monitor. „Lastschriftverfahren sehe ich nicht, denen könnten Sie außerdem widersprechen, aber es gab mehrere Barabhebungen von verschiedenen Geldautomaten. Haben Sie eventuell Ihre Pin zusammen mit der Karte im Portemonnaie aufbewahrt?"

„Nein, natürlich nicht. Ich habe sie in meinem Handy, als Telefonnummer getarnt, gespeichert. Aber wie soll ich denn jetzt zu Geld kommen? Ich brauche doch etwas zum Leben und werde viele Ausgaben wegen des Austauschens der Schlösser und der Papiere haben. Das muss ich doch irgendwie bezahlen!" Sie stand kurz davor, in Tränen auszubrechen.

„Das ist alles sehr bedauerlich", meinte die Angestellte mitfühlend. „Leider sind Sie nicht die Einzige, der so etwas passiert ist. Es kommt immer wieder vor. Zur Überbrückung könnten wir vielleicht einen Konsumentenkredit anbieten. Dann könnten wir auch gleich umschulden, falls sie das Geld nicht wiederbekommen."

„Wieso nicht wiederbekommen? Kommt denn die Bank nicht für den Verlust bei Diebstahl auf?"

„Schon, aber wenn der Dieb die Pin auf Ihrem Handy ausfindig machen konnte, dann wird man das als Fahrlässigkeit bewerten. Den zeitlichen Zusammenhang wird das Protokoll der Geldautomaten nachweisen. Aber das habe ich nicht zu entscheiden."

„Barabhebung vom Geldautomaten", wiederholte Henrike gedehnt. „Sind die nicht alle mit einer Kamera ausgestattet? Dann müsste es doch Aufnahmen von demjenigen geben, der mit meiner Karte das Geld abgehoben hat."

„Das ist richtig. Aber die dürfen wir aus datenschutzrechtlichen Gründen natürlich nicht so einfach herausgeben. Da muss schon eine entsprechende Genehmigung der Staatsanwaltschaft vorliegen." Sie wandte sich erneut dem Bildschirm zu. „Aber eintausend Euro sollten kein Problem sein. Ich muss mich dazu noch einmal bei Herrn Thiel rückversichern."

Henrike stieß die Luft aus. Sie war noch immer fassungslos. Mit eintausend Euro würde sie nicht sehr weit kommen. Wenn sie keinen Konsumentenkredit in Anspruch nehmen wollte, war sie gezwungen, sich Geld zu leihen, damit sie wenigstens ihr Auto auslösen und die neuen Autoschlüssel inklusive der Codierung bezahlen konnte. Für die Beantragung neuer Papiere brauchte sie ebenfalls Bargeld, und leben musste sie auch von irgendetwas.

Nachdem sie die Sparkasse verlassen hatten, fuhren sie zum Autohändler, um das Nötige zu veranlassen. Danach stand das Abschleppunternehmen auf der Liste. Sie zahlte die unglaubliche Summe von einhundertachtzig Euro für das Abschleppen. Für den Transport zum Autohändler wollte er zweihundert Euro haben, erklärte sich aber bereit, eine Rechnung zu stellen und auf Bargeld zu verzichten. Henrike ging davon aus, dass er sich nicht darauf eingelassen hätte, wenn nicht Herr Brauer streng geguckt und ein gutes Wort für sie eingelegt hatte. Um die Beantragung neuer Papiere konnte sie sich heute nicht mehr kümmern, dafür war es bereits zu spät. Sie bat Herrn Brauer, bei einem Discounter in der Nähe zu halten, damit sie für Gretchen und sich etwas zum Abend kaufen konnte. Sie brachte zwei Schachteln Pralinen für Herrn Brauer und seinen Kollegen mit.

Als sie vor ihrem Haus hielten, bat sie ihn zum Abschied, sie morgen früh um halb acht zur Schule zu bringen. Herr Brauer versprach, die Kollegen der anderen Schicht darüber zu instruieren und bestand darauf, sie bis zu Gretchens Wohnungstür zu begleiten.

Die öffnete ihr freudestrahlend die Tür, zog sie in die Wohnung und legte sofort die Kette vor die Tür.

„Hat alles geklappt?", wollte sie wissen und stellte die Lebensmittel, die Henrike besorgt hatte, in den Kühlschrank.

„Stell dir vor, mein ganzes Geld wurde vom Girokonto abgehoben. Tausend Euro habe ich schließlich doch noch bekommen, ohne einen Kredit beantragen zu müssen. Es ist fraglich, ob ich das Geld wiederkriege, weil ich die Pin in meinem Handy als Telefonnummer gespeichert habe und das als Fahrlässigkeit gewertet werden könnte. In dem Fall wäre das Geldinstitut nicht zum Schadenersatz verpflichtet."

„Aber so eine kurze Telefonnummer gibt es doch gar nicht", wandte Gretchen verwundert ein.

„Ich habe noch zwei Fantasieziffern und die Oldenburger Vorwahl vorangestellt."

Gretchen seufzte. „Ich kann dir natürlich was leihen, wenn du willst. Viel habe ich nicht, ich bin eine arme Rentnerin, aber ..."

„Auf gar keinen Fall", unterbrach Henrike sie brüsk. „Das kommt nicht infrage! Ich werde schon eine Lösung finden und über die Hälfte des Geldes habe ich ja noch. Die anderen Rechnungen werde ich später überweisen. In knapp zwei Wochen bekomme ich mein Gehalt."

„Ich kann es dir nur anbieten, aber mehr als fünfhundert geht nicht."

„Das ist sehr lieb, Gretchen, aber ich werde dein Geld nicht nehmen. Ich gehe davon aus, dass die Bank es mir wieder zurückzahlt. Bitte lass uns nicht mehr davon reden. Ich habe ein bisschen Hunger. Sollen wir zu Abend essen und dazu ein kleines Gläschen Wein trinken? Mehr nicht, ich muss morgen in die Schule. Meine Aufpasser bringen mich hin und holen mich auch wieder ab."

„Das beruhigt mich", meinte Gretchen zufrieden und stellte Gläser und Teller auf den Küchentisch.

Mittlerweile fühlte Henrike sich fast schon wie zu Hause in der Küche, die gemütlich war und ihr ein Gefühl von Geborgenheit vermittelte. Nachdem sie gemeinsam aufgeräumt hatten, gingen sie zeitig zu Bett. Henrike schlief tief und fest nach den Strapazen der vergangenen Tage und erwachte erst am nächsten Morgen durch das Klingeln ihres Weckers. Sofort nahm sie den aromatischen Kaffeeduft wahr, der bis in ihr Zimmer gedrungen war. Gähnend stand sie auf und warf einen Blick in die Küche, bevor sie unter die Dusche ging. Gretchen saß am Küchentisch und trank einen Kaffee, in den sie ein Croissant stippte und genüsslich davon abbiss. Heute Morgen trug sie einen dunkelblauen, mit goldenen Drachen bedruckten Kimono und hatte die Haare unter einem dunkelblauen Turban versteckt. Sie sah aus wie eine französische Künstlerin, eine Schriftstellerin vielleicht, die sich in den frühen dreißiger Jahren in Paris mit anderen intellektuellen Größen in Cafés traf, um sich diskutierend die Nächte um die Ohren zu schlagen.

Gretchen hob ihren Kopf. „Guten Morgen", sagte sie. „Gut geschlafen? Kaffee und Croissants sind fertig."

Henrike betrachtete sie lächelnd.

„Warum siehst du mich so an?", wollte Gretchen wissen und hob fragend die feingezeichneten Brauen.

„Du erinnerst mich heute an eine Künstlerin aus den dreißiger Jahren in Paris. Eine zweite Simone de Beauvoir, vielleicht."

„Zu Simone de Beauvoir habe ich ein zwiespältiges Verhältnis. Für meine Begriffe hat sie sich zu sehr von Sartre unterbuttern lassen. Aber sie war eine tolle Schriftstellerin."

Henrike schnaubte amüsiert und ging unter die Dusche. Nach dem Frühstück ließ sie sich von den neuen wachhabenden Polizisten zur Cäcielienschule fahren. Sie vereinbarten eine Uhrzeit, um die sie wieder abgeholt werden wollte.

Gutgelaunt ging sie von dem kleinen Parkplatz zu dem gepflasterten Vorhof, der über eine breite Treppe zu den verglasten Türen zum Schulfoyer führte. Der Anblick von Schülern, die entweder in die Schule strömten oder in Grüppchen auf dem Vorplatz standen, um die noch verbleibende Zeit bis zum Unterricht für Smalltalk zu nutzen, war ein vertrautes und liebgewordenes Bild für Henrike. Doch heute war etwas anders, das spürte sie sofort. Ihr entgingen nicht die Blicke der Schüler, die sich schnell abwandten, als sie sie sahen, sich kichernd in die Seite stupsten und Neuankömmlingen aufgeregt ihre Handys unter die Nase hielten. Nur einige wenige grüßten sie, was mehr als ungewöhnlich war, andere wiederum starrten sie entgeistert an. Sicherlich eine Reaktion auf ihre Entführung und die Berichterstattung in den Medien, vermutete Henrike, verspürte dennoch ein beklemmend unangenehmes Gefühl. Auch im Foyer schlugen ihr die gleiche Stimmung und Reaktionen entgegen. Was, verdammt noch mal, war hier los? Lautes Gelächter von Schülern, die direkt vor der Treppe standen, die zum Fahrradkeller hinunterführte, drang unüberhörbar an ihr Ohr, und die vielsagenden Blicke, die sie ihr zuwarfen, irritierten sie in höchstem Maße. Verunsichert erklomm sie eilig die Stufen in den ersten Stock zum Lehrerzimmer. Als sie die Tür öffnete, verebbten schlagartig die Gespräche, die übliche hektische Betriebsamkeit kurz vor Unterrichtsbeginn gefror. Dutzende Augenpaare richteten sich auf sie. Eine Berührung an der Schulter ließ sie herumfahren.

„Henrike, hast du einen Moment?" Enno Harms, der Schulleiter, stand hinter ihr.

„Ja, natürlich", sagte sie perplex und folgte ihm in sein Büro.

„Setz dich bitte", forderte er sie auf. „Leider ist etwas sehr Unangenehmes vorgefallen. Ich habe schon Anrufe von erregten Eltern bekommen und musste ganze Arbeit leisten, um sie zu beruhigen."

Voller Anspannung beobachtete sie ihren Chef, wie er nach seinem Handy griff, mehrmals darauf tippte und es ihr dann vors Gesicht hielt. Im ersten Moment konnte Henrikes Gehirn nichts von dem erfassen, was ihre Augen wahrnahmen. Es war so ungeheuerlich, so unvorstellbar schockierend, dass es einige Sekunden dauerte, bis sie es richtig erkannte. Es waren pornografische Bilder der übelsten

Art, die sie und zwei Männer in eindeutig sado-masochistischen Szenen darstellten.

„Das ... das bin ich nicht", stotterte sie hilflos und sah sich die Bilder erneut an. „Wo sind die aufgetaucht?"

„Bei Instagram. Die Bilder verbreiten sich wie ein Lauffeuer."

„Aber ich besitze doch gar keinen Instagram-Account. Das ist eine Fälschung."

„Fakt ist aber, dass es ein Konto mit deinem Namen und dem Zusatz Lehrerin bei Cäcilienschule gibt. Da sind auch noch ganz normale Bilder von dir. Hier, schau."

Fassungslos betrachte Henrike die vielen privaten Bilder von sich und erkannte einige von ihnen wieder, die sie auf ihrem Handy gespeichert hatte. „Mir wurde das Handy gestohlen und der Dieb muss dieses Konto unter meinem Namen eröffnet haben!" Verzweifelt sah sie Enno Harms an, auf dessen Stirn sich eine steile Falte gebildet hatte.

„Natürlich glaube ich dir, aber die Fotos müssen so schnell wie möglich wieder gelöscht werden. Wir müssen die Elternschaft darüber informieren und sie davon überzeugen, dass es sich um einen Identitätsdiebstahl handelt und du Opfer einer gemeinen Machenschaft geworden bist. Das ist Cybermobbing. Du musst die Polizei darüber informieren und das Konto löschen lassen." Er räusperte sich, bevor er fortfuhr. „Ich muss dich leider für heute und morgen suspendieren, damit du die nötigen Schritte vornehmen kannst."

Henrike wurde speiübel. Sie hatte das Gefühl, dass sie sich gleich übergeben musste. Krampfhaft schluckte sie den Mageninhalt herunter, der in ihre Speiseröhre hochgekrochen war.

„Kannst du mir bitte ein Glas Wasser geben?", bat sie Enno Harms mit erstickter Stimme.

Er reichte ihr das Gewünschte: „Es tut mir sehr leid, Henrike, aber du musst mich verstehen. Ich habe den Schülern und auch den Eltern gegenüber eine Verantwortung."

„Aber du glaubst mir doch, dass ich damit nichts zu tun habe? Wir kennen uns doch schon so lange, ich meine, das ist überhaupt nicht meine Art, das ist ... widerlich!"

Mitleidig sah er sie an. „Ich glaube dir, aber darauf kommt es im Moment leider nicht an. Ich werde voll und ganz hinter dir stehen, sobald diese Geschichte aus der Welt geschaffen ist. Ach, noch etwas, Henrike. Einer dieser Männer von den Sexbildern ist zusammen mit dir in einem Café abgebildet. Du müsstest ihn also kennen." Enno Harms zeigte ihr das entsprechende Bild.

Es stimmte. Auf dem Foto war sie mit einem ihr wildfremden Mann in einem Café am Lamberti-Markt abgebildet.

„Ich kenne ihn nicht", flüsterte sie und merkte im selben Moment, wie unglaubwürdig und fadenscheinig das in den Ohren des Schulleiters klingen musste. Sie kämpfte mit den Tränen und schoss von ihrem Stuhl hoch, riss die Tür auf, rannte davon und reagierte nicht, als er ihr noch ‚Henrike, so warte doch!' hinterherrief.

Sie stürmte die Treppe hinunter, stieß die gläserne Eingangstür auf und musste erst nach Luft schnappen, bevor sie die Stufen hinunterhastete.

Sie wollte zu Gretchen, die würde ihr glauben und ihre Verzweiflung verstehen. Aber sie hatte kein Handy, um ihre Aufpasser anzurufen, damit sie sie wieder abholten. Warum hatte sie nicht daran gedacht, sich zur Überbrückung ein billiges Prepaid-Handy zu kaufen?

Sie rannte los, blind vor Wut und Scham, und merkte nicht einmal, dass ihr ein Auto folgte.

„Frau Winter, warten Sie doch, wo wollen Sie denn hin?", drang eine Stimme an ihr Ohr.

Doch Henrike rannte weiter. Hörte und sah nichts, achtete nicht auf Fußgänger, die ihr entgegenkamen und ihr erschrocken auswichen, und überquerte die Lindenallee, ohne nach links oder rechts zu schauen.

Erneut rief die Stimme ihren Namen. Nun schaute sie doch nach links und sah, dass es die Polizeibeamten waren, die auf sie aufpassen sollten. Der Wagen hielt an und die Tür ging auf.

„Was machen Sie hier?", fragte der Beamte. „Ich denke, Sie sind im Unterricht?"

Henrike stieß gehetzt in knappen Worten hervor, was sich ereignet hatte.

„Steigen Sie ein", forderte der Polizist sie auf. „Wir bringen Sie zum Präsidium."

Dankbar ließ Henrike sich in den Sitz fallen. Noch immer war sie zu keinem klaren Gedanken in der Lage, als der Wagen sich in Bewegung setzte und Häuser, Radfahrer und Fußgänger wie Schemen an ihr vorbeizogen. Erst als das Auto hielt und die Tür sich öffnete, kam sie wieder zur Besinnung. Kommissar Schrabberdeich würde ihr helfen, in ihn setzte sie all ihre Hoffnung.

Kommissar Schrabberdeich konnte ihr jedoch nicht weiterhelfen, sondern verwies sie an einen Kollegen. Währenddessen ließ er sich die verfänglichen Fotos von Nazan zeigen, die ebenfalls auf Instagram war.

„Ach du meine Güte!", entfuhr es ihm.

„Sie hat schon tausendfünfhundert Likes und jede Menge Kommentare, zum Teil recht eindeutig und mit jeder Menge Penisbildchen garniert", meinte Nazan. „Die arme Frau tut mir leid!"

Der zuständige Kollege versuchte umgehend, ihren Account zu löschen. Doch das erwies sich zunächst schwieriger, als er angenommen hatte. Doch schließlich war er erfolgreich.

„Da ist aber noch etwas anderes", meinte der Beamte alarmiert und drehte den Monitor zu ihr. „Sie haben auch auf Facebook ein Profil, unter dem Sie rechtslastiges und rassistisches Gedankengut verbreitet haben. Facebook reagiert darauf oftmals nur sehr schleppend."

„*Waaas?*" Henrike hatte das Gefühl, das alles Leben aus ihr wich und ihr der Boden unter den Füßen entzogen wurde, sodass sie sich an der Stuhllehne festhalten musste. Die plötzliche Erkenntnis traf sie wie ein Schlag vor den Kopf. Jetzt war sie erledigt, bis in alle Ewigkeit. Ihr eigene Identität war ihr geraubt und so verändert worden, dass sie sich kaum noch unter die Leute trauen konnte. Mit einer Frau, die pornografische Sexbildchen von sich postete, sich als faschistoide Spammerin im Netz umhertrieb und Mitmenschen bedrohte und beschimpfte, wollte niemand etwas zu tun haben.

Erschwerend kam ihr Beruf hinzu, das Vertrauen der Eltern und der Schülerschaft war durch diese kriminellen Machenschaften mit Sicherheit nachhaltig zerstört worden. Selbst, wenn sich die Sache aufklärte und sie vollständig rehabilitiert würde, so wusste sie, dass doch meistens etwas hängenblieb.

„Haben Sie das Passwort für Ihren E-Mail-Account auf dem Handy gespeichert?", wollte der Beamte nun wissen und fixierte den Monitor.

Henrike musste es bestätigen, obwohl sie schon oft davon gehört hatte, keine Passwörter auf dem Handy zu speichern.

„In Ihrem Namen wurden gestern ebenfalls Hassmails und Drohungen versendet. Es wird Anzeigen gegen Sie hageln."

„Kann man das nicht ... rückgängig machen?", fragte sie mit matter Stimme.

„Wir können eine Informationsmail an die betreffenden Empfänger schicken und den Sachverhalt aufklären. Danach sollten sie das Konto löschen und ein neues eröffnen. Die Löschung der Fake-Konten in den sozialen Netzwerken habe ich bereits veranlasst." Endlich löste er seinen Blick vom Monitor und sah sie direkt an. „Wenn ich Ihnen einen guten Rat geben darf: Setzen Sie sich öffentlich dagegen zur Wehr, immer wieder. In Ihrer Schule, bei Bekannten und Freunden."

„Aber es geht nicht nur um Cyber-Kriminalität, sondern auch um ganz reale Verbrechen. Derjenige, der das zu verantworten hat, ist wahrscheinlich derselbe, der mich auch entführt, eingesperrt und im

Moor ausgesetzt hat, damit ich darin umkommen sollte. Ich hoffe, dass die Phantombilder, die Ihr Kollege aufgrund der Angaben meiner Freundin und von mir erstellt hat, helfen, dieses Schwein zu finden."

„Das wäre natürlich das Beste. Aber eins muss ich Ihnen leider noch sagen: Obwohl es mir gelungen ist, alles umgehend zu löschen, ist es sehr wahrscheinlich, dass die Inhalte bereits hundertfach runtergeladen und gespeichert wurden und sie jederzeit wieder ins Netz gestellt und geteilt werden können. Das ist das Schlimme daran. Das Internet vergisst nichts."

Bei Gretchen am Küchentisch brach Henrike dann zusammen. Unter Tränen berichtete sie, wie es ihr in der Schule ergangen war. Wie furchtbar die eindeutigen Blicke der tuschelnden Schüler gewesen seien, während sie noch völlig ahnungslos ins Lehrerzimmer gegangen sei und alle Kollegen sie schweigend angestarrt haben. Nachdem der Schulleiter Enno Harms sie mit den pornografischen Bildern konfrontiert habe, sei sie Hals über Kopf aus seinem Büro geflohen, weil sie sich, wie noch nie in ihrem Leben zuvor, so beschmutzt und beschämt gefühlt habe. Auf Gretchens Nasenwurzel bildete sich eine steile Falte, als Henrike ihr weiterhin von ihren angeblichen kriminellen Netzaktivitäten erzählte, die der Polizist auch noch entdeckt hatte.

„Und das Niederschmetternde daran ist, dass die Bilder schon hundert- oder tausendfach runtergeladen und in den sozialen Netzwerken erneut gepostet werden können."

„Das ist wirklich übel", meinte Gretchen leise. „Fluch und Segen der modernen Technik."

„Ich bin ruiniert, der Typ will mich vernichten", schniefte Henrike. „Ihm ist jedes Mittel recht. Wenn ich nur wüsste, wie man das stoppen könnte."

„So schlimm das alles ist, darfst du nicht die Nerven verlieren und die Flinte ins Korn werfen. Das ist genau das, was er erreichen möchte. Dich mürbe machen, bis …" Gretchen hielt mit einem Mal inne.

„Bis was …?", hakte Henrike nach.

„In solchen ausweglos erscheinenden Situationen neigt man manchmal zu Kurzschlusshandlungen." Verlegen räusperte sie sich. „Du meinst, ich bring mich um? Springe vom Dach oder nehme eine Überdosis Schlaftabletten?" In dem Moment, als sie es aussprach, gewann diese Intuition an Form und nistete sich in ihrem Kopf ein. Das war natürlich nicht Gretchens Absicht gewesen, das wusste sie sehr wohl, dennoch war dieser letzte Ausweg, den man noch selbstbestimmt vornehmen konnte, latent in Henrike drin gewesen. Als ein vages Empfinden, eine federleichte Ahnung möglicherweise, die sie das erste Mal verspürt hatte, als sie befürchtete, unter Wahnvorstellungen zu leiden.

Doch der aus ihrem Selbsterhaltungstrieb erwachsende Widerstand meldete sich. „Diese Arbeit werde ich ihm nicht abnehmen", sagte sie trotzig und schob ihre Gedanken an eine solche Lösung energisch zur Seite. So weit war sie noch nicht, noch lange nicht.

„Das ist gut, außerdem passe ich auf dich auf. Und jetzt lass uns einen Kaffee trinken."

Schweigend tranken sie ihren Kaffee, als Gretchen mit einem Mal ihre Tasse absetzte und sie ansah. „Ich habe eine Idee. Sobald deine Fake-Konten bei Facebook und Instagram endgültig gelöscht sind, eröffnest du neue Konten und dementierst alles, was bisher in deinem Namen gepostet wurde und drohst mit juristischen Konsequenzen für den Fall des Weiterverbreitens deiner Fotos und Posts. Das wäre doch ein Anfang, meinst du nicht?"

Ja, das war es, in der Tat, zumindest war es eine Möglichkeit, nicht gänzlich tatenlos ihrem gesellschaftlichen und persönlichen Untergang zuzusehen und sich nicht mehr so entsetzlich hilflos zu fühlen. Dennoch überkamen sie Zweifel. „Kann ich denn tatsächlich dagegen vorgehen und mit juristischen Konsequenzen drohen?"

„Keine Ahnung. Aber das spielt doch keine Rolle, schreib es einfach und gib auch bekannt, dass du Strafanzeige gestellt hast. Das stellt vielleicht doch ein Hemmnis dar und hält den einen oder anderen davon ab, es zu verbreiten. Und es ist wichtig für die Außenwirkung. Die Leute werden sehen, dass du dich zur Wehr setzt. Wenn du tatenlos zusiehst, denken sie, dass an der Sache was dran sein könnte."

„Du hast recht. Dazu muss ich mich aber erst auf Facebook und Instagram anmelden. Hilfst du mir dabei?"

Gretchen nickte eifrig und gemeinsam setzten sie sich an ihren Computer, der im Schlafzimmer stand.

„Am besten informiere ich vorher noch den Kommissar", fiel Henrike ein. „Nicht, dass das neue Konto gleich weder gelöscht wird." Sie griff nach dem Hörer. Kommissar Schrabberdeich gab ihr erst ein positives Feedback, nachdem er mit dem dafür zuständigen Mitarbeiter gesprochen hatte, der diese Idee für gut befunden und ihr viel Erfolg für diese Aktion gewünscht hatte.

Sie machten sich ans Werk und richteten zunächst ein neues E-Mail-Konto ein, sodass Henrike eine Adresse für Facebook hatte, luden ein Foto von ihr hoch, das Gretchen kurz zuvor mit ihrem Handy aufgenommen hatte und formulierten einen Warnhinweis. In den Einstellungen wählten sie die Option, dass niemand diesen Post kommentieren oder etwas auf ihre Pinnwand ohne Henrikes Genehmigung posten konnte.

„Posten?", fragte Gretchen, die den Mauszeiger auf den blauen Button hielt, und sie gespannt ansah.

„Posten!", bestätigte Henrike. „Und jetzt das Gleiche noch für Instagram."

Nachdem sie auch das erledigt hatten, löste sich Henrikes Anspannung.

„So, das dürfte die Sensationsgeilen und Spreader ein bisschen einschüchtern." Zufrieden lehnte Gretchen sich zurück und verschränkte die Hände über dem Bauch.

Henrike warf ihr einen erstaunten Blick zu. Woher kannte Gretchen, eine Dame von immerhin schon sechsundsiebzig Jahren, den Begriff Spreader? Es gelang ihr immer wieder, Henrike mit ihrer selbstverständlichen Weltoffenheit zu verblüffen. Viele Senioren in ihrem Alter fühlten sich durch die modernen Technologien eingeschüchtert, oder verstanden nicht, sie zu nutzen, um aktiv an der Gesellschaft teilzuhaben. Spontan gab Henrike ihr ein Küsschen auf die Wange.

„Du bist toll, Gretchen, weißt du das? Ich bewundere dich richtig."

„Ach Papperlapapp, Kindchen. Ich kann mich nun mal nicht in meinen Sessel setzen und den ganzen Tag Fernsehen gucken oder Kreuzworträtsel lösen. Obwohl die Dinger aus der ZEIT ‚Um die Ecke gedacht', schon oft harte Nüsse sind."

Die sagten Henrike nichts, wenn jedoch Gretchen von einer harten Nuss sprach, dann waren sie mit Sicherheit für sie selbst unlösbar.

Doch nun, da sie sich nicht mehr ablenken konnte, begann sich das Gedankenkarussell erneut zu drehen. Die obszönen Bilder, die eindeutigen Blicke der Schüler und Lehrer, alles schwirrte in ihrem Kopf umher, wie in einem bunten Kaleidoskop, das sich rasend schnell bewegte. Sie griff sich an die Stirn und schloss die Augen. Das Telefon ließ sie zusammenfahren. Gretchen nahm das Gespräch entgegen.

„Deine Freundin Charlotte ist dran. Möchtest du mit ihr sprechen?", fragte Gretchen leise und hielt die Hand auf das Mikrofon.

Nein, dachte Henrike, sagte aber laut ‚ja'. Sie hatte Charlotte noch gar nichts von den jüngsten Ereignissen erzählt. Sie blickte auf ihre Armbanduhr, mittlerweile war es halb vier Uhr durch. Gretchen reichte ihr den Hörer und verließ diskret das Schlafzimmer.

„Hallo Charlotte, schön, dass du anrufst. Ich hätte dich heute Abend noch angerufen. Aber bis gerade eben hatte ich überhaupt keine Zeit", entschuldigte sie sich.

„Kein Problem, ich bin vorhin erst nach Hause gekommen. Wie war es denn in der Schule?"

„Grauenvoll! Du kannst es dir nicht vorstellen." Haarklein erzählte sie ihrer Freundin, was sich zugetragen hatte.

„Das ist ja unglaublich", schnaubte Charlotte. „Warst du schon bei der Polizei?"

„Ja natürlich. Sie haben alles Nötige veranlasst und die Konten bereits gelöscht."

„Warte mal, ich sehe mal selbst nach." Nach wenigen Sekunden sagte sie. „Aber deine Konten sind noch da, sowohl bei Facebook, als auch bei Instagram."

„Aber wie du sehen kannst, gibt es dort jeweils nur einen einzigen Post", erwiderte Henrike. „Und der beinhaltet eine Warnung mit juristischen Konsequenzen."

„Sehr gut. Hast du das gemacht?"

„Gretchen hat mir geholfen, sie ist einfach unglaublich. Ich bin wirklich froh, dass ich sie habe und dass ich bei ihr noch solange wohnen kann, bis eine neue Schließanlage installiert wurde. Ich habe vor, meine Wohnungstür durch ein elektronisches Schloss zusätzlich sichern zu lassen. Dafür muss ich mich aber erst einmal informieren und warten, bis ich wieder Geld habe. Ich muss noch so viele Rechnungen begleichen. Wahrscheinlich werde ich auch notgedrungen einen Kleinkredit bei meiner Bank beantragen."

„Mensch, Henrike, ich kann dir doch aushelfen! Du kannst es zurückzahlen, wenn du wieder flüssig bist und die Geschichte mit deiner Bank geklärt ist."

„Das ist lieb, aber erst einmal komme ich mit den tausend Euro hin, die mir die Bank gegeben hat. Wenn es tatsächlich eng werden sollte, komme ich gerne auf dein Angebot zurück. Ich bin nur froh, dass in finanzieller Hinsicht momentan nicht viel passieren kann. Ich habe die EC-Karte und auch das Online-Banking sperren lassen. Unabhängig von dem ganzen Mist, muss ich immer damit rechnen, dass eine weitere Katastrophe über mich hereinbricht." Henrike hielt inne und schluckte die aufwallenden Tränen hinunter. „Ich weiß nicht, ob ich das auch noch durchstehen würde. Ich bin, ehrlich gesagt, an meine Grenze gekommen. Ich habe schon ganz dumme Gedanken gehabt."

„Mach bloß keinen Quatsch, Henrike, versprich mir das!"

„Ja, natürlich", bestätigte sie mechanisch.

„Wenn ich nur wüsste, wie ich dir helfen könnte", sagte Charlotte bekümmert.

„Aber du hilfst mir doch, allein dadurch, dass du da bist, mit mir sprichst und Mut machst. Du zeigst Mitgefühl und bietest mir finanzielle Unterstützung an. Ist das etwa nichts? Mehr kannst du nicht tun!"

„Ja, das stimmt leider." Charlotte schwieg einen Moment, bevor sie weitersprach. „Pass auf, ich habe eine geniale Idee. Was hältst du davon, wenn wir beide uns ein paar schöne Stunden machen, morgen irgendwohin fahren und entweder Kaffee trinken oder zu Abend essen. Na, was sagst du?"

„Ich weiß nicht ..." Henrike zögerte. Eigentlich wollte sie überhaupt nicht. Beim letzten Mal, als sie sich mit Charlotte verabredet hatte, war sie entführt worden. Nicht noch einmal wollte sie etwas Ähnliches oder gar Schlimmeres durchmachen.

„Na, nun komm", versuchte Charlotte es erneut. „Ich hole dich direkt vor der Haustür ab und liefere dich auch da wieder ab, unter den Augen der Polizisten. Es kann absolut nichts passieren."

„Da hast du wohl recht, aber ..."

„Außerdem wird dich das auf andere Gedanken bringen und du kannst doch nicht den lieben langen Tag deiner Nachbarin zur Last fallen", kam Charlotte ihr zuvor. „Sie mag ja sehr freundlich und hilfsbereit sein, aber sie braucht sicherlich auch mal ein bisschen Privatsphäre. Überleg doch mal, du hast sie schon über Gebühr in diese Sache mit hineingezogen. Denk nur an den Überfall, bei dem man ihr eins über den Schädel gezogen hat."

„Du hast recht", gab Henrike beschämt zu. Sie hatte gar nicht weiter darüber nachgedacht, weil Gretchen ihr die ganze Zeit wie selbstverständlich geholfen hatte und voller Energie und Tatendrang gewesen war. Zeitweise war sie dem Eindruck erlegen gewesen, dass Gretchen durch die ständigen Herausforderungen richtiggehend aufgeblüht war, wenn man vom Schlag auf den Kopf absah. In diesem Punkt musste sie ihrer Freundin beipflichten, es hätte noch viel schlimmer ausgehen können.

Außerdem, so fiel ihr ein, hatte sie doch selbst den Entschluss gefasst, sich nicht mehr länger von ihrem Stalker manipulieren zu lassen, um ein möglichst normales Leben zu führen.

„Na gut", stimmte Henrike zu. „Aber sagtest du nicht, dass du momentan beruflich so eingespannt bist? Ich will nicht, dass dir meinetwegen irgendwelche Nachteile entstehen." Noch hatte Henrike die stille Hoffnung, dass Charlotte aufgeben würde.

„Mach dir keine Sorgen, ich bin fast fertig. Tut mir auch mal ganz gut, den Schreibtisch zu verlassen. Vor vierzehn Uhr morgen schaffe ich es allerdings nicht. Bis dann. Ich freu mich."

Henrike ging ins Wohnzimmer. Gretchen war auf der roten Couch eingeschlafen. Liebevoll lächelte sie auf sie hinunter. Charlotte hatte recht gehabt, der alten Dame wurde vielleicht alles ein bisschen zu viel und sie brauchte ein wenig Ruhe.

17. Kapitel

Um kurz vor zwei am folgenden Tag verließ Henrike die Wohnung und öffnete die Eingangstür ein Stück, um nach Charlotte Ausschau zu halten. Ihre Aufpasser standen einige Meter entfernt und hatten sie gerade ins Visier genommen. Heute war Freitag und der letzte Tag der Observierung. Sie ging zu ihnen und teilte ihnen mit, dass sie mit ihrer Freundin für einige Stunden fortfahre.

„Wie heißt Ihre Freundin?", fragte einer der Beamten förmlich.

„Charlotte Eberding, Kommissar Schrabberdeich kennt sie. Sie kommt gleich und holt mich ab." Sie hatte den Satz noch nicht zu Ende gesprochen, da sah sie auch schon Charlottes weißen BMW heranrollen. Sie verabschiedete sich von den Polizisten und stieg ins Auto. Wie immer sah ihre Freundin toll aus, sportlich, aber feminin gekleidet und dezent geschminkt. Ein hellblaues Halstüchlein, dessen Enden neckisch vom Hals abstanden, rundete das Gesamtbild ab. Nur ihr neues Parfum, wie hieß es doch gleich, Blue Velvet, das süßlich und schwer im Wageninneren hing, mochte Henrike nicht sonderlich.

„Na, du? Zu allen Schandtaten bereit?" Charlottes bernsteinfarbene Augen sprühten nur so vor Unternehmungslust.

„Nicht zu allen", gab Henrike mit einem schiefen Lächeln zurück.

„Sollst sehen. Es wird dir Spaß machen. Und wenn nicht, bist du wenigstens mal rausgekommen." Charlotte legte den Gang ein und fuhr los.

Henrike hatte keine Ahnung, wo es hingehen sollte, doch als sie auf die Autobahnauffahrt zur A28 hinauffuhren, wurde sie doch neugierig.

„Wohin fährst du?"

„Nach Bad Zwischenahn. Da war ich lange nicht mehr und es gibt dort so viele schöne Restaurants und Cafés. Bei dem tollen Wetter können wir uns draußen hinsetzen. Was meinst du? Gut oder gut?"

„Sehr gut", bestätigte Henrike. Sie war angenehm überrascht. Erst ein bisschen am Zwischenahner Meer entlanggehen und anschließend irgendwo einkehren. Ihr Blick fiel auf ihre Schuhe.

„Das ist wirklich eine super Idee, aber ..." Betreten schaute sie auf ihre Füße. „Vielleicht hätte ich andere Schuhe anziehen sollen."

„Wir machen keinen Marathon-Lauf, sondern gehen nur ein bisschen spazieren. Deine Ballerinas sehen doch ganz bequem aus."

Henrike zuckte mit den Schultern. Es würde schon nicht so schlimm werden. Sie lehnte den Kopf zurück und sah entspannt aus dem Fenster. Das Klacken des Blinkers riss sie aus ihren Betrachtungen. Charlotte bog rechts auf einen Parkplatz ab.

„Oh, schon da?"

„Dieser Parkplatz liegt zwar etwas vom Zentrum entfernt, ist dafür aber nicht so voll."

Ihr Weg führte sie zunächst zum Zentrum von Bad Zwischenahn. Nach nur zehn Minuten hatten sie die Hauptstraße erreicht, die sich mitten durch den Ort zog. Wie häufig schon zu Beginn des Wochenendes war der Kurort stark besucht. Patienten des Reha-Zentrums mit ihren Angehörigen, Wochenendausflügler und Einheimische bevölkerten die Straßen und ließen es sich bei Kaffee und Kuchen in den unzähligen Cafés und Restaurants gutgehen, die sich zu beiden Seiten der Hauptstraße wie Perlen einer Kette aneinanderreihten.

Vor einem Eisstand auf der rechten Seite blieben sie stehen und kauften Eis in der Waffel. Genüsslich schleckend bummelten sie weiter und blieben gelegentlich vor den Auslagen der vielen Geschäfte stehen. Sie schlenderten weiter, bis sie die scharfe Linkskurve erreichten, die die Hauptstraße beschrieb. Rechts von ihnen erhob sich die schöne achthundertfünfzig Jahre alte Kirche St. Johannes, aus Feld- und Backsteinen erbaut. Dort bogen sie rechts ab. Charlotte nachte den Vorschlag, den malerischen, kleinen Friedhof und danach die Kirche zu besuchen. Henrike kannte die Kirche von innen und wusste, wie schön sie war mit der barocken Kanzel, dem prächtigen gotischen Flügelaltar und den beeindruckenden Malereien an den Emporen. Aber heute stand ihr nicht der Sinn nach etwas, das an Tod und Vergänglichkeit erinnerte. Sie wollte lieber am Meer entlanggehen, die Sonne und die frische Luft genießen. Gutgelaunt hakte sie sich bei ihrer Freundin ein. Sie fühlte sich beschwingt und es war ihr gelungen, die schrecklichen Dinge, die ihr widerfahren waren, für heute zu verdrängen. Die heitere, sommerliche Urlaubsatmosphäre legte sich wie Balsam auf ihre Seele, hier konnte sie für eine kurze Zeit ihre Ängste und Sorgen vergessen.

„Das war wirklich eine gute Idee von dir, Charlotte, ich fühle mich fast wie befreit."

„Genau das war meine Absicht." Sie lachten beide gleichzeitig auf, wie in alten Schulzeiten, ganz so, als wären nicht über fünfundzwanzig Jahre vergangen und sie noch immer die unbeschwerten Teenager von damals.

Doch nicht nur die beiden Freundinnen genossen diesen herrlichen Tag. Auf ihrem Spazierweg kamen ihnen viele sorglos erscheinende Passanten entgegen, oft mit einem Lächeln im Gesicht. Jung und Alt entspannten sich auf Bänken, saßen oder lagen auf dem Rasen, unterhielten sich oder dösten vor sich hin. An jedem anderen Tag hätte Henrike es als zu voll empfunden, aber heute nahm sie es als perfekte und willkommene Ablenkung.

„Du schau mal", sagte Charlotte und wies mit der ausgestreckten Hand auf das strahlend weiße Motorschiff der weißen Flotte. „Dazu hätte ich jetzt richtig Lust. Was meinst du, sollen wir eine Tour damit machen?"

„Warum nicht? Wohin sollen wir denn fahren? Bis nach Dreibergen? Aber wie kommen wir wieder zurück?"

„Warte mal, ich guck mal auf den Fahrplan."

Nach wenigen Augenblicken kehrte Charlotte zurück. „Das passt prima. Wir machen eine Rundtour, steigen in Dreibergen aus und essen dort eine Kleinigkeit. Danach nehmen wir das Schiff um spätestens viertel vor sechs zurück. Um drei legt es ab. Dreizehn Euro pro Person."

„Das machen wir! Perfekt!"

Sie ergatterten einen Platz auf dem Mitteldeck direkt an der Reling. Kurz darauf legte das Schiff ab. Der blaue Himmel über ihr, das Wasser, auf dem sich das weiße Boot langsam fortbewegte, und das fröhliche Stimmengewirr um sie herum versetzten Henrike nahezu in andere Gefilde. Das von weißen Segelbooten durchschnittene Wasser und der hügelige grüne Streifen am Horizont, der den See malerisch bekränzte, vermittelten ihr das Gefühl, sich an einem Urlaubsort fernab der Stadt und des Alptraums zu befinden, der ihr Leben auf so dramatische Weise verändert hatte. In vollen Zügen genoss sie die etwa dreißigminütige Überfahrt. Auch Charlotte kostete den kurzen Trip aus, indem sie sich zurücklehnte und ihr Gesicht der Sonne zuwandte. Mit der großen modischen Sonnenbrille auf der Nase sah sie ziemlich mondän aus. Ihr schulterlanges Haar glänzte in der Sonne und leuchtete in einem lebhaften Braun. Sie ist wirklich eine schöne Frau, dachte Henrike ganz ohne Neid, bevor sie den Blick von ihr abwandte. Der Bootsanleger von Dreibergen war in ihr Blickfeld geraten und rückte näher. Ein wenig bedauerte sie es, dass die Überfahrt in wenigen Minuten zu Ende sein würde und sie das Schiff verlassen mussten.

Ihr Ziel war der nur fünfzig Meter vom Bootsanleger entfernte *Fährkroog*, in den sie einkehren wollten. Der romantische Bauerngarten des Restaurants war genau der richtige Platz, um das herrliche Wetter auszunutzen. Nach dem süßen Eis von vorhin hatten sie Appetit auf etwas Herzhaftes und bestellten Ammerländer Schinkenbrot und dazu ein kleines Jever.

Ach, könnte sie doch ewig hier mit ihrer Freundin sitzen, der sie diese schönen, entspannenden Stunden zu verdanken hatte. Die Welt schien wieder in Ordnung zu sein und hatte etwas von ihrer alten Leichtigkeit zurückgewonnen.

Sanft berührte sie Charlotte an der Hand, die den Kopf nach links gewandt hatte und durch ihre große Sonnenbrille etwas betrachtete, das anscheinend ihre Aufmerksamkeit erregt hatte. Bei Henrikes Berührung zuckte sie leicht zusammen.

„Entschuldige", sagte Henrike, „ich wollte dich nicht erschrecken. Wollen wir uns noch ein bisschen die Beine vertreten, bevor es wieder zurückgeht?"

Charlotte war einverstanden und so bezahlten sie kurz darauf, gingen anschließend ein Stück spazieren und kehrten dann zum Bootsanleger zurück. Auf der Rückfahrt nach Bad Zwischenahn war es merklich kühler als auf der Hinfahrt. Da sie gerade noch rechtzeitig das Schiff erreicht hatten, waren im Salon, dem geschlossenen Innenraum, bereits alle Plätze besetzt gewesen. Gott sei Dank hatten sie beide daran gedacht, sich eine Jacke mitzunehmen.

Sie waren noch eine Viertelstunde vom Bootsanleger in Zwischenahn entfernt, als Charlotte sich erhob, die Jacke vor der Brust zusammenzog und sagte: „Brrr, ganz schön kühl. Ich muss zur Toilette. Das Bier ..." Sie schnappte sich ihren Shopper und ging.

Auch Henrike war es kalt, aber sie tröstete sich mit dem Gedanken, dass sie gleich anlegen und in wenigen Minuten wieder im Auto sitzen würden. Die Minuten verrannen. *Wo nur Charlotte bleibt?* Henrike sah sich nach ihr um, konnte sie aber nirgends entdecken. Vermutlich musste sie vor der Toilette warten, weil sie besetzt war und vielleicht noch jemand vor ihr anstand. Als weitere fünf Minuten verstrichen waren, wurde Henrike unruhig. Sie stand auf, um nachzusehen, wo ihre Freundin abgeblieben war. Möglicherweise hatte sie einen Bekannten oder einen Kunden getroffen, mit dem sie sich gerade unterhielt, fuhr es ihr durch den Kopf. Sie ging zur Toilette, die besetzt war. Wahrscheinlich ist sie da drinnen, dachte Henrike. Als sich die Tür öffnete, erschien eine dicke, rotgesichtige Frau, die sich an ihr vorbeiquetschte. Enttäuscht und beunruhigt stieg Henrike die Treppe hastig wieder hoch. Es war denkbar, dass sie sich um

Haaresbreite verpasst hatten. Sie eilte zurück aufs Mitteldeck und sah sofort, dass Charlotte nicht an ihrem Platz saß. Das Oberdeck! Gehetzt stolperte sie die Treppe hoch, aber auch hier … Fehlanzeige! Ihre anfängliche Beunruhigung verwandelte sich in Sorge. Jetzt blieb nur noch der vollbesetzte Salon, in dem sie noch nicht nachgeschaut hatte. Mit beschleunigtem Puls hastete sie durch den Innenraum. Gesichter hoben sich, Augen, die sie erstaunt ansahen. Nur ein älteres Ehepaar nahm keinerlei Notiz von ihr, sondern sah stur geradeaus.

Charlotte konnte doch nicht einfach verschwunden sein! Wie vom Erdboden verschluckt! Ein Schrecken durchjagte ihre Glieder, als ein entsetzlicher Gedanke durch ihren Kopf fuhr: War sie über Bord gefallen und niemand hatte es bemerkt? Sie musste zum Kapitän, ihn bitten anzuhalten, damit man nach ihrer Freundin Ausschau halten konnte. Sie rannte los, hatte kurz darauf die Tür zur Brücke gefunden und riss sie auf. Erschrocken sah sich der Kapitän um und runzelte wütend die Stirn.

„Was soll das?", blaffte er, „hier haben Sie keinen Zutritt. Steht draußen an der Tür. Können Sie nicht lesen?"

„Bitte stoppen Sie das Boot. Ich glaube, meine Freundin ist über Bord gegangen. Wir müssen ihr helfen!"

„Sie glauben? Haben Sie es gesehen oder nicht?"

„Gesehen habe ich es nicht, aber sie ist nicht von der Toilette wiedergekommen. Ich habe das ganze Schiff schon abgesucht."

„Wo haben Sie denn gesucht?"

„Draußen. Auf dem mittleren und oberen Deck. Und auch im Salon. Bitte, tun Sie doch etwas", rief Henrike mit tränenerstickter Stimme.

Er sah sie an. „Okay! Ich lasse Sie ausrufen. Wie heißt sie?"

Henrike gab ihm den Namen, woraufhin er nach dem Mikrofon griff und sie über die Lautsprecheranlage bat, sich beim Kapitän zu melden.

Die Sekunden verrannen. Nach zwei Minuten wiederholte er seine Ansage. Doch Charlotte tauchte nicht auf. Henrikes Verzweiflung wuchs.

„Sind Sie ganz sicher, dass Sie gemeinsam aufs Schiff gegangen sind?"

„Ich bitte Sie, ich bin doch nicht blöd!", schrie sie beinahe. „Die letzten Stunden haben wir gemeinsam verbracht und haben im *Fährkroog* eine Kleinigkeit gegessen. Dann sind wir zusammen zurück aufs Schiff gegangen und haben uns aufs Mitteldeck gesetzt, weil drinnen bereits alles besetzt war. Danach ist sie aufgestanden, um zur Toilette zu gehen, aber nicht mehr wiedergekommen."

Die Miene des Kapitäns war mittlerweile angespannt. „Ich rufe die Wasserrettungsstelle an. Die kommen mit einem Boot raus und suchen sie. Ich muss weiterfahren. Aber wir legen sowieso gleich an."

In einer hilflosen Geste schlug Henrike die Hände vor den Mund und sah mit angsterfüllten Augen aufs Wasser. Sie konnte nichts tun, außer noch einmal jeden Winkel des Schiffes nach ihr abzusuchen. Wie sie es jedoch bereits geahnt und befürchtet hatte, blieb ihre Suche auch diesmal vergeblich.

Sie legten an. Wie alle anderen Passagiere verließ auch sie das Schiff und suchte mit den Augen den vor ihr hergehenden Pulk ab. Keine Charlotte! Unmittelbar am Anleger blieb sie stehen. Eine letzte Hoffnung hatte sie noch. Möglicherweise verließ Charlotte das Fahrgastschiff mit den Nachzüglern und würde gleich zu ihr stoßen. Das laute Knattern eines Motors ließ Henrike zusammenfahren. Ein Rettungsboot des DLRG mit zwei Personen in rot-gelben Westen raste übers Wasser, wurde langsamer und drehte dann große Kreise. Doch an keiner Stelle hielt es. Das würde es, wenn sie Charlotte fanden. Erneut richtete sie ihre Aufmerksamkeit auf die letzten Passagiere, die das Schiff verließen. Auch unter ihnen war sie nicht.

Henrike war kurz davor, in Tränen auszubrechen und betete inständig, dass sie ihre Freundin noch rechtzeitig fanden, falls sie doch irgendwo da draußen auf dem See war. Charlotte war sportlich, versuchte sie sich zu beruhigen, vielleicht ist sie ans rettende Ufer geschwommen und ist schon längst in Sicherheit. Hastig wandte sie sich zu beiden Seiten und suchte mit den Augen das Seeufer ab, als ihr plötzlich jemand auf die Schulter tippte und sie heftig zusammenfuhr.

„Bis jetzt sieht es so aus", sagte der Kapitän, „dass die Wasserrettung Ihre Freundin nicht finden konnte. Sie werden noch weiter bis nach Dreibergen fahren, um die komplette Strecke zu sichern. Sollten sie sie nicht finden und Ihre Freundin nicht doch noch irgendwo auftauchen, muss ich die Polizei verständigen."

„Aber man muss sie doch sehen können, wenn sie ... wenn sie tatsächlich über Bord gefallen ist."

Mitleidig sah der Kapitän sie an.

„Leider ist es nicht so ganz einfach. Wenn sie ... hm, nun, ertrunken ist, geht sie unter, sobald sich ihre Kleidung mit Wasser vollgesogen hat."

„Aber Charlotte ist eine sehr gute Schwimmerin. Selbst wenn sie ins Wasser gefallen wäre, wäre sie doch niemals ertrunken!"

„Leider hat das keine allzu große Bedeutung. Es kommt immer wieder vor, dass Menschen in unmittelbarer Nähe von Booten ertrinken, obwohl sie gute Schwimmer sind. Wenn Wasser in die Lunge gelangt, wird ein Stimmritzenkrampf ausgelöst, der die Atemwege versperrt. Dann wird man ohnmächtig wegen des Sauerstoffmangels und danach ... Aber noch ist ja alles offen", beendete er seine Erklärung.

Henrike hatte ihn mit wachsendem Entsetzen zugehört. „Aber sie kann doch nicht einfach ins Wasser gefallen sein. Da ist doch die Reling", sagte sie mehr zu sich selbst als zum Kapitän.

„Es ist schon vorgekommen, dass Gäste auf die Reling geklettert sind, um ein schönes Foto zu machen, und sind dann vornübergefallen."

Henrike dachte über die Worte des Mannes nach. Hatte Charlotte eigentlich ihre Tasche zur Toilette mitgenommen? Denn darin lag ihr Handy. Sie rief sich die Szene noch einmal in Erinnerung. Ja, sie hatte sich ihre Jacke vor der Brust zusammengehalten und ihren Shopper mitgenommen. Wenn sie tatsächlich ins Wasser gefallen wäre, dann mit ihrer Tasche und allem, was sich darin befunden hatte, Handy, Schlüssel und Papiere.

„Aber jetzt beruhigen Sie sich erst einmal", riss der Kapitän sie aus ihren Überlegungen. „Noch ist die Suche nach ihr nicht beendet. Vielleicht ist sie schon längst an Land geschwommen und in Sicherheit. Dann wird sie sich an jemanden wenden, möglicherweise selbst die Polizei informieren."

„Aber was soll ich denn jetzt machen?"

„Warten Sie bitte noch ein wenig. Sie müssen der Polizei die Daten Ihrer Freundin und Ihre eigenen geben, sollte die Suche erfolglos bleiben. Ich muss ebenfalls als Zeuge bleiben. Wir warten zusammen im Schiff auf sie. Kommen Sie."

Frierend und zitternd folgte sie ihm. Ihre Nerven lagen blank. Benommen setzte sie sich in den Salon, in dem es wenigstens nicht so kühl wie draußen war. Alles in ihr sträubte sich gegen die Vorstellung, dass Charlotte ertrunken war. Sie wünschte sich nichts sehnlicher, als dass sie hier auftauchen und sie sich umarmen konnten. Doch Charlotte kam nicht und die Suche der Wasserrettung wurde wenig später vorläufig ergebnislos eingestellt.

„Die Polizei übernimmt ab jetzt", erklärte ihr der Kapitän. „Die haben Taucher. Sie kommen gleich. Wollen Sie einen Kaffee?"

Mechanisch nickte sie. Fünf Minuten später stand die Tasse vor ihr. Ihre Hand zitterte stark, als sie die Tasse mit der heißen Flüssigkeit zum Mund führte.

Kurz darauf erschienen zwei Uniformierte und setzten sich zu ihr an den Tisch. Sie nahmen alle Daten auf und fragten sie, ob sie mit dem Auto da sei. Anstatt auf ihre Frage zu antworten, sagte sie:

"Rufen Sie Hauptkommissar Schrabberdeich in Oldenburg an. Er kennt mich. Ich wurde vor kurzem entführt und im Kayhauser Moor ausgesetzt."

"Ach Sie sind das?", fragte der Jüngere von beiden neugierig und wenig einfühlsam. "Deswegen kamen Sie mir so bekannt vor." Indiskret musterte er sie.

Henrike schwieg. Unangenehm berührt sah ihn sein Kollege vorwurfsvoll an und forderte ihn barsch auf, den Hauptkommissar anzurufen. Daraufhin stand dieser dienstbeflissen auf und entfernte sich.

"Schildern Sie mir doch bitte, was sich zugetragen hat", begann der Ältere nun. "Versuchen Sie, sich an jedes Detail zu erinnern."

Henrike schluckte einmal schwer und räusperte sich, bevor sie seiner Aufforderung nachkam. Sie berichtete, dass Charlotte sie eingeladen hatte, um sie auf andere Gedanken zu bringen. Zunächst sei sie unsicher gewesen, weil sie Angst gehabt habe, etwas Schreckliches könne erneut passieren, so wie beim letzten Mal, als sie sich mit ihrer Freundin verabredet hatte. Aber dann habe sie zugestimmt, weil ihre Freundin sie daran erinnerte, dass sie ihrer Nachbarin, Gretchen Petermichel, ein bisschen Ruhe gönnen solle, weil die schon zu sehr in die Geschichte involviert sei. Sie berichtete von dem schönen Spaziergang durch den Ortskern und dem Rückweg am Ufer des Sees. Auf Charlottes Vorschlag hin haben sie Tickets für eine Rundfahrt mit einem Schiff der weißen Flotte gekauft und seien in Dreibergen ausgestiegen, um im *Fährkroog* einzukehren und anschließend ein wenig spazieren gegangen.

Der Beamte schrieb eifrig mit, ohne sie zu unterbrechen.

"Kurz nachdem wir auf das Schiff gegangen waren, musste Charlotte zur Toilette", fuhr sie fort. "Aber sie kam nicht wieder. Nach einiger Zeit wurde ich unruhig und habe sie gesucht. Überall, zuerst auf der Toilette, dann oben auf dem Oberdeck, auf dem Mitteldeck, wo wir saßen, und im Salon. Ich konnte sie nirgends finden. Danach bin ich zum Kapitän, der sie wenig später ausgerufen hat. Aber sie hat sich nicht gemeldet."

„Und Sie sind sich ganz sicher, dass sie zusammen aufs Schiff gegangen sind?"

„Ja, natürlich, das habe ich doch gerade gesagt und wir saßen zusammen an einem Tisch. Wieso fragen Sie mich das?"

Der Polizist sah sie unergründlich an, bis ihr ein Licht aufging. Er hielt sie für hysterisch oder für eine verrückte Frau, die sich alles nur eingebildet hatte.

„Gut, kam Ihnen Frau …", er schaute auf seine Notizen, „… Eberding anders als sonst vor? Bedrückte sie vielleicht irgendetwas, oder hatte sie Sorgen?"

„Nein, sie war so wie immer und soweit ich weiß, hatte sie auch keine Probleme, gleich welcher Art", antwortete sie kurz angebunden, weil sie sich unverstanden und alleingelassen mit ihrer Angst um Charlotte fühlte. „Sie glauben mir vielleicht nicht und halten mich für geistig verwirrt oder was weiß ich, aber es waren hunderte Passagiere an Bord, die das bestätigen können."

„Ja, natürlich, entschuldigen Sie, aber wenn ich etwas untersuchen soll, muss ich das in alle Richtungen tun. Das verstehen Sie sicher."

„Fragen Sie weiter." Henrike wollte sich nicht mit dem Mann streiten und ging deswegen nicht näher darauf ein. Letztendlich konnte sie seine Erklärung nachvollziehen. Sie hatte nur so allergisch darauf reagiert, weil auch die Polizei in Oldenburg ihr zunächst keinen Glauben geschenkt hatte. Wie leid sie das alles war! Sich immer wieder rechtfertigen zu müssen und mit der quälenden Frage auseinanderzusetzen, ob sich die alten Trugbilder aus ihrer Vergangenheit wieder in ihr Leben geschlichen hatten. Sie war gestalkt und entführt worden und beinahe gestorben. Nun war Charlotte verschwunden und dieser Polizist unterstellte ihr eine krankhafte Einbildung. Sie hatte die Nase gestrichen voll! Das Einzige, was sie wollte, war, dass Charlotte wohlbehalten zurückkehrte.

„Ist Ihnen jemand aufs Schiff gefolgt, oder hatten Sie den Eindruck, dass Frau Eberding sich plötzlich unwohl gefühlt hat, als sie zur Toilette ging?"

Entgeistert sah Henrike ihn an. Daran hatte sie in ihrer Sorge überhaupt noch nicht gedacht. War ihr Stalker ihnen gefolgt und hatte sich jetzt Charlotte geschnappt? Aber warum sollte er das tun? Das ergab doch überhaupt keinen Sinn!

Bevor sie antworten konnte, erschien eine massige Gestalt an der Tür zum Salon. Hauptkommissar Schrabberdeich und seine junge Kollegin, deren Namen Henrike vergessen hatte, waren eingetroffen.

„Was ist passiert?", fragte er, nachdem er an ihren Tisch getreten war und sie begrüßt hatte.

Der Beamte erklärte kurz und knapp, was vorgefallen war. Ruhig hörte der Kommissar ihm zu. Seine erste Frage richtete er an Henrike:

„Sind Sie mit dem Auto hergekommen?"

Henrike bejahte. „Charlotte hat es auf einen Parkplatz noch ein ganzes Stück vor dem *Spieker* geparkt. Ein weißer BMW."

„Überprüfen Sie bitte, ob er noch an Ort und Stelle steht", wandte er sich an seinen Kollegen. „Falls nicht, lassen sie ihn zur Fahndung ausschreiben. Ich übernehme hier. Danke."

Der Uniformierte stand auf und verließ mit seinem jüngeren Kollegen das Schiff.

Kommissar Schrabberdeich setzte sich zusammen mit seiner schwarzhaarigen Assistentin Henrike gegenüber.

„Sollte Frau Eberding bis morgen früh nicht wieder da sein, werden wir Taucher einsetzen." Ernst sah er sie an.

Henrike war unfähig zu antworten, das Unfassbare, das in seiner Mitteilung mitgeschwungen war, hatte sie bis in ihr Innerstes getroffen. Charlotte lag tot auf dem Grund des Sees.

„Das ist ganz allein meine Schuld", stammelte sie unter Schluchzen. „Wären wir nicht hierher gefahren, wäre das nicht passiert."

„Wieso Ihre Schuld?" Verständnislos ruhten Schrabberdeichs Augen auf ihr.

„Sie wollte mich ein wenig ablenken, damit ich auf andere Gedanken komme und hat mir deswegen den Ausflug hierher vorgeschlagen. Erst wollte ich nicht, denn das letzte Mal, als ich mich mit ihr verabredet hatte, da ... Sie wissen ja, was passiert ist." Sie schniefte. „Ich hatte Angst, dass wieder etwas geschieht. Aber Charlotte hat einfach nicht lockergelassen und gemeint, ich könnte Gretchen nicht permanent auf den Wecker fallen. Ich hätte sie schon viel zu viel in diese Sache hineingezogen. Der Überfall in ihrer Wohnung und so weiter. Sie hatte natürlich recht damit. Und nun hat es sie erwischt." Erneut brach sie in Tränen aus.

„Frau Winter", Hauptkommissar Schrabberdeich räusperte sich und legte seine Hände behutsam auf den Tisch, „noch ist überhaupt nicht klar, was geschehen ist. Und wenn Ihr Stalker ebenfalls auf dem Schiff gewesen wäre, hätten Sie ihn doch mit Sicherheit erkannt, oder?"

Ja, genau daran hatte auch sie gedacht, dabei fiel ihr etwas anderes ein. „Was ist eigentlich aus der Fahndung beziehungsweise dem öffentlichen Zeugenaufruf geworden? Charlotte und ich haben doch Angaben für das Phantombild gemacht."

„Es haben sich leider allzu große Differenzen ergeben. Unser Experte hat zwar versucht, einen größtmöglichen Nenner herauszuarbeiten, aber was dabei herausgekommen ist, kann nicht verwendet werden, weil es nutzlos ist. Offensichtlich ist Ihre Wahrnehmung sehr unterschiedlich gewesen."

„Vielleicht sollten Sie ausschließlich meine Beschreibung verwenden. Schließlich habe ich ihn öfter gesehen." Aufmerksam sah sie ihn durch den Tränenschleier an, der noch immer über ihren Augen lag. „Insgesamt dreimal. Im Schlossgarten, zusammen mit Charlotte, unten auf der Straße vor meinem Fenster, und letzte Woche in der Gaststraße in der Nähe der Bäckerei."

Der Kommissar nickte unmerklich. „Genauso gut wäre es aber auch möglich, dass es sich um jemand ganz anderes handelte, der nur eine gewisse Ähnlichkeit mit dem Stalker hatte? Es ist erwiesen, dass Beschreibungen zu ein und derselben verdächtigen Person oft extrem unterschiedlich ausfallen können. Zudem kommt es auf die jeweilige Situation an. Wird der Zeuge beispielsweise mit einer Waffe bedroht, richtet sich seine Aufmerksamkeit möglicherweise hauptsächlich darauf und nicht auf den Angreifer. Das Gehirn ist manchmal ein Verräter, es gleicht nämlich Lücken aus."

„Wie Sie meinen." Was sollte sie auch darauf schon sagen.

„Ich mache Ihnen einen Vorschlag. Wir probieren es noch einmal und vergleichen die zweite Beschreibung mit der ersten. Anschließend schauen wir uns gemeinsam die von Frau Eberding an."

„Wenn Sie sich mehr davon versprechen, dann machen wir es so. Wie soll es denn jetzt weitergehen?"

„Wir bringen Sie nach Hause und morgen kommen Sie ins Präsidium. Einverstanden?"

Henrike nickte. In dem Moment kam der ältere der beiden Polizisten aus Bad Zwischenahn mit der Nachricht zurück, dass das Fahrzeug von Charlotte noch immer auf dem Parkplatz stehe. Henrikes allerletzte Hoffnung, dass Charlotte inzwischen nach Oldenburg gefahren sein könnte, hatte sich damit zerschlagen und spitzte die Situation zu. Erneut kämpfte sie mit den Tränen, während sie dem Hauptkommissar und seiner jungen Assistentin folgte, die sich nun nach ihr umdrehte.

„Geht es?", fragte sie einfühlsam und sah ihr besorgt ins Gesicht.

Henrike nickte, obwohl es in ihrem Innern gänzlich anders aussah. Wenn Charlotte nicht wiederkam, war es ihre Schuld. Und ob sie mit dieser Last jemals weiterleben konnte, wusste sie nicht.

Am folgenden Tag holten sie zwei Beamte ab und fuhren sie zum Präsidium. Hauptkommissar Schrabberdeich und seine junge Assistentin warteten bereits auf sie. Ihre Frage, ob es schon Neuigkeiten im Hinblick auf Charlotte gab, mussten sie verneinen. Die vergangene Nacht hatte Henrike kaum ein Auge zugetan, ihre Gedanken waren in einem fort um ihre verschwundene Freundin gekreist und hatten nicht aufgehört, sich zu drehen, wie ein defektes Karussell, das sie nicht mehr anhalten konnte.

Vergeblich hatte Gretchen versucht, ihr Mut zuzusprechen, doch zum ersten Mal seit dem Beginn ihrer Freundschaft hatte es nicht funktioniert. Henrike war kaum in der Lage gewesen, ihr zuzuhören. Sie hatte sich gefühlt, als ob ein Stück von ihr mit Charlotte verschwunden wäre.

Dieses Gefühl, nicht mehr ganz zu sein, hatte sich bis heute Morgen gehalten. Gerade im Moment spürte sie, wie es sich mit aller Wucht und Härte erneut in ihr Bewusstsein drängte. Ihr Herz raste und die Beine begannen, unkontrolliert zu zittern. Ihr Mund war trocken, die Zunge wie Löschpapier, das am Gaumen klebte.

„Frau Winter? Haben Sie mich gehört?"

Henrike schrak zusammen. „Nein, entschuldigen Sie. Was haben Sie mich gefragt?"

Der Kommissar warf seiner Assistentin, die heute ihre schwarzen Haare streng zurückgebunden trug, einen schnellen Seitenblick zu. Henrike folgte dem Blick des Kommissars und blieb auf seiner Assistentin ruhen. Nachdenklich musterte sie die junge Frau.

„Wie heißen Sie? Ich habe Ihren Namen vergessen."

Diesmal war es die junge Polizistin, die ihren Chef irritiert ansah.

„Nazan Demir", antwortete sie höflich. „Aber ich glaube, Herr Schrabberdeich hat Ihnen eine Frage gestellt."

„So?", fragte Henrike, „die habe ich wohl überhört. Sie sind auch so ein dunkler Typ wie meine Freundin Charlotte und genauso hübsch."

Sie vernahm ein deutliches Räuspern. Ihr fiel ein, dass der Hauptkommissar etwas von ihr wissen wollte.

„Was haben Sie mich gefragt?" Ihre eigene Stimme dröhnte in ihren Ohren und war seltsam verzerrt. Sie zwang sich, ihre Augen

auf den massigen Mann auf der anderen Seite des Schreibtisches zu richten. Doch der veränderte seine Position schlagartig und schoss aus ihrem Blickfeld nach hinten. Mit einem Mal saß er am Ende eines langen Tunnels. Er bewegte seinen Mund, doch Henrike hörte nichts, kein Ton kam über seine Lippen. Schweiß rann ihren Rücken hinab und das Zittern in ihren Beinen griff nun auf ihren Körper über. Der Kommissar beugte sich ein Stück über den Schreibtisch zu ihr hinüber.
Seltsam, etwas geschieht mit seinem Gesicht. Seine Gesichtszüge verzerrten sich und sein Mund wurde zu einem großen schiefen Loch, aus dem jetzt unheimliche Laute drangen, die sich anhörten, als würde ein Tonband mit viel zu geringer Geschwindigkeit abgespielt. Plötzlich verschwand sein Gesicht und der Schreibtisch flog an ihr vorbei. Dann wurde es dunkel um sie.

Etwas klopfte gegen ihre Wange und eine Stimme sprach zu ihr, dann war wieder alles schwarz. Ein Rütteln holte sie zurück und sie vernahm schnelle Schritte und kurz darauf einen lauten Knall. Gleich darauf versank sie wieder ins dunkle Nichts.

Henrike schlug die Augen auf. Alles um sie herum war weiß. Aus den Augenwinkeln nahm sie eine schemenhafte Gestalt wahr. Sie blinzelte und erkannte schließlich Gretchen, die ihr zulächelte.

„Da bist du ja wieder", sagte die mit dröhnend lauter Stimme.

Henrike hielt sich die Ohren zu und kniff die Augen zusammen. „Nicht so laut bitte, mir platzt gleich der Kopf." Dann erschlafften ihre Hände, der Kopf fiel zur Seite und sie schlief erneut ein. Als sie wieder die Augen aufschlug, saß Gretchen noch immer an ihrem Bett.

„Jetzt bleibst du aber hier", flüsterte Gretchen und tätschelte ihre Hand.

„Warum flüsterst du?", fragte Henrike verwundert.

„Ich wollte dich nicht erschrecken", ein Lächeln huschte über ihr Gesicht. „Du bist doch gerade erst zu dir gekommen."

„Ach Gretchen, was ist denn passiert? Ich war bei Schrabberdeich und seiner Assistentin im Präsidium, als mir mit einem Mal so komisch wurde und dann hat jemand das Licht ausgeknipst." Sie sah sich um. „Nun bin ich wohl im Krankenhaus, oder?"
„Stimmt, im Pius. Du bist in Ohnmacht gefallen."
„Wieso? Ist etwas mit Charlotte?" Ängstlich forschte sie Gretchens Gesicht, ob sich darin eine Schreckensnachricht ankündigte.
„Nein, beruhige dich! Der Kommissar wollte dir eine ganz normale Frage stellen und anschließend solltest du ein neues Phantombild mit dem Experten erarbeiten. Aber du hast unnatürlich reagiert und Frau Demir seltsame Sachen gefragt. Dann bist du vom Stuhl gerutscht. Kreislaufzusammenbruch."
Daran konnte Henrike sich nicht erinnern.
„Haben sie schon die Fahndung nach Charlotte eingeleitet? Und die Taucher, haben sie schon die Taucher in den See geschickt?" Henrike merkte, dass sie Herzrasen bekam.
„Zur Fahndung und den Tauchern kann ich dir nichts sagen, ich weiß nichts. Aber du musst dich beruhigen. Der Arzt hat gesagt, dass du absolute Ruhe brauchst. Mit einem Nervenzusammenbruch ist nicht zu scherzen."
„Nervenzusammenbruch? Eben hast du noch gesagt, dass ich einen Kreislaufzusammenbruch hatte. Ich brauche keine Ruhe. Ich brauche die Gewissheit, dass es meiner Freundin gutgeht und man alles unternimmt, um sie zu finden. Da werde ich mich doch nicht auf die faule Haut legen, um mich von vorne bis hinten bedienen zu lassen, während Charlotte vielleicht irgendwo liegt und Hilfe braucht." Energisch schlug sie die Bettdecke zurück und setzte die Füße auf den Boden. „Ich ziehe mich jetzt an und dann fahren wir nach Hause."
„Henrike!", Gretchen hatte sich von ihrem Stuhl erhoben und legte die Hand auf ihre Schulter. „Sei doch vernünftig, was willst du denn unternehmen? Die Polizei wird doch alles tun, um sie zu finden. Du musst hierbleiben und dich ausruhen! Bitte!"

„Die Polizei? Ha, lächerlich! Erst glauben sie einem nicht und dann unternehmen sie nichts. Wahrscheinlich werden sie erst aktiv, wenn eine von uns tot ist. Dann sind sie bestimmt ganz erstaunt und fragen ‚Nanu, so plötzlich? Damit hätten wir jetzt gar nicht gerechnet'." Wütend schnaubte sie. „Ich zieh mich jetzt an." Die letzten Worte hatte sie laut hervorgestoßen und deshalb nicht bemerkt, dass sich die Tür geöffnet hatte. Ein Arzt betrat das Zimmer. Abwechselnd sah er von Henrike zu Gretchen.

„Wo wollen Sie denn hin, Frau Winter?"

Henrike zog gerade ihre Sachen aus dem Schrank. „Nach Hause. Versuchen Sie gar nicht erst, mich zum Hierbleiben zu überreden."

„Das habe ich nicht vor. Wenn Sie sich allerdings auf eigenen Wunsch entlassen, muss ich Sie vorher auf die damit verbundenen Risiken aufmerksam machen."

„Risiken? Was für Risiken? Ich hatte einen kleinen Zusammenbruch, aber jetzt geht es mir wieder gut."

„Wenn Sie nicht noch für mindestens ein oder zwei Tage in ärztlicher Obhut bleiben, können Depressionen oder Angststörungen im Nachgang auftreten. Sie sollten unbedingt mit einem Psychologen über das Geschehene sprechen. Als man sie heute Morgen hier eingeliefert hat, hat man ebenfalls erwähnt, dass sie Schuldgefühle wegen des Verschwindens Ihrer Freundin haben, die sie extrem belasten. Zusammen mit den Dingen, die Ihnen erst kürzlich widerfahren sind, kann das einen psychischen Schaden bewirken, der sie noch lange Zeit im Griff hält. Was wollen Sie denn da draußen ganz allein unternehmen?"

Henrike hatte ihm mit hängenden Schultern und der Jeans in der Hand zugehört. Sie sah ihn an. Alle um sie herum waren so verdammt logisch, wussten ganz genau, was das Richtige war und wie man sich am vernünftigsten verhielt. Dabei liefen die Dinge gänzlich aus dem Ruder. Sah das denn niemand?

„Wenigstens bis morgen", lenkte der Arzt ein, dem klar war, dass er Henrike nicht überzeugt hatte. „Und heute und auch morgen ein

Gespräch mit Frau Dr. Assmann, der Psychologin. Ist das ein Deal, auf den wir uns verständigen können?"

„In Ordnung", sagte Henrike nach kurzem Zögern. Der Vorschlag des Arztes klang akzeptabel und die Gespräche mit der Psychologin konnten auch nicht schaden, hoffte sie zumindest.

Sie hörte Gretchen neben sich erleichtert die Luft ausstoßen. „Ich bin froh, dass du dich entschieden hast, zu bleiben. Ist doch nur bis morgen. Wenigstens gibt es eine positive Nachricht. Wir haben eine neue Schließanlage seit heute. Deine Schlüssel habe ich in Verwahrung genommen."

„Das heißt, ich könnte wieder in meine Wohnung gehen und auch dort schlafen?"

„Könntest du. Aber solange die Sache nicht geklärt ist, würde ich mich freuen, wenn du noch bei mir bleiben würdest. Das wäre mir eine große Beruhigung."

„Gretchen, das kann ich nicht annehmen", Charlottes vorwurfsvolle Worte fielen ihr wieder ein. „Ich habe dich da schon viel zu tief mit hineingezogen."

„Ach Quark! Ich kann es dir nur anbieten, entscheiden musst du selbst. Sprachst du nicht von einem zusätzlichen elektronischen Türschloss?"

„Ja, aber ich bin bisher überhaupt nicht dazu gekommen, mich darum zu kümmern. Mein Auto habe ich auch noch nicht abgeholt und noch nicht mal Papiere beantragt. Das muss ich schleunigst nachholen, sobald ich aus dem Krankenhaus bin."

„Wenn du willst, rufe ich Hartmut an, du weißt schon, meinen Freund aus alten Tagen. Wie ich ihn kenne, hat er im Handumdrehen zu elektronischen Türschlössern recherchiert und kann dir zwei oder drei Vorschläge machen. Wahrscheinlich kann er es auch einbauen, sodass du noch nicht einmal einen Handwerker beauftragen musst. Und solange bleibst du in meiner Wohnung, hauptsächlich zum Schlafen. Tagsüber kannst du deine eigene ja jederzeit nutzen, um Kleidung zu holen, zu waschen oder für sonstige Dinge, die man lieber zu Hause macht. Du gibst mir deinen Zweitschlüssel, damit ich jederzeit Zutritt zu deiner Wohnung habe. Und umgekehrt ebenso. Für einige Minuten können wir auch beide Türen offenlassen oder ich begleite dich in deine Wohnung."

Henrike sank aufs Bett, schlug die Hände vors Gesicht und fing bitterlich zu weinen an. Die Anspannung der letzten Tage, die Angst und Sorgen um Charlotte auf der einen und Gretchens große Freundlichkeit und Hilfsbereitschaft auf der anderen Seite waren auf einmal zu viel für sie.

Gretchen setzte sich neben sie und legte tröstend den Arm um ihre Schulter.

„Scht, es wird alles wieder gut, glaube mir. Es gibt immer ein Licht am Ende des Tunnels."

Henrike schniefte und sah sie an: „Du meinst jetzt aber nicht das weiße Licht, das einem erscheint, wenn man stirbt? Wird doch von beinahe Gestorbenen so berichtet."

Gretchen sah sie verdutzt an. Dann mussten sie beide lachen.

„Also, mein Liebes, gestorben wird definitiv später. Mir ist bewusst, dass das Schicksal manchmal ein Arschloch sein kann, aber wir werden kämpfen und ihm den Stinkefinger zeigen."

18. Kapitel

„Was hat die Durchleuchtung von Charlotte Eberding ergeben?", Haila klopfte ungeduldig mit dem Bleistift auf die Platte des runden Tisches, an dem Nazan und Ubbo Tönjes an diesem Montagmorgen saßen.

„Eigentlich nicht viel", antwortete Ubbo. „Sie scheint geschäftlich sehr erfolgreich zu sein, ist Single und geht zwei- bis dreimal die Woche ins Fitnessstudio. Bis vor anderthalb Jahren war sie mit einem Ludger Hoffmann liiert. Der arbeitet als Sachverständiger für den TÜV Oldenburg."

„Nicht richtig viel", gab Haila mürrisch zurück. „Was ist mit den Tauchern, die das Zwischenahner Meer absuchen sollen?"

„Sind zum zweiten Mal unterwegs, ein Ergebnis liegt aber noch nicht vor. Die Kollegen vor Ort werden uns sofort benachrichtigen, sollte die Vermisste gefunden werden."

„Das will ich stark hoffen." Der Fall Winter und Eberding wuchs langsam zu einem Ungetüm heran. Er ging davon aus, dass das Verschwinden von Charlotte Eberding mit dem Fall Henrike Winter zusammenhing. Allerdings hatte er noch keine Ahnung, wie er die losen Fäden miteinander verknüpfen musste. Unwillig grunzte er. „Lasst uns noch mal rekapitulieren", begann er. „Laut Protokoll des Kollegen, der Frau Winter in Bad Zwischenahn vernommen hat, sind die beiden Frauen gemeinsam mit Charlotte Eberdings Auto nach Bad Zwischenahn gefahren. Charlotte Eberding hat Henrike Winter mehr oder weniger überredet, weil die wegen ihrer Angst, dass erneut etwas passieren könnte, eigentlich nicht wollte. Ihre Ahnung hat sie nicht getäuscht, diesmal jedoch hat es Frau Eberding getroffen. In Zwischenahn und während der Bootsfahrt nach Dreibergen war alles völlig unauffällig. Niemand ist ihnen gefolgt, weder Winters ominöser Stalker, noch sonst eine dubiose Gestalt. Alles ganz normal und entspannt. Auf der Rückfahrt mit dem Schiff hat sich Charlotte Eberding zur Toilette begeben und ist nicht mehr zurückgekehrt. Man geht davon aus, dass sie über Bord gegangen ist."

Eine Weile herrschte Schweigen, dann meldete Nazan sich: „Wenn ich mir die Szene auf dem voll besetzten Schiff vor Augen halte, kann ich mir nicht vorstellen, dass es keinem der Passagiere aufgefallen sein soll, dass eine Frau über Bord gegangen ist."

„Oder gesprungen", ergänzte Ubbo Tönjes.

„Auch möglich", meinte Nazan mit gekrauster Stirn. „Denkbar ist aber auch, dass sie unbemerkt von Bord gegangen ist und Henrike Winter sie schlicht übersehen hat."

„Ergibt keinen Sinn für mich." Ubbo Tönjes schüttelte den Kopf und schürzte missbilligend die Lippen. „Warum ist sie von der Toilette nicht zu ihrer Freundin zurückgegangen und aus welchem Grund sollte sie sich von Bord schleichen?".

„Angenommen, sie hatte Verstopfung", erklärte Nazan völlig ernst, „oder Durchfall und ist deswegen nicht wiedergekommen. Sie kam erst von der Toilette, als das Schiff bereits die Anlegestelle erreicht hatte. Und dann hat sie gedacht, dass sie draußen auf Henrike Winter stoßen würde."

„Aber Charlotte Eberding ist eine solch auffallende Erscheinung, die kann man doch gar nicht übersehen", hielt Haila ihr entgegen, woraufhin Nazan beleidigt die Arme vor der Brust verschränkte. „Außerdem", fügte er hinzu, „hätte sie doch in diesem Fall auf ihre Freundin gewartet. Ganz abgesehen von ihrem Wagen, der noch an derselben Stelle steht."

„Dann wurde sie dort draußen in dem Pulk entführt. Man hat ihr eine Waffe in den Rücken gedrückt und sie zum Mitgehen gezwungen, bevor Henrike Winter von Bord ging. Die anderen Passagiere haben von der Entführung nichts bemerkt. Niemand wusste, wer diese Charlotte Eberding war." Nazan war von ihrer Version überzeugt.

Ubbo Tönjes zog die Brauen hoch und schaute zu Boden. Haila stieß geräuschvoll die Luft aus und legte seine gefalteten Hände auf den Tisch.

„Wir werden uns ihren ehemaligen Partner Ludger Hoffmann vorknöpfen und ihre Wohnung gründlich vornehmen", ordnete Haila an. „Was, außer ihrer Freundschaft, verbindet die Frauen noch? Dort könnte meiner Ansicht nach ein Lösungsansatz zu finden sein."

Sie brachen auf und fuhren zum TÜV in die Nadorster Straße. Sie fragten sich nach Ludger Hoffmann durch und fanden ihn in einem kleinen Büro vor seinem Computer sitzend. Während sie sich vorstellten, musterte Haila ihn. Er sah recht gut aus, war groß und schlank, hatte dichtes braunes Haar, das modisch kurz geschnitten war. Als der Kommissar die Sprache auf Charlotte Eberding und ihr plötzliches Verschwinden brachte, verdunkelte sich seine Miene.

„Ich kann Ihnen leider auch nicht helfen, ich habe schon lange keinen Kontakt mehr zu ihr, nachdem ich die Beziehung beendet habe."

„Darf ich fragen, weshalb die Partnerschaft beendet worden ist?", aufmerksam sah Haila den jungen Mann an, der einen ernsten, jedoch sympathischen Eindruck machte.

„Nun", druckste er ein wenig herum, „Charlotte ist eine absolute Powerfrau, was das Geschäftliche betrifft. Ich bin allerdings der Meinung, dass es im Leben auch noch etwas anderes gibt."

„Verständlich", bestätigte Haila. „Könnten Sie das vielleicht ein bisschen weiter ausführen?"

„Nun", hob er an, „Geld zu verdienen bedeutete ihr sehr viel. Eigentlich drehten sich ihre Gedanken fast ausschließlich darum. Wir konnten nur mal einen Kurzurlaub von zwei, drei Tagen machen, weil sie das Geschäft nicht für längere Zeit vernachlässigen wollte. Für eine harmonische Partnerschaft mit gemeinsamer Freizeitgestaltung blieb wenig, eigentlich gar keine Zeit. Als sie noch Kinder bekommen konnte, fand sich nie der richtige Zeitpunkt, immer war etwas anderes wichtiger. Ich wollte nicht mehr länger nur ein Gast in ihrem Leben sein, deswegen habe ich die Reißleine gezogen. Tut mir leid."

„Noch wissen wir nicht, was mit Frau Eberding geschehen ist, sie könnte entführt worden sein oder auch ertrunken."

„Mein Gott, das ist ja schrecklich!", entfuhr es Ludger Hoffmann.

„Könnten Sie sich vorstellen, wer sie entführt haben könnte? Und weshalb? Jeder Hinweis, selbst, wenn Sie ihm keine Wichtigkeit beimessen, kann uns helfen."

Der Mann sah zu Boden, dann hob er plötzlich den Kopf. „Vielleicht hat sich ein Kunde geprellt gefühlt oder etwas in der Richtung. Etwas anderes fällt mir dazu absolut nicht ein."

„Gab es denn geschäftliche Schwierigkeiten?", hakte Haila nach.

„Wir haben den Eindruck gewonnen, dass Frau Eberding eine gutgehende Agentur betreibt."

„Ja, so wird es wohl auch sein", schloss Ludger Hoffmann lahm und kniff die Lippen zusammen.

„Kommen Sie, Sie wissen doch etwas, das kann ich sehen. Jetzt ist keine Zeit für falsche Loyalität. Möglicherweise steht ihr Leben auf dem Spiel", machte Haila Druck und verfehlte damit nicht seine Wirkung. Entsetzt riss der Befragte die Augen auf.

„Ich, also ich … nun gut", Hoffman knetete seine Hände, bis die Knöchel weiß hervorstachen. „Sie betreibt ja nicht nur das Versicherungsgeschäft, sondern hat vor einiger Zeit begonnen, Finanzdienstleistungen anzubieten. Die Sparzinsen sind ja heutzutage so lächerlich gering, dass sie noch nicht mal die Inflationsrate abdecken. Vielleicht hat sie alternative Anlagemöglichkeiten vermittelt. Genau weiß ich es natürlich auch nicht, aber ich kann mich erinnern, dass sie mir mal etwas Derartiges angeboten hat, nachdem ich ihr von einer kleinen Summe aus einem Bausparvertrag erzählt hatte und nicht wusste, wie ich das Geld am besten anlegen sollte. Ich habe auf ihre Empfehlung hin ein bisschen im Internet recherchiert und für mich beschlossen, dass ich dieses Risiko nicht eingehen wollte.

Das hat sie auch sofort akzeptiert und ist nicht weiter in mich gedrungen."

Haila bedankte sich, wandte sich abrupt um und stapfte aus dem Büro. Nazan und Ubbo Tönjes schauten sich verdattert an und folgten ihm.

„Zu Frau Eberdings Wohnung", kommandierte er, als sie alle wieder im Auto saßen.

„Die schöne Frau scheint ein wenig geldgierig zu sein", frohlockte Nazan, doch Haila beachtete sie nicht und zückte stattdessen sein Handy. „Schick die SpuSi in die Kärntner Straße 12 b, zu Charlotte Eberding", bellte er in sein Handy. „Wir kommen auch gleich!"

19. Kapitel

Henrike lag noch im Bett in Gretchens Gästezimmer und starrte an die Decke. Mittlerweile war es schon zehn Uhr durch. Wenn es hochkam, hatte sie vielleicht eine halbe Stunde von Montag auf Dienstag geschlafen und fühlte sich wie gerädert. Die Gedanken an Charlotte und die Vorwürfe, die sie sich noch immer wegen ihres Verschwindens machte, bohrten in ihren Eingeweiden und ließen sie erneut mit den Tränen kämpfen. Unaufhörlich rief sie sich immer und immer wieder die Szenen ihres gemeinsamen Tages in Bad Zwischenahn vor Augen, um einen Hinweis zu entdecken. Hatte sie etwas übersehen oder nicht weiter auf etwas Verdächtiges geachtet? Charlotte war womöglich voller Sorgen gewesen und sie hatte es nur nicht gemerkt, weil sie immerzu nur mit ihren eigenen Problemen beschäftigt war. Sie war eine schlechte Freundin, eine, die nur nahm und nicht gab.

Bis gestern Abend hatte es keine Spur von ihr gegeben, die Taucher hatten sie nicht aufspüren können. Die Polizei hatte eine großangelegte Suchaktion und einen öffentlichen Zeugenaufruf in der Presse gestartet. Unter Charlottes Portrait war das Phantombild ihres Stalkers mit der großen Nase abgebildet gewesen, das Henrike mit dem Beamten zusammen erarbeitet hatte und von dem man vermutete, dass er möglicherweise im Zusammenhang mit Charlottes Verschwinden stand. Offenbar war der Kommissar zu der Ansicht gelangt, Henrikes Beschreibung mehr zu vertrauen als der von Charlotte, da sie den Stalker öfter gesehen hatte. Bisher war jedoch alles erfolglos geblieben. Würde ihre Freundin, ihre Charlotte, die sie schon seit Ewigkeiten kannte, nie mehr wieder kommen? Dicke Tränen, die Henrike nun nicht mehr zurückhalten konnte, liefen aus ihren Augen und tropften von den Schläfen auf ihr Kopfkissen.

Es klopfte leise und die Tür öffnete sich. Gretchen steckte ihren Kopf herein.

„Liebes, bist du wach? Ich war etwas beunruhigt, weil du sonst immer schon früh munter bist. Ich habe Kaffee für dich und wenn du magst, auch ein schönes Croissant." Lächelnd näherte sie sich Henrike und stellte den dampfenden Becher auf den Nachttisch.

Matt sah Henrike ihr entgegen. „Ich habe kein Auge zugetan und fühle mich einfach schrecklich. Die Sorgen um Charlotte fressen mich auf. Wäre ich doch bloß nicht auf ihren Vorschlag eingegangen." Sie drohte erneut in Tränen auszubrechen.

„Ich kann dich verstehen, Henrike. Aber was passiert ist, ist nicht deine Schuld. Da draußen läuft ein Irrer herum, dessen Pläne wir nicht kennen und außerdem war es Charlottes Vorschlag, nicht deiner."

„Aber sie hat ihn nur gemacht, um mich aufzumuntern. Es war ein Freundschaftsdienst, den sie jetzt bitter bezahlen muss, vielleicht mit ihrem Leben. Natürlich fühle ich mich verantwortlich, Gretchen, auch, wenn es vielleicht nicht meine Schuld ist."

„Lass uns nach dem Frühstück noch einmal in Ruhe darüber sprechen. Bleib noch ein bisschen liegen und trink den Kaffee. Wenn du möchtest, kommst du zu mir in die Küche und isst eine Kleinigkeit. Was meinst du?"

„Danke", sagte Henrike leise, schniefte und wischte sich die Tränen vom Gesicht. Dann griff sie nach dem Becher.

Nach dem Kaffee fühlte sie sich in der Lage aufzustehen und schlurfte ungewaschen und ungekämmt zu Gretchen in die Küche, die gerade telefonierte.

„Okay, Hartmut, ich melde mich später noch einmal bei dir. Henrike kommt gerade und wir wollen frühstücken." Sie legte das Telefon zur Seite. „Lass uns anfangen. Es sind auch Müsli und Obst da."

Henrike kam sich wie ein kleines Kind neben dieser willensstarken und optimistischen Frau vor, die sie im Laufe der Zeit richtig liebgewonnen hatte. Fast war sie wie eine Mutter für sie geworden und für den Bruchteil einer Sekunde blitzte das Bild des völlig zerstörten

Autos auf, in dem ihre leibliche Mutter den Tod gefunden hatte. Energisch scheuchte sie die Gedanken an den Unfall von vor drei Jahren beiseite und versuchte, sich auf die appetitlichen Sachen zu konzentrieren, die Gretchen liebevoll auf dem Küchentisch arrangiert hatte. Obwohl sie überhaupt keinen Hunger hatte, häufte sie sich eine kleine Portion Müsli in ihre Schale und goss ein wenig Milch darüber. Widerstrebend führte sie den Löffel zum Mund und hatte beim Kauen das Gefühl, dass ein Knoten ihren Hals zusammenschnürte. Trotzdem würgte sie den ersten Bissen hinunter, musste jedoch schnell mit dem Orangensaft nachspülen, der in einem Glas vor ihr stand. Es ging nicht, sie bekam einfach nichts runter. Sie schob die Schüssel ein wenig von sich weg und lehnte sich seufzend zurück.

„Iss wenigstens ein bisschen, du musst fit bleiben", bat Gretchen sie. „Hör zu, ich habe mir Gedanken gemacht, wie wir die Polizei bei ihrer Suche unterstützen könnten."

Zweifelnd sah Henrike sie aus rot geränderten Augen an. „Deine Überlegung in allen Ehren, aber wo sollen wir beginnen? Und vor allen Dingen, wie? Ich habe noch immer kein Auto. Ich könnte es heute endlich ..."

„Wir haben einen Fahrer mit Auto", unterbrach Gretchen sie schnell. „Hartmut stellt sich als Chauffeur zur Verfügung."

„Das ist nett, aber ich kann doch mit meinem Auto fahren. Ich müsste es nur noch abholen."

„Ich halte es nicht für gut, wenn du momentan selbst fährst. Du bist zu unkonzentriert und erschöpft."

„Und wo sollen wir suchen?", fragte Henrike skeptisch, ließ Gretchens Einwand jedoch gelten. Wahrscheinlich würde sie gleich an der nächsten Ecke einen Unfall bauen.

„Wir könnten ins Kayhauser Moor zum Engelsmeer fahren."

Henrike zuckte zusammen. Der Ort, an dem sie beinahe gestorben wäre. „Wieso dahin?", brachte sie hervor.

„Ich weiß, es klingt eher unwahrscheinlich, aber es ist doch gut möglich, dass der Täter gewartet hat, bis es Nacht wurde und er Charlotte ebenfalls dorthin verschleppt hat. Aber selbst, wenn wir sie oder einen Hinweis dort nicht finden, fällt dir möglicherweise ein Detail deiner eigenen Entführung wieder ein, das du inzwischen vergessen hast. Du weißt, dass das Gedächtnis ein kompliziertes, psychologisches Konstrukt ist, und sogar Erinnerungen verändern kann. Deswegen wäre es unter Umständen sehr hilfreich, wenn du dich noch einmal in die gleiche Umgebung begeben würdest und in dich hineinhorchst."

„Meinst du wirklich?" Noch war Henrike nicht ganz überzeugt.

„Schaden kann es zumindest nicht. Einen Versuch ist es wert und allemal besser, als hier zu Hause untätig rumzusitzen. Deswegen solltest du jetzt etwas essen und trinken. Hartmut wird gegen Mittag hier sein."

Doch einen Einwand hatte Henrike noch. „Die Polizei hat doch bestimmt dort auch schon nach ihr gesucht, meinst du nicht?"

„Vielleicht, vielleicht auch nicht. Zumindest besteht die Möglichkeit, dass du deinem Gedächtnis auf die Sprünge hilfst."

Die Vermutung, Charlotte könne bei Nacht zum Engelsmeer verschleppt worden sein, hielt sie für wenig plausibel. Sie wussten doch überhaupt nicht, unter welchen Umständen sie verschwunden war. Sollte sie tatsächlich entführt worden sein, konnte das doch nur auf dem Schiff geschehen sein und zwar in dem Augenblick, als sie zur Toilette gegangen war. Nur zu diesem Zeitpunkt überhaupt wäre es für einen potentiellen Entführer möglich gewesen, sie in seine Gewalt zu bringen, ohne dass es jemand auf dem Schiff mitbekam. Dann sollte er sie im Moor ausgesetzt haben, damit sie darin umkam? Weshalb? Das alles ergab doch keinen Sinn! In der Vergangenheit war es ausschließlich um sie gegangen, weshalb sollte er sich nun Charlotte geholt haben? Doch dann fiel Henrike ein, dass der Täter schon mehrfach seine Strategie geändert hatte. Vielleicht war das ein neuer Schachzug von ihm?

Auch wenn sie sich nicht allzu viel von dieser Aktion versprach, war sie jedoch besser, als sich hier untätig und wie in Trance vom Sessel zur Couch und von da zum Bett zu schleppen. Und möglicherweise fiel ihr tatsächlich ein Detail ihrer eigenen Entführung wieder ein. Sie straffte die Schultern und zwang sich, von dem Müsli zu essen und nahm zwischendurch ein Stückchen Obst zu sich, damit es besser rutschte. Nach dem Frühstück ging sie in ihre eigene Wohnung, duschte und machte sich zurecht. Vereinbarungsgemäß kam Gretchen zwischendurch zu ihr, um zu kontrollieren, ob alles in Ordnung war.

Um kurz nach eins erschien Hartmut in Gretchens Wohnung. Er war möglicherweise einige Jahre jünger als Gretchen, was Henrike wegen des wilden, weißgrauen Bartes, der nahezu sein ganzes Gesicht überwucherte, nicht eindeutig beurteilen konnte. Auf dem Kopf trug er eine schwarze Baskenmütze. Eine abgetragene, lange Lederjacke und verblichene Jeans komplettierten das Erscheinungsbild eines Fossils aus den wilden Sechzigerjahren. Als er sie sah, verzog sich sein Mund unter den vielen Haaren zu einem Lächeln und um die intensiv hellblauen Augen bildeten sich kleine Fältchen. Hartmut war ihr auf Anhieb sympathisch. Auch Gretchen hatte sich auf ganz erstaunliche Weise verändert. Das seltsamste Detail ihrer Aufmachung war eine enganliegende, schwarz-grüne Motorradkappe. Dazu trug sie eine khakifarbene Freizeitjacke und eine weite, olivgrüne Baumwollhose, in deren unzähligen Taschen sie einen kompletten Werkzeugkasten hätte unterbringen können. Unter dem Hosensaum lugten die Kappen derber Freizeitschuhe hervor.

„Gretchen, wir haben heute zwar nur zwanzig Grad, aber wird dir mit der Kappe nicht zu warm?", fragte sie ihre mütterliche Freundin.

„Warte ab, bis du in Hartmuts Auto sitzt."

Hartmut lachte gutmütig auf und wandte sich an Henrike: „Du solltest vielleicht ein Tuch oder so was mitnehmen, könnte sonst ein bisschen zugig werden."

Sie störte sich nicht daran, dass Hartmut sie ungefragt geduzt hatte. Wahrscheinlich war das unter Revolutionären so üblich. Sie musste wohl etwas ratlos ausgesehen haben, denn Gretchen gab ihr kurzerhand ein Tuch von sich.

Als sie hinaus auf die Straße traten, stellte Henrike fest, dass ihre Aufpasser nicht mehr da waren. Kommissar Schrabberdeich hatte von drei Tagen gesprochen, die die Streife vor ihrem Haus stehen würde. Die waren schon am Freitagabend verstrichen gewesen.

Henrike traf beinahe der Schlag, als Hartmut vor einer uralten froschgrünen Ente mit offenem Verdeck hielt.

„Bitte sehr, meine Damen, hinein ins Vergnügen." Hartmut hatte Sinn für Humor, das musste man ihm lassen und er war offenbar nicht bereit, den Errungenschaften der modernen Zeit den Vorzug gegenüber den Dingen aus seiner Vergangenheit zu geben. Mit denen verband er sicherlich wertvolle persönliche Erinnerungen, wie Henrike mutmaßte. Weshalb Gretchen die kuriose Kappe trug und ihr das Kopftuch gegeben hatte, wurde ihr kurz darauf klar. Das Verdeck ließ sich nämlich nicht mehr schließen.

Mit gefühlten fünfzig Stundenkilometern ging es durch die Stadt über die Autobahn Richtung Bad Zwischenahn. Ständig wurden sie von Autos überholt, deren Insassen ihnen gelegentlich einen amüsierten Blick zuwarfen. Dann verließen sie die A28 und fuhren die Haarenstrother Straße entlang, bogen dann von der Oldenburger Straße links in den Mühlenweg und von da aus in den Heisterweg.

Nachdem Hartmut seine grüne Ente am Straßenrand geparkt hatte, gingen sie zu Fuß die Straße Am Engelsmeer weiter. Niemand sprach ein Wort. Henrike ließ ihren Blick über die stille Landschaft gleiten und horchte in sich hinein. Hier irgendwo musste es gewesen sein, wo ihr Entführer Blinde Kuh mit ihr gespielt und ihr einen Stoß versetzt hatte. Doch erst als sie den Trampelpfad zum Engelsmeer betraten, ergriff sie eine spürbare Unruhe. Mit einem Mal stand alles wieder lebendig vor ihren Augen und ihre Härchen richteten sich auf, als sie dem Gefühl der Unsicherheit und Angst nachspürte, dem sie so hilflos ausgeliefert gewesen war. Erneut vernahm sie das entfernte Geräusch des vorbeifahrenden Zuges, das ihr die Hoffnung vermittelt hatte, sich an den Bahngleisen orientieren zu können. Die undurchdringliche Schwärze, die sie umgeben hatte, der Geruch des Moores, der selbst noch durch den Stoff der Haube gedrungen war. Jetzt war er wieder da ... und noch ein anderer. Abrupt blieb sie stehen, um den flüchtigen Erinnerungsfetzen greifen zu können.

„Henrike, was ist?" Gretchens Stimme riss sie aus ihren Gedanken und hatte damit den Schemen verjagt.

„Ach nichts", entgegnete Henrike, „ich dachte nur ... ich weiß nicht genau, was es war. Jetzt ist es wieder weg."

„Wollen wir noch einen Moment hier stehen bleiben?", schlug Gretchen vor.

Aber der Funke der Erinnerung war schlagartig erloschen und sie wusste, je intensiver sie darüber nachdachte, desto flüchtiger würde er sein.

Sie gingen weiter und kamen an den Hinweisen vorbei, die vor dem Verlassen des Pfades warnten. Suchend glitt ihr Blick über die Umgebung. Wo war die Stelle, an der sie im Moor eingesunken war? Dort musste eine Birke stehen, an deren Ast sie sich geklammert hatte. Für eine Schrecksekunde sah sie Charlotte dort hängen.

„Lasst uns nach links gehen, ich glaube, dort war es", sagte sie mit gepresster Stimme.

„Hast du die Schilder nicht gesehen?", wandte Hartmut ein.

„Wir sind zu dritt, und können uns gegenseitig helfen", widersprach Henrike. Sie wollte unbedingt zu der Stelle gehen, um sich mit eigenen Augen davon zu überzeugen, dass Charlotte dort nicht auch um ihr Leben kämpfte.

Hartmut gab nach, leise etwas von früheren, wesentlich ungefährlicheren nächtlichen Sternwanderungen vor sich hin brummelnd.

Tatsächlich entdeckten sie wenig später die Birke mit dem einzelnen abstehenden Ast.

„Da ist es", flüsterte Henrike und wies mit zitternder Hand auf den Baum. „An diesem Ast habe ich gehangen. Gott sei Dank haben mich die Jugendlichen noch rechtzeitig gefunden." Henrike schloss die Augen. Noch einmal erlebte sie im Geiste ihre dramatische Rettungsaktion: Die Stimme, die ihr zugerufen hatte, sie solle nach der Jeans greifen, die Todesangst, mit der sie nach dem rettenden Stück Stoff griff und dafür den Ast hatte loslassen müssen. Grelle Lichter, die durch die Dunkelheit zuckten, aufgeregtes Stimmengewirr, eine Decke, die ihr über die Schulter gelegt wurde und jemand, der ihr etwas Warmes zu trinken gab.

„Alles in Ordnung mit dir?", fragte Gretchen und legte ihr die Hand auf die Schulter.

Henrike sah sie gedankenverloren an, weil sie gerade erst aus der Welt der Erinnerungen in die Wirklichkeit zurückfand.

„Ja", antwortete sie schließlich, „aber ich denke, wir können wieder zurückfahren. Ich kann mich an kein weiteres Detail erinnern, bis auf das von vorhin, und das ist mir leider entglitten. Bestimmt fällt es mir wieder ein, wenn ich gar nicht mehr daran denke."

Sie warfen Hartmut einen Blick zu, der etwas abseits von ihnen stand und augenscheinlich etwas auf dem Boden entdeckt hatte. Nun beugte er sich ein Stück hinab und streckte die Hand aus. Henrike konnte nicht genau erkennen, was er in der Hand hielt, als er sich wieder aufrichtete und es demonstrativ in die Höhe hielt. Es sah aus wie ein helles Stück Stoff.

„Was hast du da?", rief Gretchen.

„Ein Halstuch", gab er zur Antwort.

Henrike eilte zu ihm, inspizierte das Tuch und erstarrte im selben Moment.

„Das ist Charlottes Halstuch", sagte sie tonlos. „Das hat sie am Tag unseres Ausflugs getragen."

„Bist du ganz sicher?", hakte Gretchen nach.

Henrike nahm es Hartmut aus der Hand und hielt es sich unter die Nase. „Blue Velvet", murmelte sie und sah Hartmut und Gretchen mit schreckgeweiteten Augen an. „Ja, ich bin ganz sicher. Es ist ihr Tuch. Ihr neues Parfum haftet noch daran."

Sacht nahm Hartmut es ihr wieder aus der Hand und schnupperte daran, nickte und gab es Gretchen, die ebenfalls daran roch. Ohne auf die beiden zu achten, ging Henrike wie benommen zurück in die Nähe der Birke und blieb dort regungslos stehen. War ihre Freundin dort unten im Moor begraben? Hier oder an einer anderen Stelle? Sie verlor die Fassung und sank schluchzend auf die Knie. Plötzlich schrie sie so laut sie konnte: „Charlotte, wo bist du? Kannst du mich hören? Wir kommen und helfen dir!"

Gretchen war hinter sie getreten und sah mitleidig zu ihr runter. „Komm hoch, Henrike", sagte sie und half ihr wieder auf die Beine. „Wir haben die Polizei gerufen, sie wird das Gebiet durchkämmen. Noch ist nicht klar, ob sie wirklich hierhergebracht worden ist."

„Und das Halstuch? Woher kommt das?", schleuderte Henrike Gretchen ins Gesicht.

„Vielleicht liegt es schon länger hier und gehört doch jemand anderem", warf Hartmut ein und warf seiner Gefährtin einen hilflosen Blick zu.

„Ausgeschlossen!", rief Henrike. „Die Spurensicherung hat alles akribisch untersucht, nachdem man mich gefunden hat. Und dass eine andere Frau das gleiche Halstuch und das gleiche Parfum benutzt, halte ich für ausgeschlossen. Nein, sie war ... ist hier!"

Voller Verzweiflung rief Henrike immer wieder den Namen ihrer Freundin und ließ sich weder von Gretchen noch von Hartmut beruhigen. Zwanzig Minuten später trafen Hauptkommissar Schrabberdeich mit seiner Assistentin und mehreren Einsatzwagen ein. Einige der Männer waren mit langen Stangen ausgerüstet, um in dem moorigen Boden zu stochern.

„Was machen Sie eigentlich hier?", fragte der Kommissar ohne Umschweife.

„Frau Petermichel wollte mit Frau Winter hierherfahren, damit sie sich vielleicht an etwas erinnert, was in der allgemeinen Aufregung beim Rettungseinsatz verschüttgegangen ist", antwortete Hartmut. „Und natürlich hatten wir die Hoffnung, einen Hinweis auf die verschwundene Frau zu finden."

„Haben Sie das Halstuch gefunden?", fragte Schrabberdeich ihn.

„Ja, gleich da vorne", gab Hartmut Auskunft, gab ihm das Tuch und ging die wenigen Schritte zum Fundort zurück. Mit dem ausgestreckten Zeigefinger wies er auf die Stelle.

Schrabberdeich winkte einen Kollegen zum Fundort heran, instruierte ihn und kehrte dann wieder zu ihnen zurück. Erst jetzt schien ihm Gretchens sonderbarer Aufzug aufzufallen. Er musterte die befremdlich wirkende Truppe von oben bis unten.

„Frau Winter, können Sie sich erinnern, ob Frau Eberding dieses Halstuch während Ihres Ausflugs getragen hat?"

„Ich bin mir zu einhundert Prozent sicher. Außerdem haftet noch ihr Parfum daran."

Automatisch hielt es sich der Hauptkommissar unter die Nase und nickte kurz.

„Fahren Sie jetzt bitte wieder nach Hause", forderte Schrabberdeich sie auf. „Wir kümmern uns hier um alles."

„Nein, ich warte, bis der Einsatz beendet ist", widersprach Henrike heftig. „Ich muss wissen, ob Charlotte hier … "

„Dann aber bitte in einiger Entfernung, sonst stehen Sie hier nur im Weg und behindern die Kollegen. Von den zerstörten Spuren gar nicht zu reden."

„Jetzt erlauben Sie aber mal!", erwiderte Hartmut entrüstet und richtete erregt seine Baskenmütze. „Wer hat denn das Halstuch gefunden? Das waren ja wohl wir. Und die Idee hierher zu kommen, war doch offensichtlich nicht verkehrt."

Schrabberdeich sah ihn einen Moment an, räusperte sich dann und sagte:

„Sie haben recht. Ich war wohl ein bisschen zu forsch. Dennoch möchte ich sie bitten, etwas Rücksicht zu nehmen und ein wenig zurückzutreten. Auf dem Weg hierher habe ich ein grünes ... äh, Auto gesehen. Gehört es Ihnen?"

„Ja, die Ente gehört mir", antwortete Hartmut mit fester Stimme.

Ein Zucken ging um den Mund des Kommissars. „Vielleicht könnten Sie darin warten? Sobald es etwas gibt, informieren wir Sie sofort."

„Wenn Charlotte hier ... hier unten irgendwo liegen sollte", richtete sich Henrike stockend an den Kommissar, „werden Sie sie mit den Stangen aufspüren können?" Sie heftete ihre Augen auf Schrabberdeich, der ihre Frage nach kurzem Zögern mit einem Nicken beantwortete und sich dann umwandte.

Drei Stunden später wurde die Suche erfolglos abgebrochen. Henrike, Gretchen und Hartmut waren jedoch schon vorher nach Hause gefahren, denn Henrike war während des Wartens bewusst geworden, dass sie ihren beiden Begleitern die lange Warterei im Auto auf keinen Fall zumuten konnte. Bevor sie losfuhren, hatte sie Kommissar Schrabberdeich gebeten, bei Gretchen anzurufen, sobald es etwas Neues gäbe, egal zu welcher Zeit. Dann fuhren sie schweigend zurück nach Oldenburg. Die bedrückende Stille senkte sich bleiern über sie, denn alle befürchteten das Schlimmste. Charlotte war im Moor versenkt worden.

20. Kapitel

Ein melodisches Klingeln drang in Henrikes Unterbewusstsein. Die Schlaftablette, die Gretchen ihr vor dem Zubettgehen gegeben hatte, verhinderte, dass sie richtig wach wurde. Doch das Läuten hielt hartnäckig an und mit einem Ruck setzte sie sich aufrecht hin. Das Telefon! Schrabberdeich! Sie hatten Charlotte gefunden! Benommen stand sie auf, tapste barfuß ins Wohnzimmer und riss den Hörer von der Ladestation.

„Ja?", meldete sie sich atemlos.

„Henrike, bist du es?"

Henrike fiel beinahe der Hörer aus der Hand. „Charlotte? Du lebst! Oh, mein Gott!", rief sie fassungslos. „Gott sei Dank!" Ein trockener Schluchzer entwich ihrer Kehle.

„Henrike, du musst mir helfen", flehte ihre Freundin mit tränenerstickter Stimme.

„Helfen? Wieso? Was ist mit dir? Wo bist du?" Mit einem Schlag war Henrike hellwach und konzentriert.

„Auf der Eisenbahnbrücke vorm Stadthafen. Der Entführer hat mich in seiner Gewalt. Er will, dass du herkommst. Du musst kommen, bitte!"

„Warum? Was soll ich tun?" Henrikes Gedanken rasten. „Lässt er dich frei, wenn er mich dafür kriegt?" Nackte Angst kroch ihren Rücken hoch.

„Nein. Er will dir einen Deal vorschlagen. Wenn du ihn annimmst, lässt er mich frei und dich für immer in Ruhe. Bitte Henrike, ich habe solche Angst. Wenn du nicht kommst, macht er kurzen Prozess und wirft mich von der Brücke runter."

Henrike stutzte.

„Aber Charlotte, die Brücke ist doch nur drei oder vier Meter über der Hunte", hielt sie dagegen. „Selbst, wenn er dich da runterwirft, ist es nicht lebensgefährlich."

„Aber er hat mir einen Strick um den Hals gelegt", rief ihre Freundin verzweifelt. „Wenn er mich über die Brüstung wirft, zieht sich die Schlinge zu und ich werde erhängt."

„Einen Strick um den Hals?", echote Henrike geschockt und schlug sich die Hand vor den Mund, um einen Aufschrei zu unterdrücken. „Ich komm so schnell es geht. Ich nehme das Rad, mein Auto ist noch in der Werkstatt. Und auf ein Taxi muss ich wahrscheinlich zu lange warten. Aber es wird zwanzig bis fünfundzwanzig Minuten dauern."

„Beeil dich bitte", heulte Charlotte. „Aber du darfst unter keinen Umständen die Polizei verständigen. Er hat mir gedroht, mich kaltzumachen, wenn er auch nur einen Bullen sieht."

„Ich sage der Polizei nichts, versprochen! Ich fahre sofort los." Mit zittrigen Fingern stellte sie das Telefon auf die Ladestation zurück, eilte in ihr Zimmer und zog sich schnell an. Der Wecker auf ihrem Nachtschränkchen zeigte zwanzig nach zwei an. Sollte sie nicht doch lieber die Polizei verständigen? Nein, das Risiko war zu groß, dass er seine Drohung wahrmachte und Charlotte über die Brücke warf. Das musste sie alleine durchziehen, für ihre Freundin. Ihr Herz klopfte bis zum Hals und sie begann zu schwitzen. In Kürze würde sie wissen, was für einen Deal er ihr vorschlagen wollte. Wahrscheinlich ging es um Geld, doch darüber wollte sie jetzt nicht spekulieren, denn die Zeit drängte.

Gerade wollte sie die Wohnungstür öffnen, als Gretchen plötzlich hinter ihr stand.

„Wo willst du hin, Henrike?", fragte sie. Ein besorgter Ausdruck lag auf ihrem Gesicht. „Ich habe das Telefonat mitbekommen. Das Läuten hat mich geweckt und ich bin aufgestanden. Es hätte ja die Polizei sein können. War es aber nicht, richtig?"

„Gretchen, Charlotte lebt! Sie ist mit dem Entführer auf der Eisenbahnbrücke. Aber sie ist in größter Lebensgefahr. Er hat ihr einen Strick um den Hals gelegt."

„Welche Eisenbahnbrücke?", unterbrach Gretchen sie ruhig.
„Na, die über der Hunte vorm Stadthafen", antwortete Henrike ungeduldig. „Die vom Wasserturm am Stau bis nach Osternburg."
„Wieso hat sie einen Strick um den Hals? Was will er?"
„Ich soll auf einen Deal eingehen, dann lässt er Charlotte frei und mich für immer in Ruhe. Wenn ich nicht komme, wirft er sie von der Brücke und sie wird erhängt. Ich muss mich beeilen, Gretchen, die Zeit wird knapp!"
„Du musst die Polizei rufen! Das kann doch auch eine Falle sein! Fahr nicht dorthin!"
„Das kann ich nicht, er hat gedroht, Charlotte sofort die Brücke runterzuwerfen, wenn er auch nur einen Bullen sieht. Ich muss jetzt los. Bitte unternimm nichts, was Charlotte schaden könnte."

Kurz umarmte sie Gretchen, schlüpfte dann durch die Tür und holte ihr Fahrrad aus dem Keller. Wie eine Besessene trat sie in die Pedalen, damit Charlottes Entführer nicht ungeduldig wurde und etwas Übereiltes tat. Die körperliche Anstrengung und ihre aufgewühlte Psyche trieben ihr den Schweiß aus allen Poren.

Völlig außer Atem erreichte sie die Brücke rechts hinterm Wasserturm. Sie stieg vom Fahrrad und entdeckte sofort das rot-weiße Absperrgitter, das den Weg für Fußgänger und Radfahrer sperrte. Jetzt fiel es ihr ein, sie hatte davon in der NWZ gelesen. Wegen Bauarbeiten, die den Fußweg stark einschränkten, war die Brücke für mehrere Wochen gesperrt worden. Hilflos sah sie sich um, was sollte sie nur tun? Wenn der Weg hier gesperrt war, dann auch auf der gegenüberliegenden Seite auf der Stedinger Straße. Aber sie musste auf die Brücke!

Ihr Blick ging zurück zum Gitter und nun sah sie, dass der seitliche Teil der Absperrung relativ kurz war. Vielleicht gab es von dort eine Möglichkeit, die Sperre zu umgehen! Entschlossen näherte sie sich ihr und erkannte dahinter einen relativ niedrigen Drahtzaun, über den sie kurzerhand kletterte und auf der Zuwegung weiter bis zur Brücke ging. Bevor sie sie jedoch betrat, hielt sie einen Moment inne, sah angestrengt den Fußgängerweg entlang. Nur spärlich erhellten vereinzelte Lampen an der Brücke die Umgebung. In einiger Entfernung konnte sie die schemenhaften Umrisse zweier dicht beieinanderstehender Menschen ausmachen. Das mussten sie sein! Charlotte und ihr Entführer. Henrike holte noch einmal tief Luft und ging langsam vorwärts. Laut hallten die Absätze ihrer Schuhe auf dem Metallgitter des Fußweges durch die nächtliche Dunkelheit und Stille. Ihr Herz klopfte zum Zerspringen und ihre Hände waren schweißfeucht und kalt. Ein einzelner Schweißtropfen lief von der Stirn in ihr rechtes Auge. Sie wischte den brennenden Tropfen weg und fixierte die zwei Personen, die immer näher in ihr Blickfeld rückten, bis sie nur noch wenige Meter von ihnen entfernt stand.

„Charlotte", rief sie laut. „Ich bin's, Henrike!"

„Komm näher!", hallte eine männliche Stimme zu ihr herüber. Es war das erste Mal, dass sie sie leibhaftig vernahm. „Aber schön langsam und keine hastigen Bewegungen", befahl der Mann. „Ich will deine Hände sehen."

Henrike ging mit demonstrativ nach vorn ausgestreckten Händen Schritt für Schritt weiter. Je näher sie kam, desto klarer wurden die Umrisse des Mannes und der Frau, die eng beieinander an der Brüstung standen, beinahe so, als wären sie ein Liebespaar. Der Mann, der die schwarze Maske mit den Sehschlitzen über den Kopf gezogen hatte, stand dicht neben Charlotte an der Brüstung. Henrike zuckte zusammen, als sie das helle Seil entdeckte, das mit dem Geländer verbunden war und locker um den Hals ihrer Freundin lag. *So ein verdammtes Schwein!* Doch noch hatte sich die Schlinge nicht zugezogen! Unmittelbar vor ihnen hielt sie an.

„Ich bin hier." Ihre eigene Stimme kam ihr unnatürlich laut vor. „Wie lautet Ihr Vorschlag? Ich werde darauf eingehen, aber bitte lassen Sie Charlotte frei."

Als sie einen Schritt nach vorne tat, erscholl plötzlich eine Stimme vom anderen Ende der Brücke: „Lassen Sie die Frau los. Hier ist die Polizei!"

Der Kopf des Mannes schnellte nach rechts, während er mit beiden Händen nach der Brüstung griff. Blitzschnell riss sich Charlotte die Schlinge über den Kopf und warf sie dem Mann über. Bevor der das Seil um seinen Hals überhaupt realisiert hatte, ging Charlotte hinter ihm in die Knie, machte gleichzeitig einen Ausfallschritt nach hinten, packte den Mann an den Unterschenkeln und katapultierte sich mit einem animalischen Schrei wieder hoch, so dass der Maskierte nicht mehr länger auf den Füßen stand und sich mit beiden Händen an der Brüstung festzuklammern versuchte.

„Charlotte!", schrie Henrike. „Nicht!"

Doch es war zu spät. Der Mann verlor den Halt und rutschte über die Brüstung.

Henrike hörte nicht mehr die Rufe der Polizei und auch nicht das stampfende Geräusch sich nähernder Schritte, sondern beugte sich über die Brüstung. Der Mann hing über dem Fluss. Krämpfe durchzuckten seinen Körper im Todeskampf, dann wurde er still und schwang schließlich nur noch wie ein Pendel über dem nachtschwarzen Wasser der Hunte.

Nachdem der Leichnam nach oben gezogen worden war, hatte man ihn auf die Brücke gelegt. Der herbeigerufene Arzt konnte nur noch den Tod durch Genickbruch feststellen.

„Frau Winter, Frau Eberding", rief Hauptkommissar Schrabberdeich, der inzwischen eingetroffen war, „kommen Sie, bitte. Kennen Sie den Mann?"

Engumschlungen, sich gegenseitig Halt gebend, hatten sie dem Geschehen in einigem Abstand stumm zugesehen. Zuerst trat Henrike an den Leichnam heran. Eine Lampe beleuchtete das unbedeckte Gesicht des Toten.

„Das ist unmöglich", flüsterte Henrike und spürte ihre Knie weich werden. „Das … das ist Mark, Mark Behrends."

„Was?" Charlotte schob sich an ihr vorbei und starrte auf den Toten hinunter. „Du meine Güte, ja, das stimmt." Mitfühlend ergriff sie die Hand ihrer Freundin.

„Verstehe ich Sie beide richtig, dass es sich bei dem Toten um Ihren ehemaligen Lebensgefährten handelt, Frau Winter?"

„Ja", flüsterte Henrike und sah den Kommissar verständnislos an. „Ich verstehe es nicht. Was hat er damit zu tun? Mark ist doch nicht der Mann, der mich gestalkt hat, der sah doch ganz anders aus. Die Nase … und die Augen." Hilfesuchend sah sie Charlotte an.

Die sagte: „Der Mann aus dem Schlossgarten war nicht Mark Behrends, das kann ich bestätigen. Der sah ganz anders aus."

Schrabberdeich fluchte leise. Laut aber sagte er:

„Ich muss Sie jetzt beide zum Präsidium mitnehmen, um Ihre Aussage aufzunehmen."

„Jetzt?", fragte Charlotte.

„Ein Mensch ist zu Tode gekommen und wie man mir berichtet hat, waren Sie es, die ihn über die Brüstung geworfen hat."

„Bin ich verhaftet?"

„Nein, aber ich nehme Sie vorläufig fest wegen des dringenden Tatverdachts der Tötung eines Menschen. Frau Winter wird zur Vernehmung mitkommen."

„Aber ich habe doch in Notwehr gehandelt!", protestierte Charlotte. „Wäre ich nicht so schnell gegen ihn vorgegangen, hätte er mich von der Brücke geworfen."

„Ob die Notwehr objektiv tatsächlich erforderlich war, muss überprüft werden", entgegnete Hauptkommissar Schrabberdeich. „Schließlich war die Polizei schon im Anmarsch. Bitte kommen Sie jetzt mit."

Im Präsidium erfuhr Henrike, dass Gretchen die Polizei verständigt hatte. Im ersten Moment war sie über diese Tatsache irritiert gewesen. Im Nachhinein hatte sich das Handeln ihrer mütterlichen Freundin jedoch als richtig erwiesen. Bei der Vernehmung gab Henrike zu Protokoll, wie sich der Vorgang auf der Brücke aus ihrer Sicht darstellte.

„Haben Sie die Stimme des Polizisten gehört?"

„Ja."

„Als Frau Eberding Mark Behrends von den Füßen riss und er daraufhin gefährlich weit über die Brüstung rutschte, hätten Sie doch dazwischengehen können um zu verhindern, dass er darüber fiel."

Henrike sah ihn an. „Ich ... ich stand nicht direkt neben ihnen. Ich war durch Ihr plötzliches Erscheinen so perplex, dass ich zu keiner Handlung fähig war. Alles ging so rasend schnell und geschah zur gleichen Zeit, dass ich wie erstarrt war. Ich habe Charlotte noch etwas zugerufen."

„Was haben Sie ihr zugerufen?"

„‚Nein, Charlotte!', oder etwas in der Richtung. Ich kann mich nicht mehr genau erinnern."

„Aber Ihre Freundin hat nicht auf Sie gehört und Mark Behrends Beine losgelassen, vielleicht sogar einen Stoß versetzt."

„Nein, das ist so nicht ganz richtig", widersprach Henrike. „Ich glaube, sie hat mich in ihrer Todesangst nicht mehr gehört. In einer solchen Situation handelt man rein instinktiv, alle Sinne sind ausgeschaltet. Nur der Überlebenswille zählt."

„Vielleicht haben Sie recht. Lassen Sie uns auf Mark Behrends zu sprechen kommen. Noch wissen wir nicht, welche Rolle genau er in diesem Fall gespielt hat. Mit an Sicherheit grenzender Wahrscheinlichkeit war er es, der Charlotte Eberding vom Schiff entführt und in seine Gewalt gebracht hat. Zu diesem Sachverhalt wird sie natürlich noch verhört. Unklar ist weiterhin, ob er auch derjenige war, der Sie entführt und gestalkt hat und für den Identitätsdiebstahl, die pornografischen Bilder im Internet und den Diebstahl des Geldes von Ihrem Konto verantwortlich zeichnet. Sie und Ihre Freundin haben beide einstimmig ausgesagt, dass der Mann im Schlossgarten, beziehungsweise der Mann, der sie in der Innenstadt verfolgt und vor Ihrem Fenster auf und abmarschiert ist, ganz anders ausgesehen habe. Vielleicht gibt es einen zweiten Mann oder die beiden Vorfälle stehen miteinander nicht in Verbindung."

Henrike hatte seinen Ausführungen aufmerksam zugehört, konnte aber nichts darauf erwidern, weil sie es einfach nicht wusste.

„Kommen wir auf Mark Behrends zurück. Sie sprachen von einem Deal, den er Ihnen vorschlagen wollte. Wissen Sie Näheres dazu?"

„Ich habe absolut keine Vorstellung." Ratlos runzelte sie die Brauen.

„Selbst, wenn Sie es nicht wissen, können Sie sich denn vielleicht vorstellen, was Mark Behrends zu seinem Tun veranlasst haben könnte?"

Während der Fahrt zum Präsidium hatte sie sich diese Frage schon selbst gestellt, jedoch keine Antwort gefunden. Das Ganze war einfach so unglaublich, dass es schlichtweg ihre Vorstellungskraft sprengte.

„Er hatte eine schöne Frau und zwei gesunde Kinder", überlegte sie laut und machte eine kurze Pause, weil ihr eingefallen war, dass Melanie nicht mehr ganz so schön wie vor der Geburt der Kinder gewesen war und sogar ein wenig ungepflegt und nachlässig gewirkt hatte, als sie sich zufällig in der Stadt begegnet waren. „Er übte seinen Traumberuf aus und wohnte in einem tollen Haus mit großem Garten", fuhr sie unbeirrt fort. „Er hatte wirklich alles, was man für ein gutes, erfülltes Leben braucht. Er wirkte zwar etwas gestresst, als ich ihn das letzte Mal sah, das ist bei Zwillingen jedoch kein Wunder. Ist der eine still, fängt der andere an zu quengeln."

Aufmerksam hatte der Kommissar ihr zugehört und sich Notizen gemacht. Nun sah er wieder auf. „Charlotte Eberding und Mark Behrends kennen sich, wie ich vermute?"

„Ja, natürlich."

„Und mochten sie sich?"

„Wie meinen Sie das?", fragte Henrike nach und sah ihn überrascht an.

„In dem Sinne, dass sie sich sympathisch waren."

„Ach so, ja, ich glaube schon. Keiner von ihnen, weder Mark noch Charlotte hat sich in irgendeiner Weise negativ über den anderen geäußert. Als Mark sich wegen Melanie von mir getrennt hat, meinte sie nur: ‚Reisende soll man nicht aufhalten'. Sie hat mir sehr über die schwere Zeit danach geholfen. So wie jetzt auch. Sie ist der wichtigste und wertvollste Mensch für mich in meinem Leben." Für eine Sekunde meldete sich das schlechte Gewissen wegen Gretchen. In jüngster Zeit hatte sie Charlotte sogar zweitweise von ihrem Platz verdrängt, wie sie sich eingestehen musste, wohl nicht zuletzt wegen der räumlichen Nähe, die sie mit Gretchen teilte. Dennoch war es die Wahrheit gewesen, die sie dem Kommissar erklärt hatte.

Der nickte und rieb sich nachdenklich das Kinn. „Gut, Frau Winter", sagte er schließlich. „Das wär's fürs Erste. Ein Kollege wird sie jetzt nach Hause bringen. Ihr Fahrrad können Sie sich morgen oder wann Sie wollen hier abholen."

21. Kapitel

Nachdem Henrike Winter das Zimmer verlassen hatte, goss Haila Schrabberdeich sich einen Kaffee ein, der während des Gesprächs durchgelaufen war. Aus seiner Sicht war die strafrechtliche Würdigung von Henrike Winters eher unproblematisch. In dem Moment, als sie Charlottes Vorhaben erkannt hatte, war sie zwar noch in der Lage gewesen, ihre Freundin durch einen warnenden Ruf von ihrer Tat abzuhalten, für ein aktives Einschreiten jedoch viel zu überrumpelt und paralysiert gewesen.

Bei Charlotte Eberding sah die Sache schon anders aus. Blitzschnell hatte sie den Moment der Verwirrung genutzt, um Mark Behrends die Schlinge über den Kopf zu werfen und ihn über die Brüstung zu hieven. Das entsprach den strafgesetzlichen Tatmerkmalen eines Tötungsdelikts. Fraglich war, ob die Notwehrhandlung tatsächlich erforderlich gewesen war. Die gesetzliche Norm erlaubte, sich des Abwehrmittels zu bedienen, das man zur Hand hatte. Ein anderes Mittel, als den Spieß einfach umzudrehen und ihn über das Geländer zu heben, hatte ihr nicht zur Verfügung gestanden. Zweifelhaft war jedoch, ob sie sich nicht intensiver als erforderlich verteidigt hatte und somit rechtswidrig gehandelt hätte. Entschuldigt wäre sie allerdings, wenn sie aus Verwirrung und Furcht die Notwehrhandlung bewusst oder unbewusst überschritten hatte. Es war Sache des Ermittlungsrichters über den Erlass eines Untersuchungshaftbefehls zu entscheiden. Das lag nicht in seiner Entscheidungskompetenz. Seine Aufgabe bestand in der Vernehmung der Tatverdächtigen.

Er kippte gerade den letzten Schluck Kaffee runter und zog sich den Bund seiner Hose hoch, da klopfte es auch schon und Charlotte Eberding betrat sein Büro. Hinter ihr erschienen nacheinander Nazan und Ubbo Tönjes. Ihm fielen die dunklen Schatten unter Charlotte Eberdings Augen auf. Sein Blick taxierte unauffällig ihren

Körper. Sie musste wirklich sehr durchtrainiert sein, um einen Mann an den Unterschenkeln zu packen und über eine Brüstung zu katapultieren.

Höflich bat er sie, Platz zu nehmen und bot allen Kaffee an, den sie dankend annahm, Nazan und Ubbo jedoch ablehnten. Ihre Hand zitterte ein wenig, als sie die Tasse zum Mund führte. Es war offensichtlich, dass sie sehr angespannt und nervös war, denn er hatte ihr sehr deutlich klar gemacht, dass die Notwehr, auf die sie sich berufen hatte, geprüft werden müsse. Zudem verursachte die Tötung eines Menschen einen immensen inneren Aufruhr, den nur eiskalte Mörder nicht verspürten.

„Frau Eberding, bevor wir zu den Ereignissen auf der Brücke kommen, lassen Sie uns vorher über ihre Entführung sprechen. Meine erste Frage ist, ob es sich bei Mark Behrends um denselben Mann handelt, der sie entführt hat?"

„Der Mann, der mich auf dem Schiff entführt hat, sah ganz anders aus."

„So wie der Mann aus dem Schlossgarten?", hakte Haila nach.

Sie schüttelte den Kopf. „Er schien älter zu sein, hatte einen grauen Schnurrbart und trug eine große verspiegelte Sonnenbrille und einen Strohhut."

„Wie hat der Mann sie in seine Gewalt gebracht?", fragte er weiter und dachte daran, dass es mittlerweile drei potentielle Täter gab.

„Henrike und ich saßen zusammen auf dem Sonnendeck, weil in dem Salon alles besetzt war. Dann musste ich zur Toilette wegen der zwei Gläser Bier, die ich im *Fährkroog* in Dreibergen getrunken hatte. Als ich die Toilette wieder verlassen wollte, stand vor mir ein Mann, der mir einen Stoß versetzte und sich dann zu mir in die Kabine zwängte. Er hielt mir ein Messer an die Kehle. Ich hatte panische Angst, dass er zusticht." In einer hilflosen Geste knetete Charlotte Eberding ihre Hände.

„Was geschah dann?", fragte er weiter.

„Er hat mich gezwungen, eine graue Kurzhaarperücke und eine Sonnenbrille aufzusetzen. Dann hat er meine Jacke genommen und in eine Tragetasche gestopft, der er zuvor einen beigefarbenen Mantel entnommen hatte. Den musste ich anziehen. Währenddessen hat er mich dahingehend instruiert, dass wir wie ein Ehepaar auftreten und nebeneinander sitzen sollten. Wenn ich Mätzchen mache, so hat er mir gedroht, würde er mir sein Messer in die Seite rammen und zwar so, dass es niemand bemerken würde. Aber ich habe nicht mal daran gedacht, mich zu wehren oder laut um Hilfe zu rufen, dafür hatte ich viel zu viel Angst."

„Sie sind ja sehr sportlich und gut trainiert, wie Sie auf der Brücke bewiesen haben. Konnten Sie ihn in der Toilettenkabine nicht durch einen gezielten Tritt außer Gefecht setzen?"

Sie schüttelte den Kopf. „In dem kleinen Kabuff? Ich hatte überhaupt keine Bewegungsfreiheit und mit einem Messer an der Kehle macht man keine unbedachten Bewegungen. Ich konnte mich gerade so umziehen."

„Ich verstehe", sagte Haila.

„Ich habe sogar Henrike gesehen, als sie in völliger Panik nach mir suchte und direkt an uns vorbeikam. Aber der Typ neben mir hat das Messer unter der Tasche in meine Seite gebohrt, um zu verhindern, dass ich mich zu erkennen gäbe."

„Und weiter? Wie sind Sie vom Schiff gekommen?"

„Ganz einfach runtergegangen. Wir sahen aus wie ein älteres Ehepaar, dem niemand Beachtung schenkte. Er hat mich zu seinem Auto geführt, mir dann ein Tuch über den Kopf gebunden und den Sitz in Liegeposition gestellt, damit mich niemand von außen sehen konnte. Erst in einem Keller hat er mir die Binde abgenommen. Er hat mich an ein Heizungsrohr gefesselt, wie zuvor Henrike. Während der ganzen Zeit hat er die Maske getragen und nicht mit mir gesprochen."

„Um was für eine Automarke hat es sich gehandelt?"

„Ich glaube, es war ein dunkelblauer Audi", sagte sie nach einigem Überlegen.

„Können Sie sich vielleicht auch noch an das Kennzeichen erinnern?"

„Nur an OL. Mehr nicht."

Haila gab Ubbo ein Zeichen. „Klär bitte ab, ob Mark Behrends Halter eines blauen Audi mit Oldenburger Kennzeichen ist."

Ubbo stand auf und verließ das Büro. Es würde nicht lange dauern, bis er die entsprechende Information hatte.

„Hatten Sie den Eindruck, dass es sich bei dem Mann im Keller und dem Mann auf dem Schiff um ein und dieselbe Person handelte?"

Charlotte stieß die Luft aus. „Das kann ich nicht mit Bestimmtheit sagen. Im Keller hatte er andere Klamotten an als auf dem Schiff. Das erste Mal habe ich sein Gesicht auf der Brücke gesehen, es war das von Mark Behrends."

Haila legte ein Beweissicherungstütchen mit dem Halstuch, das Henrike Winter und ihre seltsamen Begleiter im Moor gefunden hatten, vor sie hin. „Gehört das Ihnen, Frau Eberding?"

Überrascht griff sie danach. „Ja, das ist meins", rief sie. „Woher haben sie das?"

„Das hat ein Bekannter von Frau Petermichel am Engelsmeer gefunden. Frau Winter und zwei Freunde haben dort nach Ihnen gesucht und hatten gehofft, dort vielleicht einen Hinweis auf Sie zu finden."

Charlotte Eberding sah ihn an. Ihre bernsteinfarbenen Augen füllten sich mit Tränen. Haila rutsche unangenehm berührt auf seinem Stuhl hin und her. Weibliche Tränen aus schönen Augen machten ihn nervös.

„Henrike ist so ein guter Mensch", flüsterte sie und wischte verstohlen eine Träne von ihrer Wange. „Sie hat auch nicht gezögert, sofort auf die Brücke zu kommen, um auf seinen Vorschlag einzugehen, damit er mich gehen ließ. Ich weiß nicht, wie ich ihr dafür danken kann. Ich werde ewig in ihrer Schuld stehen." Nun begann sie richtig zu weinen.

„Frau Eberding, möchten Sie ein Glas Wasser oder etwas anderes?"

Schniefend schüttelte sie den Kopf. „Nein danke, es geht schon."

„Gut, fahren wir fort. Wie ist das Halstuch dort hingekommen?"

„Dieser Mann muss es mir irgendwann abgenommen haben, vielleicht im Keller, als er mir die Augenbinden abgenommen hat. Er muss es da hingelegt haben."

„Können Sie sich vorstellen, weshalb er das getan haben sollte?"

Ratlos sah sie ihn an und zuckte mit den Achseln. Dann erhellte sich ihre Miene.

„Vielleicht um eine falsche Spur zu legen?", sagte sie. „Es sollte der Eindruck entstehen, dass ich dorthin verschleppt wurde und nicht mehr lebe."

„Das könnte gut sein. Sehr scharfsinnig von Ihnen." Haila lehnte sich zurück und verschränkte die Arme vor der Brust. „Einzig das Warum ist mir nicht klar. Ihnen? Was hätte er davon gehabt? Wo wäre der Vorteil für ihn gewesen, wenn man annahm, dass Sie dort ums Leben gekommen seien? Außerdem konnte er doch nicht wissen, dass Frau Winter und ihre Freunde dort nach Ihnen suchen würden."

„Das habe ich nicht bedacht", räumte sie ein. Einen Augenblick später fuhr sie fort: „Aber möglicherweise ging er davon aus, dass die Polizei das Gebiet am Engelsmeer nach mir absuchen würde, denn er hatte ja schon Henrike dort hilflos zurückgelassen, in der Hoffnung, dass sie dort umkommt. Oder jemand Drittes sollte das Tuch zufällig finden, einen Zusammenhang mit meinem Verschwinden herstellen und die Polizei benachrichtigen. Es ging ja durch die Presse und auch Henrikes Entführung hatte für Schlagzeilen gesorgt."

Mit immer größer werdendem Unbehagen hatte er ihren Überlegungen zugehört. Er hatte überhaupt nicht in Erwägung gezogen, dort nach ihr suchen zu lassen. Denn zu diesem Zeitpunkt war es fraglich gewesen, ob es sich bei Charlotte Eberdings Verschwinden um eine Entführung wie bei Henrike Winter handelte, oder ob sie nicht doch über Bord gegangen war und man sie nur noch nicht gefunden hatte. Außerdem verschwanden Menschen oft spurlos, ohne dass ein Verbrechen dahinterstand. Dennoch bohrte das unangenehme Gefühl in seinen Eingeweiden, einen Fehler begangen zu haben.

„Kommen wir noch einmal zu dem Punkt zurück, dass wir und Frau Winter glauben sollten, Sie wären tot. Warum?"

„Vielleicht wollte er damit erreichen, dass Henrike sofort zur Brücke kommen würde?"

„Was hat das eine mit dem anderen zu tun?"

„Weil sie so überglücklich war, dass ich doch noch am Leben war?", beantwortete sie seine Frage mit einer Gegenfrage. „Und sein Plan ist ja auch aufgegangen", fügte sie hinzu. „Henrike hat nicht eine Minute gezögert und ist gekommen."

„Und wenn Gretchen Petermichel uns nicht informiert hätte, würde er selbst noch leben", führte er ihren Gedanken weiter.

Charlotte Eberding nickte.

„Haben Sie eine Ahnung, worum es bei diesem Deal ging?"

„Darüber hat er nichts zu mir gesagt. Ich weiß es wirklich nicht."

„Ging es möglicherweise um Geld? Hatte Frau Winter Vermögen?"

„Sie hat ihre Mutter beerbt, die bei einem Autounfall vor zwei oder drei Jahren ums Leben gekommen ist. Es müssen um die vierhundertfünfzigtausend Euro gewesen sein. Vierhunderttausend hat sie fest angelegt. Ich glaube, die werden erst in einem oder zwei Jahren fällig."

„Woher wissen Sie das so genau?", fragte Haila und straffte seinen Rücken.

„Weil ich ihr diese Anlage vermittelt habe", sagte sie mit fester Stimme und sah ihm direkt in die Augen. „Ich gestehe, dass ich dafür eine Provision bekommen habe, aber das ist nun mal mein Geschäft, davon lebe ich. Und Henrike wusste davon."

„Natürlich", antwortete Haila unverbindlich. Wer war er, dass er sich ein Urteil darüber erlauben konnte? Charlotte Eberding hatte mit dem Erhalt einer Provision nichts Gesetzwidriges getan. Und hätte Henrike Winter sich beispielsweise an eine Bank gewandt, wäre dem Institut oder dem Berater ebenso eine Vermittlungsprovision zugeflossen. Jeder wollte eben ein Stück vom großen Kuchen haben.

„Und vor Ablauf dieser Frist kann sie nicht an das Geld herankommen?", vergewisserte er sich.

„Ausgeschlossen, das ist vertraglich so geregelt. Wenn dieser Verbrecher von der Anlage nichts wusste, hat er sich vielleicht ausgerechnet, dass sie über eine größere Summe Bargeld verfügt, die er ihr hätte abpressen können. Das setzt aber voraus, dass er von der Erbschaft gewusst haben musste."

„Das werden wir mit Frau Winter besprechen, vielleicht hat sie gegenüber Mark Behrends oder jemand anderem etwas durchsickern lassen." Er räusperte sich. „Könnten wir Einblick in die Unterlagen bezüglich der Geldanlage nehmen?"

„Selbstverständlich. Noch heute Nacht? Ich suche sie raus, kein Problem." Sie brachte ein Lächeln zustande, das zusammen mit der einzelnen Träne, die noch an ihren langen Wimpern glitzerte, seine Wirkung bei Haila nicht verfehlte. Unbeweglich betrachtete er das aparte Gesicht, das selbst nach einem solch nervenaufreibenden Erlebnis von innen heraus zu strahlen schien. Er riss sich zusammen.

„Nein, dazu haben wir noch genug Zeit. Morgen werde ich Sie erst einmal dem Ermittlungsrichter vorstellen, der wird über einen U-Haftbefehl entscheiden. Danach sehen wir weiter."

Charlotte Eberding schluckte hart. „Ich habe nichts Unrechtes getan. Ich habe lediglich versucht, mein Leben und das von Henrike zu schützen."

In diesem Moment kehrte Ubbo Tönjes zurück und legte wortlos einen Zettel auf Hailas Schreibtisch. Mit gerunzelten Brauen überflog der die Notiz.

„Mark Behrends fuhr einen dunkelblauen Audi mit dem Kennzeichen OL-MB-375."

Haila erhob sich und gab Ubbo Tönjes einen Wink, die Verdächtige herauszuführen.

„Wir sehen uns morgen", sagte er zu Charlotte Eberding, die auf ihrem Stuhl in sich zusammengesunken war.

22. Kapitel

Aufgeregt bestiegen Henrike und Charlotte das Kanu. Mit dem Bus waren sie bis nach Sandkrug gefahren, hatten dort Kaffee getrunken und Kuchen gegessen und waren von da aus zu Fuß nach Astrup in Wardenburg gegangen. Nach einer dreiviertel Stunde waren sie am Kanuverleih angekommen. Seit langem waren sie nicht mehr so glücklich und unbeschwert gewesen, wie an diesem herrlichen Sommertag. Der Spuk, der ihr beider Leben vor nahezu fünf Wochen auf den Kopf gestellt hatte, war fast vorüber. Charlotte wartete noch auf ihre Verhandlung, die in drei Wochen beginnen würde. Der Anwalt, der dafür gesorgt hatte, dass der Haftbefehl im Wege der Haftprüfung gegen Auflagen aufgehoben wurde, war davon überzeugt, dass das Strafverfahren mit einem Freispruch für sie enden würde. Dennoch war Charlotte trotz dieser erlösenden Nachricht zusammengebrochen und ins Krankenhaus geliefert worden. Gleich im Anschluss hatte man sie in eine Reha-Maßnahme gesteckt, gegen die sie sich zunächst heftig gewehrt hatte, die sich aber positiv ausgewirkt hatte.

Kommissar Schrabberdeich hatte sich die Investmentunterlagen von Henrike vorlegen lassen, die das bestätigten, was Charlotte ihnen bereits zuvor mitgeteilt hatte. Das Geld konnte unter keinen Umständen vor Ablauf der Anlagefrist abgezogen werden.

Die Durchsuchung von Mark Behrends Haus im Herrenweg, die Überprüfung seines Handys und PCs blieben ergebnislos. Auch seine zutiefst erschütterte Frau konnte keine Angaben zu den kriminellen Aktivitäten ihres Ehemanns machen und war komplett ahnungslos gewesen. Sie konnte sich sein Verhalten nicht erklären, sie haben eine glückliche Ehe geführt, wie sie unter Tränen versicherte, natürlich habe es hin und wieder Streit gegeben, weil es mit den Zwillingen teilweise stressig gewesen sei.

Nicht die kleinste Spur zu den Entführungen konnten sie finden und auch keinerlei sonstige Hinweise, die auf Henrike Winter oder

Charlotte Eberding wiesen. Es war wie verhext. Ebenso wenig hatten sie bisher das Haus ausmachen können, in dessen Keller Henrike und Charlotte gefangen gehalten worden waren. Auch die Kleidung, von denen beide Frauen eine Beschreibung abgegeben hatten, konnte nicht sichergestellt werden. Die Suche nach einem älteren Mann mit grauem Schnurrbart und beiger Windjacke, der Charlotte vom Schiff entführt hatte, blieb erfolglos, obwohl man ein Phantombild in den Medien veröffentlicht hatte, das man anhand von Charlottes Angaben erstellt hatte. Alle Geschehnisse, die sich rund um diesen Fall ereignet hatten, erschienen den Ermittlern wie Trugbilder, die sich in Luft aufgelöst hatten. Hauptkommissar Schrabberdeich hatte den Deckel der Ermittlungsakten mit einem Seufzer geschlossen. Er setzte seine Hoffnung in den Prozess, der möglicherweise neue Erkenntnisse zu Tage fördern würde, die einen neuen Ermittlungsansatz boten.

Nachdem Charlotte und Henrike ihre Schwimmwesten angelegt und sich hintereinander ins Kanu gesetzt hatten, ging es los. Dank der Einweisung, die sie vorher bekommen hatten, klappte es auf Anhieb sogar recht gut. Ihr Ziel war das Wasserkraftwerk Oldenburg. Dort würden sie aussteigen und von da aus zum Restaurant *Hafenhaus* gehen, um dort ein wohl verdientes Abendessen auf der Terrasse zu genießen. Langsam und ohne Anstrengung paddelten sie gemächlich die Hunte entlang, die sich durch die Marschlandschaft schlängelte. Weiden und Erlen säumten das Flussufer und ließen ihre langen Zweige malerisch ins Wasser hängen.

Nach einer Stunde Kanufahren war Henrike ganz schön ins Schwitzen gekommen. Unter ihrer Schwimmweste staute sich die Wärme. Auch Charlotte schien zu schwitzen, denn sie wandte sich um, ließ bezeichnend die Zunge heraushängen und fuhr sich mit dem Handrücken über die Stirn.

„Diese Westen sind sauwarm", sagte sie. „Was hältst du davon, wenn wir sie einfach ausziehen?"

„Ich weiß nicht", antwortete Henrike. „Nicht ohne Grund soll man welche tragen."

„Ja, schon richtig, aber die Hunte ist nicht gerade so tief wie ein Ozean und an den meisten Stellen kann man sogar stehen."

„Das ist richtig, aber ..."

„Ach was, aber! Das Wasser ist so ruhig wie ein See. Ich bin mal so mutig und ziehe sie mir aus." Entschlossen befreite sie sich von dem sperrigen Ding, hievte die Beine hoch, drehte sich um und griff nach dem wasserdichten Sack, den sie vom Bootsverleiher bekommen hatten, damit ihre persönlichen Sachen nicht nass wurden. Sie zog ein frisches T-Shirt zum Wechseln heraus und stopfte das alte in den Sack. Für einen Moment saß sie nur im BH da, der ihre vollen Brüste nur knapp bedeckte. Verstohlen und etwas peinlich berührt blickte sich Henrike um, doch sie waren im Moment die Einzigen weit und breit. Manchmal wünschte sie sich, ein bisschen so wie Charlotte zu sein, so taff und entschlossen.

„Mach mal ein schönes Foto von mir", bat ihre Freundin. „Anschließend nehmen wir eins von dir auf. Allerdings sieht diese Weste nicht gerade vorteilhaft aus, muss ich sagen. Du siehst aus wie ein Kasten." Ausgelassen lachte sie und warf den Kopf zurück.

„Na gut, du hast gewonnen", gab Henrike sich geschlagen. „Ich zieh sie aus, aber nur fürs Foto." Sie entledigte sich ihrer Weste und fühlte sich tatsächlich sofort wie befreit. „Gib dein Handy!", forderte sie ihre Freundin auf, legte das Paddel ins Kanu und griff nach dem Handy, das Charlotte ihr bereits für die Aufnahmen eingestellt hatte.

Henrike hielt es sich vors Gesicht und suchte die beste Position.

„Am besten stehst du kurz auf, dann kriegst du mehr drauf", riet Charlotte ihr. „Pass aber auf, dass du nicht ins Wasser fällst!"

„Also sag mal, für wie blöd hältst du mich!" Langsam und vorsichtig stand Henrike auf und versuchte das seichte Schaukeln des Kanus mit Armen und Beinen auszugleichen. Als es sich nicht mehr bewegte und Charlotte mit einem Stück der Umgebung gut im Bild war, drückte sie auf den Auslöser. Prima, dachte Henrike zufrieden, gleich noch eins, und versuchte mit der Kamera, Charlottes Gesicht in Großaufnahme einzufangen. Sie stutzte. Das breite, gutgelaunte Lächeln ihrer Freundin war erloschen und hatte einem kalten Gesichtsausdruck Platz gemacht.

„He, was ist denn los?", fragte sie irritiert und ließ das Handy sinken. Charlotte antwortete nicht, sondern fixierte sie lauernd. Nun begann sie, von links nach rechts zu schaukeln, sodass Henrike sich nur mit Mühe auf den Beinen halten konnte.

„Was machst du denn da!", schrie sie. „Hör sofort auf!"

Doch Charlotte hörte nicht auf, sondern schaukelte noch stärker, das Gesicht zu einer gemeinen Fratze verzerrt. Instinktiv beugte Henrike die Knie, um in die Hocke zu kommen und sich am Bootsrand festzuhalten. Doch bevor sie die Finger um den Bootsrand klammern konnte, wurde das Schwanken so stark, dass sie kopfüber in die Hunte fiel.

Wie ein eiskalter Panzer umschloss die Kälte des Wassers plötzlich ihren erhitzten Körper und sie verlor im ersten Moment die Orientierung. Dann jedoch konnte sie die Umrisse des Bootes durch das trübe Wasser wahrnehmen. Sie streckte die Hand nach dem Rand des Kanus aus und umklammerte ihn. Im selben Moment schoss ein rasender Schmerz durch ihre Finger, der ihr nahezu die Sinne raubte. Reflexartig ließ sie los und ging wieder unter. *Nach oben, du musst nach oben!* Hektisch strampelte sie mit Armen und Beinen und hatte Glück. Erneut gelang es ihr, die Wasseroberfläche zu durchbrechen. Gierig schnappte sie nach Luft und riss die Augen auf. Über sich nahm sie Charlottes verzerrtes Gesicht wahr. Wie aus dem Nichts sah sie plötzlich ein Paddel auf sich zurasen. Noch ehe sie die Gefahr realisiert hatte, traf es sie mit voller Wucht an der Stirn. Augenblicklich wurde es schwarz um sie und sie versank in einen dunklen Raum, in dem es weder Schmerz noch Angst gab.

Ein Schwall Wasser schoss aus ihrem Mund. Gleich darauf schüttelte sie ein Hustenreiz. Henrike rang nach Atem, hustete erneut und kam langsam wieder zu sich. Sie schlug die Augen auf. Über ihr schwebte das Gesicht eines Mannes, der sie besorgt ansah.
"Sind sie in Ordnung? Haben sie Schmerzen?"
„Mein Kopf", sagte Henrike matt und tastete nach ihrer Stirn.
„Der Krankenwagen kommt gleich." Lächelnd berührte er sanft ihre Wange. Ein Tropfen traf sie im Gesicht. Jetzt erst bemerkte Henrike, dass der Mann nasse Haare hatte.
„Haben Sie mich gerettet?", fragte sie mit schwerer Zunge.
„Ja. Ich saß am Ufer und wollte gerade einige Aufnahmen mit dem Handy machen, um sie später für meine Skizzen zu verwenden. Da kam Ihr Kanu in mein Blickfeld. Als die andere Frau sich auszog, wurde ich natürlich neugierig und habe zugesehen. Dann merkte ich, dass etwas nicht stimmte, als sie anfing, das Boot zu schaukeln. Ich habe alles beobachtet und mit dem Handy gefilmt."
Im selben Moment war alles wieder präsent: Charlotte hatte das Kanu zum Schaukeln gebracht und sie war über Bord gegangen. Als sie nach dem rettenden Bootsrand griff, hatte Charlotte mit dem Paddel auf ihre Hand geschlagen. Vor Schmerz hatte sie das Kanu losgelassen und war erneut untergegangen. Dennoch war es ihr gelungen, wieder hochzukommen. Das erste, was in ihr Blickfeld geraten war, war Charlottes wutverzerrtes Gesicht und das Paddel, das sie wie ein Geschoss am Kopf getroffen und lebensgefährlich verletzt hatte. Die Wahrheit, so unvorstellbar und entsetzlich sie auch war, stand klar und deutlich in Großbuchstaben vor ihr: Ihre beste Freundin und Weggefährtin hatte sie töten wollen!
„Wo ist Charlotte jetzt? Ich meine, die andere Frau?"
„Abgehauen, mit dem Kanu."
Henrike schloss die Augen. Wenn sie noch den geringsten Zweifel an Charlottes Schuld gehegt hatte, so war der mit ihrer Flucht ausgeräumt worden.

Einige Minuten später traf der Rettungswagen ein und brachte sie in die Städtischen Kliniken in Kreyenbrück. Während der Fahrt dorthin überlegte sie unaufhörlich, wie alles zusammenhing. Warum wollte Charlotte sie umbringen? Sie hatte geglaubt, ihre Freundin aus Jugendtagen in- und auswendig zu kennen und ihr blind vertraut. Was war mit ihr geschehen?

Etwas musste sie verändert haben. Es war so unvorstellbar, dass Henrike erneut Zweifel kamen. Hatte Charlotte nur einen Spaß machen wollen, als sie zu schaukeln begann? Vielleicht, und das könnte Henrike ihr sogar noch als groben Scherz verzeihen, hatte sie sogar gewollt, dass sie ins Wasser fiel und einen ordentlichen Schrecken bekam.

Doch woher waren die plötzlichen Schmerzen auf ihrer Hand gekommen? Und wie erklärte sich die Sache mit dem Paddel? Charlotte hatte damit auf sie gezielt. Oder war es nur ein ungeschickter Rettungsversuch gewesen, der gründlich misslungen war? Aber falls es so gewesen sein sollte, warum hatte sie sich auf und davon gemacht und war nicht geblieben, um ihr zu helfen? Das war doch eindeutig. Und der Mann vom Ufer, dieser Zeichner, hatte ebenfalls den Eindruck gehabt, dass etwas nicht in Ordnung gewesen war. Er hatte den Vorfall gefilmt. Auf dem Video würde alles zu sehen sein.

Ihr Verstand hatte längst akzeptiert, wogegen sich ihr Herz noch immer zu wehren versuchte. *Warum nur, warum*, kreiste die Frage in ihrem Kopf und drehte sich immer schneller. *Aus heiterem Himmel? Einfach so? Nein, das war unlogisch.* Charlotte war durch und durch rational und ließ sich nicht von Gefühlen leiten. Sie musste ein Motiv haben. Aber wo war das zu finden? Und just in diesem Moment fiel ihr ein, was es gewesen war, als sie mit Gretchen und Hartmut am Engelsmeer nach ihr gesucht hatten. Das Halstuch hatte nach ihrem neuen, schweren Parfum, Blue Velvet, gerochen. Nicht aber die Haube, die sie im Moor getragen hatte, die hatte schwach nach

White Lilly, dem Vorgänger, geduftet. Charlotte war auch an ihrer Entführung beteiligt gewesen.

Etwas starb in ihr. Eine große Leere machte sich in ihr breit. Nicht einmal Tränen hatte sie mehr.

23. Kapitel

Mit verschlossener Miene saß Charlotte Eberding Haila gegenüber. Buchstäblich in letzter Minute war sie vor ihrem Abflug nach London verhaftet und ins Präsidium gebracht worden.

Er stellte das Aufnahmegerät an, das zwischen ihm und der Verhafteten auf seinem Schreibtisch stand und begann das Verhör mit den Formalitäten. Nazan und Ubbo Tönjes, beide hatten einem Block und Bleistift vor sich liegen, saßen an dem runden Besprechungstisch im hinteren Teil des Zimmers. „Fangen wir an", gab er das Startzeichen. „Was ist auf der Hunte geschehen, Frau Eberding?"

„Nun, nach den vielen dramatischen Geschehnissen wollten wir uns einen schönen unbeschwerten Tag machen, verstehen Sie das?"

Er antwortete nicht, sondern bedeutete ihr mit einer Geste fortzufahren.

„Deswegen hatte ich eine Kanufahrt auf der Hunte arrangiert", erzählte sie weiter. „Das Wetter war toll und nach der Paddeltour wollten wir im *Hafenhaus* zu Abend essen. Nach etwa einer Stunde wurde uns wegen der Westen ziemlich warm. Eigentlich sollten wir sie aus Sicherheitsgründen anbehalten, aber ich habe sie trotzdem ausgezogen, weil mein T-Shirt darunter völlig durchgeschwitzt war. Henrike hat ihre ebenfalls ausgezogen. Ich habe sie gebeten, ein schönes Foto von mir zu machen. Dafür ist sie aufgestanden und hat eins aufgenommen. Als sie ein weiteres schießen wollte, hat sie irgendwie die Balance verloren und das Kanu fing an zu schwanken. Sie hat sich gebückt, um sich festzuhalten, ist dabei aber ins Wasser gefallen. Sofort habe ich ihr das Paddel wie einen Rettungsring hingehalten. Dabei muss ich sie am Kopf getroffen haben, weil sie wie eine Verrückte gestrampelt hat, immer wieder hochgekommen und untergegangen ist."

„Warum sind Sie denn einfach weitergefahren und haben sich nicht um ihre Freundin gekümmert? Stattdessen wollten Sie sich aus dem Staub machen und das Land verlassen."

„Ich habe sie aus Versehen am Kopf getroffen, das habe ich doch gerade gesagt" hielt sie ihm unwirsch entgegen. „Als mir klar wurde, dass sie nicht mehr auftauchen würde, weil sie ertrunken war, hatte ich nur noch diesen einen Gedanken, dass man mich für ihren Tod zur Verantwortung ziehen würde. Zusätzlich war da noch der Prozess wegen Mark Behrends Tod. Das war einfach zu viel für mich. Ich bin durchgedreht und in Panik geraten. Henrike konnte ich eh nicht mehr helfen, sie war ertrunken, tot. Ich wollte alles hinter mir lassen, weg aus Deutschland, weg von meiner Vergangenheit und ein ganz neues Leben beginnen."

„Aber Ihre Freundin ist nicht tot, Frau Eberding. Sie wurde von einem Maler gerettet, der am Ufer saß und alles beobachtet hat."

Charlotte Eberding erstarrte und wurde leichenblass.

„Der Künstler hat übrigens den ganzen Vorgang gefilmt", setzte Haila ungerührt nach. „Auf dem Video ist sehr genau zu sehen, wie *Sie*, Frau Eberding, das Boot hin und her schaukeln, Frau Winter deswegen das Gleichgewicht verliert und ins Wasser fällt. Wie Sie mit dem Paddel mehrfach auf sie einschlagen und es zum Schluss wie eine Hiebwaffe gegen ihren Kopf einsetzen." Befriedigt faltete er seine Hände auf dem Bauch und genoss diesen kurzen Moment des Triumphes. „Die Auswertung des Videomaterials ist eindeutig. Ein Hoch auf die Kunst, kann ich da nur sagen."

„Können Sie mir das Video zeigen?" Mit einem eiskalten Blick aus ihren bernsteinfarbenen Augen, die nun gefährlich schillerten, schien sie ihn zu durchbohren.

„Aber selbstverständlich", antwortete er betont liebenswürdig, drehte den Monitor seines Computers zu ihr und drückte auf mehrere Tasten, bis das Video des Künstlers vom Hunteufer startete.

Als es zu Ende war, blickte Charlotte Eberding noch immer wie paralysiert auf den Bildschirm.

„Das sieht mir nicht nach Hilfe, sondern nach Mord aus. Eiskalt und heimtückisch."

Unbewegt sah Charlotte Eberding ihn an, nur ihr linkes Augenlid zuckte unkontrolliert.

„*Diese* Straftat haben Sie ganz allein geplant und durchgezogen. Die anderen Handlungen, einschließlich der Mordversuche an Henrike Winter, haben Sie gemeinsam mit Mark Behrends geplant und begangen."

„Was?" Charlotte Eberding riss die Augen auf.

Haila griff in eine Schublade neben sich und legte ein Handy auf den Schreibtisch.

„Das gehörte Mark Behrends. Es handelt sich um ein Prepaid Handy. Hierauf sind alle Chats zwischen Ihnen beiden zu lesen. Sehr aufschlussreich. Aus dieser Nummer kommen Sie nicht mehr raus, das kann ich Ihnen versprechen, Frau Eberding."

„Wo haben Sie es gefunden?", fragte sie tonlos.

„Im Haus von Mark Behrends. Sein Schwiegervater hat es gefunden. Frau Behrends wollte gleich nach dem Tod ihres Mannes mit den Kindern zu ihren Eltern ziehen, die in einer großen Villa am Roter Steinweg wohnen. Das Haus sollte so schnell wie möglich verkauft werden. Es gab auch schon einen Käufer, der es samt Mobiliar und allem Zubehör erwerben wollte. Die in der Holzdecke eingelassenen Strahler in der Diele sollten ausgetauscht und gegen modernere ersetzt werden. Der damit beauftragte Handwerker hatte begonnen, einen nach dem anderen abzumontieren. Beim fünften ist ihm das Handy aus der Öffnung ins Gesicht gefallen. Ein sehr gutes Versteck, das Behrends sich für das Handy ausgesucht hatte, das muss man ihm lassen. Die Spurensicherung hat zwar das gesamte Haus untersucht, aber darauf sind sie nicht gekommen. Sein offizielles Handy, das er an dem Abend auf der Brücke wohlweislich zu Hause gelassen hatte, damit man ihn später nicht über Handyortung tracken konnte, hatte man sichergestellt und untersucht. Es war natürlich sauber, weil die Kommunikation mit Ihnen ausschließlich über das Prepaid Handy stattgefunden hatte. Nichts deutete auf Ihr mörderisches

Komplott hin, das Sie zur Beseitigung von Henrike Winter geschmiedet hatten. So sorgfältig er auch vorgegangen ist und versucht hat, jedwede Spur zu vermeiden, ist ihm, abgesehen von dem Handy, ein weiterer Fehler unterlaufen. Auf seinem Rechner haben wir Bauanleitungen für die elektronischen Geräte, die er in Henrike Winters Wohnung installiert hat, gefunden. Als Physiklehrer stellte es für ihn kein großes Problem dar, die entsprechenden Bauteile zu einem Überwachungssystem mit Lautsprecher zu verbauen. Er hatte zwar die Dateien auf seinem PC vorsichtshalber gelöscht, aber wie die meisten Menschen wusste er nicht, dass man mehrere Schritte vornehmen muss, um solche verräterischen Dateien komplett und nicht wiederherstellbar von der Festplatte zu entfernen."

Charlotte hatte ihm mit geweiteten Augen zugehört und war immer weiter in sich zusammengesunken. Haila konnte förmlich zusehen, wie ihr Widerstand bröckelte.

„Ich gebe Ihnen den guten Rat, ein vollständiges Geständnis abzulegen", schlug er in diese Kerbe. „Wenn Sie mit der Polizei kooperieren, wirkt sich das unter Umständen günstig auf das Urteil aus. Ich betone, unter Umständen. Ich will Ihnen keine vorschnellen Hoffnungen machen, denn was Sie und Ihr Partner Ihrer Freundin angetan haben, ist, abgesehen von der Strafbarkeit, in höchstem Maße unmenschlich und grausam."

Eberding senkte den Kopf und er sah, dass sie weinte. Er wollte ihr dennoch keine Ruhepause gönnen. Ihre Tränen erregten sein Mitleid nicht mehr, selbst wenn sie echt und nicht nur erzwungen waren, um sich einen Vorteil zu verschaffen. Diese Frau war so eiskalt und berechnend, dass ihn fröstelte, wenn er an das perfide und widernatürliche Spiel dachte, das sie mit ihrer Freundin getrieben hatte.

Ihr apartes und überaus attraktives Äußeres war eine perfekte Tarnung, niemand würde hinter dieser schönen Maske einen so durchtriebenen, ja, bösen Menschen vermuten. Henrike Winter hatte wirklich einen wachsamen Schutzengel gehabt, der mit kämpferischer Ausdauer ihr Leben behütet hatte.

„Warum haben Sie das alles getan? Welches Motiv hatten Sie?", fragte er und stellte ein Glas und eine kleine Flasche Mineralwasser vor sie hin. Sie griff danach, schenkte sich ein und trank gierig. Dann atmete sie einmal tief durch.

„Wegen des Geldes, das ich von Henrike bekommen hatte."

„Das haben Sie doch aber für sie angelegt? Wir haben uns die Unterlagen von Frau Winter doch zeigen lassen." Irritiert sah er sie an, spürte jedoch eine ungute Vorahnung in sich aufkeimen. „Wo ist das Geld?"

„Ich habe es auf ein Off-Shore-Konto auf den Caymaninseln überwiesen."

„Und die Unterlagen über das Investment?"

„Die hat Mark später mit großer Akribie gefälscht. Henrike hat nichts gemerkt und ist auch nicht misstrauisch geworden. Ganz zu Anfang habe ich ihr ein paar bunte Prospekte und einen gefälschten Transaktionsbeleg vorgelegt."

Im Hintergrund war ein abfälliges Schnauben von Nazan zu vernehmen.

„Hätten Sie ihr denn die Summe bei angeblicher Fälligkeit in einem oder zwei Jahren zurückzahlen können?"

„Ja."

„Aber irgendwann beschlossen Sie und Mark Behrends, dass sie das Geld behalten wollten. Henrike Winter musste also verschwinden."

„Eigentlich war das auf Marks Mist gewachsen", widersprach sie. „Er hat ständig auf mich eingeredet und mir aufgezeigt, was wir mit dem Geld alles anfangen könnten."

„Wann hat die Liebesbeziehung zu Mark Behrends begonnen?"

„Das war kurz nachdem Henrike mir das Geld anvertraut hatte."

„Er war doch glücklich verheiratet, wie mir Henrike Winter erzählte."

„Glücklich verheiratet?" Kurz und hart lachte sie auf. „Seine Frau war nach der Geburt aus dem Leim gegangen und die Zwillinge sind ihm einfach nur auf die Nerven gefallen. Das ständige Schreien der Kinder hat ihn irrsinnig gemacht, weil er keine ruhige Minute mehr hatte. Als er begann, seine Frau zu vernachlässigen, hat sie sich bei ihrem Vater über ihn beschwert. Der hat Mark gedroht, den Geldhahn zuzudrehen, wenn er nicht unverzüglich wieder den liebenden und treusorgenden Ehemann und Vater spielen würde. Die zwei teuren Autos, Schmuck und Uhren für seine Frau und die exklusive Garderobe konnte er von seinem Lehrergehalt nicht bestreiten, zumal er nicht in Vollzeit gearbeitet hatte. Er saß regelrecht in der Falle und wollte nur noch da raus. Er liebte seine Frau nicht mehr, sondern hat sich vor ihr geekelt, wie er mir später gestand. Wir haben uns zufällig beim Spazierengehen getroffen. Mark hatte mal wieder das Weite gesucht, weil er das Meckern seiner Frau und das Schreien der Zwillinge nicht mehr ausgehalten hatte. Nach einigem Geplänkel hat er mir sein Herz ausgeschüttet, schließlich kannten wir uns ja noch von früher. Während dieser kurzen Zeit haben wir uns so gut verstanden, dass wir uns erneut, doch diesmal heimlich, getroffen haben. Ich habe sehr schnell gemerkt, dass er aus dem gleichen Holz geschnitzt war wie ich und wir auf einer Wellenlänge schwammen. Wir haben uns immer nur heimlich getroffen, weil ich damals auch noch mit jemand anderem zusammen war." Sie räusperte sich und sah zur Seite.

„Handelte es sich dabei um Ludger Hoffmann?", vergewisserte Haila sich.

Überrascht sah sie an. „Sie kennen Ihn?"

„Natürlich. Er gab uns zu verstehen, dass Sie nur Zeit fürs Geschäftliche und an einer richtigen Partnerschaft kein echtes Interesse gehabt hätten."

„Ludger wollte unbedingt Kinder haben. Ich sollte zu Hause bleiben und Mutti spielen. Einmal im Jahr hätten wir Urlaub an der Nordsee oder in Bayern gemacht und ich hätte um Geld betteln müssen, wenn ich mir mal eine Hose oder Bluse hätte kaufen wollen. Nein danke! Das kam für mich nicht in Frage. Wo das endet, hatte ich hautnah bei Mark miterlebt. Das reinste Gefängnis, entsetzlich, nein!"

„Zu welchem Zeitpunkt hat er Ihnen denn den Vorschlag gemacht, das Geld zu behalten und Henrike aus dem Weg zu räumen?"

„Vier Monate, nachdem unser Verhältnis begonnen hatte. Unsere Beziehung war sehr speziell und einmalig. Mark war ein sehr guter Liebhaber und auch auf allen anderen Ebenen harmonierten wir ausgezeichnet. Wir waren wie Seelenverwandte, für einander bestimmt. Dass mir seine Qualitäten nicht schon früher aufgefallen waren, als er noch mit Henrike zusammen war, ist mir bis heute schleierhaft. Wir waren sehr verliebt und hatten keine Geheimnisse voreinander. Als die Sprache einmal zufällig auf Henrike kam, die er im Übrigen grottenlangweilig fand, erzählte ich ihm beiläufig von dem Geld, das ich von ihr bekommen hatte. Dabei erwähnte ich natürlich nicht, dass ich es gar nicht angelegt, sondern auf mein Konto im Ausland transferiert hatte. Daraufhin ließ er die Bemerkung fallen, dass vierhunderttausend Euro eine solide Grundlage für einen gemeinsamen Neuanfang, beispielsweise in Spanien, seien. Daran habe ich immerzu denken müssen und ihm bei einem Glas Wein schließlich den wahren Sachverhalt erläutert. Nach einigen Tagen hat er mir dann diesen Vorschlag gemacht."

„Verstehe. Als Mark Behrends Ihnen den Vorschlag machte, das Geld zu behalten und ihre Freundin loszuwerden, kamen Ihnen da keine moralischen Bedenken?"

„Er wollte sie ja nicht umbringen, sondern hatte diese Idee mit der Psychoschiene. Als sie noch zusammen waren, hatte Henrike ihm von ihren psychischen Problemen in der Jugend erzählt, diesen Zwangsvorstellungen und so weiter. Das konnte ich ihm bestätigen, weil ich davon wusste. Er wollte sie so weit treiben, dass sie durchdrehte und verrückt und eingewiesen wurde oder Suizid beging. Mit

Blut wollte er sich seine Hände nicht besudeln und auch ich war gegen Gewalt. Er hat sie verfolgt und die Elektronik in Henrikes Wohnung angebracht, um sie in den Wahnsinn zu treiben."

„Moment mal, da muss ich Sie korrigieren", unterbrach Haila sie brüsk. „Einen Menschen bewusst in den Suizid zu treiben, kann nach dem Strafgesetzbuch sehr wohl strafrechtsrelevant sein und ist moralisch genauso verwerflich wie eine aktive Tötungshandlung. Nehmen Sie das bitte zur Kenntnis."

Eberding senkte den Blick.

„Wieso hat Henrike Winter Mark Behrends nicht erkannt, als er sie verfolgte?"

„Mark hat von Natur aus blaue Augen und mittelblondes Haar. Hier half eine billige Schwarzhaarperücke, auf die er sich eine Baseballkappe gesetzt hat. Dunkelbraune Kontaktlinsen und eine falsche Nase aus Silikon, fertig war der dunkle, unheimliche Typ."

„Deswegen blieb der öffentliche Zeugenaufruf mit dem Phantombild auch ergebnislos, weil es diesen Mann gar nicht gab. Und Sie haben ja wohlweislich eine gänzlich andere Beschreibung abgegeben, um die Verwirrung komplett zu machen. Einen richtigen Mummenschanz haben sie betrieben."

„Aber erfolgreich und kein großer Aufwand", entgegnete sie nicht ohne Stolz.

„Und am Ende winkte das große Geld", konstatierte Haila trocken.

„Mark malte mir in den glühendsten Farben aus, was wir alles damit machen könnten. Er träumte davon, nicht mehr als Lehrer arbeiten zu müssen und stattdessen eine Strandbar in Spanien zu eröffnen. Das entsprach zwar nicht unbedingt meinen Vorstellungen, hatte jedoch auch seinen Reiz. Wenn es gut liefe, hätte man eine zweite und dritte Bar, vielleicht sogar eine Kette eröffnen können. Nur zu Beginn selbst in der Strandbar arbeiten, solange bis man genügend Personal hatte, sich das Geschäft entwickelte und wir expandieren konnten. Mark war dafür der absolut richtige Partner. Er war intelligent und geschickt. Und wenn er etwas wollte, hat er es auch durchgesetzt."

Das war natürlich viel besser als ein braver, treusorgender Familienvater, den Ludger Hoffmann abgegeben hätte, dachte er sarkastisch.

„Aber dann haben Sie ihre Pläne geändert", lenkte Haila das Gespräch von den Wunschvorstellungen zu den Fakten des Falles.

„Henrike und ihre Nachbarin, diese Petermichel, haben uns einen Strich durch die Rechnung gemacht, indem sie die elektronischen Geräte fanden und bei der alten Frau im Küchenschrank versteckten, wie Henrike mir erzählt hatte. Wir mussten die Sachen unbedingt wieder an uns bringen, damit die Polizei keine Beweise hatte, die sie auswerten und verfolgen konnte. Und nur aus diesem Grund habe ich mich mit Henrike im *Solero* verabredet. Mark hat ihr auf dem Schulhof aufgelauert und sie in den Keller gesperrt. Dann ist er zurückgefahren und hat mit dem Schlüssel aus Henrikes Handtasche die Wohnung der Seniorin aufgeschlossen und ein bisschen Unordnung gemacht, damit es so aussah, als hätte zwar jemand nach der Elektronik gesucht, aber nicht gewusst, dass sie sich im Küchenschrank befand. Denn sonst wäre der Verdacht sofort auf mich gefallen. Niemandem sonst hatte Henrike davon etwas erzählt."

„Und er hat der alten Dame eins über den Schädel gegeben", fügte Haila vorwurfsvoll hinzu.

„Das ließ sich leider nicht vermeiden. Aber es war nur ein leichter Schlag."

Haila ließ das unkommentiert und blätterte in seiner Akte. Dann sah er wieder auf. „Wieso dann das Moor?"

„Nachdem die beiden die Elektronik gefunden hatten, musste Henrike klar geworden sein, dass sie nicht unter Wahnvorstellungen litt. Die Psychoschiene zog also nicht mehr, wie Mark sich ausdrückte. Deswegen wollte er einen Schlussstrich ziehen und Henrike sollte im Moor ertrinken. Hätte ja auch beinahe geklappt, wenn nicht die Jugendlichen sie gerettet hätten. Damit konnte keiner rechnen." Im Hintergrund war erneut Nazans verächtliches Schnauben zu hören. Haila warf ihr einen warnenden Blick zu. Er wollte auf keinen Fall, dass Charlotte Eberding dichtmachte, was sie vielleicht tun würde, wenn sie sich der Missbilligung und Verachtung eines seiner Kollegen ausgesetzt sah. Das vollständige Geständnis von Eberding hatte oberste Priorität und konnte obendrein einige Ermittlungslücken schließen.

„Deswegen holten Sie gleich zum nächsten Schlag aus und haben Henrike Winters Identität gestohlen. Mit den Pornobildern und den gefakten Konten wollten Sie ihre Reputation als Lehrerin zerstören", setzte Haila fort. „Was genau erhofften sie sich noch von dieser Aktion?"

„Wir hatten uns ausgerechnet, dass sie keinen Sinn mehr in ihrem Leben sah, das nun komplett ruiniert war. Wir gingen davon aus, dass die vorherigen Erlebnisse sie so mürbe gemacht hatten, dass sie eine Kurzschlusshandlung beging, weil sie es nicht mehr aushielt und keine Chance mehr auf ein normales Leben sah."

„Das wäre Ihnen ja auch beinahe gelungen. Aber erneut ging es schief und hatte nicht den gewünschten Erfolg. Als sie erkannten, dass alle Ihre bisherigen Pläne gescheitert waren, entwickelten Sie eine finale Strategie, die den endgültigen Erfolg sichern sollte. Auftakt bildete die Schiffstour auf dem Zwischenahner Meer, auf der Sie spurlos verschwanden."

„Auch diesen Einfall hatte Mark. Ich wollte nach diesen Rückschlägen schon aufgeben, aber er hat mich unter Druck gesetzt, dass wir beide ins Gefängnis wandern würden, wenn herauskäme, was wir getan hatten. Er bestand darauf, dass Henrike endgültig verschwinden müsse, denn nur dann seien wir in Sicherheit und hätten außerdem das Geld. Ich konnte mich nicht gegen ihn zur Wehr setzen, weil … weil", Charlotte Eberding brach plötzlich ab.

„Weil?"

„Weil ich ihm hörig war", flüsterte sie.

Eine Weile herrschte Schweigen. Nazan sah mit ausdruckslosem Gesicht von Ubbo und dann zu Haila, der sich als Erster wieder fasste.

„Erklären Sie das bitte genauer."

„Ich war von ihm abhängig, sexuell und psychisch."

„Ich bitte Sie, Frau Eberding", entfuhr es Haila. „Das ist ja nahezu lächerlich! Eine so taffe und gestandene Frau wie Sie, abhängig von einem Mann!"

„Aber es war so", widersprach sie vehement. „Ich war nicht mehr in der Lage, frei zu entscheiden, sondern völlig willenlos. Sobald ich eine andere Meinung äußerte, bestrafte er mich mit Liebesentzug und Missachtung. Es war schrecklich; ich war dabei, meine Würde zu verlieren. Mich unterschied schon nichts mehr von meiner Mutter, die ich für ihr Verhalten verachtet hatte."

Haila sah sie ungerührt an. Sagte sie nun die Wahrheit oder war es nur Strategie, sich als willenloses Opfer darzustellen, um ihre Schuld zu mindern? Der Chatverlauf zumindest deutete auf das Gegenteil hin. Daraus war ersichtlich, dass Charlotte Eberding von Anfang an mitgespielt und mitnichten irgendwelche Bedenken oder Einwände geäußert hatte. Den Wahrheitsgehalt ihrer Behauptung über ihre Hörigkeit musste gegebenenfalls ein richterlich bestellter Gutachter im Prozess überprüfen.

Er selbst konnte sich nur schwer vorstellen, dass Charlotte Eberding einem Mann hörig war. Sexuell vielleicht, doch psychisch auf keinen Fall.

Ihm fiel die perfekt gespielte Show ein, die sie bei der ersten Vernehmung abgezogen hatte. Und dass es nur eine Show gewesen war, als sie in Tränen wegen Henrikes Gutherzigkeit ausgebrochen war, und ihn wirkungsvoll unter Tränen angelächelt hatte, war ihm mittlerweile klar geworden. Damit hatte sie ihn für einen Moment gekriegt. Alles Lügen, die sie ihm eiskalt serviert hatte, kurz nachdem sie Mark Behrends, ihren Komplizen und Lover, umgebracht hatte. Nein, dachte er, diese Frau ist hart wie Stahl und kälter als Eis.

„Lassen Sie uns zu den Fakten zurückkehren, Frau Eberding. Was sollte auf der Brücke geschehen? Sie hatten die Schlinge um den Hals, um Frau Winter zu suggerieren, dass Sie sich in Lebensgefahr befanden."

„Ja, das stimmt. Der Plan sah folgendermaßen aus: Sobald Henrike nah genug herangekommen wäre, wollte er mir die Schlinge vom Hals entfernen, um zu demonstrieren, dass es ihm ernst mit dem angeblichen Deal wäre. Ich sollte einen Zusammenbruch vortäuschen und damit Henrike ablenken. In dem Moment wollte er ihr die Schlinge schnell überwerfen und sie über die Brüstung werfen. Es sollte natürlich wie ein Suizid aussehen. Aber dann kamen Sie. Ich habe diesen Moment der Verwirrung genutzt und Mark die Schlinge über den Kopf gelegt, als er sich zu Ihnen umsah und unaufmerksam war. Alles ging so rasend schnell, dass ich ihn überrumpeln konnte und er keine Chance hatte, sich zur Wehr zu setzen. Blitzschnell packte ich ihn an den Unterschenkeln und riss sie hoch. Instinktiv hielt er sich am Geländer fest, aber der Schwung durch die Hebelwirkung, als ich mich blitzschnell in den Stand hochdrückte, war so stark, dass er das Gleichgewicht verlor. Ich trainiere dreimal die Woche und reiße Gewichte. Es war nicht einfach, aber das Überraschungsmoment kam mir zu Hilfe. Außerdem ist das Geländer nicht allzu hoch. Den Rest kennen Sie."

„Ist es Ihnen nicht schwergefallen, den Mann, den Sie liebten, zu töten?"

Charlotte Eberding schwieg einen Moment und schien nachzudenken. „Ich habe mich und Henrike von ihm befreit. Es hätte sonst nie aufgehört", erklärte sie schließlich. „Ich war nicht mehr ich selbst, konnte nicht mehr frei entscheiden."

„Das ist ja sehr interessant", meinte Haila gedehnt und lehnte sich zurück. „Wenn wir nicht gekommen wären, hätte doch Frau Winter dran glauben müssen und an dem Seil von der Brücke gehangen?"

„Ich hätte alles versucht, um das zu verhindern, das müssen Sie mir glauben!"

„Was hätten Sie denn getan? Sagen Sie es mir!"

„Wenn Sie nicht gekommen wären, hätte ich in dem Fall auch versucht, ihm das Seil über den Kopf zu ziehen. Oder ich wäre geflohen und hätte Henrike mitgenommen, sobald ich frei gewesen wäre."

„Und Mark Behrends wäre stehengeblieben und hätte seelenruhig zugesehen? Wer soll das denn glauben?!"

„Ich weiß nicht, was genau ich unternommen hätte, aber auf jeden Fall hätte ich alles versucht, um zu verhindern, dass Henrike stirbt."

„Auf einmal? Schwer zu glauben, nach allem, was Sie und Behrends bereits versucht hatten, um sie zu beseitigen." Er schüttelte den Kopf und lehnte sich ein Stück nach vorn. „Soll ich Ihnen sagen, warum Sie Behrends umgebracht haben? Aus einem ganz einfachen Grund: In dem Moment, als wir auftauchten, tat sich plötzlich eine doppelte Chance für Sie auf. Zum einen konnten Sie ihren Komplizen problemlos eliminieren, denn der stellte auf einmal ein großes Risiko für Sie dar. In Ihrem Mordkomplott war er nämlich die verräterische Verbindung zu Ihnen. Die Polizei hätte ihn so lange verhört und nach Beweisen gesucht, bis diese Verbindung zu Ihnen aufgedeckt worden wäre. Durch seinen Tod hätte er als Einzeltäter dagestanden, sie hingegen als ruhmreiche, heldenhafte Retterin. Zum Zweiten, und das ist vermutlich das Auschlaggebende, hätten Sie das ganze Geld für sich allein gehabt. Ihr Mordanschlag während der Paddeltour auf der Hunte beweist meine These eindeutig. Sie wollten Henrike wegen des Geldes umbringen."

„Nein", rief sie laut. „Das ist nicht wahr", schluchzte sie mit bebenden Schultern. „Ich habe sie sehr gern gehabt."

„Noch lieber aber hatten Sie Erfolg und viel Geld."

„Was verstehen Sie denn schon davon!", schrie sie mit einem Mal wütend und sprang von ihrem Stuhl auf, sodass er mit lautem Gepolter zu Boden fiel. „Henrike hatte immer alles. Ein tolles Zuhause, eine gebildete Mutter, die sich richtig um sie kümmerte, verstehen Sie?" Erregt und schwer atmend stand sie mit geballten Fäusten vor ihm. Ubbo Tönjes, der schnell hinter sie getreten war, hob den Stuhl auf und drückte Charlotte Eberding sanft aber bestimmt wieder darauf. Immer noch erregt, schüttelte sie Ubbos Hand ab und stieß hervor: „Meine Eltern haben sich permanent um Kohle gestritten, es ging um nichts anderes. Mein scheiß Vater war ein Choleriker und hat meine Mutter regelmäßig verprügelt. Verlassen wollte sie ihn aber nicht, da sie finanziell von ihm abhängig war, wie sie immer behauptet hatte. Aber sie war einfach nur schwach und bequem. Ich habe sehr früh die Härte des Lebens kennenlernen müssen und schon auf eigenen Füßen gestanden, als meine Mitschülerinnen das Pausenbrot noch von ihrer Mami geschmiert bekamen. Ich mochte Henrike sehr, auch wenn Sie das nicht glauben können, und beneidete sie um ihre heile Welt, in der sie lebte. Aber ihre Weltfremdheit ging mir so richtig auf die Nerven. Sie konnte sich überhaupt nicht vorstellen, dass es auch andere Eltern und schlechte Verhältnisse gab, in denen man aufwuchs. Ich war jedoch immer davon überzeugt gewesen, dass das Leben auch ihr eines Tages seine rauen Seiten zeigen würde, das war nur eine Frage der Zeit. Und um das zu beweisen und ihr einen Vorgeschmack darauf zu geben, wie es sich anfühlte, zurückgewiesen zu werden und sich wertlos vorzukommen, habe ich damals zusammen mit einem Mitschüler eine zugegebenermaßen unschöne Sache gegenüber Henrike abgezogen." Nun sah sie ihn angriffslustig an.

„Was denn? Erzählen Sie, machen Sie reinen Tisch", forderte Haila sie auf. „Je mehr Sie von sich preisgeben und von den Verhältnissen erzählen, in denen Sie gelebt und die Sie zu ihrem Verhalten getrieben haben, desto besser wird man Sie verstehen", versuchte er sie zu ködern.

Charlotte Eberding sah ihn prüfend an und kam nach kurzem Zögern offenbar zu dem Schluss, dass er die Wahrheit gesagt hatte. Sie schilderte daraufhin einen Vorfall, der sich vor siebenundzwanzig Jahren im Schlossgarten ereignet hatte. Eberding hatte gemeinsam mit einem Mitschüler namens Ole Janssen, in den Henrike Winter rasend verliebt gewesen war, eine bösartige Intrige geschmiedet. Ole Janssen hatte Interesse an ihr geheuchelt und sich mit ihr im Schlossgarten verabredet. Während eines Kusses auf der Parkbank waren vereinbarungsgemäß Oles Freunde aufgekreuzt und hatten sich über Henrike Winter lustig gemacht. Ole hatte mitgemacht und war dann mit seinen Freunden abgehauen. Das Treffen mit Henrike und der Kuss waren lediglich Gegenstand einer Wette gewesen, deren Preis eine Flasche Jägermeister gewesen war. Die hatte Charlotte ihrem Vater aus seinem Vorrat gestohlen und sie Ole Janssen für seine Dienste gegeben.

„Ich wollte Henrike beweisen, dass die Welt beileibe nicht so war, wie sie sich die vorstellte und Menschen käuflich waren", beendete Charlotte Eberding ihre Erzählung. „Allerdings hat sie sich sehr souverän verhalten und nie ein Wort darüber verloren. Dafür hatte sie meinen Respekt. Natürlich tat sie mir auch ein bisschen leid wegen der Kränkung, aber dadurch hatte sie zumindest ihre Lektion gelernt."

Voller Abscheu betrachte Haila die Frau, die sich unter dem Mantel der ausgleichenden Gerechtigkeit schon in jungen Jahren durchtrieben und missgünstig verhalten hatte. Nur weil sie selbst schlechte Erfahrungen gemacht hatte, sollte ihre Freundin diese auch machen und genauso leiden wie sie. Er überlegte, Henrike Winter darüber zu informieren. Sie hatte ein Recht darauf, selbst nach so vielen Jahren zu erfahren, dass dieses demütigende Erlebnis in ihrer Jugend nicht in ihrer Person begründet gewesen, sondern ihrer neidischen, ränkeschmiedenden Freundin zu verdanken war.

„Wie auch immer", riss Charlotte Eberding ihn aus seinen Überlegungen, „ich habe schon in jungen Jahren begriffen, dass Geld Unabhängigkeit und Sorglosigkeit bedeutete. Deswegen habe ich später auch wie eine Besessene an meiner Karriere gearbeitet, um meinem Ziel ein Stückchen näher zu kommen."

„Das haben Sie ja auch geschafft, soweit ich mitbekommen habe. Sie sind ziemlich erfolgreich mit Ihrem Geschäft, oder entspricht das etwa auch nicht den Tatsachen?"

„Doch schon", bestätigte sie.

„Warum haben Sie dann das Geld unterschlagen und auf ein eigenes Konto transferiert? Hatten Sie Schulden?"

„Nein, Schulden nicht. Aber als Henrike mir diese Riesensumme anvertraute, konnte ich nicht widerstehen und habe sie einfach behalten, ohne zu diesem Zeitpunkt schon genau zu wissen, was ich damit anfangen sollte. Allein das Wissen, so viel Geld zu besitzen, gab mir ein unglaublich gutes Gefühl, ein Gefühl von Macht und Freiheit."

„Gut", sagte Haila, meinte jedoch das Gegenteil. „Ich habe noch weitere Fragen. Wie hat sich Mark Behrends Zugang zu Henrike Winters Wohnung verschafft?"

„Er hatte sich spezielles Werkzeug besorgt, mit dem er problemlos die Tür öffnen konnte. Er hat alles installiert, während wir im Schlossgarten waren."

„Und wo befindet sich das Haus, in dem Mark Behrends Henrike Winter gefangen hielt?"

„Keine Ahnung. Mark hatte mir von einem Bauernhaus eines verstorbenen Verwandten oder Freundes seiner Eltern erzählt. Es hat mich nicht weiter interessiert und ich habe mich voll auf ihn verlassen. Auf dem Weg vom Schiff dorthin bin ich während der Fahrt im Auto eingeschlafen und habe deswegen nicht auf den Weg geachtet."

„Wir werden es herausfinden, kein Problem", versicherte Haila kalt. „Aber eine Sache gibt es noch, die mir noch unklar ist. Wie haben Sie es bewerkstelligt, dass Henrike Winter den Zettel mit der Morddrohung ausgerechnet in dem Buch fand?"

Ein Lächeln huschte über das Gesicht der Frau. „Das war ganz einfach. Ich kannte doch Henrikes Gewohnheit, regelmäßig donnerstags nach der Schule zu Bültmann & Gerriets zu gehen, um in Reisebildbänden zu stöbern. Auch ich habe mehrfach mein Äußeres verändert, eine Kleinigkeit für eine Frau, sodass man mich nicht wiedererkennen konnte und gezielt nach Neuerscheinungen gesucht. An dem fraglichen Donnerstag fand ich diesen neuen Band über Kuba. Er war sehr groß und auffällig. Ich war mir ganz sicher, dass Henrike ihn sofort entdecken und darin lesen würde. Deshalb habe ich den Zettel unbemerkt hineingelegt. Dass eine Verkäuferin ihr das Buch sogar aushändigen würde, war ein unverhofftes Geschenk." Erneut lächelte sie. „Ich konnte alles vom gegenüberliegenden Regal aus beobachten."

Haila nickte unmerklich. Auch diese Lücke war geschlossen. Doch zwei weitere gab es noch.

„Ihr angebliches Verschwinden auf dem Schiff. Wie haben Sie das arrangiert?"

„Zusammen mit Mark. In Dreibergen ist er uns verabredungsgemäß aufs Boot gefolgt. Mark und ich hatten vorher alles abgesprochen und er wusste, wo und wann wir zurück aufs Schiff gehen würden. Mit grauer Perücke und großer Sonnenbrille hat er sich in einen älteren Mann verwandelt. Auf der Toilette habe ich mich umgezogen, verkleidet und mich anschließend zu ihm in den Salon gesetzt. Nachdem wir das Boot verlassen hatten, sind wir mit dem Bus nach Dreibergen und mit Marks Auto weiter aufs Land zu dem verlassenen Bauernhaus gefahren, wo ich bis zur Aktion auf der Brücke untertauchen sollte."

„Hat Mark Behrends auch Ihr Halstuch am Engelsmeer deponiert?", schoss Haila die nächste Frage ab.

„Ja, es tat mir um dieses schöne Seidentuch ein wenig leid. Aber er sagte, es müsse sein, damit man denken sollte, dass ich hier umgekommen sei."

„Ihre Freundin hatte es geglaubt und ist vor lauter Trauer und Selbstvorwürfen zusammengebrochen."

Sie erwiderte nichts, sondern sah ihn nur ausdruckslos an.

Charlotte Eberding würde das Halstuch zurückbekommen, ein schnödes Stück Stoff, an dem ihr mehr als an ihrer Freundin gelegen war.

In naher Zukunft würde sie es in der Öffentlichkeit für eine sehr, sehr lange Zeit nicht mehr tragen können.

24. Kapitel

„Was möchtest du trinken?", Haila steckte seinen Kopf durch die Öffnung der Terrassentür seines Häuschens.

„Auf jeden Fall etwas Kaltes, aber kein Bier, das ist eklisch!"

„Eklig", verbesserte Haila sie wie jedes Mal. „Und nein, ist es nicht! Cola?"

„Okay, aber mit Eis und Zitrone."

Haila verdrehte die Augen und überlegte gleichzeig, ob er überhaupt Eis im Gefrierfach hatte und bei der Zitrone tendierte die Wahrscheinlichkeit gegen Null. „Selbstverständlich, die Dame", antwortete er übertrieben und warf unbeabsichtigt einen Blick auf den Saum ihres kurzen Sommerkleidchen, der noch ein bisschen höher gerutscht war und ein Stück ihres schlanken, leicht gebräunten Oberschenkels preisgab.

Alter Narr, schalt er sich, und wandte sich abrupt ab. Aber er war auch nur ein Mann und schließlich nicht immun gegen weibliche Reize. Illusionen machte er sich jedoch keine. Er war viel älter als sie und sah aus wie ein gestrandeter Wal, als den sie ihn mal scherzhaft bezeichnet hatte, und sie war eine junge schöne Frau mit einem messerscharfen Verstand und einer ebenso scharfen Zunge. Das passte nicht.

Ungeduldig riss er die Tür des Gefrierfaches auf und fand den Behälter für die Eiswürfel, auf denen einige Brötchenkrümel festgefroren waren, weil er die Tüten nie richtig verschloss. Er holte den Behälter heraus und hielt ihn einen Moment lang unter fließendes Wasser und drückte einige Eiswürfel in sein nicht gerade sauberes Spülbecken. Verstohlen sah er sich um, klaubte sie aus dem Becken und warf sie ins Glas. Anschließend inspizierte er seinen Kühlschrank nach einer Zitrone. Die war natürlich nicht zu finden, stattdessen holte er eine Flasche Cola und ein Jever heraus, goss die Cola ins Glas und öffnete die Flasche Bier. Dann trat er hinaus auf die

Terrasse und stellte das Glas mit der Cola vor Nazan auf den Tisch und ließ sich gutgelaunt auf seinen Stuhl nieder.

„Prost", sagte er und hob die Flasche. „Zitrone war leider alle."

Nazan griff nach ihrem Glas und hielt jedoch plötzlich in ihrer Bewegung inne. Kritisch äugte sie ins Glas. „Da schwimmt etwas drin", meinte sie und fischte mit dem Zeigefinger danach. „Wenn mich nicht alles täuscht, ist das ein Brotkrümel!" Vorwurfsvoll sah sie von ihrem Zeigefinger, auf dem das Corpus Delicti klebte, zu Haila. „Eklisch!", kommentierte sie ihren Fund.

„Eklig, Nazan, eklig. Willst du ein neues Glas?"

„Nein. Ich hoffe allerdings, dass es auch tatsächlich Cola ist und nicht irgendeine dubiose Substanz, die nur so aussieht."

„Da sind höchstens noch ein paar KO-Tropfen drin, um dich gefügig zu machen." Er hatte den Satz noch nicht ganz ausgesprochen, da wäre er am liebst vor Scham im Boden versunken.

„Um was zu tun, Chefchen?" Mit gehobenen Augenbrauen sah Nazan ihn an.

„Weiß ich nicht", antwortete er peinlich berührt, legte den Kopf zurück und trank aus der Flasche.

Aber Nazan wäre nicht Nazan, wenn sie sich so leicht geschlagen gegeben hätte.

„Vielleicht, um mir den Hintern zu versohlen?"

Haila verschluckte sich und prustete einen Gutteil des Bieres wieder hinaus.

„Oh Chefchen, soll ich klopfen?" Schnell war sie aufgesprungen und legte eine Hand auf seinen Oberarm.

Haila zuckte zusammen. Durch den dünnen Stoff seines Hemdes brannte ihre Hand wie Feuer.

„Ist alles okay, setz dich bitte wieder." *Sicheres Gewässer ansteuern*, konnte er im Moment nur noch denken und lächelte gezwungen. Artig setzte Nazan sich hin und schlug die Beine übereinander. Geflissentlich schaute Haila weg.

„Weißt du, wen ich vor drei Tagen in der Stadt im Eiscafé Venezia gesehen habe? Kommst du nie drauf", wechselte sie spontan das Thema und nahm einen vorsichtigen Schluck aus ihrem Glas.

„Keine Ahnung. Den Joker und seine Mutter?". Haila hatte seine Sicherheit wiedergefunden.

„Wer ist das? Kenn ich nicht."

„Ist eine Figur aus einem Kinofilm mit Joaquin Phönix."

„Manchmal bist du komisch, Chefchen", sagte sie leise und sah ihn mit ihren dunklen Augen an.

„Wirklich?" fragte er amüsiert. „Ist das gut oder eher störend?"

Stumm sah sie ihm in die Augen und Haila erwiderte ihren Blick, weil er sich nicht losreißen konnte von dem dunklen Feuer, das in ihnen brannte.

„Wen hast du denn nun gesehenen?", fragte er schließlich.

„Henrike Winter und diesen Maler, der sie gerettet hat. Wie hieß er doch gleich?"

„Christian Wellenspiel."

„Ja, Wellenspiel", meinte Nazan versonnen. „was für ein romantischer Name. Wellenspiel." Nazan trank erneut von ihrer Cola und richtete träumerisch den Blick in Hailas nicht gerade liebevoll gepflegten Garten. „Bei dem Namen stelle ich mir vor, wie er am Strand den nackten Körper der Frau, die er liebt, ganz zärtlich mit seinen Wellen umspielt."

Irritiert schaute Haila sie an. Nazans Fantasie von nackten Frauen, die am Strand lagen und zärtlich umspielt wurden, war nicht gerade dazu geeignet, auf seinem eben wiedergewonnenen Pfad der Tugend Kurs zu halten.

„Was fiele dir denn zu dem Namen Schrabberdeich ein?", fragte er halb im Ernst und halb im Scherz und hielt unbewusst den Atem an.

„Ein Mann namens Deich wird die Frau, die er liebt beschützen, egal was kommt." Wieder sah sie ihm direkt in die Augen, sodass ihm der flapsige Spruch, der ihm schon über die Lippen schlüpfen wollte, im Halse stecken blieb.

„Und schrabbern", fuhr Nazan fort, „hat eindeutig zweideutiges Potential." Sie warf den Kopf zurück und stieß ihr raues Lachen aus.

25. Kapitel

„Vier Gläser Prosecco bitte", bestellte Henrike bei dem Kellner, der mit den Speisekarten an ihren Tisch getreten war. Lächelnd sah sie nacheinander die Menschen an, die ihr bei der Bewältigung des Verbrechens zur Seite gestanden und maßgeblich dazu beigetragen hatten, dass es einen guten Ausgang genommen hatte: Gretchen und Hartmut, die ihr gegenüber Platz genommen hatten, und Christian Wellenspiel, ihrem Lebensretter, der an ihrer Seite saß und seine Hand sacht auf ihre gelegt hatte. Gretchen hatte sich für heute Abend sehr schick zurechtgemacht. Sie war dezent geschminkt, trug beige Hosen im Marlene Stil und dazu einen Pullover in derselben Farbe. Ein leichtes Jäckchen, unter der gelegentlich eine goldene Kette mit einem großen Anhänger aus einem schwarzen, geschliffenen Stein hervorblitzte, rundete die elegante Aufmachung ab. Einmal mehr erinnerte sie Henrike an eine Schauspielerin oder Schriftstellerin. Selbst Hartmut, der alte Revolutionär, hatte sich in Schale geworfen und seine Lederjacke gegen ein Tweed Jackett eingetauscht und sich zur Feier des Tages ein glatt gebügeltes, dunkelblaues Hemd angezogen. Es war das erste Mal, dass sie ihn ohne seine Baskenmütze sah. Sie war überrascht über sein dichtes weißes, akkurat geschnittenes Haar. Sogar der wilde lange Bart schien auf wundersame Weise gezähmt worden zu sein.

Der Kellner kam mit einem Tablett mit vier Sektgläsern und stellte vor jeden ein Glas mit dem perlenden Schaumwein. Henrike ergriff ihr Glas und hob es hoch.

„Liebe Freunde, ich danke euch vielmals für eure Unterstützung und den selbstlosen Einsatz, mit dem ihr mein Leben gerettet habt. Dennoch erscheint mir jeder Dank, den ich euch aussprechen kann, viel zu gering für das, was ihr mir gegeben habt. Es ist mir eine Ehre, dass ich so großartige Menschen kennenlernen durfte, die ich nun meine Freunde nennen darf. Sehr zum Wohl!" Sie stießen an und

Henrike entging nicht, dass Gretchens Augen feucht wurden. Aber auch sie hatte Rührung ergriffen und schluckte tapfer den Kloß in ihrem Hals mit dem Sekt herunter.

Als alle ihr Glas wieder abgesetzt hatten, räusperte Gretchen sich vernehmlich. „Ich wollte dich schon lange nach dem Geld von deiner Mutter fragen, dass diese Eberding unterschlagen hat und auf einem Konto irgendwo in der Südsee gebunkert hat."

Henrike lachte kurz auf. „Nicht in der Südsee, Gretchen, auf den Caymaninseln. Die liegen in der Karibik und das Geld befindet sich noch immer auf dem Off-Shore-Konto. Ich habe einen Anwalt mit der Rückabwicklung beauftragt. Es wird etwas dauern, aber ich habe keine Eile."

„Aha", machte Gretchen und nickte. „Aber ich hoffe doch sehr, dass du neben mir wohnen bleibst und nicht mit dem Herrn Wellenspiel zusammenziehst, sobald du in Geld schwimmst und davon ein Haus oder eine neue Wohnung kaufst."

„Keine Angst, Gretchen. Christian und ich sind ja gerade erst frisch verliebt", sie warf ihrem neuen Partner einen langen, zärtlichen Blick zu, „und deswegen bleibt jeder erstmal in seiner Wohnung wohnen. Außerdem wollte ich das Geld für später anlegen, damit ich eventuell früher aufhören kann zu arbeiten und um meine Fernreisen zu finanzieren." Kurz flackerte der Gedanke auf, dass es gerade diese Leidenschaft gewesen war, die den Stein ins Rollen gebracht und ihr die schwerste Zeit ihres Lebens beschert hatte.

Gretchen nickte zufrieden und vertiefte sich in ihre Speisekarte. Dann hob sie unvermittelt den Kopf und sah Hartmut an, der sich eine Brille auf die Nase geschoben hatte und ebenfalls die Speisekarte studierte.

„Sag mal, Hartmut, gehen wir nachher zu dir oder zu mir?", fragte Gretchen ihn.

„Zu dir, mon amour, da haben wir es nicht so weit", erwiderte er und zwinkerte ihr zu.

Henrike hatte den kurzen Austausch zwischen Gretchen und Hartmut mitbekommen und starrte sie perplex an und auch Christian war es anzumerken, dass er nicht sicher war, ob er sich nicht verhört hatte.

„Was?", fragte Gretchen breit grinsend in die Runde, „sehen wir etwa schon so alt aus, dass wir keinen Sex mehr haben können?"

Henrike prustete los, Christian lachte laut auf und dann stimmten auch Gretchen und Hartmut in das laute Lachen ein.

Epilog

Henrike beobachtete Charlotte Eberding, die mit gesenktem Kopf auf der Anklagebank des Landgerichts Oldenburg saß. Während der Staatsanwalt seine Anklageschrift verlas, war auf dem Gesicht ihrer ehemaligen Freundin keine Regung auszumachen. Henrike lief ein Schauer über den Rücken, als ein Anklagepunkt nach dem anderen verlesen wurde. Charlotte räumte alle Taten ein, beharrte jedoch auf ihrer Hörigkeit von Mark Behrends. Als der erste Verhandlungstag zu Ende war, erhob Henrike sich und ging entschlossen auf Charlotte zu und verpasste ihr links und rechts zwei schallende Ohrfeigen.

„Die erste war für deine verlogene Freundschaft und deine Verbrechen. Die zweite für Ole Janssen, du Miststück!"

ENDE

Victoria Krebs ist in Oldenburg, Niedersachsen, geboren. Sie studierte an der Carl von Ossietzky Universität für das Lehramt. 1994 zog sie mit Mann und Kindern nach Dresden, wo sie dreißig Jahre lebte und arbeitete.

Die Menschen, die einzigartige Architektur und die malerische Landschaft inspirierten sie zu ihrem ersten Dresden-Krimi rund um Hauptkommissarin Maria Wagenried. Inzwischen sind fünf Kriminalromane aus dieser Reihe erschienen (DDV-Edition Verlag):
- „Kopflos in Dresden"
- „Blutiges Erbe"
- „Marias Versprechen"
- „Marias Gegenspieler"
- „Marias Irrtum"

Ende des Jahres 2021 kehrte sie mit ihrem Mann in die alte Heimat zurück und schrieb hier ihren ersten Oldenburg-Krimi.

Heute lebt Victoria Krebs im schönen Edewecht, genießt die Ruhe im reizvollen Ammerland, lange Spaziergänge und Fahrradtouren. Bummeln in der beschaulichen Heimatstadt Oldenburg und in Bad Zwischenahn machen dieses Fleckchen Erde zu einem Wohlfühlort für sie.